Vamps and the City
by Kerrelyn Sparks

月夜に恋が目覚めたら

ケリリン・スパークス
白木智子［訳］

ライムブックス

月夜に恋が目覚めたら

主要登場人物

ダーシー・ニューハート……………………………もとテレビ・レポーター
オースティン・エリクソン…………………………ＣＩＡ局員
ローマン・ドラガネスティ…………………………〈ロマテック・インダストリー〉社長。科学者
シャナ・ウィーラン…………………………………ローマンの婚約者
ショーン・ウィーラン………………………………シャナの父親。ＣＩＡ局員。オースティンの上司
グレゴリ・ホルスタイン……………………………〈ロマテック・インダストリー〉副社長。リアリティ番組の司会者
マーガレット（マギー）・メアリー・オブライアン……ダーシーの友人。女優志望
ヴァンダ・バーコウスキ……………………………ダーシーの友人。リアリティ番組の審査員
プリンセス・ジョアンナ・フォーテスキュー……リアリティ番組の審査員
レディ・パメラ・スミス＝ワージング……………リアリティ番組の審査員
コーラ・リー・プリムローズ………………………リアリティ番組の審査員
マリア・コンスエラ・モントメイヤー……………リアリティ番組の審査員
ギャレット・マニング………………………………ＣＩＡ局員。オースティンの同僚
シルヴェスター（スライ）・バッカス……………ＤＶＮのプロデューサー

1

「午後八時二〇分、白人男性、一八〇センチ弱、八〇キロ強、二〇代半ば、白のホンダ・シビックから降車」オースティン・エリクソンは小型レコーダーに向かってつぶやいた。双眼鏡の暗視望遠レンズを調整し、駐車場の向こうにいる対象を拡大表示する。武器を携帯しているようには見えなかった。だがもっと重要なのは、その男がコーヒー専門店のキングサイズのカップとドーナツの袋を持っていることだ。幸運なやつ。普通なら……そう、普通なら珍しくもなんともない光景だった。だがここは〈デジタル《D》・ヴァンパイア《V》・ネットワーク《N》〉の駐車場だ。普通など存在しない。太陽が沈んだあとはなおさらだ。

　オースティンは双眼鏡を三五ミリカメラに持ち替え、再度その男に向けた。「対象は人間。中へ入っていく」

　あの男はDVNで朝食をとるつもりなのか？　朝食にされるかもしれないとは気づいていないのだろうか？　ひと筋の光が駐車場を照らし出した。ドアが閉まるにつれて光の筋が徐々に細くなり、やがてあたりはふたたび暗闇《くらやみ》に包まれた。オースティンは自分の黒いアキュラを、ブルックリンにあるこの駐車場の暗がりに停《と》めていた。DVNが入っている大きな倉庫はどの窓も真っ暗だった。唯一の明かりである赤い蛍光灯が、黒塗りの入口ドアの上から〝DVN〟の三文字を輝かせている。

ため息をつくと、オースティンは助手席にカメラを置いた。あの男はきっと無事だろう。ヴァンパイアが運営するこのテレビ局を四晩続けて見張っているが、毎夜決まって数人の人間が中に入っていく。つまり、わずかではあるが、DVNは人間を雇っているに違いないと彼は結論づけていた。哀れな愚か者たちは、悪魔のような生き物のために働いていることを知っているのだろうか？　マインド・コントロールされているのか？　ヴァンパイアの提供する歯科保険が好条件なのかもしれない。理由がなんであれ、朝の五時ごろになると人間たちは全員、オースティンの見るかぎり健康そうな様子で、生きたまま建物をあとにしていた。奇妙だ。だがそれを言うなら、ヴァンパイアの世界は奇妙な出来事であふれている。

彼らの存在を知ったのは六ヵ月前、中央情報局《CIA》の作戦担当官であるショーン・ウィーランに〝張り込み《ステイク・アウト》〟チームへの異動を命じられたときだった。ヴァンパイアたちがいかに卑劣な存在であるか聞かされ、罪のない人々を守るための任務に意欲をかきたてられた。戦いに明け暮れる日々を思い描いたのだ。額がこぶだらけで肉体が朽ちかけた青白い不快な生き物に、次々と木の杭《くい》を打ち込んでいくはずだった。けれども蓋《ふた》を開けてみれば、見た目も行動も人間そっくりなヴァンパイアたちが出入りするテレビ局を見張るのが仕事だった。

実際のところ、ヴァンパイアと人間を区別するには、三五ミリカメラを通して見るしか方法がなかった。デジタルカメラの場合は生きている人間でも吸血鬼《アンデッド》でも同じように映るが、三五ミリカメラだとヴァンパイアの姿は見えない。鏡と同じ原理で、彼らの像は映し出されないからだ。

　オースティンは三五ミリカメラを助手席の床に移動させた。他《ほか》の装備も――暗視ゴーグルをはじめ夜間撮影用レンズをつけたデジタルカメラ、銀の銃弾を装塡《そうてん》したグロック、ノートパソコン、最近のいちばんのお気に入りであるCV‐3ビデオ・ビューアーまで――そこにあった。これだからCIAはやめられない。小道具が最高にクールなのだ。

　木製の杭も支給されていた。箸《はし》の製造を専門とする中国企業に発注したもので、非常時にすぐ使えるように、ケースの蓋を開けた状態で後部座席に置いてある。

　彼は助手席の上でノートパソコンを開き、DVNの放送を受信するための秘密の周波数を入力した。モニターに現れた映像が徐々にはっきりしてくる。よし、まだニュースを放送中だな。受信料もいらないし、番組は見放題だ。ヴァンパイアは自分たちの秘密の放送に気づく人間などいるわけがないと決めつけ、施設の周囲に警備員を配置することすら怠っていた。そういうところにやつらの明白な弱点が見えている。傲慢《ごうまん》なのだ。オースティンは一〇ギガバイトのUSBメモリーを挿して録画を始めた。

　これが彼の任務だ。DVNを見張り、情報を手に入れる。そして何より重要なのは、ヴァンパイアに囚《とら》われているショーンの娘の居所を突き止めることだった。最後にシャナを見たのは八日前だ。セントラル・パークで、彼女はスコットランドのヴァンパイアの一団に取り囲まれていた。オースティンにはどうも進んで囚われているように見えたのだが、洗脳されているせいだとショーンは主張している。あのときは数のうえであまりに劣勢だったため、〝ステイク・アウト〟チームはシャナをあとに残したまま引き下がらざるをえなかった。

ショーンは激怒した。あれから毎晩ローマン・ドラガネスティのタウンハウスに張り込んでいるが、これまでのところ娘の姿は確認できていない。彼はギャレットに命じて、ブルックリンにあるロシア系ヴァンパイアの集団《コーヴン》も見張らせた。アリッサは〈ロマテック・インダストリー〉担当だ。新人のエマには、ミッドタウンのオフィスに残って警察の調書を手に入れ、ヴァンパイアが関与していると思われる事件を洗い出す仕事が与えられた。そして、オースティンはDVNの施設と放送を監視しているというわけだ。

彼はCV-3ビデオ・ビューアーを装着した。特別仕様の眼鏡のようなもので、ヘッドアップ・ディスプレイといって映像が目の前のガラスに投影される仕組みになっているため、コンピューター画面をじっと見続ける必要がない。駐車場を見張りつつ、目の前のバーチャルスクリーンで放送を見ることが可能だった。

DVNのニュースキャスターによれば、ロシア系ヴァンパイアのコーヴンで騒動が持ち上がっているらしい。女性ふたりがコーヴン・マスターを務めることに、一部の男性メンバーが反対しているという。内紛に発展する可能性もあるようだ。オースティンは笑みを浮かべた。汚らわしいヴァンパイアどもは勝手にどんどん殺し合えばいい。

彼は保温機能のある携帯用ボトルからカップにコーヒーを注《つ》いだ。カフェインをとらなければやっていられない。これがもっとうまいコーヒーならいいのに。軽く食べるものがあれば最高だ。さっきの男のドーナツを証拠品として押収すればよかったな。そう考えながらコーヒーを飲んでいるとコマーシャルが始まった。セクシーな女性が、コレステロールと糖分を抑えたおいしい飲み物を勧めている。商品名は——〈ブラッド・ライト〉。悪魔向けのダイエットドリンクだ。

次の番組はコーキー・クーラントによる、セレブを扱うトークショーだった。オースティンは司会者の胸を注視した。あれは絶対に作りものだな。

そのとき、コーキーの頭のあたりに現れた写真が彼の注意を引いた。ローマン・ドラガネスティだ。

「信じられないことが起こりました！」笑顔のコーキーが声を張り上げた。「アメリカでもっとも理想的な結婚相手と言われている独身男性が、とうとう身を固めるのです！　そう、東海岸のコーヴン・マスターであり、人工血液や〈ヴァンパイア・フュージョン・キュイジン〉を考案した富豪でもある〈ロマテック・インダストリー〉の最高経営責任者《CEO》が婚約を発表しました。幸運な花嫁がいったい誰なのか、みなさんにはきっと想像もつかないでしょう！　チャンネルはそのままで！」

別のコマーシャルが始まった。今度はヴァンパイア向けの特別な歯磨き粉で、もしも牙《きば》が白くならなければ代金を返すそうだ。ヴァンパイアの女たちは家でこれを見ながら、最高の独身男、ローマン・ドラガネスティが誰かと結婚すると聞いて、悲鳴をあげているのだろうか。何もかも気味が悪い。ヴァンパイアでも恋に落ちるのか？　いったいどこで結婚の誓いを立てるんだ？　まさか、悪魔が教会へ行くとは思えない。すでに死んでいるのに、〝死がふたりを分かつまで〟と誓うのだろうか？

確かなことがひとつある。花嫁はシャナ・ウィーランでないほうがいい。そんなことになればショーンが激怒するに違いないのだ。ドラガネスティのタウンハウスがあるアッパー・イースト・サイドで、トラック一台分のプラスティック爆弾を爆発させると言い出すかもしれない。

画面にふたたびコーキーが現れた。先ほどとは違う写真が映し出されている。

「ああ、くそっ」オースティンは顔をしかめた。ドラガネスティとシャナ・ウィーランが一緒に写っている写真だ。

「信じられますか？」コーキーが甲高い声で言った。「ローマン・ドラガネスティが人間《モータル》と結婚しようとしているなんて！」

結婚。オースティンはCV‐3ビデオ・ビューアーを外してノートパソコンの脇《わき》に置いた。予想される中で最悪のニュースだ。うめき声をもらすと、彼は前屈《まえかが》みになってハンドルに額をぶつけた。ショーンは報復したがるだろう。だが、〝ステイク・アウト〟チームには五人しかいないのだ。なんであれ、あからさまな行動に出るには数が少なすぎる。それに、シャナの居所は依然として判明していなかった。いまいましいドラガネスティが彼女を隠しているからだ。

緊張がつのり、オースティンは車の中でじっと座っているのがつらくなってきた。行動を起こさなければ。番組の放送はＵＳＢメモリーに録画しているので、目を離しても大丈夫だ。彼は駐車場を見渡した。停まっている三七台はほとんどヴァンパイアが乗ってきた車だった。ナンバープレートを調べれば、所有者の名前を突き止めてデータベースを作成できるだろう。

　オースティンはデジタルカメラを手にして車をおりた。ナンバープレートの写真をほぼ撮り終えたとき、闇を切り裂くヘッドライトの眩《まばゆ》い光が見えた。一台の車が駐車場に入ろうとしていた。四ドアタイプのセダンの黒いレクサスだ。

　身を低くしたまま、オースティンは停まっている車の陰を伝いながら、レクサスの駐車スペースがはっきり見えるところまで移動した。望遠レンズでナンバープレートを拡大し、音をたてずにシャッターを切る。

　運転席のドアが開き、高価そうなスーツに身を包んだ背の高い男性が姿を現した。オースティンはその男の姿もカメラにおさめた。次に助手席側のドアが開いて若い女性がおり立った。若い？　ばか言え。女の写真を撮りながら、オースティンは歯ぎしりした。チェックのスカートに網タイツをはいて、まるでティーンエイジャーのような装いだが、もしも彼女がヴァンパイアなら、ものすごい年寄りの可能性もあるのだ。

　残念ながら、手にしているデジタルカメラでは、彼らが人間かヴァンパイアか判別することはできない。それには三五ミリカメラが必要だった。オースティンは背の高い煉瓦《れんが》塀の陰に沿って走り、急いで自分の車へ戻った。そのとき、彼の耳が物音をとらえた。三つ目のドアが閉じられた音だ。大きなＳＵＶをまわり込んだところで、ブロンドの髪がちらりと見えた。最後に見たシャナも髪をプラチナブロンドに染めていた。彼女だろうか？　オースティンは屈んだまま、じりじりと距離を詰めていった。ぽかんと口が開く。シャナではない。

そこには完璧《かんぺき》な女性がいた。

まさか。これまで自分は顔に惹《ひ》かれるタイプだと思ってきた。正確には顔というより、本心をうかがうためにまず目を見るのだが、横顔しか見えない今はそれが不可能だ。女性は少女のようにかわいい鼻をしていながら、口もとは豊かで女らしかった。最強とも言えるその組み合わせがオースティンに火をつけ、彼は立て続けに彼女の写真を撮った。

長い髪は金茶と蜂蜜《はちみつ》と、日を浴びたプラチナが入りまじった色だ。顔にかからないように髪を後ろでまとめた髪留めが暗闇できらきら輝き、取ってほしいと懇願しているように見えた。あの髪だけでも数枚撮っておく価値がある。

身長は一七五センチくらいだろう。美しい曲線を描く胸のあたりまで車越しに見えるのだから、背が高いに違いなかった。それにしてもすごい胸だ。顔重視の男を胸フェチに変えるほどの威力がある。望遠レンズを装備していて本当によかった。

女性が車を離れ、どこまでも続くかに思える長い脚で歩き出した。スカートのうしろにスリットが入っており、ひと足歩くごとにほっそりした腿がちらちらのぞく。くそっ、まだ舌の根も乾いていないが、これでは脚フェチに再転向せざるをえないな。

そう思ったとたん、オースティンはタイトスカートが彼女のヒップラインを浮き出させていることに気づいた。なんともはや。あれは絶対に撮っておかなければ。どんな脚フェチだって、あっというまにヒップ鑑定家に早変わりだ。

　待てよ、彼女が着ているのは青いビジネススーツじゃないか。ヴァンパイアが着るような服とは違う。やつらはたいてい、もっとけばけばしい服装を好むのだ。そうか！　彼女はヴァンパイアじゃないのかもしれない。アンデッドにしては生き生きしすぎている。もしもふたりのヴァンパイアについてきただけの何も知らない人間だとしたら？　彼らは悪魔の巣窟《そうくつ》に彼女を引き込もうとしているのかもしれない。ちくしょう。ぼくの目の前でそんなことはさせないぞ。

　オースティンは身を起こしたものの、声にならないうめきをもらして動きを止めた。ばかだな。危うく下半身に主導権を握らせるところだった。あの美女は拘束されているわけじゃない。長い脚で決然と、自らDVNへ向かっているのだ。

　とにかく確かめなければならない。ヴァンパイアなのか人間なのか――。彼女はいったいどちらなんだ？　三人組はDVNの入口へ差しかかろうとしていた。オースティンは車に駆け戻ってドアを開け、三五ミリカメラをつかんだ。ファインダーを通して彼らを見る。真っ暗だ。小声で悪態をつくと、彼はレンズのキャップを外し、もう一度カメラを構えた。

　何も映らない。DVNの入口ドアが開いているものの、そこには誰もいなかった。オースティンはカメラをおろした。男性が押さえているドアを通って、背が低いほうの女性が中へ入っていく。ふたりは間違いなくヴァンパイアだ。だが、あの魅力的なブロンドは？

　くそっ！　見逃してしまった。車に乗り込むと張りつめた股間《こかん》にジーンズが食い込み、オースティンはたじろいだ。彼女は人間に違いない。死んでいる悪魔にこれほど興奮するはずはないのだから。そうだろう？

ＤＶＮのロビーに足を踏み入れたとたん、ダーシー・ニューハートは驚いて立ち止まった。室内は、黒と赤でまとめられた装飾が見えないほど混《こ》み合っていた。五〇人以上いると思われるヴァンパイアたちが、興奮気味に話をしている。いやだ、まさか全員が職を求めてここを訪れているの？

背後から来ていたグレゴリが彼女にぶつかった。「ごめん」あたりに視線をさまよわせながら、彼がつぶやいた。

「これほど大勢いるとは思わなかったわ」長い髪が乱れていないか髪留めに触れて確かめようとしたダーシーは、手が震えていることに気づいた。革の書類鞄《かばん》をもう一度確認する。きちんとタイプした履歴書は、五分前に見たときと同じくそこに入っていた。こんなにたくさんの人たちと競って勝てると思うの？　まさか。わたしがこの仕事につけるとは思えない。なじみのあるパニックの感覚がダーシーを取り巻き、肺から空気を奪った。決して自由にはなれない。逃げ出すなんて不可能なのよ。

「ダーシー」こみ上げてくるパニックを切り裂いてグレゴリの鋭い声が聞こえた。彼はダーシーが目を合わせるのを待って、あの表情で彼女を見つめた。

ダーシーが外界へ出るのを禁じられた最初の年、〝きみにはもうこの世界しかない。折り合いをつけるんだ〟と繰り返し言い続けてくれたグレゴリは、やがて彼女の親友となり、精神的支えになった。今では言葉にしなくても彼に見つめられるだけで、強くならなければならないことを思い出せる。彼女はうなずいて姿勢を正した。「大丈夫よ」

グレゴリの茶色い瞳が和らいだ。「ああ、きみなら大丈夫だ」

チェックのミニスカートのプリーツを整えながらマギーが言った。「わたしはすごく不安だわ。ドン・オルランドがいたらどうすればいい？　なんて言えばいいのかしら？」

「ドン……誰だって？」グレゴリが訊《き》いた。

「ドン・オルランド・デ・コラソンよ」マギーは崇拝に満ちた声で、ささやくようにその名前を繰り返した。「『アズ・ヴァンパイア・ターンズ』の主役」

グレゴリは眉をひそめた。「きみが来たのはそのためか？　スターを見てよだれを垂らすため？　ダーシーの心の支えになりたいんだとばかり思ってたよ」

「もちろんそのつもりよ」マギーが主張した。「だけどダーシーに仕事が見つかるなら、わたしにも何かできるかもしれないと思ったの。それで連続ドラマのオーディションを受けることにしたのよ」

「女優になりたいのか？」グレゴリが尋ねた。

「あら、演技のことなんて何も知らないわ。ただドン・オルランドのそばにいたいだけ」マギーは胸もとで両手を握りしめて長いため息をついた。「彼は地上でもっともセクシーな男性なの」

グレゴリが疑わしげな視線を向けた。「そうか。幸運を祈るよ。ちょっと失礼」ダーシーの腕をつかんで少し離れたところへ引っ張っていく。「助けてくれよ。ハーレムの女性たちのせいで頭がおかしくなりそうだ」

「これであなたも仲間入りね。わたしなんて四年前から、いつ精神科へ入院してもおかしくない状態よ」

「ぼくは本気で言ってるんだ、ダーシー」

彼女は鼻を鳴らした。わたしだってふざけているわけじゃないわ。ヴァンパイアの存在を知った段階で、彼女は正気を失う寸前までいった。だが、それだけではすまなかったのだ。現代に生きる女性が、ご主人様《マスター》の命令に従ってヴァンパイアのハーレムで暮らすことを余儀なくされたのよ。我慢の限界を超えているわ。

かつて一度逃げ出そうと試みたものの、警備のコナーに居場所を突き止められ、まるで迷子のペットを連れ戻すようにテレポートでタウンハウスへ帰された。あのときの屈辱を思うと今でも胃がむかついてくる。ダーシーのマスターとなったローマンは彼女を前に座らせ、しっかりと説いて聞かせた。きみは知りすぎている。それに人間のあいだでは死んだものと思われている。テレビ局の仕事をしていたせいで多くの人に顔を知られているので、隠れていなければならない。だが、いい面もある。彼のハーレムの中にいれば、保護されて安全に過ごすことができるのだ、と。ローマンは穏やかに優しく説明してくれたが、そのあいだダーシーは無言で怒りをつのらせ、叫び出したい衝動を懸命にこらえていた。

彼女は閉じ込められた。四年もの長いあいだ。けれども最近ローマンは婚約し、そのおかげで彼の機嫌がとてもよくなった。そしてついに、外の世界へ出てもいいとの許しをダーシーに与えてくれた。ヴァンパイアの世界にかぎるという条件付きだが。

「ぼくには無理だ」グレゴリが絶望的な目でダーシーを見た。ローマンに拒まれたハーレムの女性たちに手を差し伸べたことを後悔しているのだ。「彼女たちの荷物を運ぶのに一週間かかった。プリンセス・ジョアンナは五二箱も持ち込んだ。コーラ・リーはやたらトランクの数が多くて――」

「三四個」ダーシーはつぶやいた。「張り輪《フープ》のついたペチコートで膨らませるスカートのせいね。あれはかなり場所をとるから」

「うちにそんなスペースはない」グレゴリは豊かな茶色の髪に片手を突っ込んだ。「確かに彼女たちを引き受けると申し出たけど、まさかあれほどがらくたを持ち込まれるとは思わなかったんだよ。それに彼女たちときたら、永遠に居座るつもりみたいにふるまってる」

「わかるわ。わたしもそこにいるんだもの」一〇人の女性たちがふたつのベッドルームに押し込められ、たったひとつのバスルームを共有している。まさに悪夢だった。残念ながらダーシーにとって、ぞっとする状況は初めてでもなんでもない。「ごめんなさいね、グレゴリ。だけど、どうやったらあなたを助けてあげられるかわからない」

「彼女たちに人生を楽しむ方法を教えてやってくれ」彼が小声で言った。「自立するように仕向けるんだ」

「わたしの言うことになんか耳を貸さないわ。よそ者だと思っているんだから」

「きみならできる。すでにマギーはきみの真似《まね》をしているよ」グレゴリはダーシーの肩に手を置いた。「信頼してるんだ」

そんなふうに自分を信じられればいいんだけど。わたしにも自信に満ちて輝いていたときがあった。ダーシーは大きく息をついた。昔のわたしを取り戻さなくては。そのためにはどうしてもこの仕事が必要だ。

グレゴリが腕時計に視線を落とした。「三〇分後に約束があるんだ。あとでまた合流するよ」部屋を見渡した彼はにやりとして言った。「何人か知ってる女の子が来てるみたいだな」

ダーシーはのんびり歩いていくグレゴリを笑顔で見送った。まったく、チャーミングな人だわ。今までなんとかやってこられたのは彼の友情があったからだ。

若々しい顔を曇らせて、マギーが近くへやってきた。「すごく人が多いわね。みんなわたしなんかよりずっと……演技がうまそう」

「心配しないで。あなたは魅力的よ」監禁状態に置かれてすぐのころ、ダーシーはハーレムの女性たちの装いにショックを受けた。まるで時間が止まってしまったかのように、いまだにそれぞれが人間だったときのファッションにしがみついていたのだ。彼女たちに現代風の服装を奨励してみたものの、自ら進んで外見を変えようとしたのはマギーとヴァンダだけだった。その結果、マギーはチェックのミニスカートに網タイツ、豊かな胸を際立たせるぴったりした黒いセーターを着るようになった。

ダーシーは受付のデスクに目を向けた。はるか遠くに感じられる。彼女は書類鞄を胸に抱えると、すぐうしろにマギーを従え、人込みの合間を縫って進み始めた。ヴァンパイアたちはあちこちに集まり、大げさな身ぶりを交えておしゃべりに興じていた。メイクが濃く、肌もあらわな服装をしたグループのそばを通り過ぎる。まあ。男らしい男性はどこへ行ってしまったの？　女性たちはどうなっているのだろうと、彼女はあたりを見まわした。

「グレゴリは？」マギーが不安そうに目を見開き、人込みを見渡しながら訊いた。背が低いので、すぐ見失ってしまうのだ。

　グレゴリは、不自然な色合いに髪を染めた女性たちのグループと一緒にいた。彼を取り囲んでいる様子はまるで虹《にじ》のようだ。グレゴリが笑顔で何か言うと、彼女たちがくすくす笑うのがわかった。

「彼なら心配ないわ」あの女の子たちにとってグリーンやブルーやピンクの髪は最高にセクシーなのかもしれないが、ダーシーにはぬいぐるみのケアベアが集まっているようにしか見えなかった。〝ハーイ！　あたしはテンダーハート・ヴァンパイアよ。ケアベアのテンダーハート・ベアみたいに惜しみない愛情を注ぐわ。ハグしてほしい？〟頭に浮かんだ映像を、彼女は身震いして追い払った。ああ、いやだ、長く閉じこもりすぎていたみたい。

　受付の女性は、髪に入れたハイライトと同じ艶《つや》やかな血の色のマニキュアを爪に塗っているところだった。「オーディションをご希望でしたら、ここにサインして、順番が来るまでお待ちください」彼女はまだ乾いていない爪でクリップボードを示した。

クリップボードを調べたマギーの目が大きく見開かれる。「信じられない、六二番ですって」

「ええ、毎晩こんな感じなの」受付係が爪に息を吹きかけながら言った。「でも、待ち時間はそれほどかからないわよ」

「わかったわ」マギーはリストの最後に自分の名前を書き加えた。

「あなたはどうする？」ダーシーの控えめなビジネススーツを見て、受付係が鼻に皺《しわ》を寄せた。

「ミスター・シルヴェスター・バッカスと約束しているの」

「そうでしょうとも。だけど女優の仕事が欲しくてここへ来たのなら、順番を待ってもらわなくちゃならないわ」そう言って、受付係がクリップボードを示した。

ダーシーは顔に笑みを貼《は》りつけた。「プロのジャーナリストなの。ミスター・バッカスが待っているはずだわ。わたしはダーシー・ニューハートよ」

受付係は鼻を鳴らすことで無関心ぶりを表現すると、デスクの書類を調べた。ぽかんと口が開く。「あら、まさか」

「どうかした？」ダーシーは尋ねた。

「リストに名前はあるけど……」受付係が目を細める。「本当にあなたがダーシー・ニューハート？」

「ええ」他の誰だというの？　ダーシーの笑みがしぼんだ。

「そう、おかしいわね。まあ、とにかく彼に会うといいわ。左側の三番目の部屋よ」

「ありがとう」好調な出だしとはいかないようだ。ダーシーは悪い予感を無理やり抑え込んだ。デスクをまわって廊下を進む。

「まずノックしてね」鼻にかかった声で受付係が叫んだ。「オーディションの真っ最中かもしれないから」

ダーシーはうしろを振り返った。受付係はまた椅子にもたれ、指をひらひらさせて満足そうにマニキュアの出来栄えを眺めていた。マギーはダーシーを励ますように微笑《ほほえ》んでいる。弱々しく笑みを返すと、彼女は深呼吸してからドアをノックした。

「入れ」ぶっきらぼうな大声がした。

ダーシーは部屋に入ってドアを閉めた。背後から妙な音が聞こえる。ファスナーの音かしら？

彼女は振り返ってシルヴェスター・バッカスと顔を合わせた。人間で言えば五〇歳くらいに見えるとはいえ、外見からヴァンパイアの年齢を推測するのは不可能だ。頭はほぼ禿《は》げているが、残った毛を短く整えることで目立たなくしていた。白髪まじりの黒髪で、きちんと刈り込んでよく手入れをした口髭《くちひげ》と顎鬚《あごひげ》をたくわえていた。たちまちダーシーを見定め始めた茶色い目が、失礼すぎるほど長いあいだ胸に留《とど》まっている。

ダーシーは革の書類鞄を持ち上げて彼の視線をさえぎった。「はじめまして、わたしは――」

「新人だな」バッカスの視線が今度は彼女のヒップのあたりをさまよった。「悪くない」

ダーシーは顔が熱くなるのを感じた。面接の冒頭で雇い主になる予定の相手をひっぱたいたら、やっぱり先々まで影響があるわよね。だがそのとき、デスクの向こうからゆっくり起き上がってくるブロンドの頭に気づき、彼女のジレンマはどこかへ消えてしまった。

「失礼しました」ダーシーは部屋を出ようとした。「先客がいらっしゃるとは気づかなくて」

「かまわん」バッカスがブロンドにちらりと目を向けた。「今日のところはこれで十分だ、ティファニー。ええと……わたしの靴を磨くのは今度でいい」

ティファニーと呼ばれた女性が首を傾《かし》げた。「靴を磨いてほしいの？」

「いや」バッカスはぶつぶつ言った。「では、また来週」

あれは本当にファスナーの音だったんだわ。ダーシーは気づいた。オーディションがこんな具合に行われるなら、マギーに警告しなくては。ヴァンパイアはいわゆるヴァンパイア・セックスを好むものだと思っていた。彼らは純粋に精神上の行為のほうが、汗まみれになる人間のセックスより高尚だと考えているからだ。けれどもミスター・バッカスは、明らかにもっと開けた心の持ち主らしい。開けているのは心だけではないようだが。

ダーシーがそう考えていると、ぴょんと立ち上がったティファニーが丸々とした胸に両手を押しあてて訊いた。「それはつまり、また来いということ？」

「もちろんだ」バッカスが彼女のヒップをぽんぽんと叩《たた》いた。「もう行った、行った」

「はい、ミスター・バッカス」ティファニーは、腰を揺らすのと同時に胸を揺するという離れ業をやってのけながらドアへ向かった。ノブをつかむのに前屈みになって尻を突き出し、まるでドアを開ける動作にエクスタシーを感じていると言わんばかりに背をそらす。彼女は外へ出ようとしたところで振り返り、バッカスに誘惑的な笑みを投げかけたかと思うと、滑るように廊下を去っていった。

こみ上げる怒りを気取られないように、ダーシーは慎重に無表情を装った。〈デジタル・ヴァンパイア・ネットワーク〉で古くさい男性優位主義的なふるまいがまかり通っていることくらい、わかっていたはずだ。ヴァンパイアの世界はどこでも同じだった。女性のヴァンパイアたちは、ほとんどが一〇〇歳を超えている。数世紀前に生まれた者も多く、人間の女性がなし遂げてきた進歩を知らなかった。いや、知ろうとしないと言うべきか。自分たちの世界のほうがはるかに優れていると信じて疑わないのだ。

その結果、悲劇がもたらされた。女性のヴァンパイアたちはひどい扱いを受けていることに気づいてすらいない。運命をあたりまえととらえ、ただ受け止めていた。以前ダーシーはハーレムの女性たちに、苦労して選挙権を勝ち取った勇敢な女性の話をしたことがあった。だがどんなに熱っぽく語っても、ばかばかしい戯言《たわごと》にすぎないと一蹴《いっしゅう》されてしまった。ヴァンパイアの世界ではコーヴン・マスターを決めるのに投票など行わない。そんなのは卑しい庶民のすることなのだ。

ダーシーがはまり込んだのはそういう世界だった。そしてDVNがヴァンパイア界で唯一のテレビ局である以上、希望の職業につくチャンスは他にない。それに彼女はどうしても自立したかった。すなわち、ミスター・バッカスには礼儀正しく接するしかないのだ。たとえ彼が性差別主義者だとしても。

「さあ、こちらへ。恥ずかしがらなくていい」バッカスは椅子の背にもたれかかり、デスクに足をかけた。「ドアは閉めておいてくれ。プライバシーが保てるように」そう言ってウインクする。

ダーシーは目のあたりがぴくっと痙攣《けいれん》するのを感じた。ウインクを返しているととられませんように。彼女はドアを閉めてデスクに近づいた。「お会いできて光栄です、ミスター・バッカス。わたしはダーシー・ニューハート、プロのテレビ・ジャーナリストです」書類鞄から履歴書を取り出してデスクに置く。「ご覧のとおり――」

「なんだと？」バッカスが足を床におろした。「ダーシー・ニューハート？」

「そうです。履歴書を見ていただけるとおわかりでしょうが――」

「女じゃないか」

ダーシーの目もとがふたたび引きつった。「ええ、そうですわ。ここにありますように――」彼女は履歴書を指差した。「地元のニュース局で数年働いた経験があり――」

「こんちくしょう！」バッカスがデスクにこぶしを打ちつけた。「男だとばかり思っていたぞ」

「生まれてからずっと女ですけど」

「ダーシーという名前のくせに？　いったい誰が娘にダーシーなんてつけるんだ？」

「うちの母です。ジェーン・オースティンの大ファンで――」

「それならジェーンと名づけるのが普通だろう？　くそったれ」バッカスは椅子に背を預けて天井を睨《にら》んだ。

「履歴書に目を通してくだされば、わたしがこちらの局の『ナイトリー・ニュース』に最適の人材だとわかっていただけるはずですわ」

「ありえない」バッカスがぶつぶつ言った。「女なんだから」

「性別になんの関係があるのかわかりません――」

彼がふいに身を乗り出し、ダーシーを睨みつけて言った。「『ナイトリー・ニュース』に女が出ているのを見たことがあるかね？」

「いいえ。でも、そのような誤りを正すには理想的な機会だと思います」しまった。言葉の選択を間違ったわ。

「誤《ヽ》りだと？　きみは頭がおかしいのか？　女はニュース番組に出たりしない」

「わたしは出ていました」ダーシーは指で履歴書をとんとんと叩いた。

バッカスが視線を落とす。「それは人間の世界でのことだろう。やつらに何がわかる？めちゃくちゃな世界じゃないか」彼は履歴書を丸めて脇に放《ほう》り投げた。

ダーシーの心臓が胃のあたりまですとんと落ちた。「一ヵ月は試用期間扱いにしていただいて結構です。そのあいだに能力を証明して――」

「冗談じゃない。女のキャスターと組ませたりしたら、ストーンが大騒ぎするぞ」

「わかります。彼は素晴らしいキャスターですから」むしろ石《ストーン》のように退屈だけど。「でもひとりで全ニュースを担当しているので、だらだら――いえ、ええと、三〇分間しゃべり通しです」

「だから？」

「現場からのレポートをはさめば、『ナイトリー・ニュース』はもっとテンポがよくて面白いものになるはずだわ。それこそわたしの専門なんです。喜んで――」

「その点はわたしも考えていたところだ。だからきみを雇おうと思ったんだが、いやはや女だったとはね」

心臓がさらに数センチ落下した。「それはどういう――」

「ニュースは真面目《まじめ》な仕事だ。女に任せるわけにはいかない。視聴者がきみのピンと突き出た小さな胸に気を取られていたら、重要な部分を見逃してしまう」

今度は肩が落ちた。ピンと突き出た小さな胸を伴って。これだ。男性ヴァンパイア優位主義の突き崩せない壁。ダーシーはまたしてもその壁にまともにぶつかってしまった。大きなハンマーがあればいいのに。野球のバットでもいい。ミスター・バッカスの卵形の頭に振りおろしてやるわ。「画面に出ない裏方でもかまいません。以前は自分でニュース原稿を書いて――」

「書けるのか？」

「ええ」

「面白いやつだぞ？」

「書けます」ダーシーがレポーターをしたコーナーはいつもユーモラスだと評されていた。バッカスが彼女をじろじろ見ながら口を開いた。「そう言われれば、なんとなく知的な感じがあるな」

目もとがぴくぴく痙攣した。「ありがとうございます」

「カメラの前に立ちたがる派手なやつらが毎晩ここへ押し寄せてくる。知性と経験があって裏方で働ける人材を見つけるのは難問なんだ」

「わたしならうまく問題を解決できます」

「きみが？　いいか、DVNに本当に必要なことがなんなのか教えてやろう」バッカスがぐっと身を乗り出した。「大ヒットだよ」

野球のバットで？「それはつまり、新番組ですか？」

「ああ」バッカスが立ち上がり、壁に設置したホワイトボードに近づいていった。「DVNが放送を開始してからというもの、うちの番組編成がまったく変わっていないことに気づいていたかね？」

「みんなこちらの番組が大好きですわ。特に連続ドラマが」

「もううんざりなんだ！　これを見ろ」彼はDVNの放送スケジュールが書かれた部分を指差した。「毎晩毎晩、同じことの繰り返しだ。まず八時にストーン・コーフィンの『ナイトリー・ニュース』が始まる。八時三〇分になると『ライヴ・ウィズ・アンデッド』、セレブのゴシップ番組だ」

「コーキー・クーラントが司会ですね。数日前に記念舞踏会で彼女を見かけました」

さっと振り向いたバッカスの目は大きく見開かれていた。「あの舞踏会に招かれたのか？」

「ええ、その……前にローマン・ドラガネスティとかかわりがあったものですから」

「どんなかかわりだ？」

「〈ロマテック・インダストリー〉でアルバイトをしていました」ダーシーがローマンから手当をもらうのを拒んだため、週に数晩〈ロマテック・インダストリー〉の奥の部屋で働けるようにグレゴリが手配してくれたのだ。人間に姿を見られないようにするならということで、ローマンも了承してくれた。

「ドラガネスティはうちの大口スポンサーのひとりだ」バッカスが彼女をじっと見ながら顎鬚をかいた。「彼のことをどの程度知っている？」

ダーシーは頰に赤みが差すのがわかった。「あの……わたしは彼の家に住んでいました」

「本当か？　ハーレムの一員だったのか？」

「ええと――そういう言い方もできますが」自分の口からは言いたくない。

「ふむ」バッカスの熱を帯びた視線が彼女の全身をさまよった。ニュース原稿が書けると聞いて吟味し直している目ではない。

ダーシーは顎を上げて言った。「局の番組編成の話をされていたのでは？」

「ああ、そうだ」彼がふたたびボードのほうを向いた。「九時の放送枠にはドン・オルランド・デ・コラソン主演の『アズ・ヴァンパイア・ターンズ』。一〇時は『オール・マイ・ヴァンパイア』で、一一時が『死体安置所《ゼネラル・モルグ》』。だが午前零時は？」ホワイトボードに指を突きつける。

ダーシーは眉根を寄せた。そこは空欄になっていた。そういえば何を放送していたかしら？　その時間はたいてい〈ロマテック・インダストリー〉で退屈な書類仕事に没頭しているので、よく覚えていなかった。

「何もない！」バッカスが叫んだ。「くそいまいましいラインナップを頭からもう一度繰り返すんだよ。お粗末きわまりない！　真夜中こそ最高の番組を、呼び物となる番組を放送するべきだ。それが……何もないとは」彼は重い足取りでデスクに戻った。

ダーシーは深呼吸した。これはわたしの価値を知らしめる絶好のチャンスよ。「新しい番組が必要です。でも、他と似たようなドラマではだめだわ」

「そのとおり」バッカスは落ち着きなくデスクのうしろを歩いている。「警察ものがいいかもしれないな。ヴァンパイアの警官だ。タイトルは『血と無秩序《ブラッド・アンド・ディスオーダー》』でいけるぞ。それなら従来のドラマと違う。きみはどう思う？」

うぐっ。ダーシーは必死で頭を働かせた。わたしの人生が崩壊する前、世間では何が流行《はや》っていたかしら？「リアリティ番組は？」

バッカスがくるりと顔を向けた。「それだ！　ヴァンパイアよりリアルな存在がどこにある？　どんなテーマでいく？」

ダーシーは頭の中が真っ白になった。困ったわ。時間を稼ごうと、彼女は椅子に腰かけて書類鞄を膝に置いた。リアリティ番組。現実には何が起こっているだろう？　ハーレムの女性たちの窮地は？「新しいマスターを必要としている女性たちを扱ってはどうでしょう？」

「悪くないな」バッカスがうなずいた。「いや、実際のところ、かなりいいぞ。ドラガネスティのハーレムの女たちは、つい最近追い出されたばかりじゃなかったか？」

「ええ。コーキーが『ライヴ・ウィズ・アンデッド』で特集を組んでいました」だが、ハーレムの女性たちは誰ひとりとして出演しなかった。そんな屈辱には耐えられないと言って。

「世間に名を知られているメンバーも何人かいたな。彼女たちに出演を承諾させられるか？」

「ええと、その、たぶん」

「ドラガネスティをよく知っていると言ったな？」バッカスの口もとに狡猾《こうかつ》そうな薄笑いが浮かんだ。「番組のために、大きくてしゃれたペントハウスを貸してくれるよう頼めないか？　ほら、屋上にプールがあるような派手なやつだ」

「あの、ええ、おそらく」グレゴリがなんとかしてくれるかもしれない。

「露天風呂《ホットタブ》も必要だ。ホットタブのないリアリティ番組など考えられん」

「わかります」

「テレビ業界での経験があるんだな？」

「はい」ダーシーはきちんとタイプした履歴書が入っているごみ箱に視線を向けた。「南カリフォルニア大学でテレビ・ジャーナリズムを専攻して、卒業後はあちらで数年間働きました。それからニューヨークへ移り、『ローカル・フォー・ニュース』で仕事を――」

「わかった、わかった」バッカスは手を振ってダーシーの説明をさえぎった。「いいか、わたしはぜひこのリアリティ番組を手がけたい。しゃれた撮影場所を確保して、ドラガネスティのもとハーレムの女たちの参加を保証するというなら、きみに仕事をやろう。ディレクターだ」

ダーシーは心臓が口から飛び出そうなほど驚いた。リアリティ番組のディレクターですって？　いいわ、なんとかする。いいえ、やらなくちゃ。この仕事を引き受けるか、テレビ局での就職をあきらめるか、ふたつにひとつしかない。

「どうだ？　ペントハウスとハーレムの女たちの手配ができるか？」

「できます」書類鞄を関節が白くなるほど強く握りしめた。「喜んでお引き受けします」神様、お助けください。

「ホットタブも忘れるんじゃないぞ」

「もちろん」

「よし！　明日の夜までにきみのオフィスを用意しておこう。ところで番組のタイトルはどうする？」

ダーシーは胸をどきどきさせながら、簡潔でインパクトのあるタイトルがないか必死で頭をめぐらせた。うまく考えないと『五分で墓穴を掘る方法』になってしまうわ。「ええと、女性たちは新しいマスターとして完璧《パーフェクト》な男性を選ぶことになります」

バッカスがデスクの角に腰かけて顎鬚をかいた。「『パーフェクト・マン』か？　それとも『パーフェクト・マスター』とか？」

それでは刺激が足りないわ。ダーシーは集中しようと目を閉じた。マギーなら、完璧な男性としてドン・オルランドを挙げるに違いない。彼のことをなんと表現していたかしら？

「『地上でもっともセクシーな男《セクシェスト・マン・オン・アース》』は？」

「素晴らしい！」バッカスがにんまりした。「わたしのことはスライと呼んでくれ。シルヴェスターの略だ」

「わかりました……スライ」

「絶対にヒットさせなきゃならん。ありきたりの番組ではだめだ。ひねりと意外性を盛り込まなくては」

「ええ、もちろんです」

「オーディションには苦労しないだろう。ロビーを見ればわかるように、テレビに出たがっている男性ヴァンパイアは山ほどいるんだ」

ダーシーは眉をひそめた。メイクをするようなタイプの男性が〝もっともセクシーな男〟の範疇《はんちゅう》に含まれるとは思えない。「参加者はヴァンパイアだけですか？」

スライが鼻先で笑った。「〝地上でもっともセクシーな男〟なんだぞ。もちろんヴァンパイアに決まっている」大股《おおまた》でドアへ向かう。

そうでしょうとも。ダーシーは歯を食いしばりながら立ち上がった。ヴァンパイアはみんな、あらゆる点において自分たちのほうが優れていると思っているのだ。そのとき、ふいに名案を思いついた。そうだわ、スライの言ったとおりにすればいいのよ。

彼女はにっこりすると、ドアのほうへ歩き出した。ダーシーのボスはひねりと意外性のある仕掛けを欲しがっている。大丈夫、問題ない。

最高のサプライズを届けてあげるわ。

2

オースティンは前夜にDVNで撮った画像を職場のコンピューターに取り込むため、〝ステイク・アウト〟チームの集合時間より早めにオフィスへ行った。連邦政府ビルの六階に上がり、何も表示されていないドアを開ける。フロアのほとんどを国土安全保障局が占めているので、彼がCIA局員だと気づく者はいないはずだ。まさか、アンデッドのテロリストを相手に戦っているとは思うまい。

〝ステイク・アウト〟チームは毎晩日が沈む前の七時に集まり、それから各々の任務に取りかかるのが決まりとなっていた。オースティンがちょうどショーン・ウィーランのオフィスを通り過ぎようとしたとき、中で派手に悪態をつく声が聞こえてきた。まいったな。昨夜録画したDVNの放送をメールで送っておいたので、きっとそれを見ているに違いない。ボスとはしばらく顔を合わせないほうがよさそうだ。オースティンは彼や他のチームメイトが作業場として使っている、仕切りのないオープンスペースへと急いだ。まだ誰も来ていなかったが、別に驚くことでもない。みんな疲れきっているのだ。彼自身、ここしばらく一日も休まず働き続けていた。オースティンは画像を取り込んでプリントアウトの操作をすると、写真ができ上がるのを待つあいだ、それらをモニターに映しだして詳しく調べることにした。大量のナンバープレートの画像。それと、素性はわからないが青いスーツを着た彼女の写真が山ほどある。あのあと夜明けまで待ったが、彼女の姿は二度と見ることができなかった。くそっ。用を足すために彼が持ち場を離れたわずかなあいだに、帰ってしまったのだろう。コーヒーを飲みすぎたせいだ。

オースティンはあくびをしながら、ぼさぼさの髪に両手を差し入れた。夜に仕事をしていると、散髪のような日常の些細《ささい》なことにかまっていられなくなる。昼間に睡眠をとるのはいまだに苦手だった。目が疲れ、モニターがぼやけて見え始めた。コーヒーが必要だ。彼は休憩室へ行った。

「こんばんは、オースティン」小さな円テーブルでローファットのヨーグルトを食べていたエマが声をかけてきた。元気いっぱいで溌剌《はつらつ》とした様子だ。仕事場でやたら快活にふるまってはならないと、法で規制するべきだな。きちんとアイロンをかけたエマの黄色いシャツに比べれば、彼は服を着たまま寝ていたように見えるに違いない。実際はほとんど寝ていないのだが。オースティンはもごもごと挨拶《あいさつ》を返し、カップにコーヒーを注いだ。

「あらあら、かわいそうに、ひどい姿じゃないの」エマがイギリス人らしい歯切れのいい口調で続けた。

オースティンは喉の奥でうめいた。疲れすぎていて応戦する気になれない。それにどうせ勝つのはいつも彼女だ。「どうしてこんなに早いんだ？」

エマがプラスティックのスプーンについた最後のヨーグルトを舐《な》めて言った。「昨夜の分の警察調書に目を通したかったから。手がかりをつかんだ気がするの」

「なんだって？」

「この数ヵ月、セントラル・パークから何度か警察に通報が入っているわ。誰かが襲われているというものなんだけど、警察が駆けつけてみると誰も何も知らないの」

オースティンは眉をひそめた。「それだけではわからないぞ。ただのいたずらかもしれない」

「あるいは本当なのかもしれないわ」エマは彼にスプーンを突きつけて自説を披露した。「通報した人たちが何も覚えていないのは、ヴァンパイアに記憶を消されたからよ」

「うん……考えられるな」マインド・コントロールはやつらの得意技だ。〝ステイク・アウト〟チームの人数が少ないのも、実はそのせいだった。ヴァンパイアのコントロールに抵抗できるように、チームのメンバーはある程度の超能力を備えていなければならない。心を支配されては戦えないからだ。オースティンの知るかぎり、チームの中では彼とショーンの力がもっとも強かった。

「考えてみて」エマが空のヨーグルトのカップをごみ箱に投げ入れた。あたりまえだがねらいに狂いはない。なんといっても彼女は、一週間前にショーンが引き抜くまで、イギリスの諜報《ちょうほう》機関、MI6で働いていたのだから。「もしもあなたが飢えたヴァンパイアなら、セントラル・パークみたいな場所で獲物を漁《あさ》ると思わない？」

「そうだな」オースティンはカップに口をつけた。

「だから昨夜、様子を見に行ってみたの」

驚いてコーヒーにむせる。「きみひとりで?」

「そうよ。あなただって単独で張り込んでいるじゃない。なぜわたしが行っちゃだめなの?」

「まず、セントラル・パークでヴァンパイアを探しまわるのを張り込みとは言わない。もしかしたら、やつらにでくわしていたかもしれないんだぞ」

エマがあきれた顔で彼を睨んだ。「だってそれが目的よ。心配しないで。ちゃんと杭を持っていったもの」

オースティンは鼻から息を吐いた。「報告書を読んでいないのか? ヴァンパイアたちのスピードとパワーは超人的なんだ」

彼女はゆっくりした足取りで冷蔵庫へ向かい、水のボトルを取り出した。「自分の面倒は自分で見られるわ」

「わかってるよ」トレーニングでエマと対戦したことがあるが、気づくと彼はいつのまにか仰向けに横たわり、目の前でぐるぐるまわる星を眺めていた。「それでもひとりで行くべきじゃない」

「どうして?」彼女がボトルのキャップを開けた。「やつらはきっとひとり歩きの女性をねらってくるはずよ」

「ちょっと待ってくれ。きみは自分を餌《えさ》にするつもりなのか？」

エマは一方の肩をすくめて水を飲んだ。「罠に引っかかってきたら退治できるもの。それこそわたしたちの使命でしょ。違う？」

「複数できみを取り囲んだらどうする？　だめだ、危険すぎる」

彼女がため息をついた。「話さなきゃよかった」傷ついた顔をオースティンに向ける。「あなたならわかってくれると思ったのに」

くそっ。きみのやり方は場当たり的でまともじゃないと告げるべきだ。だが、彼は女性に厳しく接するのが苦手だった。それにヴァンパイア狩りをしたがる彼女の気持ちもわからないではない。

「ショーンに報告するつもり？」エマが訊いた。

彼らのボスはすでに、間近に迫った娘の結婚に激しい怒りをつのらせている。そんなところへ火に油を注ぎに行くほど、オースティンは打たれ強いタイプではなかった。「考えておくよ。それで、昨夜はヴァンパイアの姿を見かけたのか？」

「残念ながら見なかったわ」

「そうか。エマ、うちのチームはたったの五人なんだ。きみを失うわけにはいかない。だから英雄を気取る前によく考えてくれ」そう言うと、彼は重い足取りでデスクへ戻った。まったく、どうかしてる。たったひとりでヴァンパイアを狩りに行くなんて。

オースティンはコーヒーを飲みながらモニターで画像をチェックした。ヴァンパイアといえば、DVNまであのブロンド美女を乗せてきた男は何者だろう? 彼は画像にざっと目を通して黒いレクサスを見つけ出した。データベースでナンバープレートを調べてみる。登録者の名前はグレゴリ・ホルスタイン、住所はアッパー・イースト・サイドだ。一九六四年生まれということは、ヴァンパイアにしてはかなり若い。もちろん、公的機関のデータが彼らによって改竄《かいざん》されている可能性もあるが。

オースティンはグレゴリの住所を書き留め、次に信用調査を行った。男の勤務先が〈ロマテック・インダストリー〉だとわかってもそれほど驚きはなかった。大勢のヴァンパイアたちが夜間に働いている会社で、人工血液を製造している。ということは、グレゴリは人間を襲わないのかもしれない。それはいいニュースだ。彼女の美しいほっそりした首が嚙《か》まれる心配はないかもしれない。彼女が人間であればの話だが。

リノリウムの床を踏むヒールの音が聞こえ、エマが近づいてきたとわかった。彼女は小型プリンターの前で足を止め、印刷された写真を調べ始めた。

さっきはエマに厳しくしすぎたかもしれない。「なあ、きみが個人的にヴァンパイアを憎むのはよくわかるんだ」

彼女は肩をすくめた。「この写真はどこで撮ったの?」

「昨夜DVNの駐車場で」

「大量のナンバープレートね」写真を束にして脇によける。「これ全部、ヴァンパイアの車なんでしょう」

「ほとんどそうだ。ナンバープレートの照会を手伝ってくれるかい？」

「喜んで」彼女はもうひとつの写真の束を手に取った。

「エマ、巡回に出かけるときは必ず知らせると約束するなら、セントラル・パークの件はショーンに言わない。ぼくがきみのバックアップをする」

「わかった。ありがとう」オースティンにさっと笑みを向けると、彼女はふたたび写真に目を通し始めた。「興味深いわ」

「見覚えのある車か？」

「違うの。でもこの女性のヒップは、今度見かけたらすぐにわかるでしょうね」

「なんだって？」

「あなたはこの人の脚を二〇枚も撮ってる。お尻のショットはもっとたくさんあるわよ。いったい誰なの？」

オースティンは神経が張りつめるのを感じたが、努めて無表情を装った。写真に手を伸ばす。「個人的なものなんだ。返してくれ」

「勤務中に個人的な写真を撮ってたの？　恥を知りなさい」エマは束を下に置き、次の写真を取ろうとプリンターに向き直った。「あら、見てよ。胸のアップだわ。それに後頭部。きれいな髪ね」

「返してくれと言っただろ」オースティンは歯ぎしりして、エマが置いた写真の山を凝視した。写真が勢いよくテーブルの上を滑り、彼のキーボードのそばで止まる。

エマが息をのみ、手にしていた写真をテーブルの上に落とした。彼女はあとずさりして言った。「まあ、嘘でしょ」

オースティンはキャスターを滑らせて椅子に座ったままプリンターへ近づき、テーブルに散らばった写真を集めた。

「念力が使えるのね」エマの声はささやきに近かった。

「ああ。たいしたことはない」彼は残りの写真を回収すると、コンピューターの前に戻った。

「そんな、すごいわよ！　まさしくオースティンズ・パワーズだわ」映画『オースティン・パワーズ』のタイトルに彼の名前をなぞらえてからかい、エマは声をあげて笑った。

オースティンはうめいた。「面白い冗談だな」写真の束をふたつに――ナンバープレートと青いスーツの女性に――分ける。「訓練してできるようになったわけじゃない。生まれつきなんだ」彼の父親でも封じ込められなかった力だ。まあ、試みただけでも、父には拍手を送らざるをえないが。

「興奮するわ」エマがにやりとした。「世界を股にかけ、特殊能力を駆使して悪と戦う謎《なぞ》の男」

「ああ、そうだな」どう見たって彼女が悪であるはずがない。オースティンは最後にもう一度写真の山をじっと見つめてから、デスクの引き出しにしまった。

エマが胸の前で腕を組み、ワークテーブルの端に腰かけて言った。「その女性に心を奪われちゃったのね？」

「まさか」そうなのか？　「どこの誰だかわからないんだ」

「世界を股にかける謎の男が謎の女に夢中なわけ？　いいじゃない！　素性を調べてみましょうよ。彼女の写真を撮った場所は？」

「DVNの外だ」

「あら、いやだ、オースティン。あそこで働いているのかもしれないわ。つまりはヴァンパイア」

「そうは思わない。〈ロマテック・インダストリー〉だって大勢の人間を雇っている。DVNにも人間のスタッフがいるだろう」

「三五ミリカメラで写してみなかったの？」

「ああ。その……チャンスがなくて」

「彼女の写真を一〇〇枚も撮るのに忙しかったせいね」

「一〇〇枚なんて大げさな。たったの……六〇枚だ」ちくしょう。これは重症だぞ。

エマは片方の眉を上げ、明らかな事実にはそれ以上触れようとしなかった。「彼女はひとりだったの？」

「いや。今調べてわかったんだが、グレゴリ・ホルスタインという男と、もうひとり身元のわからない女性と一緒に来た。そのふたりはアンデッドだったよ」

「ふうん。じゃあその人は、ヴァンパイアふたりと一緒にヴァンパイアが所有するテレビ局へやってきたというの？　ねえ、オースティン、これはわたしたちの業界で言うところの手がかりよ。その女性はヴァンパイアだわ」

「それだけでは決め手にならない」彼女は生きている人間に違いないんだ。そうに決まっている。

エマが悲しげな目でオースティンを見た。「本気で惚《ほ》れたのね。紛れもない敵に」

「彼女がヴァンパイアだという証拠はないんだ」

「ヴァンパイアか否か、答えは美容師だけが知っている」エマは皮肉のこもった笑みを浮かべた。「きっと鏡に映らないわよ」

「この話はもう忘れてくれ。二度と見かけないかもしれないんだから」オースティンはナンバープレートの写真をふたつに分けた。「これを頼むよ」

「ここにいたのか！」ショーン・ウィーランが大股で歩み寄ってきた。「ふたりとも、至急会議室へ来てくれ。ギャレットとアリッサはすでに待っている」

「わかりました」エマは自分のデスクからメモ帳と鉛筆を取って会議室へ向かった。

オースティンは彼女が写っている写真がもうないか、急いで残りに目を通した。それからボスのあとについて歩きながら、シャナが牙のある相手と婚約したことについて、どんなふうに慰めの言葉をかけるべきか考えた。何も言わないのがいちばんかもしれない。ショーンが厳しい顔で会議室のドアを開けて待っている。オースティンは急いで中に入り、オーク材の長いテーブルを囲む椅子のひとつに腰かけた。彼はギャレットとアリッサに短くうなずいた。エマは自分からふたりに声をかけた。もちろん元気いっぱいに。コーヒーを持ってくるんだったな。オースティンはあくびをしながら思った。

「お嬢さんに関して新しい情報は？」ドアを閉めたショーンにギャレットが尋ねた。

オースティンは一瞬たじろいだ。最近思うのだが、どうやらギャレットはとびきり頭が切れるやつとは言えないようだ。

たちまちショーンが顔を強《こわ》ばらせ、ギャレットに冷たい視線を向けた。「おまえのほうこそ、何か有益な報告があるのか？」

きれいに髭を剃《そ》った頬を赤らめて、ギャレットが椅子の上でもぞもぞした。「いいえ、ありません」

「そうだと思った」ショーンはゆっくりとテーブルの端へ歩いていった。革張りの椅子の背を、関節が白くなるほどきつくつかんでいる。「わたしの娘はいまだ行方不明のままだ。それだけじゃない。あのろくでなしのドラガネスティは娘の頭を混乱させて、結婚に同意させたのだ」

アリッサとエマが息をのんだ。

ギャレットはあんぐりと口を開けている。「でも――でも、どうやってそれを知ったんですか？」

「昨夜DVNで、婚約発表について放送されたんだ」オースティンは静かに口を開いた。

長々と悪態をつきたいのをこらえているのか、ショーンの喉が震えて奇妙な音がもれた。

彼は椅子の背から手を離し、部屋の中を歩きまわり始めた。「時間がないのは明らかだ。ただちにシャナを見つけなければならない。張り込みでは期待したほどの成果は得られないようだ」

「ドラガネスティの財務記録を調べましょう」エマが提案した。「他にも家を借りているか、購入しているかもしれません」

「では調べろ」歩き続けながらショーンがうなった。

エマはメモ帳に何か書いた。

「内部に入り込む者が必要だな」オースティンは言った。

「情報提供者？」アリッサが訊く。

「いや、潜入捜査だ」ショーンがテーブルの角で足を止め、目を細めてオースティンを見た。「わたしも同じことを考えていた。どうすればいいか策もある」

部屋に沈黙が広がり、全員がショーンの説明を待った。やがて彼はふたたび歩き出した。

「ひと月前、国土安全保障局に依頼して、ニューヨークの五区内で営業するあらゆる企業に接触し、警戒すべき事業者名を連ねたリストを渡しておいた。そのうちのひとつが〈デジタル・ビデオ・ネットワーク〉、ヴァンパイアのテレビ局が人間と取引する際に使用する偽の名称だ」

ショーンはドアの前まで行って、そこで止まった。「夜が明ける寸前に、ＤＶＮの従業員と名乗る女性から〈スター・オブ・トゥモロー・キャスティング・エージェンシー〉に連絡があり、メッセージを残したそうだ。そして今日の午後ふたたび、手配の最終確認をするために電話してきた。DVNの誰かが明日の夜にそのエージェンシーのオフィスを使って、リアリティ番組参加者のオーディションを行うらしい。エージェンシーの経営者から国土安全保障局に報告があった」

「ヴァンパイアがリアリティ番組を?」アリッサが訊いた。

ショーンがうなずく。「そうだ。しかも人間を対象にオーディションをしようとしている。われわれが潜入捜査をするには絶好のチャンスだ」

「DVNの内部に入り込める」オースティンは小声で言った。鼓動が速くなっていた。ここは絶対に志願するべきだ。もしかしたら、また彼女に会えるかもしれない。

「どういうタイプのリアリティ番組でしょう? 独身男性が恋人候補を選ぶ『バチェラー』みたいな感じかしら?」エマがアリッサと視線を交わした。「女性の出場者が競い合うような?」

アリッサが身震いした。「それじゃ『ドラキュラの花嫁』だわ、ホラー映画の」

「むしろ『サバイバー』のヴァンパイア版に近いんじゃないかな」オースティンも加わった。「人間の一団を飢えたヴァンパイアと一緒に無人島に残して、誰が生き残るかを競うんだ」

アリッサは顔をしかめた。「恐ろしいわね」

ショーンがドアノブに手をかけて言った。「どれも違う。彼らが欲しがっているのは男だ。生きた男だよ」彼はオースティンとギャレットに鋭い視線を向けた。「きみたちふたりに番組に出てもらう」

ギャレットの顔が青ざめた。「うへえ」

やった！　「どうすればいいんです？」オースティンは尋ねた。

「すでに手はずは整えてある。ちょっと待っていてくれ。別室に人を待たせているんだ」そう言うと、ショーンは部屋を出ていった。

沈黙が広がる。アリッサが男性ふたりを気の毒そうに見た。

「まあ、テレビに出られるチャンスだと思えばいいんじゃないかしら」エマが努めて快活な口調で言った。「有名になれるかも」

「ディナーになるかもしれないのよ」アリッサがつぶやいた。

ギャレットはため息をついた。「さっさと爆弾を仕掛けて一網打尽にするのではだめなのかな？」

エマがくるりと目をまわして言った。「だって爆破したら、確実に死んだかどうかわからないでしょ。それに〈ロマテック・インダストリー〉やDVNでは罪のない人間も働いているわ。シャナも彼らと一緒にいるでしょうし」

アリッサがうなずいた。「彼女の居場所を知るには、この方法がいちばんかもしれないわね」

胸がどきどきして呼吸が浅くなっているという事実を隠すため、オースティンは黙っていた。もちろん彼にとってもっとも優先すべきはシャナを見つけることだが、彼女にまた会える可能性についても考えずにいられなかった。くそっ。どうかしているぞ。潜入捜査には危険がつきものなのに、あの謎の女性のことしか考えられないのか？　注意散漫な諜報員を指して言う言葉がある。〝死者〟だ。

ふたたびドア口に現れたショーンは、高価そうなスーツを着た中年女性を伴っていた。

「こちらはミズ・エリザベス・スタインだ」

その女性が小さくうなずき、かろうじてわかるかすかな笑みを顔に浮かべた。黒髪をシニヨンにまとめ、細い体を堅苦しく強ばらせて直立している。

「ミズ・スタインは〈スター・オブ・トゥモロー・キャスティング・エージェンシー〉を経営している」ショーンが説明した。「ニューヨークでも一流のキャスティング会社のひとつだ」

女性が顎を上げ、オースティンたちを蔑《さげす》むように見て言い直した。「わたくしどもがいちばんですわ」

「そうでしょうとも」ショーンは男性の部下ふたりを示して訊いた。「彼らはどうかな？」

前に進み出ると、ミズ・スタインは目を細めてギャレットを眺めた。「人目を引きますね。喜んで登録させていただきます」

ギャレットが完璧な白い歯を見せて笑った。「ありがとうございます」

ミズ・スタインが高価そうなブリーフケースから書類を取り出した。「おわかりでしょうが、わたくしどもはニューヨークでも非常に前途有望と思われる俳優や女優としか契約いたしません。高い眼識がございますの」

「それはこちらも同じだ」オースティンはつぶやいた。

ミズ・スタインが振り向いてじっくり彼を観察した。眉を片方だけ上げ、見下したように鼻を鳴らす。「わたくしどもの好みではございませんが、まあ、大丈夫でしょう」

「なんだって？　ぼくは目立たない？」オースティンはわざと驚いた顔をして言った。「繊細な心が傷ついたな」そんな心があればの話だが。

「オースティン」ショーンが警告をこめて彼を見た。「書類に記入してくれ。それと、ふたりとも覆面捜査を行うわけだから、それぞれ新しい名前をつける必要がある」

ミズ・スタインが書類を配った。「舞台やテレビの仕事にふさわしい名をお選びになるとよろしいかと」

オースティンは契約書にざっと目を通し、必要事項を記入して最後にサインした。「どういう感じのリアリティ番組なんですか？」

「詳しいことは存じませんが、コンテスト形式の番組のようですわ」ミズ・スタインが疑わしげな視線をちらりと彼に向けた。「タイトルが『セクシエスト・マン・オン・アース』ですから」

エマが思わず吹き出し、慌てて口もとを覆った。

オースティンは歪《ゆが》んだ笑みを浮かべた。「ぼくに優勝は無理だと思っているんでしょう？」

「まあ、確かに。それよりもまず、剃刀《かみそり》と櫛《くし》を使ってみることをお勧めします」ミズ・スタインはうんざりした表情で彼の契約書を手に取った。同じようにギャレットの書類も回収しながら、彼には微笑みかける。「オーディションは明日の夜九時に、四四丁目のわが社のオフィスで行われます。シューベルト・シアターから二ブロックのところです。必ず時間より早めに――」そこでオースティンに視線を戻した。「ふさわしい身だしなみと服装でいらしてください」

「ありがとう、ミズ・スタイン」ショーンがドアのほうへ向かいながら言った。「なんとしてでも、このふたりを番組に出していただきたい」

ミズ・スタインが目を見開いた。「でも、オーディションには番組向きの男性が大勢集まるかもしれませんわ」

ショーンは彼女を睨んだ。「おわかりでないようだ、ミズ・スタイン。彼らは絶、、対に合格しなければならない。これは国家の危機だ。わが国の罪のない人々が重大な危険に晒《さら》されているのです」

ミズ・スタインは目をぱちくりさせた。「リアリティ番組のせいで？」

「普通の番組とは違う。出演者たちには絶えず危険がつきまとうだろう」

「まあ、そんな」彼女は心配そうにギャレットを見た。「あなたは――テロリストを相手にするの？」

ショーンが声を低めて言った。「ミズ・スタイン、理解していただけると思うが、これ以上のことは明かせないんですよ」

彼女の顔が急に青くなった。「え、ええ、わかりますとも。必ずおふたりが選ばれるようにいたします」

「よかった。それでいい」ショーンがドアを開けた。

ミズ・スタインはふたりの男性に不安げな目を向け、手もとの書類に視線を落とした。

「この〝ガース・マンリー〟というのはどちら？」

「ぼくです」ギャレットが手を挙げた。

「素晴らしいわ。とても力強い名前であなたにぴったり」彼女は次にオースティンを見て眉をひそめた。「髪を整える必要がありますね、ミスター――」書類に目を落とす。「〝リトル・ジョー・カートライト〟？」

アリッサとエマが忍び笑いをもらした。

「オースティン」ショーンが睨みつける。

オースティンは肩をすくめた。「テレビ向きの名前にしろと言われたから。昔テレビで人気だった西部劇『ボナンザ』の三兄弟の末弟からとったんだ」

ミズ・スタインの眉間《みけん》の皺が深くなった。「これはやめたほうがいいわ」

「ホスは？」続けて次男の名を挙げた。

彼女が赤く塗った唇を噛んだ。

「アダム？」これは長男だ。

「それならいいでしょう。それからあなた、申し上げておきますが、芸能に対してもっと真摯《しんし》な態度をとるべきです」軽蔑《けいべつ》したように鼻を鳴らすと、ミズ・スタインは部屋を出ていった。

ショーンが彼女のあとに続き、会議室にはチームのメンバーだけが残された。

ギャレットが頭を振って言った。「信じられないよ。リアリティ番組だって?」

オースティンは肩をすくめた。「悪趣味なのは人間だけじゃないのさ」

「ばかばかしいとしか思えない」ギャレットがぼやく。

アリッサが笑みを浮かべた。「少なくとも、あなたはいい名前を手に入れたじゃない」

「〝男らしい《マンリー》〟」エマが唇をすぼめた。「ううっ、なんてセクシーなの」

アリッサはくすくす笑っていたが、ショーンが部屋に戻ってきたのを見て急いで真顔に戻した。

「いいか」彼が厳しい視線をまっすぐオースティンに向けた。「ミズ・スタインはおまえの……乱れた外見を気にしている。だからギャレットとふたりで、オーディションの始まる一時間前に来てほしいそうだ。美容師とスタイリストを呼んで緊急処置を施すんだと」

オースティンは顔をしかめた。「張り込み任務のほうはどうなるんです?」彼は今夜、また彼女に会えるのではないかと期待していた。今度こそ三五ミリカメラで撮影して、彼女の正体をはっきりさせるつもりでいたのだ。

「気にするな」ショーンが答えた。「DVNの放送なら、ここでエマが録画すればいい」

話を振られたエマがメモをとった。「ナンバープレートの照会もやっておくわ、オースティン」

「どうしても番組に出なくちゃいけないんですか？」椅子の背にもたれてギャレットが訊いた。「日中にＤＶＮに侵入して、ヴァンパイアたちが眠っているあいだに情報を手に入れては？」

ショーンはテーブルに両手をついて身を乗り出した。「娘の居場所を知りたいんだ。まさか納品書に書いてあるとは思えない。だからいまいましいヴァンパイアどもと直《じか》に話して、信頼を得なくてはならないんだ。この番組に出ればそのチャンスがある。わかったか？」

「了解しました」オースティンが返答すると、ギャレットもあとに続いた。

「よろしい」ショーンは眉をひそめてオースティンを見た。「冗談でなく、散髪の必要があるぞ」

彼は量の多いぼさぼさの髪を手ですいた。「まいったな。プードル風でいい感じだと思っていたのに」

エマが鼻を鳴らした。「どうやら違うみたいね」

「ふざけている場合じゃない」ショーンが警告した。「娘の命がかかっているんだ。おまえたちだって殺される可能性がある」彼は口もとを歪めて苦笑した。「あるいはもっと運が悪ければ、やつらのスターにされるかもしれないぞ」

3

「番組に出ることをみんなにうまく納得させられたかい？」ブロードウェイでレクサスを右車線に移動させながら、グレゴリが訊いた。

ダーシーは車の窓に目を向け、タイムズ・スクウェアのビル群にきらめくまばゆい明かりや映像を眺めた。「だめ。そんな番組は下品だってプリンセス・ジョアンナが宣言したの。そうしたら他のみんなも倣い出して、結局は全員に参加を断られたわ」

「ヴァンダ以外はね」後部座席からマギーがつけ加えた。

ダーシーはうなずいた。「彼女は反抗するのが楽しいのよ」

「あきらめないで説得を続けてくれよ」グレゴリは右折して四四丁目に入った。「豪華なペントハウスの件ならなんとかするからさ。きみは彼女たちがうちのアパートメントから出るように仕向けてくれさえすればいいんだ。わかった？」

「わかった」明かりに照らされたシューベルト・シアターが見えてきた。〈スター・オブ・トゥモロー・キャスティング・エージェンシー〉まであと二ブロックだ。

グレゴリが好奇心に満ちた視線を彼女のほうに向けた。「なぜDVNじゃなくて、このエージェンシーでオーディションするんだい？」

「スライに知られたくないからよ。彼は番組にひねりと意外性を求めているし、こうすればいい驚きをもたらせる気がしたの」

グレゴリは眉をひそめた。「卑しい人間どもを出演させたら番組が台なしになると言って、きみに腹を立てるかもしれないぞ」

「そうかもね」ダーシーもそれは認めた。「特に最初は。でも彼は自分たちのほうが優れていると信じてやまないから、きっとすぐに思い直すわ。人間には最初の数ラウンドすら勝ち残れないと確信するはず」

「残ってしまったらどうするんだ？」グレゴリが尋ねた。「彼と同じ考えの、大勢のヴァンパイアたちを怒らせる可能性もあるんだぞ」

「そうかもしれないけど、いいかげんそんな優越感は誤りだと気づくべきじゃないかしら」

「やれやれ」彼が低い声で言った。「いいかい、ぼくだって彼らの思い上がった態度は好きじゃない。人間だからといって、うちの母が軽視されるのは腹が立つよ。でもそれが現状なんだ。抵抗しても仕方がないことなのさ」

「だけど誰かがやらなくちゃ。あの人たちを見てよ。専用のテレビ局を運営して、『オール・マイ・ヴァンパイア』や『ゼネラル・モルグ』みたいなメロドラマを放送してる。そうやって人間が作った番組の真似をしながら、自分たちのほうが勝っていると主張しているのよ。偽善も甚だしい。すごくむかつくわ」

グレゴリがため息をついた。「きみが幸せじゃないのは残念に思うよ、ダーシー。でも頭を冷やすべきだ。自ら災いを招かなくてもいいじゃないか」

ダーシーは窓の外に目をやった。グレゴリの意見はもっともかもしれない。なんといってもこれは、考えられるかぎりで最良の仕事なのだから。怒りに身を任せて成功のチャンスを棒に振るべきではないのかも。「わかったわ。慎重にやる」

「それがいい。さあ、着いたぞ」グレゴリが路肩に車を寄せて二重駐車した。「ローマンの新しいレストラン用に、物件を見に行かなくちゃならないんだ。また戻ってくるから、終わったら電話してくれ」

ダーシーは彼の腕に触れた。「いろいろありがとう」

マギーとともに車を離れ、茶色い煉瓦造りの建物に入る。エレベーターを待ちながら、ダーシーは友人がいつになく静かなことに気づいた。普段はにこにこしているのに、今は眉根を寄せてエレベーターのボタンを見つめている。

「大丈夫、マギー？」

マギーがため息をついた。「そんなにわたしたちを嫌っていたなんて、ちっとも知らなかった」

「嫌ってなんかいないわ！　あなたが親切にしてくれたからこそ、なんとかここまでやってこられたのよ」

振り向いたマギーの目に怒りがきらめいた。「わかってないのね。ええ、親切にしたわよ。

あなたを気の毒に思ったんだもの。ねえ、わたしたちに何をしてくれたか、本当に理解していないの？　初めてあなたと会ったとき、わたしはまだ一八七九年の服装をしていた。ばかばかしい腰当《バッスル》てをつけていたのよ！」

「確かに、あなたの好みはいいほうに変わったと思うわ」

「それだけじゃないの。あなたはわたしに、新しいことに挑戦する勇気を与えてくれたわ。あなたはとても現代的で強くて、自信にあふれている。わたしはあなたみたいになりたいの。だから、わたしたちが優越感を抱いているなんて言わないで」

「ごめんなさい。少しも気づかなかった……」

　マギーの顔に悲しそうな笑みが浮かんだ。「あなたのおかげで、自分が無駄な存在ではないとまた思えるようになった。今は将来に希望さえ抱いているわ。ありがとう」

　ダーシーの目が涙でかすむ。「こちらこそ、ありがとう」

　マギーが彼女に腕をまわしてぎゅっと抱きしめた。「どんなことでも、きっと理由があって起こるのよ。わたしはそう信じているの。あなたも同じように考えなくちゃ。あなたはいるべくしてここにいるに違いないわ」

　ダーシーは力をこめてマギーを抱きしめ返した。わたしもそう思う、と言いたい。だが、どうしても言葉が出てこなかった。いったいどんな理由があって、ヴァンパイアの世界に身を置かねばならないというのだろう？

　エレベーターの扉が音をたてて開き、男性がおりてきた。「おっと、失礼。続きはどこかの部屋でやったほうがいい」彼はぶつぶつつぶやきながらビルを出ていった。

抱擁を解いたダーシーとマギーは、くすくす笑ってエレベーターに乗り込んだ。一〇階で扉が開くと、高価そうなスーツを着た中年女性がエージェンシーの外で待っているのが見えた。あんなすてきなスーツを買う余裕ができればいいのに、とダーシーは思った。彼女がこのあいだと同じ青いスーツを着ているのにはわけがある。これしか持っていないのだ。人生が悪夢に変貌《へんぼう》を遂げたとき、一緒に何もかも失ってしまった。

女性がふたりのほうへ歩いてきた。「ミズ・エリザベス・スタインです。〈スター・オブ・トゥモロー・キャスティング・エージェンシー〉のオーナー兼社長を務めておりますの。どちらがミス・ダーシーですか？」

「わたしです」ダーシーは微笑んで手を差し出した。

まるで病気が移るのを恐れているると言わんばかりに、ミズ・スタインがおそるおそる彼女の手を取った。顔が青ざめ、緊張で口もとが強ばっているのがわかる。「お会いできて光栄です、ミス・ダーシー」

間違いを正すのはやめておいた。フルネームが引き金となって過去の事件を思い出されては困ると考え、ダーシーはわざとファーストネームのほうを留守番電話に残しておいたのだ。

「こちらはアシスタントのマギー・オブライアンです」

ミズ・スタインは小さくうなずくと、両手を握りしめて言った。「ロビーは応募者でいっぱいです。オーディションの前に顔を合わせないほうがいいでしょう。こちらから来ていただけますか？」彼女は表示のない茶色いドアを示した。

ダーシーとマギーはミズ・スタインのあとからついていった。通り過ぎながらエージェンシーのガラス張りの入口をうかがうと、たしかにロビーは人でごった返していた。よかった！　番組にふさわしい男性は簡単に見つかりそうだ。

ミズ・スタインがドアを開け、先に入るように促した。「この廊下から会議室へ行けます」

ダーシーはマギーとともに飾り気のない白い廊下を進んだ。

急ぎ足で追いかけてきたミズ・スタインがふたりを押しのけて先に立った。「こちらです」右に曲がってもっと広い廊下に出ると、両開きのドアの前で足を止める。彼女は骨張った関節が白くなるほどきつく両手を握りしめた。「ここが会議室です。ご満足いただけるといいのですが」

「もちろんですわ」ダーシーは微笑みかけた。「場所を貸してくださって感謝しています」

「どういたしまして」ミズ・スタインがドアを開けた。「落ち着かれるまで少し待ってから始めましょう」

「ありがとう」マギーとダーシーが部屋に入るとすぐに、背後でドアが閉まる音がした。そこは長いテーブルと革張りの椅子がある典型的な会議室だった。一方の壁には、四四丁目を見渡せる大きなアーチ形の窓が三つ並んでいる。それ以外の壁には、ミズ・スタインの成功したクライアントたちの写真が、サイン入りで飾られていた。

マギーが振り返ってドアを見つめた。「あの人、なんだかものすごく神経をとがらせていたみたい」

「そうね」ダーシーは書類鞄をテーブルに置いた。緊張しているのは彼女も同じだった。

「手伝ってくれてありがとう、マギー」

「だって面白そうだもの、絶対に見逃したくなかったのよ」彼女はまだドラマに出る望みをつないでいて、今回のリアリティ番組への参加は見送ることにした。二週間以内にもう一度オーディションを受けるように連絡があったのだ。そこでそれまでのあいだ、アシスタントとしてダーシーを手伝ってくれることになった。

「もしかして、スライのオーディションを受けたの？」ティファニーが提供していたサービスが頭をよぎる。

「いいえ、運がよかったわ。担当は『アズ・ヴァンパイア・ターンズ』のアシスタント・ディレクターだったの。彼女はわたしが番組にぴったりだと思ったんですって。つまり、ドン・オルランドと一緒にいられるの」マギーは夢見るような瞳で窓の外を見た。「わたしたちは出会う運命だったんだわ。初めからわかっていたのよ」

そのとき書類鞄の中で携帯電話が鳴り出し、ダーシーは驚いて跳び上がった。必要なときに連絡できるようにと、グレゴリがくれた新しい電話だ。

マギーが近づいてきた。「誰からかしら？」

「さあ。番号を知っている人はほとんどいないはずなんだけど」ダーシーは鞄の中を手探りして電話を取り出した。「もしもし？」

「ダーシー！」ヴァンダの声は大きく、殺気立っていた。「これから行くわ。そっちは安全？」

「テレポートしてくるつもりなの？　わたしとマギーの他に誰もいないけど、今はちょっとまずいわ」電話の向こうから金切り声が聞こえてきた。「ヴァンダ？　いったいどうなっているの？」

「何かあったの？」マギーが訊いた。

「わからないわ」部屋の中にヴァンダの姿が現れるのを見て、ダーシーは携帯電話を閉じた。

「どうしたの？」

ヴァンダがあたりを見まわしている。「よかった。まだ始めていなかったのね」

「ここにいちゃだめよ」ダーシーは語気を強めて言った。「出演を了承してくれたのはあなただけなの。前もって男性たちと顔を合わせるのはよくないわ」

「心配しないで。お行儀よくするから」ヴァンダはベルトとして腰に巻いている鞭《むち》の位置を直した。「とにかく、なんとしてでもあのアパートメントから出なくちゃならなかったのよ。今や戦場だわ」

「何が起こったの？」マギーが尋ねる。

「ばかげたフープスカートにクローゼットを占領されて、みんながコーラ・リーに文句を言ったの。そうしたら彼女は」ヴァンダは南部訛《なま》りを真似て言った。「〝断言しますけど、世界の歴史を見渡しても、ヴィクトリア朝のコルセットとフープスカートほど女性が魅力的に見える服装はないわ〟だって」

ダーシーは顔をしかめた。「苦しいのが好きならね」

「そのとおり」ヴァンダがつんつんに立たせた紫のショートヘアに指を滑らせた。「それで今度はマリア・コンスエラが、中世のドレスのほうがはるかに色っぽいと言い出したの。コーラ・リーのフープスカートなんか絶滅すればいいって」

「あらまあ、大変」マギーが胸の前で十字を切った。

ヴァンダはにやりとした。「お次はレディ・パメラ・スミス＝ワージングよ。いつもの傲慢な表情で、この世でもっともエレガントなドレスは摂政時代《リージェンシー》のイングランドで着用されていたものだと宣言したの。そうしたらコーラ・リーが、レディ・パメラのドレスのようにウエストラインが高い位置にあったら、大きな納屋ほど太って見えると言い返したわ」

ダーシーは眉をひそめた。「それで喧嘩《けんか》が始まったの？」

「いいえ、まだよ。レディ・パメラは金切り声をあげたわ。ひどく取り乱して、平常心を失ったのね。猛スピードでクローゼットへ飛んでいくと、コーラ・リーがスカートを膨らますためにはくフープつきのペチコートをつかんで暖炉の中に突っ込んだの」

「嘘！」マギーが胸に手を押しあてた。「喧嘩が始まったのはそのとき？」

「それがまだなの。布地部分に火がついたんだけど、ほら、フープの部分が暖炉からぽんと飛び出して、プリンセス・ジョアンナの赤いベルベットのケープに着地しちゃったのよ」

ダーシーは息をのんだ。「まさか、アーミンの毛皮が裏打ちされた赤いケープじゃないわよね？　あれはかなりの値打ちものよ」

「まさにそれ」ヴァンダが大げさに両手を挙げてみせた。「そこでとうとう地獄の門が開いてしまったというわけ」

マギーがため息をつく。「プリンセス・ジョアンナのお気に入りだったのに」

「そうね」ヴァンダも同意した。「だけどもっと悲しいのは、彼女がたまたまそのケープを身につけていたことだわ」

「なんですって？」ダーシーの声がうわずった。「それでプリンセスは無事なの？」

「ちょっと焦げちゃったけど。でも、一日ぐっすり眠れば元気になるわよ」

ダーシーはぐったりと椅子にもたれかかった。「ひどい！　そのうち殺し合いが始まるに違いないわ」

「たぶんね。あれほどかっかしたプリンセスは初めて見たわ」ヴァンダが鼻を鳴らす。「厳密に言うと、出てたのは湯気じゃなくて煙だけど」

そのとき、会議室のドアが開いてミズ・スタインが顔をのぞかせた。「準備はよろしいかしら？」そこでヴァンダの姿に気づき、あんぐりと口を開けた。彼女は部屋の中を見まわし、誰もいない背後の廊下を振り返った。「いったい、いったいどうやって――ふたりだけのはずでは――」

ダーシーは立ち上がり、おかしなことなど何もないという態度で微笑みかけた。「こちらはヴァンダ・バーコウスキ。わたしの……第二アシスタントです」

ミズ・スタインが目を大きく見開き、ヴァンダの紫の髪とスパンデックスの黒いキャットスーツに見入った。「そうですか。あの、こちらの用意は整っています。よろしければわたくしの秘書のミシェルが、ひとりずつ候補者を連れてまいりますが」

「ありがとう、ミズ・スタイン」そう言ってダーシーがテーブルをまわりかけると、彼女は慌ててあとずさりし、部屋を出てドアを閉めてしまった。

ダーシーはテーブル中央の椅子に座り、書類鞄からメモ帳とペンを取り出した。

ヴァンダが右側の席につく。「それで、求めているのはハンサムな人？　だったら簡単よ。背が高くて黒髪で、ミステリアスな人を探せばいいわ」

「それってドン・オルランドそのものよ」マギーはダーシーの左側に座った。「わたしなら〝地上でもっともセクシーな男〟には彼を選ぶわ」

テーブルに肘をついて、ヴァンダが言った。「あなたはどうなの、ダーシー？　どういう人がセクシーだと思う？」

「そうねえ」彼女は太陽の降り注ぐ南カリフォルニアのビーチで過ごした、気苦労など何もなかった日々を思い起こした。打ち寄せる波のようにわたしの胸を高鳴らせたのは、どんな男性だったかしら？　「知的で優しくて誠実で、明るいユーモアのセンスがある人」

「退屈ね」ヴァンダがあくびをしながら言った。「じゃあ、外見は？」

ダーシーは目を細め、完璧な男性の姿を心に描いた。「背が高くて肩幅が広くて、肌は金色に日焼けしているの。髪はブロンド。太陽が沈みかけた湖のように、きらめく青い瞳をしているわ。笑顔がとても輝いていて――」

「わたしにあてさせて」ヴァンダがつぶやいた。「太陽みたいな笑顔なんでしょ？」

ダーシーは気恥ずかしさを覚えながら笑みを浮かべた。「あなたが尋ねるから答えたのよ。とにかく、わたしの思う完璧な男性はそういう人なの」

マギーが頭を振った。「ダーリン、それは男性じゃないわ。太陽神アポロよ」

ヴァンダがおかしそうに笑った。

太陽神アポロ？　ダーシーはうめいた。完璧な男性なんて、神話の中にしか存在しないのかもしれない。実現する可能性のない虚《むな》しい期待にすぎないのかも。

ドアにノックの音がした。若い女性が中をのぞく。「こんばんは。わたしはミシェルです」上品なスーツを着て茶色い髪をうしろでまとめているところをみると、上司を手本にしているのだろう。「最初の応募者の準備ができました。ボビー・ストライサンドです」

メモをとろうとペンを手にしたダーシーは凍りついた。肩幅が広く背の高い女性が部屋に入ってきたのだ。赤いイヴニングドレスにスパンコールがきらめいている。彼女は赤いフェザーのボアをさっと片方の肩にかけると、大げさにポーズをとった。

なんなの、これ？　驚きのあまり開いた口がふさがらない。ミズ・スタインは趣旨を理解していないのかしら？　わたしたちの目的が、いわば軍の兵士募集のように、いい男を探すことだと伝わっていなかったの？　「申し訳ありませんが、われわれが求めているのは男性で――」

「彼は男よ」ヴァンダがささやいた。

ダーシーは目をぱちぱちさせてもう一度よく見た。あら、いやだ。

ボビーが赤いタイトなドレスに包まれたヒップを揺らしながら、ゆっくり近づいてくる。

「アタシは男よ、ダーリン」低いハスキーな声で彼が言った。「歌を披露しましょうか？　アタシの歌う『メモリー』を聞いたら、間違いなく泣けるわよ」サイン入りの写真をテーブルに置き、軽くとんとんと叩く。赤いマニキュアはドレスの色とぴったり合っていた。

ダーシーは言葉をなくして彼女を、いや、彼を見つめた。どうしてこんなことが？　〝地上でもっともセクシーな男〟を探していると、はっきり伝えたつもりだったのに。「あの、残念ですが、あなたはこちらが思い描いている役に適していないようですわ」

ボビーの表情が崩れた。洟《はな》をすすり、イヴニングドレスの胸もとからレースで縁取られたハンカチを取り出す。「いつだってそうなのよ。アタシを理解してくれる人なんて誰もいないんだわ」

ダーシーは内心でうめいた。信じられない、泣き出すの？

「アタシは自分の能力を示すチャンスが欲しいだけなの。そんなに無理な注文だと思う？」ボビーは目にハンカチを押しあてた。「どうして誰も、主演男優としてアタシを見てくれないのかしら？」

「男の格好をすればましになるかも」ヴァンダがつぶやいた。

「だけどアタシは男よ。正真正銘の男なのよ」ボビーは言い張り、身を屈めてダーシーのほうに顔を突き出した。「マスカラ落ちてない？」

「いいえ、とても……すてきよ」

「ありがとう」赤い唇を震わせながら、ボビーが悲しげに微笑んだ。「アタシのことなら心配しないで」同情はお断りと言わんばかりに片手を挙げる。「なんとか立ち直るから。あきらめないわよ。だってアタシはアーティストなんだもの。このスタイルは絶対に貫き通すつもり」

「もちろんだわ、ミスター・ストライサンド。もしもあなたのような……スタイルの人材が必要になれば、必ずご連絡します」

ボビーがハンカチを宙に高く掲げ、それから胸の前で握りしめた。「ありがとう」そう言うと、彼は滑るように部屋を出ていった。

ダーシーは頭を振った。「まさか、こんなのが続いたりしないわよね」

ミシェルがドアを開けた。「チャッキー――」クリップボードをちらりと見て眉をひそめる。「バダビンです」

「絶対に芸名ね」マギーがささやいた。

細身の男性が部屋に入ってきた。シルクのシャツは半分ボタンが外され、カールした胸毛と三連の金のネックレスがのぞいている。彼は自分の写真をテーブルに放り投げた。「ワオ！」三人に目を留めると、金歯をきらめかせて笑った。「ひとつ屋根の下にこれほどホットなベイブたちが集まってるなんて、初めて見るぜ」うしろに下がり、腰を片側に突き出して無造作にポーズをとる。

ダーシーはこらえきれずに身震いした。「ミスター……バダビン。経験はありますか?」

チャッキーがにやりとして薄い口髭をこすると、小指でダイヤモンドの指輪が光った。

「おいおい、もちろんさ。あらゆることを経験してる。そう聞いて、三人のご婦人方は何を想像するかな?」彼がウインクした。

ヴァンダがダーシーのほうに身を寄せてささやいた。「殺してもいい?」

「それで」チャッキーはベルトに両手の親指を引っかけて訊いた。「優勝したら〝地上でもっともセクシーな男〟と名乗ることになるのかい?」

「それにはまずオーディションに合格しないと」ダーシーは彼の写真を取ってメモ帳の下に突っ込んだ。

「セクシーな男が欲しいなら、まさにうってつけの人材だぜ」チャッキーは細い腰をまわしてみせた。「バダビンと呼ばれるには理由があるんだ」

「お願い、殺してもいいと言って」ヴァンダがささやく。

許可してしまおうかしら。「ごめんなさい、ミスター・バダビン。あなたの特技は必要ないわ」

チャッキーが鼻を鳴らした。「おれの値打ちがわかってないな」

ヴァンダが笑みを浮かべた。「あんたもね」

嘲《あざけ》るように笑うと、チャッキーは部屋を出ていった。

ダーシーは目もとの筋肉が痙攣するのを感じた。こめかみをさすり、だんだん強まる悪い予感を消し去ろうと努める。

ミシェルがドアを開けて告げた。「次はウォルターです」

ウォルターが部屋に入ってきた。薄くなりかけた頭髪に、突き出た丸い腹をした中年男性だ。「はじめまして」にこやかな笑みを浮かべてテーブルに写真を置く。

セクシーとはかけ離れているものの、少なくとも礼儀正しいようだ。ダーシーは微笑み返した。「演技の経験はおありですか?」

「もちろん。この三年間〈キャプテン・ジェイクのバッファロー・ウイング〉のコマーシャルに出ています」ダーシーたちがなんの反応も見せないので、彼の笑みが強ばった。「ええと、〈キャプテン・ジェイクのチキン〉はご存じないんですか? ニューヨークで最高のバッファロー・チキンウイングを出すんですよ」

「申し訳ないけど、わたしたちはチキンを食べないの」マギーが言った。

「ああ、そうか、ベジタリアンなんでしょう? わかりました、お見せしますよ。こんなふうに歌って踊っているんです」ウォルターは反り返って両手をバタバタさせながら、部屋の中を行ったり来たりし始めた。続いて歌い出す。「〝ぼくはハーブとスパイスで焼かれてるんだ。おいしいライスもついてくる。揚げてないから健康的。それにみんな大好き、お得なプライス!〟」

ダーシーの口が開いた。ヴァンダもマギーも無言だ。

ウォルターの笑顔が誇らしげに輝く。「最高でしょう？　もちろん、ニワトリのコスチュームを着ればもっと見栄えがするんですが。車に入れてあるので、よかったら取ってきますけど」

三人ともぽかんとしたまま彼を見つめ続けていた。

「言葉にならない？　みんな同じ反応をするんです」

ダーシーはまた目もとが引きつるのを感じた。「残念ながら、このリアリティ番組はミュージカル形式ではないんです。でもそういう番組を作ることになったら、あなたに連絡するわ」

「そうですか、わかりました」ウォルターはがっくりと肩を落とした。「ともかく、ありがとうございました」彼はすっかり打ちひしがれた様子で、とぼとぼ歩いて出ていった。

ダーシーは突っ伏して、テーブルに額をごつんと打ちつけた。「どうしようもないわ」

「心配しないで」マギーが彼女の背中を優しく叩いた。「候補者はまだまだたくさんいるんだから」

一時間が過ぎ、二〇人の面接を終えたころには、ダンシング・チキンのウォルターさえ素晴らしかったと思えるようになってきた。

そのときドアが開き、ミシェルが大きくため息をつきながら、うっとりした口調で告げた。「ガース・マンリー」彼女は胸に手をあて、中へ入ってくる男性を目で追っている。

さらにふたつのため息が、ヴァンダとマギーの口からもれた。ふたりとも、急に体から力が抜けてしまったようだ。ダーシーは心配になって様子をうかがった。消味期限切れの血を飲んだのかしら？　でも、消化不良に苦しんでいるようには見えないわね。どちらかといえば至福の表情で応募者の男性を凝視しているわ。

彼は申し分なさそう、とダーシーは思った。あたりまえだが、これまで見てきた中でいちばんのハンサムだ。うしろにとかしつけたウエーブのかかった黒髪に、日焼けした顔。「ミスター・マンリー、演技の経験はおありですか？」

「あります」彼はサイン入りの写真をテーブルの上に置き、脚を大きく開いて立った。胸の前で腕を組むと、力こぶが盛り上がるのがわかった。

マギーとヴァンダがまたしてもため息をついた。ミシェルは入口に立ったまま、ドア枠に頬をこすりつけている。

「具体的には？」ダーシーは尋ねた。

「主に劇場です」ガースが黒い眉を上げた。「演技をしてみせましょうか？」

「ええ、お願い」息も絶え絶えにマギーが言った。

すでに役に入っているのか、彼が頭を垂れた。

ヴァンダがささやく。「彼を選んで。すごく格好いいじゃない」

ダーシーは〝しいっ〟と言って黙らせた。

ガース・マンリーは顎を上げて三人の頭上に視線を据えると、右手を挙げて口を開いた。

「〝生きるべきか、それとも――〟」

「うしろを向いてくださる？」マギーが頼んだ。

ガースは驚いた顔をしたものの、言われたとおりに背を向け、もう一度始めからやり直した。右手を挙げる。「〝生きるべきか、それとも――〟」

ヴァンダとマギーは身を乗り出して、食い入るように彼のヒップを見つめていた。ふたりの荒い息でほとんどせりふが聞こえない。

「〝どちらがより気高い――〟」

「シャツを脱いでもらえる？」ヴァンダが言った。

ガースがさっと振り返る。「はい？」

ダーシーはうめきたいのをこらえた。ひとりで面接するべきだったわ。「ホットタブに入っていただくシーンがあるんです」彼女は説明した。「だから水着姿がどんな感じか知っておきたくて」

「ああ、なるほど」ガースが黒いレザージャケットを脱いで椅子の背にかけ、シャツのボタンを外し始めた。濃いまつ毛の下からちらっとダーシーたちをうかがうと、ゆっくり笑みを浮かべる。「脱ぐあいだ音楽をかけてもらえるかな？」

マギーがくすくす笑った。

ダーシーはもう少しでむせるところだった。

紫の長い爪で下唇に触れながら、ヴァンダが尋ねた。「教えてほしいんだけど、ガース、ストリップの経験はある？」

彼はいぶかしげに見つめ返した。「ひとり《ソロ》で脱ぐのは好きじゃない」

ヴァンダが胸もとに手をやり、セクシーな黒いキャットスーツのファスナーに指をかけた。

「あら、ちょうどそういう気分なの……デュエットの」

ダーシーは横目で彼女をうかがった。いやだ、ヴァンダったら、キャットスーツを脱ぎかけているわ。「ありがとう、もう十分よ。ミスター・マンリー、ロビーでお待ちいただけますか？　あとでもう一度お呼びするかもしれません」

「わかりました」承知していると言わんばかりに微笑むと、ガースは脱いだ服を集めて出ていった。ミシェルがよろめきながらついていく。

マギーがダーシーに向き直って言った。「どうして彼を下がらせたの？　この番組にぴったりだと思ったのに」

「わたしも同感よ」ダーシーは認めた。「ただ、ヴァンダが裸になる前に、彼をここから出さなきゃならなかったの」

鼻を鳴らし、ヴァンダがキャットスーツのファスナーを上げた。「つまらない人ね」

「確かに彼は素晴らしい人材のようだけど、まだひとり目の候補よ」ダーシーはふたりに思い出させた。「少なくともあと四人は人間の参加者が必要だわ。今晩中に見つけなくては」

「わかった」ヴァンダが紫の髪を手で整えた。「仕事に戻りましょ」

三時間後、マギーは紙に〝ミセス・ドン・オルランド・デ・コラソン〟と署名する練習を始め、ヴァンダは回転式の椅子をくるくるまわして遊んでいた。

ダーシーは痛みが増しつつあるこめかみをマッサージした。ちゃんとした男性を探すのがひどく難しいことをすっかり忘れていたわ。こんな調子では、今まで結婚していなかったのも無理ないわね。

「もう家に帰ってもいい？」マギーが訊いた。「これほど立て続けにとんでもない男ばかり見たのは初めてよ」

「わかるわ」ダーシーも同意した。「でも、あとひとりだから」

ドアを開けたミシェルが笑顔で告げた。「最後の応募者よ。アダム・カートライト」

部屋に入ってきた男性を目にしたとたん、ダーシーは口をぽかんと開けた。背が高く、長い脚に広い肩。エネルギーを節約するかのように無駄のない優雅な動き。豊かな髪は金色に波打っている。メイクを施していない自然のままの肌には生気があふれ、ブロンズ色に輝いていた。前に進み出た彼は部屋の中にざっと視線を走らせ、ふいに動きを止めた。まっすぐダーシーを見つめている。

彼の青い目が大きく見開かれた。ダーシーは呼吸が止まり、その男性から目が離せなくなった。

彼が近づいてきて咳払《せきばら》いした。その音さえ胸に響く。「ミス・ダーシー？」低くてセクシーなこの声は彼のもの？　返事をしようとしても言葉が出てこない。なんとか声を出そうとして、ダーシーは唇を舐めた。だが彼の青い目が唇に向けられると、何を言うつもりだったのかすっかり忘れてしまった。

「ダーシー？」マギーが小声で促す。

彼の視線がふたたびダーシーの目に戻った。たちまち体じゅうに温かいものが満ちてくる。頭上から照りつける太陽のようなぬくもり。裸足《はだし》の爪先に感じる砂のようなぬくもり。ああ、こんな温かさを感じるのは、四年前のあの恐ろしい夜以来初めてだわ。彼女は目を閉じ、血管を流れる熱を楽しんだ。まるでもう一度ビーチを訪れて、潮の香りのする風に吹かれながら波の音に耳を傾けているみたい。手にはビーチバレーのボールの感触さえ戻ってきた。すぐ前にネットがあり、そばで妹が笑っている。

「ダーシー」ヴァンダが肘で突いた。

ダーシーははっとして目を開けた。彼はまだそこに立ち、じっと彼女を見つめていた。ゆっくりと、彼の顔に笑みが広がった。まあ、えくぼがあるわ。脳みそがぐにゃぐにゃになって、彼女は何も考えられなくなった。

「大丈夫、ダーシー？」マギーがささやいた。

ダーシーは大きく息を吸うと、やっとのことで声を絞り出した。「アポロよ」

4

しばらくしてようやく口を開いた彼女の声は、押し殺したささやきに近かった。「アポロ

彼女だけに向け続けた。

すぐに青いスーツの女性へ戻った。彼は他の女たちに察知されないよう慎重に、自分の力を

の輝きはヴァンパイアに多い。だがオースティンの視線はふたりを詳しく観察する間もなく、

車場で見かけたのを覚えている。紫の髪のほうもアンデッドだろう。派手な外見や飢えた目

他のふたりはどうだろう？　小柄な黒髪のほうは間違いなくヴァンパイアだ。ＤＶＮの駐

アンパイアなら、そんなことに思いをめぐらせたりしないはずだ。

突然姿を現したのだ。彼女は温かい砂やビーチバレー、妹の笑い声について考えていた。ヴ

の頭の中にやすやすと侵入できた。するとまるで降り注ぐ太陽光線のように、彼女の思考が

おまけに彼女が人間だとわかったんだぞ。そうとも、人間に違いない。オースティンは彼女

っていることに気づいた。だが、それがいけないことか？　ついに謎の女性を見つけ出し、

よかった！　徐々にわれに返ったオースティンは、自分がまぬけな笑みを浮かべて突っ立

彼女は人間だ。

よ」

うん？　オースティンは頭を傾けて、その言葉の意味するところを解読しようとした。彼女の思考はまだビーチに向いていて、肌をなでる太陽のぬくもりを夢見ていた。顔が上気し、速まる呼吸に合わせて胸が上下している。きっと愛し合うときもこんな感じに違いない。彼は嬉《うれ》しくなった。血が猛スピードで股間に集まり、一瞬、彼女をテーブルの上に横たえている自分の姿が浮かんだ。唇が赤く腫《は》れるまでキスして、それから――どうするつもりだ？ヴァンパイアと思われるふたりがそばにいるのに、何もできるわけがない。

彼女はなぜこの女たちと一緒にいるのだろう？　囚われているのか？　彼女自身か家族の命が脅かされ、協力を強いられているのかもしれない。女たちは彼女にささやきかけたり、つついたりしていた。精神を支配されているのだろうか？　だがミズ・スタインによると、責任者はミス・ダーシーらしい。

もっと情報が必要だ。彼女の信頼を得なければ。下半身を反応させてぼうっと見つめていては、信用してもらえるわけがなかった。オースティンは彼女の前のテーブルに写真を置いた。青い瞳が下を向き、すぐにまた彼の顔に戻る。

「座ってもいいですか？」オースティンは革張りの椅子を引いて腰かけ、彼女と向き合った。

ミス・ダーシーの思考が伝わってきた。〝彼は他の人たちと違って、立ったまま高いところからわたしたちを見おろすのがいやなんだわ。同じ目線までおりてきてくれた。なんて優しくて思いやりがあるのかしら〟

優しくて思いやりがある？　くそっ、ただ股間の変化を隠したかっただけなのに。「はじめまして、みなさん。ぼくは……アダム・オラフ・カートライトです」

紫の髪の女が鼻に皺を寄せた。「オラフ？」

「そうです」嘘をつくときは、できるかぎり真実を織り込むほうがうまくいくのだ。「祖父のパパ・オラフにちなんで名づけられました。ミネソタでいちばんの釣り名人でしたよ。今でもぼくの最高の思い出は、祖父と一緒に釣りに出かけたことなんです」オースティンはふたたび美しいミス・ダーシーの思考をとらえた。〝家族を愛しているのね。アウトドアが好きで、人生のささやかな喜びを楽しんでいる〟

小柄な女があくびをした。「魚を殺すのが好きなの？」

「釣りのプロセスを楽しむんですよ。どんなことが起こるかと思うとわくわくする。食料として必要でないときは、釣った魚をもう一度水に戻します」ミス・ダーシーの心の声はさらに続いた。〝忍耐強くて哀れみ深いのね。それにとてもハンサム〟なんてことだ、ぼくに好意を持っているのか。

紫の髪の女が彼女に身を寄せてささやいた。「彼は退屈だわ」

ミス・ダーシーの意見は違うぞ。オースティンは、他のふたりがただ〝ダーシー〟と呼びかけていることに気づいた。「みなさんのお名前を教えてもらってもいいですか？」

「たぶん」小柄なほうが答えた。「わたしはアシスタント・ディレクターのマーガレット・メアリー・オブライアン。みんなはマギーと呼ぶわ」

「ヴァンダ・バーコウスキよ」紫の髪のほうが片手を挙げると、紫に塗った長い爪が見えた。

オースティンは青いスーツの女性に視線を移した。「あなたは？」

彼女はペンを握りしめた。「ダーシー」

「ファーストネーム？　それともラストネームかな？」

「ラストネーム」彼女がささやくと同時に、他のふたりが声をそろえて言った。「ファーストネームよ」彼女の目もとがぴくっと引きつり、ペンを持つ手にさらに力が加わった。

「どちらです？」オースティンは優しい口調で訊いた。気の毒なこの女性は神経過敏になっているようだ。どうしてだろう？　ヴァンパイアと一緒に過ごさざるをえないせいだろうか？

女性は深呼吸すると、そっとペンをテーブルに置いた。「演技の経験はありますか？」

準備してきた嘘のリストを暗唱しようとして、彼はふと気が変わった。「まったくありません」

〝正直な人ね。それに知的だわ〟彼女の考えていることが伝わってくると、オースティンは罪の意識に駆られた。正直だって？　本名すら教えていないのに。それにリアリティ番組のオーディションを受けようとする男の、どこが知的だと言えるんだ？　しかし目の前の女性たちは、外見もふるまいも、とても邪悪な殺人鬼には見えない。面接を終えて会議室から出てきた応募者たちに質問してみたのだが、危害を加えられた者はいなかった。シャナの話は本当だったのだろうか？　二種類のヴァンパイア——無害な者と暴力的な者——が存在するのか？

いや、まだ信じる気にはなれない。だがたとえそうでも、こんな潜入捜査は時間の無駄に思えた。エマは正しい。オースティンの能力は、セントラル・パークで人間を襲うヴァンパイアたちに使ってこそ価値があるというものだ。やつらを捕らえることができたら、シャナについて尋問すればいい。

「残念ながら、オーディションを受けたのは間違いだったようだ。時間をとらせてすみません」最後にもう一度ミス・ダーシーに目を向けてから、オースティンは立ち上がった。気の毒な美しい女性。彼女が何者であろうと、あきらめるつもりはない。危険に晒され、彼の助けを必要としているかもしれないのだから。すぐに彼女の調査を開始しよう。彼はドアへ向かって歩き出した。

「待って！」

振り返ると、彼女も椅子から立ち上がっていた。

「あの……実際のところ、経験がなくてもかまわないの。能力もいらないわ。これはリアリティ番組なんだから」

オースティンは微笑まずにいられなかった。恥ずかしそうに笑みを返す彼女を目にしたとたん、彼は完全に心を奪われたことを悟った。時間を無駄にしたってかまうものか。そもそもこの番組に出るようションに命じられているのだから。

ミス・ダーシーが懇願するように彼を見つめた「ぜひ出演していただきたいわ」

ぼくは気絶するまできみにキスしたい。「わかりました」

彼女はほっとしたようにため息をついて微笑んだ。「よかった」

ああ、本当によかったと思えるようになるだろう。オースティンの視線は彼女のヒップのあたりをさまよい、それから顔に戻った。「むしろ素晴らしいと言うほうがよさそうだ」

彼女の目が見開かれた。「あの――また連絡《イン・タッチ》します」

「必ず」部屋を出たオースティンは大きく息を吐いた。彼女に触れる《タッチ》ぞ。それも近いうちに。


ダーシーは深呼吸して、高鳴る胸を静めようとした。アダム・オラフ・カートライト。彼のことを考えるだけで、とんでもなく鼓動が速まった。震える手を彼の写真に伸ばす。まあ、写真でもえくぼがわかるわ。ターコイズブルーの瞳の美しさも。

「大丈夫？」マギーが訊いた。「ほとんど口をきけてなかったけど」

「わたし――喉がむず痒《がゆ》くて」

「本当に？」ヴァンダが面白がるような顔で、じっとダーシーを見つめた。「むずむずしてたのはもっと下のほうでしょ」

マギーが睨む。「なんてことを！　露骨な言い方しないで」

「否定する必要もないじゃない」ヴァンダが立ち上がって伸びをした。「認めなさいよ、ダーシー。あの男に熱くなっちゃったって」

ダーシーは首を横に振った。「疲れているせいだわ。何時間もひどい男性ばかり面接してるわ」

「でもあなた、顔が赤くなっていたんだもの」

「ひどい男性というのは正解ね」マギーがあくびをした。

ダーシーは写真で顔をあおいだ。「ここは暑いから」

「別にそうは思わないけど」ヴァンダがマギーを見て訊いた。「暑い？」

「いいえ。むしろ少し肌寒いくらい」

「もういいわよ、ふたりとも」候補者の写真をテーブルに並べながら言う。「この中から五人を選ばなきゃ」

「ひとり目は絶対にガース・マンリーね」マギーが彼の写真を見つけてダーシーに渡した。

「賛成。ふたり目は」ヴァンダが写真に手を伸ばした。「彼――太陽神アポロ」

マギーがにやにやしている。

「彼の名前はアダムよ」ダーシーはヴァンダの手からひったくるようにして写真を取った。この世で最初の人間、アダム。腰布一枚しか身につけていないアダム・オラフ・カートライトが、エデンの園を駆けまわる姿が脳裏をよぎる。いいえ、イチジクの葉にしよう。かなり大きなイチジクの葉っぱ。でもほんの少しそよ風が吹いただけで、飛んでいってしまうかもしれない。

やめなさい！　見事な体、えくぼのあるハンサムな顔、それにめまいがするほど青い瞳を備えているからといって、こんなに簡単にまいってしまうほど、わたしは浅はかな女なの？

ダーシーは彼の写真に目を向けた。ええ、どうやらそうみたい。

彼女は心の中でうめき声をもらした。ただ欲望に駆られているだけじゃないわ。アダム・オラフ・カートライトには、素晴らしい外見以上のものがある。ダーシーは彼の知性や思いやり、誠実さや精神力を感じ取っていた。

「また顔が赤くなっているわよ」マギーが優しく声をかけた。

ダーシーはため息をついて椅子に座った。「やっぱり無理だわ。わかるでしょ」

「さあ、どうかしら」ヴァンダが椅子の背にもたれて言った。「モータルの男をセックス・トイとして手もとに置いている女性の話を聞いたことがあるけど」

ダーシーは眉をひそめた。「わたしにはできない」

「それに、そういう関係は長続きしないものよ」マギーがつけ加える。「ごめんなさい、ダーシー。もうからかうのはやめる」

「ありがとう」彼女はガースとアダムの写真を脇に寄せ、残りをくまなく見ていった。「ジョージ・マルティネスとニコラス・プーロスはどう?」ふたりの写真を選び出す。

「いいと思うわ」マギーも一枚選んだ。「この人もすてき。セス・ハワードよ」

「そうね。よし、これでそろったわ」ダーシーは書類鞄から携帯電話を取り出した。「グレゴリに連絡して迎えに来てもらうわね」電話をかけると、彼はちょうど車を走らせており、一五分ほどで着くということだった。

ヴァンダが立ち上がる。「わたしはテレポートで帰るほうがいい。お腹《なか》がぺこぺこで、ガース・マンリーがすごくおいしそうに見えてきたわ」

「それなら行って」ダーシーは急いで彼女に携帯電話を差し出した。「それから、番組に出てくれるようにみんなを説得してほしいの」

「やってみるわ」ヴァンダは肩をすくめた。「でもこのところずっと喧嘩ばかりしているから、話を聞く気分じゃないかも」

「あともうひとつ」ダーシーは続けた。「今晩ここでしていたことは、絶対に口外しないと誓ってちょうだい。参加者の中に人間がいるとわかって驚かせたいのよ」

ヴァンダが鼻に皺を寄せた。「どうやって驚かせるつもり？　一ブロック先からでも人間の匂《にお》いがわかるのに」

「そこはちゃんと考えてあるの」ダーシーは却下した応募者の写真をきちんと重ねた。「〈ロマテック・インダストリー〉で働いていたとき、自制心を失ったヴァンパイアたちが人間の従業員を噛んでしまう事件があったのよ」

「それなら覚えているわ」マギーが言った。「ローマンが激怒してたもの」

ダーシーはうなずいた。「人間とヴァンパイアに等しく安全な世の中にしたいという理念を掲げる彼にとっては大打撃だったの。しかも自分の会社で起こったものだから、かなり憤慨していたわ」

「それで、ローマンはどうしたの？」ヴァンダが訊いた。

「まず、ヴァンパイアの従業員に人工血液を無料で提供したの。しばらくはそれでうまくいってたんだけど、そのうちまた事件が起こり始めたわ。人間たちが会社を訴えたら、いずれヴァンパイアの世界に世間の目が向いてしまうかもしれない。それを心配したローマンは、人間の匂いを完全に覆い隠してしまう何かの化学物質をコーティングした、プラスティック製のアンクレットを開発したのよ。ヴァンパイアよけの防虫剤を体に振りかけているみたいなものね。人間の匂いがしなければ、噛みたくなる衝動に駆られることもないでしょ」

「そのアンクレットを番組で使うつもり?」マギーが尋ねた。

「ええ。人間の安全を確保できるし、誰が人間か特定されることもないわ」

ヴァンダが頭を傾けて考えている。「ヴァンパイアは人間の心が読めるから、それでわかってしまうと思うけど」

「番組ではマインド・リーディングもマインド・コントロールも禁止よ」ダーシーははっきりさせた。「ヴァンパイア向けの契約書にその条項を盛り込むつもり。さもないと公正なコンテストにならないわ」

「確かにそうね」ヴァンダはグレゴリの自宅に電話をかけた。「もう行くわ。部屋の外から人間の匂いがしてきて、お腹が空《す》いて仕方ないの」そこで言葉を切り、電話の相手に話しかける。「レディ・パメラ? そのまま話し続けてくれる?」

ダーシーはヴァンダのかわりに携帯電話を持ち、彼女の姿が完全に消えると、電話をたたんで書類鞄にしまった。

そこへノックの音がして、ミズ・スタインが顔をのぞかせた。部屋の中をさっと見まわす。

「いったいどこへ――」彼女は誰もいない廊下を振り返った。「三人いらっしゃるとばかり思っていたんですが」

「さっきまではそうでしたわ」ダーシーはにっこりすると、急いで話題を変えた。「合格者が決まりました。番組に出ていただきたいのはこの五名です」そう言って、サイン入りの写真を差し出す。

「わかりました」ミズ・スタインは少しだけ進み出て写真を受け取った。

「それからここに、注意事項を記したものと契約書があります」ダーシーは鞄から書類を取り出した。

ミズ・スタインはそれも受け取った。「では渡しておきます、気の毒――いえ、ラッキーな人たちに」

「ありがとうございます。制作スケジュールの都合上、契約書は五日以内にサインして返していただきたいんです。よろしければ、こちらで受け取っておいてくださると助かるんですが。五日目の晩にマギーが回収にうかがいますので」

「結構ですわ」ミズ・スタインはそう言うと、急いで部屋を出ていった。

ダーシーはテーブルの角をまわった。「男性の参加者全員の肖像画を描《か》いてもらう必要があるの。ヴァンパイアの画家を探せるかしら？」

「たぶん。ヴァンパイア専用の職業別電話帳《ブラックページ》を見てみるわ」

「お願いね。見つかったら知らせて。特別に頼みたいことがあるのよ」

マギーの目が見開かれた。「それもサプライズのひとつ？」

ダーシーは微笑んだ。「どうかしら」


待合室の人数はすでに減り、今は二〇名ほどが不安げな面持ちで待っていた。早々に帰ってしまった者たちは、ミス・ダーシーと彼女の……友人たちに却下されたのだろう。オースティンは苛立《いらだ》ちを覚えていた。彼女ほど知的で美しい女性が、なぜヴァンパイアなんかとつき合っているんだ？

彼はコーヒーポットが置かれている一角へ向かった。軽く頭を傾け、そこで合流するようギャレットに合図する。彼は発泡スチロールのカップにコーヒーを注ぐと、ピンクと青の砂糖の袋をもてあそびながら同僚を待った。

ギャレットがすぐそばに来てコーヒーを注いだ。

「たぶん合格だと思う」オースティンはささやいた。「そっちは？」

「同じだ」うしろを振り返ったギャレットが、近づいてくるマウンテン・トロールそっくりのずんぐりした小男を見て言った。「たいした競争相手がいなくてラッキーだったな」

「そうか？」オースティンは歯を食いしばった。ギャレットはミズ・スタインがわざとオーディションに手を加えて、ふたりがよく見えるように仕向けているのがわからないのだろうか？　「三人の……女性についてはどう思った？」

「明らかに……ほら、わかるだろ」

三人とも？「いや、青いスーツのひとりはノ、ー、マ、ル、だろう」普通《ノーマル》どころかずば抜けた美女だが、人間なのは間違いない。

ギャレットがコーヒーに粉末クリームを入れてかきまぜた。「同意できないな」

オースティンは神経が張りつめるのを感じた。声を落として言う。「彼女の頭の中に入ったんだ。日光やビーチや家族のことを考えていたぞ」

「本当に？　そんなことできなかったなあ」

「おまえの力がそれほど強くないからだ。すまない、気を悪くしないでくれ」

「わかってるって。だけど、そうだとしても――」マウンテン・トロールがコーヒーを取りに来たので、ギャレットは口をつぐんだ。

オースティンはわざと声を大きくして言った。「会うのは初めてじゃないかな。ぼくはアダム・カートライトだ」

「ガース・マンリー」ギャレットが彼の手を取って握手した。

「おれはファビオ・ファニセロだ」コーヒーに砂糖を五袋入れながら、マウンテン・トロールが言った。

「よろしく」オースティンはギャレットを従えて、誰もいない部屋の隅へ移動した。「何を言いかけていたんだ？」

ギャレットはあたりを見まわし、聞かれていないことを確認してから口を開いた。「会議室に入っていったとき、通りに面した窓に自分の姿が映っているのが見えた」

「それで？」大きな石でものみ込んだように、腹のあたりが急に重くなる。

ほとんどささやきに近い声でギャレットが言った。「女性たちは映っていなかった。誰ひとりとして」

オースティンの背筋を冷たいものが駆けおりた。くそっ。「それ……それだけではなんとも言えないぞ。明かりのせいかもしれないし、おまえが立っていた位置が関係しているのかもしれない。他にいくらでも理由は考えられる」

ギャレットは肩をすくめた。「そりゃそうだけど、あれは絶対三人とも……この世のものじゃなくなっていると思うな」

オースティンは胃がよじれるのを感じた。口の中のコーヒーが急に苦みを増し、彼は近くのテーブルにカップを置いた。ありえない。「いや、ちょっと待ってくれ。ショーンの話では、女性がこのエージェンシーに確認の電話をかけてきたのは午後だった。まだ日があるうちだ。それがダーシーだったに違いない」だから彼女は人間なのだ。

「みなさん、よろしいかしら？」ミズ・スタインの声が響き、部屋の中が静まり返った。

「リアリティ番組『セクシエスト・マン・オン・アース』に出演する五名が決定しました。名前を呼ばれた方は契約書をお渡ししますので、ここに残ってください」ミズ・スタインがひと呼吸置くと、部屋中に緊張がみなぎった。それぞれネクタイを緩めたり、期待をこめてこぶしを握りしめたりしている。よく見えるように、ファビオが椅子の上にのった。

「ガース・マンリー」ミズ・スタインはギャレットに満足そうな笑みを向けながら告げた。

微笑みはすぐに消え、リストの残りを急いで読み上げる。「アダム・カートライト、ニコラス・プーロス、ジョージ・マルティネス、セス・ハワード。以上です。おめでとう」

室内が歓声や落胆のうめきでざわつく中、オースティンはギャレットに身を寄せてささやいた。「ショーンに連絡して、合格したことを報告してくれ」

ギャレットがうなずいて携帯電話を取り出した。ファビオは怒りのこもったうめきをもらすと、椅子から飛びおりてよたよたとドアへ向かった。がっかりした男たちが重い足取りでそのあとに続き、選ばれた残りの三人がミズ・スタインのまわりに集まった。彼らに書類を渡すと、ミズ・スタインはオースティンとギャレットのほうへやってきた。

通話を終えたギャレットが電話をポケットにしまった。

「おめでとうと言うべきなんでしょうね」ミズ・スタインは悲しげな顔でふたりを見た。「これが契約書です」

「ありがとう」オースティンは書類を受け取って、ざっと目を通した。「ミズ・スタイン、今夜のオーディションで何かおかしいと感じたことはありませんでしたか？」

彼女が苦虫を嚙みつぶしたような表情になった。「何もかもおかしなことばかりでしたわ。弊社には優れた性格俳優が多数所属しておりますが、『セクシエスト・マン・オン・アース』というコンテストにはまったくふさわしくなかったようで」

「ミス・ダーシーについてはどうです？」オースティンは尋ねた。「ラストネームなんですか？」

「さあ、存じ上げませんわ」ミズ・スタインが身を寄せて訊いた。「DVNというのは合法な放送局なんですか？　一度も聞いたことがありませんけど」

「ええ、合法です。開局して五年以上になりますよ」

「そうですか」ミズ・スタインは眉をひそめながらギャレットにも契約書を渡した。「あの人たちはなんだか奇妙な感じがしたわ」

「確かに」ギャレットが同意する。「紫の髪はちょっとやりすぎだ」

彼女は手を振って否定した。「わたくしはつねにクリエイティブな方々と仕事をしていますから、そういうのは慣れているんです。でも、あの人たちは……」

「なんです？」オースティンは先を促した。

「その」あたりを見まわし、ミズ・スタインは声を低めて言った。「最初はふたりだけでした。それから三人になって、ついさっきのぞいてみたら、またふたりになっていたんです。あの紫の髪の女性が来るところも帰るところも、いっさい見ていません」

オースティンはギャレットと視線を交わした。紫の髪のヴァンダ・バーコウスキはテレポートしたに違いない。つまり、彼女は間違いなくヴァンパイアなのだ。「その件に関しては心配いりません、ミズ・スタイン。おそらく簡単に説明がつくはずだ」

ミズ・スタインはむっとした。「わたくしだってばかじゃありませんわ、ミスター……カートライト」

ギャレットが彼女の肩に触れた。「どうか怒らないでください。われわれがちゃんと対処しますから」

ミズ・スタインは彼に微笑みかけた。「わたくしたちの国の安全が、あなたのように有能な方の手にゆだねられていて幸いですわ」

こっちは無視か？　「そろそろ失礼します」オースティンはミズ・スタインとギャレットにうなずいた。「ではまた」

エレベーターを待つあいだに、彼は携帯電話で番号案内にかけた。「ブルックリンの〈デジタル・ビデオ・ネットワーク〉を」上着のポケットからメモ帳を出し、番号を書き留める。「ありがとう」

建物の外へ出て混雑した歩道を歩き始めてからようやく、次の電話をかけた。

「こちらはＤＶＮです」鼻にかかった声で受付係が応答した。「デジタル放送に対応していなければご覧いただけません」

そりゃそうだろう……アンデッドだとすれば。「印象的なフレーズだ」

「くだらないわ。でも電話に出るときは、必ず言わなきゃならないの。それで、ご用件はなんでしょう？」

「こちらは……ダミアンといいますが、伝えたいことがあるんです、ええと……くそっ、字が汚くて読めないや。ダーシーなんとかさんに。リアリティ番組の新しいディレクターの」

「ああ、ダーシー・ニューハートですね？」

やった。「そう、それだ。彼女はいますか？」

「あいにく今は不在です」受付係がそこで言葉を切った。「明日の夜は出社するはずですけど。オーディションをご希望ですか？」

「ええ、そのつもりなんですが」

「オーディションは明日と金曜の夜、一〇時からの予定です。受けるなら早めに来るほうがいいわ。かなりの参加者が見込まれるので」

「そうします。ありがとう」オースティンは電話をポケットにしまった。ダーシー・ニューハートか。これでひとつ前進だ。彼は車に乗り込んでオフィスへ向かった。そこにはエマがいて、コンピューターの画面でDVNの放送を流しながら、警察の調書に目を通しているところだった。

　オースティンはまっすぐ自分のデスクへ行き、ダーシー・ニューハートについて調べた。新聞記事の一覧が出てくる。見出しを目で追った彼は驚いた。〝地元のレポーター行方不明〟、〝ダーシーはどこに？〟、〝レポーター殺害の可能性〟とある。

　急に感覚がなくなった指先で、オースティンは最初の記事をクリックした。日付は二〇〇一年の一〇月三一日。四年前のハロウィーンか。ちょうど彼がプラハに駐在していたころだ。場所はグリニッジ・ヴィレッジの〈運命の牙《ファング・オブ・フォーチュン》〉。若者たちがヴァンパイアになりきって集まるクラブらしい。ダーシーとカメラマンが裏口から出ていったのを何人かが覚えていた。けれどもそのあとは、誰もダーシーの姿を見ていない。

　まずいな。オースティンは次の記事をクリックした。三日後になっても、ダーシーの行方は依然として明らかになっていなかった。カメラマンのほうは、人目を避けてバッテリー・パークに潜んでいたところを見つかった。彼はダーシーがヴァンパイアに連れ去られたとわめき続け、シェイディー・ハーバー精神病院に収容されている。

これは本当にまずい。オースティンはマウスを強く握りしめ、最後の記事をクリックした。画面にダーシーの写真が現れた。現在とまったく変わらず、四年たってもほとんど年をとっていないように思えた。記事は彼女が消えてから二週間後に書かれたものだ。遺体は見つかっていないものの、クラブの外で彼女の血がついたナイフと血だまりが発見されていた。警察はダーシーが死んでいるものと考えた。

死んでいる？　だがそれなら、今の彼女はヴァンパイアということになる。

5

オースティンはダーシー・ニューハートの調査を終えた。彼女はサンディエゴ生まれで、三人姉妹の長女だった。失踪《しっそう》時の年齢は二八歳だ。今でも年をとり続けているのか、それとも永遠に二八のまま止まっているのだろうか？

次に彼女と一緒にいたふたりを調べる。ヴァンダ・バーコウスキという名前では情報が得られなかったが、マーガレット・メアリー・オブライアンに関しては一八六五年に出生届けが出されている記録を見つけ出した。彼女の両親は、いわゆるじゃがいも飢饉《ききん》のときにアイルランドからやってきた移民だ。マギーは一二人きょうだいの八番目だが、一〇歳を過ぎても生きていたのは七人だけだった。貧しい少女は苦難の人生を歩んだ。今の暮らしはいくらかましだといいのだが。

ばかな、いったい何を考えているんだ？　彼女はヴァンパイアなんだぞ。人工血液が発明されて、まだ一八年ほどだ。それまで長いあいだ人間を襲って生きてきたのは間違いない。そんな怪物に同情などするべきではないのだ。

ブラインドの隙間《すきま》から差し込んだ日が、デスクに光の筋を描いていた。オースティンは窓に近づいて外を見た。早朝に通勤する人々が歩道を行き交い、通りは配達のトラックやバンで渋滞していた。ダーシーは——彼女はこの日の出を眺めているのだろうか？　それともどこかに隠れて、死んだように眠っているのか？

メモや写真をまとめると、オースティンはクイーンズへ車を走らせ、以前ダーシーが働いていたテレビ局を訪ねた。ちらりとバッジを見せたあと、彼女のかつての上司から一時間ほど話を聞いた。誰もがダーシーを好きだったそうだ。中には、彼女がまだ生きていると希望を持つ者もいるらしい。オースティンは全力を尽くして失踪の謎を解くと約束し、ダーシーが出演したニュース映像のコピーをひと箱分受け取った。車のトランクに箱をしまい、グリニッジ・ヴィレッジの自宅へ帰る。

ビールとサンドイッチを手にソファに腰を落ち着け、彼はビデオを見始めた。退屈だろうと覚悟していたのだが、予想に反して、自分が陥ったおかしな状況について報道するダーシーの姿に微笑み、ときには声をあげて笑った。そしてブロンクス動物園の妊娠中のカバにインタビューする様子を見ているうちに、いつのまにか眠ってしまった。

ダーシーは夢の中にも出てきた。

目覚めたとき、ビデオはすでに終わっていた。オースティンはテレビとビデオの電源を切って時計に目をやった。夕方の六時四〇分。くそっ。七時のミーティングには間に合いそうもない。彼がオフィスに連絡を入れると、驚いたことにショーンから二、三日休みを取るように言われた。

「契約書にはもうサインしたのか？」ショーンが尋ねた。

「いいえ。すぐに処理しておきます」電話を切ったオースティンは書類を引っかきまわし、DVNの契約書を見つけ出した。ふと、妙な項目に目を引かれる。ダーシーに直接質問してみてはどうだろう？　今夜彼女がどこにいるかわかっているのだから。

　オーディションが始まるのは一〇時の予定だったので、オースティンは九時にDVNに着いた。上着のポケットに木製の杭を二本忍ばせてある。シャツの下につけた銀の十字架と合わせれば、なんとか身を守れるだろう。

　とはいえ、入口まで来るとさすがにためらいを感じた。頭上でDVNの文字が輝いている。普段どおりにふるまうんだぞ。オースティンは自分に言い聞かせた。ヴァンパイアが存在するなどとは夢にも思わない。まったく何も知らないんだぞ。ふう、まるでライオンのすみかにふらふら入っていく羊になった気分だな。

　オースティンはドアを押し開けて中に入った。赤と黒でまとめられた内装に思わず目をみはる。赤い革張りの椅子に座っていた数人の男性が、彼を見て鼻をひくつかせた。オースティンは受付に歩いていった。黒い服を着て首に赤いスカーフを巻いた係の女性は、室内の雰囲気によく調和していた。黒く染めた髪に鮮やかな赤いハイライトまで入れている。彼女は赤く塗った爪をやすりで磨いている最中だった。

「こんばんは」

　視線を上げもせずにクリップボードを示すと、受付係は鼻にかかった声で言った。「オーディションをご希望なら、ここに記入してください」

「ダーシー・ニューハートさんにお会いしたいんですが」

顔を上げた受付係が匂いを嗅《か》いだ。「ここで何をしているの？」

「どうしても会わなくてはならないんです。仕事上の問題で」オースティンは手にした茶封筒を見せた。

「だけどあなたは――」はっとした様子で口をつぐむ。自分が人間でないことを認めるのはまずいと気づいたのだろう。「ええと、わかりました。廊下の向こうのオフィスです。右側の五番目のドアで、撮影スタジオのすぐ手前よ」

「ありがとう」ロビーのヴァンパイアたちにじっと見られていることを意識しながら、オースティンは廊下を進んだ。教えてもらった扉をノックする。返事はなかった。

「ミス・ニューハート？」彼はドアを開けた。誰もいない。だがデスクに広げられた書類が、彼女が最近までそこにいたことを物語っていた。オースティンは中に入ってドアを閉めた。

そこは小さなオフィスで、窓はなく、古いデスクと古い型のコンピューターが置かれていた。まるで廃業したホテルからまだ使えるからと回収してきたような椅子が二脚、デスクと向かい合わせに並んでいる。

オースティンの視線は、デスクに置かれた大きな紙コップに留まった。プラスティック製の不透明な蓋がついていて、穴にストローが差してある。彼は紙コップを手に取った。ほとんど空だ。氷のように冷たい。これはいい兆候だぞ。冷たい血を飲むヴァンパイアがどこにいる？　オースティンはコップを鼻に近づけて匂いを嗅いだ。チョコレートか？　よくわからない他の匂いもするが、チョコレートが入っているのは間違いなさそうだ。自然と顔に笑みが浮かんだ。やはりダーシーは生きているのだ。念のために味を確かめておこう。彼はプラスティックの蓋に手をかけた。

そのとき、ドアが開いた。部屋に入ってきたダーシー・ニューハートがはっとして足を止める。口がぽかんと開いているが、それはオースティンも同じだった。彼のほうには驚く理由などないのだが。しかし彼はダーシーが自分にどれほど強い影響を及ぼすのか、すっかり忘れていた。あっというまに体が反応し、鼓動が速まって下半身に血が流れ込んだ。

彼女は肩に髪を垂らしていた。カーキ色のパンツをはいて、胸の形がはっきりとわかる青いTシャツを着ている。Tシャツは無地だが、わざわざ〝ホット・ベイブ〟とプリントする必要はまったくなかった。

「こんばんは」見事な体をじろじろ見てしまわないように、オースティンは彼女の顔に視線を据えて挨拶した。

「こんばんは」ダーシーが頬をピンク色に染めた。ゆっくりドアを閉める。「驚いたわ、ミスター・カートライト」彼が手にしている紙コップに気づいたとたん、彼女の顔が青ざめた。

「すまない」オースティンは蓋を閉め直して紙コップをデスクに戻した。「いい匂いがしたものだから。チョコレート・ミルクシェイクかな？」

「正確にはちょっと違うわ。わたし――」ダーシーは慌てて駆け寄って紙コップをつかみ、ごみ箱に捨てた。「乳製品を受けつけない体質なので。何か飲み物はいかが、ミスター・カートライト？」そう言ってドアを示す。「よければ取ってくる――」

「いや、結構です。ありがとう」彼女の緊張をほぐそうと、オースティンは笑みを浮かべた。

「これから一緒に仕事をすることになるんだから、アダムと呼んでもらえないかな？」

「わかったわ」ダーシーが彼のそばを通り過ぎてデスクの向こうへまわった。「それで、どういったご用件でしょう……アダム？」

「契約書のことで」オースティンは封筒を開けて書類を取り出した。

「それならキャスティング会社に相談するほうがいいんじゃないかしら？」

「正直なところ、ミズ・スタインも困惑しているんです」言えばきっと困惑するはずだ。彼は六ページ目を開き、いちばん下に小さな文字で印刷された箇所を指差した。「ここだ。〝ＤＶＮは契約期間中に生じたいかなる傷病にも責任を負わない。これには失血、刺創、死亡を含む〟」

　顔を上げてダーシーを見る。彼女の顔からはさらに血の気が引いていた。「ちょっと過剰じゃないかな？」

　ダーシーが震える手で髪を耳のうしろにかけた。「ＤＶＮではごく標準的な条項です。不測の事態に備えておきたがるの。最近は些細なことでもすぐ訴訟に発展するから」

「刺創や死亡を些細なこととは言わない」

　彼女は手を振って反論した。「何が起こるかわからないわ。撮影は大きなペントハウスで行う予定なんです。階段から落ちるかもしれないし、敷物につまずいて――」

「フォークの上に落下する？」

「なんですって？」

「刺創だよ、ミス・ニューハート。何が刺さる可能性を心配しているのかな？」牙とか？

ダーシーの目もとがぴくぴく痙攣した。「確かに表現は多少独特かもしれないけど、意図ははっきりしているわ。ＤＶＮは番組収録期間中に生じたいかなる負傷にも責任を負いませんよ」

「危険なことをさせる予定なのかい？」

「いいえ、まさか。信じてください、ミスター・カートライト。わたしはなんとしてでもあなたがたを守るつもりよ」

「われわれの身の安全が心配だと？」

「もちろん。罪のないモータ――人々が傷つくのは見たくありませんから」

もう少しで〝モータル〟と言うところだった。彼女自身がモータルなのに。それとも違うのか？　くそっ、いつまでもこんな疑問に振りまわされてはいられない。はっきりさせるんだ。「優しいんだね、ミス・ニューハート」オースティンは彼女の手を取った。指が冷たい。「どうも」彼女の視線は、触れ合っているふたりの手に向けられた。「でも、印象づけるべき相手はわたしじゃないわ。五人の女性がコンテストを審査することになっているの」

彼はダーシーの手を両手で包み込んだ。「審査員にもコンテストにも興味はない」

うね」

彼女がぱっと顔を上げる。「番組に出たくないの？　契約書の文言のせいじゃないでしょ

オースティンはダーシーの手首に二本の指を巻きつけた。「『セクシエスト・マン・オン・アース』なんて番組で、ぼくが優勝できると思うのか？」

「わたし――あの、チャンスはあると思うわ。俳優としてのあなたのキャリアにもプラスになるでしょう？」

彼女の手首の柔らかい肌に指先を押しつける。「セックスしか能がないような男に見られるのはいやなんだ」相手がきみならかまわないが。

「わかるわ。わたしが参加者でも、きっと同じ気持ちになるもの」ダーシーの頬が赤くなった。「だけど最新のニュースがあるのよ。ついさっきうちのプロデューサーのミスター・バッカスが、優勝者に一〇〇万ドルを出すことに決めたの！　それなら番組に出てもいいと思うんじゃないかしら？」

「そうでもない」オースティンは指先の感覚に意識を集中させた。よし、あったぞ！　これは脈だよな？

ダーシーが眉をひそめて彼を見た。「わからないわ。優勝にも賞金にも関心がないなら、どうして契約書の内容が気になるの？」

そうだ！　これは間違いなく脈だ。どくどく流れる血流を指先に感じる。ようやく確証を得られたぞ。ダーシー・ニューハートは生きている。生きているんだ！

「ミスター・カートライト？」彼女は手を引き抜き、戸惑った顔で彼を見つめた。「どうしてここへ？」

オースティンはゆっくり微笑んだ。「ミス・ニューハート、ぼくがここへ来たのはきみのためだ」

ダーシーが鋭く息を吸い込んであとずさりした。「ミスター・カート——」

「アダムと呼ぶことに同意してくれたんじゃなかったかな？」

「え、ええ。でも、勘違いなさったんじゃ——」

「普通ならその場合、お返しにきみをダーシーと呼んでもいいはずだ。どう思う？」

「普通ならそうかもしれませんけど、これは違う——」

「そう、きみの言うとおり」オースティンは足を一歩前に踏み出した。「何か特別なことが起こりかけている。感じるんだ。きみは？」

彼女が目を見開いた。不安そうだ。急いで迫りすぎたかもしれない。震えているのは欲望からか、それとも恐怖のせいか？

ダーシーが唇を湿らせた。「わたし……」

「それはイエスということかな？」オースティンは彼女の首筋に触れた。

「わたし——」ダーシーは彼の唇を見つめたかと思うと、ふたたび自分の唇を舐めた。「賢明なこととは思えないわ。だって、わたしはディレクターだもの」

「それなら指示《ディレクト》してくれ」オースティンは彼女のうなじを手で支えた。柔らかい髪が肌をくすぐる。「どうしてほしいか言ってくれ」ああ、彼女にキスしたい。急ぎすぎだろうか？ ほんの少し彼女の心をのぞいてみよう。ほんの少しだけ。

それはあまりにも簡単だった。オースティンの意識がそっと触れただけで、ダーシーはまるで風を受けて広がる真っ白な帆のように、すんなりと彼を受け入れた。オースティンは彼女の心を愛撫《あいぶ》した。

驚いて引き下がる。ぼくを神だと考えているのか？ 〝太陽神アポロ〟 なんてことだ、そんなイメージを抱かれたら気おくれするじゃないか。

ダーシーの顔は紅潮していた。熱くておいしそうなその姿を目にして、オースティンは不安を追いやった。彼女も望んでいるんだ。心の中に入っているからわかる。それを感じると、自分が神と同じくらい強くなったような気がしてきた。

彼女がまぶたを震わせながら目を閉じた。「できない……」

「キスが？」口の端にそっと唇をつける。

ダーシーの全身が小刻みに震えた。「できない……拒めないの」そう言って、彼の肩をつかんだ。

本気で欲してくれている。オースティンはすぐさま彼女の唇にぴったりと唇を合わせた。きつく抱き寄せると、ダーシーは両手で彼の髪をまさぐり、もっと近づこうとして引っ張った。

唇を開くように促す。ああ、彼女が中に入れてくれたぞ。この強力な飢えを、彼女も同じように感じているに違いない。ほとんど知らない者同士が、なぜこれほどまでに激しく求め合うのだろう？　ただの肉体的な欲望ではない。魂からの渇望なのだ。

舌と舌が絡み合う。かすかにチョコレートの味がした。ダーシーは甘い。どこもかしこも。オースティンは彼女の背に沿って両手を滑らせ、ウエストをとらえると、高ぶった下半身に引き寄せた。うめき声をあげたダーシーが、ぐったりともたれかかってきた。

彼はついばむように口づけて首筋をたどり、また耳もとまで上がった。指を広げて彼女のヒップをつかみ、こすりつけるようにして股間に押しあてる。

「ダーシー」オースティンは耳のそばでささやいた。「わかっていたんだ。きみを見た瞬間から。ぼくらはひとつになるとわかっていた」

ダーシーの手が肩をつかんだかと思うと、苦しげな声をもらして彼を押しのけた。「だめよ！」

オースティンはあとずさりした。「なんだって？　何がいけないんだ？」

激しく息を切らしながら、ダーシーは腕を交差させて自らを抱きしめた。「ご、ごめんなさい」

「謝らないでくれ。ぼくは悪いと思っていないんだから」

彼女が顔を歪めた。「だめよ。こんなことをしてはいけないわ」

「スウィートハート、すでに起こっているんだよ」

「違うわ！」震える息を吸うと、彼女は石のように無表情になった。「お互いにプロらしい態度をとらないと。わたしにはこの仕事が必要なの」

「きみの立場を危うくするつもりはない。どんな方法であれ、絶対にきみを傷つけるつもりはないんだ」

ダーシーは首を振り、自分の体にまわした手に力をこめた。

「ダーシー、できることがあればなんでも言ってくれ。ぼくならきみを助けられる」

心の中で葛藤《かっとう》しているかのように眉をひそめながらも、彼女は無言を貫いた。しばらくしてようやく口を開く。「本気で助けたいと思ってくれるなら、番組への出演を了承してちょうだい」

「わかった。約束するよ」オースティンは彼女のデスクからペンを取って契約書にサインした。刺し傷や死の危険があろうとかまうものか。「ぼくは本気だ、ダーシー。もしも困っているなら……きみを脅かして怖がらせているものがあるなら、教えてほしい」

ダーシーがごくりと音をたてて唾《つば》をのみ込んだ。「わたしなら大丈夫よ」

大丈夫なものか。ヴァンパイアの中にひとりだけ人間がいるんだぞ。とにかく彼女が打ち明ける気になるように、信頼を獲得しなければならない。

「もうすぐ別のオーディションが始まるの。準備しなくちゃ」

彼女はもう帰ってほしがっている。ほのめかしがわからないほど鈍い男ではない。「あとでコーヒーでもどうかな？」

ダーシーがあきらめのまじった疲れた笑みを浮かべた。「誘ってもらってありがたいけど、オーディションがいつまでかかるかわからないの」

「それなら明日の夜は？」

彼女はデスクの上の書類を整えた。懸命に隠そうとしているものの、手の震えが書類にまで伝わっていた。「明日もオーディションよ」

「土曜の夜は？」プライドなんかくそくらえだ。

「結婚式があるわ」

「きみの結婚式じゃないだろうな？」

「いいえ、まさか。でも、すてきなカップルなの」ダーシーの顔に切なげな表情がよぎった。

「ふたりはきっと幸せになるわ」

「ぼくも知っている人かな？」

「あなたがローマンやシャナとかかわりがあるとは思えないわ」

オースティンはショックを面に出すまいと必死でこらえた。ちくしょう、つい二、三日前に婚約を発表したばかりじゃないか。土曜の夜にも結婚式が行われようとしているだなんて、どうしてショーンに伝えられる？「聞いたことがないな。新郎と新婦、どちらがきみの友人なんだい？」

「わたし——新郎のことは数年前から知っているの。でも、新婦のことも友だちだと思っているわ」

「同伴する相手はいらない？」彼女が気まずそうな顔をしたところをみると、どうやらオースティンは前に出すぎたらしい。「ごめん、招かれてもいないのに押しかけるべきじゃないな。教会で盛大な式を挙げるんだろう？」

デスクに置いた書類をもてあそびながら、ダーシーが頬を赤らめた。「あなたは――その、肖像画を準備してもらわなくちゃ。ミズ・スタインにも伝えたんだけど、一応連絡先を教えておくわね」彼女は付箋《ふせん》を取って住所を書いた。一枚はがし、オースティンに差し出す。

ヴァンパイアの結婚式について、これ以上話したくないようだ。ここは引き下がるほうがいいだろう。さもないと疑いを抱き始めるかもしれない。ところが付箋を受け取ろうと伸ばした手がダーシーに触れると、オースティンはたちまち彼女を腕に抱きたくてたまらなくなった。「ダーシー」

ほんの数秒、彼を見つめ返す瞳に苦しみと切望が浮かんだものの、瞬きとともに消えてしまった。「もう二度と……自制心を失ってはならないわ」

どうやって止めようというんだ？　彼女がオースティンに惹かれているのは明らかだ。彼も同じ気持ちでいるからには、知らないふりをするつもりはない。「また連絡する」オースティンは付箋をポケットに入れて部屋を出た。

車で自宅へ戻る途中、彼は渡された番号に電話をかけ、肖像画を描いてもらう手はずを整えた。画家は夜しか仕事をしないそうだ。つまり、彼もヴァンパイアと考えていいだろう。

ショーンに連絡しようとして、オースティンはためらった。結婚式のことをどう報告する？　おそらくショーンはあらゆる手を尽くして場所と時間を突き止めるだろう。チームをクロスボウで武装させ、手当たり次第に木の杭を射させるに違いない。ダーシーもその場にいるはずだ。もし彼女が怪我《けが》をしたり、殺されたりしたら？　それもすべて、オースティンがショーンに情報を伝えたせいで。ダーシーに危害が及んだら、この先どうやって生きていけばいい？

ダーシーはシャナとローマンがすてきなカップルだと、本気で考えているらしかった。人間がそんなふうに思えるものだろうか？　だが、彼女はふたりをよく知っている。ダーシーが正しいのかもしれない。オースティン自身もセントラル・パークで、ローマンとシャナが一緒にいるところを目撃していた。ふたりは固く抱き合い、心から幸せを感じているように見えた。

ローマンが善良な人物だと、シャナは〝ステイク・アウト〟チームにわからせようとしていた。彼は人工血液を開発し、その結果、何百万という人の命を救っている。シャナによれば、ローマンは本物の血をあきらめて人工血液を飲むようヴァンパイアたちを説得し、人間を守っているのだという。けれどもショーンは娘が洗脳されていると信じ、彼女の言葉に耳を傾けようとしなかった。果たしてショーンは正しいのだろうか。オースティンは以前ほど確信が持てなくなってきた。

くそっ、厄介なことになったぞ。彼はハンドルを握りしめた。重要な情報だとわかっていながら、どうしても上司に伝えたくない。こんな気持ちになるのは、この仕事について初めてのことだった。

6

その晩オースティンは、『ローカル・フォー・ニュース』でレポーターを務めるダーシーの映像を見ながら、自分が陥ったジレンマを解決する糸口を探った。この数日で突き止めたヴァンパイアのリストを作成する。そこにはダーシーのふたりの友人、マギー・オブライアンとヴァンダ・バーコウスキも含まれていた。彼女たちはまったく無害に思えた。さらにグレゴリ・ホルスタインの名を書き入れながら、このヴァンパイアはダーシーとどんな関係なのだろうと考えた。彼のレクサスに乗るくらいだから親しいに違いないが、どの程度なんだ？　ダーシー・ニューハートのこととなると、オースティンはいつのまにか独占欲を感じるようになっていた。

リストに彼女の名を書かずにすむのはありがたい。その疑問は解明されたのだ。脈があったということは、ダーシーはモータルに間違いなかった。それでもまだ謎は残っていた。四年前のハロウィーンの夜、彼女はなぜ姿を消したのか？　その後もヴァンパイアの世界で生き続けているのはなぜだろう？　これほど長いあいだ無傷でいられるものなのか？

シャナが正しかったのだろうか？　人間を傷つけたがらない、平和的なヴァンパイアたちが存在するのか？　オースティンはソファにもたれかかって髪を指ですいた。これまでは何もかもがはっきりしていた。この世には善と悪が存在し、最終的には善が勝つ。プラハにいたころの敵は、人種や宗教が違うという理由で罪のない人々を殺そうとする悪者たちだった。無実の人間を殺《あや》めるなどという行為は悪以外の何物でもない。単純明快。疑問も後悔もなかった。

そして現在の敵は、食糧と楽しみのために殺しをするヴァンパイアだ。今度も単純かつ明快な任務のはずだった。死に値する悪魔なのだから。

けれどもそれは、詳しい情報を得る前の話だった。ローマン・ドラガネスティは結婚しようとしている。いったい悪魔がどうやって恋に落ちるんだ？　本当に邪悪な存在なら、ボトルの血を飲み、仕事をして、テレビでメロドラマを見たりするだろうか？　彼らのことを知れば知るほど、人間と同じような存在に思えてきて仕方がなかった。

オースティンはうめき声をもらし、重い足取りでベッドに向かった。少し眠れば納得のいく答えが見つかるかもしれない。

金曜の午後に目を覚まし、シリアルを食べながら残りのビデオテープを見た。ダーシーはブルックリン出身のメイベル・ブリンクリーの、一〇三歳の誕生パーティーを紹介していた。一九二〇年代にもぐり酒場を経営し、六人の夫の死を乗り越えてきた女性だ。長寿の秘訣《ひけつ》は毎日欠かさず飲む一杯のワイルドターキーだという。さらにダーシーは、リトル・イタリーで開催されたカノーリの大食いコンテストや、クイーンズの女装美人コンテストを取材し、誕生パーティーについて取り上げたメイベルが、五二歳のキューバ人ダンス・インストラクターとベッドイン中に亡くなった、その葬儀の模様も伝えていた。悲しいかな、インストラクターのヘクターはルンバに精通していても、緊急時の蘇生法《そせいほう》に関しては素人だったのだ。

ダーシーのレポーターぶりを見ながら、オースティンはずっと笑っている自分に気がついた。間違いなく最悪の仕事ばかりまわされていたにもかかわらず、彼女は持ち前の賢さと魅力で、毎回うまく切り抜けていた。テレビ局の人々がみな彼女に好意を抱いていたのも不思議はない。

残念ながら、最後のテープはダーシーの出演場面を集めたものではなかった。そこでは、他のレポーターたちが彼女の失踪について伝えていた。グリニッジ・ヴィレッジにある、ダーシーが最後に目撃されたクラブとその路地が映し出された。カメラが地面に向けられ、黒ずんだ血の染みが大写しになる。ダーシーの血だ。

警察のスポークスマンは、現場で大型のナイフが発見されたこと、そこについた血がダーシーのものだったことを公式に認めた。クラブにいた若者たちへの取材はどれも似たり寄ったりだった。彼らはみな、ダーシーが本物のヴァンパイアに襲撃されたと信じていた。

オースティンはじっと座っていられなくなり、アパートメントの中を歩きまわり始めた。当時の警察調書を手に入れなければ。ダーシーと一緒にいたカメラマンとも話す必要がある。もちろん、ダーシー本人に直接尋ねるのがもっとも簡単だが、それでは彼の正体が知れてしまう。それにしても彼女が本当に襲われたのなら、いったいどうやってヴァンパイアたちに囲まれる暮らしに耐えていられるのだろう？　そもそもヴァンパイアが、女性を嚙むかわりにナイフで刺したりするものだろうか？　くそっ、まったく意味がわからない。ダーシーが誰かに刺されると考えるだけで、オースティンは血が煮えくり返るほどの憤りを感じた。

そのとき電話が鳴った。ダーシーからであることを願いながら、彼は急いで応答した。

「もしもし、オースティン、休暇を楽しんでる？」エマの声だ。

「まあね」もしも彼が休み方を知っていればの話だが。

「あのね、今夜あなたもセントラル・パークに行かないかと思ってかけてみたの」

ヴァンパイアを探しに？　ちょうど苛々していたところだ。少し体を動かすのもいいだろう。それにもしかすると、シャナの居場所を知るヴァンパイアをつかまえられるかもしれない。「ああ、行くよ。向こうで会おう」

オースティンは真夜中にセントラル・パークへ行き、動物園の入口脇にある土産物店の近くでエマと落ち合った。ショルダー・ホルスターの銃には銀の弾を装塡してあった。それでヴァンパイアが殺せるわけではないが、傷を負わせて動きを鈍くすることができる。いくつか質問できる状態にさせられればそれでいい。それと万が一のために、軽量ジャケットの内ポケットに木製の杭を数本忍ばせていた。エマは肩にかけたハンドバッグの中に杭を入れていた。

ふたりは煉瓦敷きの小道に沿って北へ向かった。

「ギャレットが今日、ミズ・スタインに契約書を提出したわ」左手の木立にざっと視線を走らせながら、エマが静かに口を開いた。「あなたのはまだ受け取っていないって、ミズ・スタインが心配していたわよ」

オースティンは彼女と一緒に歩き、右側に目を配った。「昨夜、DVNへ届けた」

「なんですって？」エマが立ち止まる。「夜にDVNの中へ入ったの？」

「ああ。彼らの番組に出る契約を交わしたわけだから、あそこへ行く正当な理由があると思ったんでね。それに、ヴァンパイアについては何も知らないことになっているんだ。避ける必要はないだろう？　内部を調べる絶好のチャンスだし」

「それはそうだけど。オースティンったら、危険な目にあったかもしれないのよ。ヴァンパイアはあなたに飛びかかろうとしなかった？」

「いいや」

「ねえ、もっと詳しく教えて。どんな感じのところだった？」

「なんていうか……普通だ」

「そこで何をしたの？」

オースティンは肩をすくめた。「リアリティ番組のディレクターに契約書を渡しただけさ」

「彼の名前は？　もちろんヴァンパイアなんでしょ？」

「いや、彼女は人間だ。名前はダーシー・ニューハート」オースティンはためらったものの、結局打ち明けることにした。「あの謎の女性なんだ」

エマが息をのんだ。「あなたが一〇〇枚も写真を撮っていた、あの人？」声をあげて笑い出す。「あらまあ、これは面白いわね。その人が番組のディレクターなの？」

「そうだ」

「あなたは彼女が人間だと確信しているのね？」

「ああ、間違いない」

「どうしてそんなに自信があるわけ？」

「デスクにチョコレート・ドリンクが置いてあった。それに脈もあったんだ」

「あなたに脈をとらせたというの？」エマが顔を近づけてオースティンを観察した。「今でもまだ彼女に夢中なんでしょ？」

これまで以上に。彼は歩き続けた。小道の分岐点へ来ると、坂になった左側の道を指して言った。「こっちにしよう」

エマは彼と並んで歩き出した。「彼女はあなたのこと、どう思っているの？」

オースティンは無言で肩をすくめた。ダーシーが欲望を感じていたのは確かだが、彼女はそれを認めたくないようだった。それとも、認めたくないのはヴァンパイアの世界に囚われていることだろうか。

「もう抱き合って《スノッグ》キスした？」

彼は顔をしかめた。「なんだよ、それ？　いやらしい《ナスティ》言い方に聞こえるぞ」

エマがくすくす笑う。「だったらあなたにぴったりじゃない」

オースティンは彼女の肩を突いた。

「キスしたかどうか訊いただけよ」エマは笑いながら横によろけた。

「どうだろうな」そういうことならイエスだ。それにちっとも不快《ナスティ》ではなかった。

「それで？」遅れまいとしてエマが早足になる。「キスしたの？」

「黙秘権を行使する」

「キスしたのね！」

「そうは言ってないだろ」

エマは鼻先で笑った。「黙秘は罪を認めるのと同じことよ」

「アメリカでは、有罪と証明されるまでは無実なんだ。きみたちイギリス人は遅れてる」

エマがにやにやした。「でも、わたしの言ったとおりなんでしょ？　彼女にキスしたんだわ」

オースティンはかまわず歩き続けた。

「気をつけたほうがいいわよ、オースティン。敵と仲よくやっているという事実の他に、彼女について何がわかっているの？」

「調査しているところだ。それに……つながりを感じる。彼女の頭の中にすんなり入ることができるんだ。信じてくれ、そこに邪心はこれっぽっちも感じられないんだよ」

「水を差すようで悪いけど、心を読まれているのがわかっていたら、彼女はあなたの思考を操ることだってできたんじゃないかしら」

「彼女は気づいていない。何も知らないんだ」オースティンは立ち止まって右のほうをうかがった。薄暗い明かりの中で、木々と大きな岩の形が見て取れる。「叫び声がしなかったか?」

「どうかしら」エマがうしろを向いて周囲に目を凝らした。

耳を澄ませてみたが、風にそよぐ葉音と興奮したエマの呼吸音しか聞こえない。オースティンは目を閉じて集中した。たとえ被害者の口を覆って叫び声を消したとしても、心の中の叫びまでは消せない。彼はかつて東ヨーロッパにいたころ、秘密の拷問部屋に囚われていた女性と子供たちを、声にならない心の叫びをたどって見つけ出したことがあった。

〝ああ、助けて!〟

「こっちだ」オースティンは地面から大きく露出した花崗岩《かこうがん》の方角を指差した。あの向こう側で女性が襲われている。彼は銃を抜き、右手からまわり込むようエマに合図した。彼女はバッグから杭を取り出し、静かに移動し始めた。

巨大な岩をまわったところで女性のすすり泣きが聞こえ、オースティンは足を止めた。いたぞ。飛びかかってみたら恋人たちだったとしても、それはそれでいい。彼は銃を手に岩の向こうへ飛び出した。くそっ、本物だった。ヴァンパイアの男がふたり、女性を岩に押さえつけている。ひとりが首を嚙み、もうひとりが女性のズボンをおろそうとしていた。ろくでなしどもめ!

「彼女を放せ!」オースティンは銃を構えたまま、じりじりと近づいた。

女性の服を脱がせようとしていたヴァンパイアがズボンから手を離して振り向き、オースティンを睨んだ。〝向こうへ行け、モータルのくず、ここで見たことは忘れろ〟

幸運なことに、ヴァンパイアのマインド・コントロールはオースティンにほとんど効かない。彼は聞こえてきた命令をさっと払いのけた。「どこへも行かないぞ。立ち去るのはおまえたちのほうだ。永遠に」

怒りの声をもらし、ヴァンパイアが大股で近づいてきた。「拒もうというのか？ 愚かなやつめ、おまえに止められるものか」

「そうか？」オースティンはねらいを定めて引き金を引きながら、相手の言葉にロシア訛りがあることに気づいた。

ヴァンパイアの体ががくんと揺れた。血があふれ出す肩を押さえ、男は苦痛に顔を歪めて言った。「いったい何をした？」

「銀の銃弾を使ったんだ。ズキズキするだろう？」

うなり声をあげながら、ヴァンパイアが突進してきた。

オースティンの銃がふたたび火を吹くと、ヴァンパイアは足を滑らせて膝をついた。

そうする間にもうひとりのヴァンパイアが女性の首から牙を抜き、オースティンに向き直って言った。「このいまいましいくそ野郎《スヴォッチ》が」女性を自分の前に引っ張ってくる。「そんな銀の銃弾ごときでわれわれを阻止できると思うのか？」

オースティンは心の中で悪態をついた。女性が盾にされているかぎり、これ以上撃つことはできない。彼は発砲のチャンスを探りながら左に移動した。

傷を負ったほうのヴァンパイアが空中に浮かび上がったかと思うと、ふわっと地面におり立った。二箇所の傷口から血が滴っている。男は歯をむき出しにしてうなった。「こちらのほうがずっと強いのだ。おまえに止められるわけがない」

「そうかもしれないが、楽しみを奪うことはできるぞ」オースティンはもう一度発砲した。ヴァンパイアが苦悶《くもん》の叫びをあげて倒れた。

「スヴォッチ！」女性を盾にしていたヴァンパイアが彼女を引きずりながらオースティンに向かってきた。「殺してやる！」

そのとき、ふいにヴァンパイアの足が止まった。ショックと苦痛が顔をよぎる。男が手を離すと、女性はそのまま地面に倒れ込んだ。背をのけぞらせたヴァンパイアは、長いうめき声とともに灰になって崩れ落ちた。

背後にエマが立っていた。背中から男を刺した木の杭をまだ握りしめている。彼女は黒いスニーカーの足もとにできた灰の山を見おろした。「やったわ」エマがささやく。「ヴァンパイアを殺したわ」

残ったヴァンパイアが慌てて立ち上がった。「この雌犬め！　ウラジミールを殺したな」

「今度はそっちの番よ」エマが杭を高く掲げ、傷を負ったヴァンパイアに迫る。

「このままではすまないぞ。ウラジミールの仇《かたき》は必ず討ってやるからな！」宙に舞い上がった次の瞬間、男の姿は見えなくなった。

「そんな！」エマが杭を投げつけた。だが敵はすでにテレポートしたあとで、杭は虚しく飛んでいった。「ああ、もうっ！」

オースティンは女性のもとに駆け寄り、携帯電話を取り出した。九一一にかけながら脈をとる。「救急車をお願いします。急いでくれ。危ない状況だ」首筋の脈はかなり弱かった。彼が場所を伝えているあいだに、エマがあたりを片づけた。木の杭を回収し、ウラジミールの灰を蹴散《けち》らす。

「ついにやったわ！」彼女はこぶしを突き上げて言った。「初めてやっつけたのよ！　ねえ、来てよかったと思わない？」

「ああ、そうだな」もし今夜エマと一緒に来ていなければ、このかわいそうな女性はヴァンパイアたちにレイプされたあげく、殺されていただろう。やつらは本物の悪魔だ。オースティンはこの仕事の意義を再確認した。ヴァンパイアは邪悪で、抹殺しなければならない存在なのだ。

彼は自分のすべきことを悟った。ショーンに、彼の娘が悪魔と結婚しようとしていることを知らせなければ。

「今、何時？」マギーがささやいた。信徒席の硬い木のベンチで、座りやすい体勢を見つけようともじもじしている。

「わからないわ」ダーシーはささやき返した。「あなたがさっき時間を尋ねてから五分くらいたったと思うけど」

ヴァンダが鼻を鳴らして皮肉った。「大惨事が起こってから一〇分後！」高い丸天井に声が大きく響き渡る。

「しいっ！　そんなに大声を出さないで」マギーは通路の向こうにいる、結婚式の他の招待客たちに目をやった。

教会に到着したダーシーは、客たち全員が花婿側に座っているのを見て驚いた。ローマンのコーヴンのメンバーなのだからあたりまえといえばそれまでだが、誰かがシャナを温かく迎えてもいいはずだ。だから彼女は花嫁側の席についた。ヴァンダとマギーもあとに続いたが、もとハーレムの女性たちは拒否した。彼女たちは通路の反対側に座り、互いにささやき合っている。今日は土曜の夜で、みんなで式が始まるのを待っているところだった。延々と。

グレゴリはしびれを切らして、どうなっているのか確かめに行ってしまった。

「あなた、とってもすてきよ、ダーシー」マギーがささやいた。

「ありがとう。あなたもね」結婚式にふさわしい新しいドレスを調達するため、ダーシーは今夜まだ早いうちにヴァンダとマギーを連れて〈メイシーズ〉へ行ってきたのだ。彼女は栗《くり》色《いろ》のシルクのタイトドレスと、それに合うきらきらした素材のジャケットを選んだ。マギーは一九二〇年代のフラッパー風で、スパンコールをちりばめたホットピンクのドレスにした。ヴァンダのドレスは体にぴったりしたセクシーなもので、髪の色に合わせた紫だ。

残念ながら、他のもとハーレムの女性たちは相変わらず、自分たちが人間だった時代の古めかしい衣装で着飾っていた。コーラ・リーの夜会服は、フープで膨らませたスカートにレースで縁取った襞《ひだ》飾りが幾重にも連なり、おびただしいシルクのリボンと花に襲撃されているように見えた。巨大に膨れ上がった物体は全体が鮮やかなカナリアイエローで、繊細な花というよりはスクールバスを連想させる。

プリンセス・ジョアンナの頭は、頭頂部を美しい金の輪で留めたヴェールに覆われていた。白い頭巾《ウィンプル》が襞になって顎から下を包んでいる。彼女は裾《すそ》がうしろに長いダークグリーンのベルベットのドレスと、縁に刺繡《ししゅう》を施したおそろいのマントを身にまとい、宝石をちりばめた飾り帯を腰のまわりにゆるく巻いていた。

マリア・コンスエラまでもがお気に入りの帽子――円錐《えんすい》形のヘッドドレス――を頭にのせ、透きとおった紗《うすぎぬ》のヴェールを背中に垂らしている。毛織のドレスの袖《そで》は裾が広がって膝に届くほど長く、袖口が毛皮で縁取られていた。

教会の事務室のドアが開いて、困惑した表情のグレゴリが姿を現した。ダーシーたちのほうへ歩いてくる。

ダーシーは立ち上がって通路へ移動した。「どうなってるの?」

もとハーレムの女性たちが身を乗り出して耳をそばだてている。

「わからない」グレゴリが小声で言った。だがヴァンパイアにはきわめて高感度の聴力が備わっているので、女性たちにも聞こえたに違いなかった。「到着するはずの時刻から二〇分も過ぎているのに、母さんがまだ来ないんだ。無事だといいけど」

「電話してみたの？」ダーシーも心配になった。グレゴリの母親のラディンカは、つい数日前に退院したばかりだった。〝悪しき者たち《マルコンテンツ》〟と呼ばれるヴァンパイアが〈ロマテック・インダストリー〉を攻撃したときに怪我をしたのだ。彼女もシャナの味方で、結婚式では花嫁の付き添い《マトロン・オブ・オナー》を務めることになっていた。

「携帯電話の電源が入っていないんだ」グレゴリが答えた。「アンガスにも連絡したけど応答がない。シャナと母さんを連れてくる予定なのに。何か深刻な事態が発生したとしか思えないよ」

もとハーレムの女性たちが夢中でささやきを交わし始めた。ニュースはあっというまに広がり、招待客全員が小声で話し出す。この件も背後にマルコンテンツがいるのだろうか。彼らはローマンをひどく憎んでいるヴァンパイアの一団だ。人間を噛んで食糧とすることはヴァンパイアにとって不可侵の権利だと信じているので、ローマンの開発した人工血液をいっさい受けつけず、〈ロマテック・インダストリー〉に爆弾を仕掛けるなどして徹底抗戦の構えを見せていた。

グレゴリがため息をついた。「まったく、誰も電話に出ないし、司祭も来ていない。どう判断すればいいのかわからないよ」

「わたくしにはわかるわ！」プリンセス・ジョアンナが勝ち誇った様子で両手を挙げた。宝石で飾られた指輪がろうそくの明かりを受けてきらめく。「結婚式は取りやめになったのよ。マスターが正気を取り戻して、あのおぞましいモータルを拒絶したに違いないわ」

マリア・コンスエラが熱心にうなずくと、円錐形のヘッドドレスがぴょこんと揺れた。「彼女がどんなに劣っているか、やっと気がついたのよ。ああ、マリア様、わたしの祈りを聞き届けてくださってありがとうございます」彼女はロザリオを持ち上げて、宝石をちりばめた十字架にキスした。

「ちょっと待ってくれ」グレゴリが女性たちを睨んだ。「ぼくはシャナのことが好きなんだ」

「わたしもよ」ダーシーは花嫁の擁護にまわった。

「ふん！」プリンセス・ジョアンナがふたりを嘲笑《あざわら》う。「彼女の側につくことはわかっていたわ。あなたがたのような現代に生まれたヴァンパイアは、何かというとすぐ団結するのよ。他人の評価はものすごく気にするくせに、わたくしたちが苦しんでいるかもしれないとは思ってもみない。あのモータルの女は、わたくしたちからマスターも家も奪ったのよ！」

「断言しますけど――」コーラ・リーが黄色いレースの扇を開いた。「人生でこれほどの屈辱を味わわされたのは初めてだわ」

レディ・パメラ・スミス＝ワージングは、シルクの手さげ袋《レティキュール》からハンカチを取り出して目に押しあてた。「こんな恐ろしいことには耐えられないわ。もしもわたくしがヴァンパイアでなくて、このように奇跡的な体質に恵まれていなければ、きっとひどい絶望で衰弱していたはずよ」

はいはい、好きなように衰弱してちょうだい。ダーシーはうめきながら思った。この女性たちの尽きることない不満にはうんざりだ。自分たちの運命を嘆き続けるだけでなく、実際に行動を起こそうとは夢にも思わないらしい。

マリア・コンスエラがロザリオに触れながら言った。「あまりにも突然で、予測もできなかったわ。スペインの異端審問で拷問部屋へ引きずっていかれた、あの夜を思い出してしまうの」

「なんてこと」マギーが胸の前で十字を切った。

ヴァンダが鼻を鳴らす。「スペインの異端審問を予測する人なんていないわよ」

ダーシーはバッグから結婚式の招待状を引っ張り出した。「時間も場所も間違いないわ」グレゴリに見せる。

彼は頭を振った。「式は一〇分前に始まっているはずだった」

「ハレルヤ！」コーラ・リーが勢いよく立ち上がると、フープスカートが両側に大きく膨らみ、ベンチの半分が埋まった。両耳の上で房にまとめたブロンドの巻き毛が、スカートの動きに合わせて弾んでいる。「結婚式は中止よ！　つまりわたしたちはマスターの家に戻れるんだわ」

「まあ、ぜひそうしたいわ」レディ・パメラがハンカチを胸にあてた。ピンク色の波紋模様のシルクの夜会服はリージェンシー・スタイルで、その一連の動作で胸のほとんどがあらわになってしまった。

「だから待ってくれって」グレゴリが警告した。「早合点《ホールド・ユア・ホース》しちゃだめだ」

マリア・コンスエラが憤慨して声をあげた。「教会に馬《ホース》を連れてきたの？　なんて野蛮なんでしょう」

グレゴリはあきれたように目をまわした。「いいかい、何か正当な理由があるはずなんだ」

「正当な？」レディ・パメラがハンカチをレティキュールに戻した。「ローマンがとるべき唯一の道理にかなった正しい行動は、あの愚かなモータルを捨てて、どこかへ追い払ってしまうことよ」

コーラ・リーがパチンと音をたてて扇を閉じた。「それならわたしたちみんな、もとの部屋が使えるわ」

「そのとおり」プリンセス・ジョアンナが立ち上がった。「今夜戻ることを提案いたします」

「待った！」グレゴリはタキシードの内ポケットから携帯電話を取り出した。「もう一度電話をかけてみる。まず、どうなっているのか突き止めなきゃ。だからみんな落ち着いて。そんなに焦らないでくれよ《ドント・ゲット・ユア・パンティーズ・イン・ア・バンチ》」

軽蔑するように鼻を鳴らして、プリンセス・ジョアンナが座席に座り直した。「わたくしがそんなばかげた下着をつけると思うの？」

「まいったな」グレゴリが身震いしてうしろに下がった。「想像したくないや」携帯電話で相手の番号を呼び出す。「絶対に彼女たちをうちから追い出してくれなきゃ困るよ」彼はダーシーにささやいた。「これ以上我慢できない」

「努力してるのよ。だけどみんながどれだけ頑固か、あなたも知ってるでしょ」そのとき、彼女は教会に入ってきたコナーの姿に気づいて息をのんだ。たちまち体が強ばる。肺がぎゅっと締めつけられる感じがして、呼吸をするのが難しくなった。彼を見るたびにこんなふうに反応してしまう自分がいやでたまらない。四年もたつというのに、まだあの恐ろしい夜のことが忘れられないのだ。グレゴリに知らせようと口を開いたものの、どうしても言葉が出てこなかった。

　コナーは招待客たちに小声で話しかけた。するとある者は正面のドアへ急ぎ、またある者はテレポートするために携帯電話を取り出し始めた。結婚式は本当に中止になったのかしら？　シャナはヴァンパイアとの結婚を考え直したの？　果たしてふたりの関係がうまくいく可能性はあるのだろうかと、ダーシーは疑問に思うことがあった。人間にとって、ヴァンパイアの世界に引きずり込まれるのは不当なことなのだ。彼女にはいやというほどよくわかる。

「やあ、コナー！」グレゴリがスコットランド人のヴァンパイアに合図を送った。「どうしたんだ？」

　近づいてくるコナーを見て、ダーシーは反射的にあとずさりした。心臓が激しく打ち始め、血が流れる音が耳に響いた。

　スコットランド人のヴァンパイアは、白いレースの襞飾《ジャボット》りをつけたシャツに黒いジャケット、キルトの前に下げた黒いジャコウネズミの毛皮の大きな下げ袋《スポーラン》という、ハイランドの正装に身を包んでいた。もとハーレムの女性たちに軽く会釈する。「ご婦人がた」彼の視線はダーシーからなかなか離れようとしなかった。

いつも、かすかな後悔をにじませてじっと見つめてくる鋭く青い瞳を正視できず、彼女は顔をそむけた。

「非常事態が発生した」コナーが告げた。「イアンとわたしはご婦人がたを乗せるためにリムジンで来ている。ただちにここを離れなければならないのだ」

「結婚式はどうなる？」グレゴリが訊いた。

「その話はあとでしよう」コナーは正面入口を指し示した。「命の危険があるかもしれない。どうか落ち着いて、すみやかに外へ出てほしい」

「ひいっ！」コーラ・リーがフープスカートをたくし上げ、慌てふためいて出口へ向かった。他の女性たちもあとを追う。ダーシーは男性たちの会話が聞こえるように、彼女たちの最後尾についた。コナーのそばにいると落ち着かなくなるが、今回は好奇心のほうが勝ったのだ。とはいえ、そもそもダーシーが悪夢を見ることになったのは、あさましい好奇心のせいなのだが。

「どこへ行くんだ？」グレゴリが尋ねた。

「〈ロマテック・インダストリー〉だ」コナーが答える。「そこで披露宴が行われる」

「うちの母は？　無事なのか？」

「ラディンカなら問題ない。ローマンやシャナと一緒にいる。アンガスとジャン＝リュックもついているから警備は万全だ」

何に対して警備するのかしら？　きっとマルコンテンツね。

レクサスでは一〇人もの女性を運べないので、グレゴリは今夜のためにリムジンをレンタルしていた。それでも着飾った女性たちを乗せると車内は窮屈だった。グレゴリの借りたリムジンとコナーが乗ってきたものと、二台に分かれて乗車することになり、もとハーレムの女性たちは喜んだ。

グレゴリはコナーのリムジンを選んだ。「どうなっているのか知りたい」彼はできるかぎり運転席の近くに座った。

知りたいのはダーシーも同じだった。彼女は長いシートを横にずれて移動し、グレゴリの隣の席を確保した。

前の運転席にコナーが、その横にイアンが座った。おろした仕切り窓からうしろが見えるように、コナーが体をよじる。後部に乗っているのは、グレゴリ、ダーシー、マリア・コンスエラ、プリンセス・ジョアンナ、レディ・パメラ、そしてコーラ・リーの六人だ。

「それで、マスターは分別を取り戻して結婚式を中止したの?」プリンセス・ジョアンナが尋ねた。

「いや」コナーが答える。「こうしているあいだにも式が執り行われているだろう。ホワイトプレーンズにある個人所有のチャペルで」

「だから誰も電話に出ないんだな」タキシードのボタンを外しながら、グレゴリが言った。

「そんなばかな」最後部の席はコーラ・リーとフープスカートでいっぱいだ。「それではマスターの家に戻れないじゃない」

レディ・パメラが胸に手をあてた。「まったく常軌を逸しているわ。あのモータルの女はわたくしたちをもてあそんでいるのよ。式に呼んでおきながら、こそこそ別の場所で結婚するなんて」

「不道徳きわまりないわ」マリア・コンスエラが声をあげる。「あの女と結婚したことを、ローマンはいつか後悔するはずよ」

「もう十分だ」コナーが女性たちを睨んだ。「今夜の問題はシャナのせいではない。騒ぎを起こそうとしているのは彼女の父親なのだ。やつは一日中ローマンの家に電話をかけ続け、結婚式を中止しないとひどい目にあわせると言って昼間の警備員を脅した」

「どうして式のことを知ったんだろう？」グレゴリが言った。

「さあ、わからない。招待客しか知らないはずなのだが。今夜になってアンドリュー神父からローマンに連絡があった。悪魔の生き物を中に入れるつもりなら、ニューヨーク中の教会を攻撃すると、ショーン・ウィーランが脅迫してきたそうだ」

「ちょっと待って」ダーシーは口をはさんだ。「シャナのお父さんはヴァンパイアのことを知っているの？」

「ああ」コナーがため息をついた。「話してもかまわないだろう。ショーン・ウィーランはＣＩＡの工作員で、〝ステイク・アウト〟と呼ばれるチームを率いている。彼らのただひとつの目的は、すべてのヴァンパイアを抹殺することなのだ」

ダーシーは息をのんだ。「そんな、ひどいわ」

「その〝CIA〟というのは？」プリンセス・ジョアンナが尋ねた。

「あとで説明するよ」グレゴリが応じる。

ダーシーは視線を下げて、膝に置いた両手を見つめた。では、二種類の敵に対処しなければならなくなったのね。マルコンテンツと、〝ステイク・アウト〟チームというCIAの一団と。気の毒なシャナは、結婚して危険な世界に足を踏み入れるんだわ。アンガス・マッケイが父親役を買って出て、通路を一緒に歩くことにしたのもうなずける。彼女の実の父親はヴァンパイア・キラーなのだから。もうめちゃくちゃだわ。

ダーシーの隣でグレゴリが口を開いた。「まだわからないんだけど、ショーン・ウィーランはどうやって結婚式のことを探り出したのかな？　知っている者はかなり少ないはずだ。まさか司祭が――」

「いや、それはない」コナーが首を横に振った。「告解を聞いて以来、アンドリュー神父はローマンのよき友人となった。彼は絶対に口外しないだろう」

グレゴリは顎をこすった。「それなら誰かが情報をもらしたんだ」

ダーシーは思い返してみた。うっかり話してしまったということはないかしら？　この二日間、結婚式の情報を求めるコーキー・クーラントにうるさくつきまとわれていた。コーキーと『ライヴ・ウィズ・アンデッド』のスタッフは、〈ロマテック・インダストリー〉で開かれる披露宴に招かれてはいたものの、結婚の儀式が執り行われる場面をなんとか撮影したがっていた。だがシャナとローマンはテレビカメラの前で誓いの言葉を交わしたくないだろうと思い、ダーシーは情報を明かすことを拒んだのだ。

そのとき、彼女はふと思い出した。まあ、どうしよう、式のことをアダム・オラフ・カートライトに話したわ。すっかり忘れていた。というより、彼と会ったこと自体を忘れようと懸命に努力していた。特に、キスの記憶を頭から締め出そうとしていたのだ。でも、あの温かさと情熱はどうやったら忘れられるだろう。彼のぬくもりを夢中で求め、もう一度会いたいと切望しているのに。

だけど結婚式のことを彼に話したとして、何か問題があるかしら？　彼はシャナもローマンも知らない。ヴァンパイアの世界が存在することすら知らない、ごく普通の人間なのよ。

突然の寒けを覚えて、ダーシーはぶるっと身震いした。それともわたしは間違っているの？

7

ダーシーたちが〈ロマテック・インダストリー〉に到着したときには、花嫁と花婿はすでに結婚の誓いをすませていた。それを聞いてすっかり落胆したもとハーレムの女性たちは、しぶしぶ大きな部屋の隅にあるふたつの円テーブルへ向かった。不機嫌な顔で席につき、花嫁に陰鬱《いんうつ》な視線を投げかける。シャナは新婚の夫とともに部屋の反対側にいて、グレゴリの母親と幸せそうに話していた。

グレゴリが彼らのほうを示し、いたずらっぽくにやりと笑った。「花嫁を見つけるのに五〇〇年もかかったローマンを祝いに行こう」

「待つだけのかいはあったと思っているはずよ」ダーシーはマギーとヴァンダとともに、グレゴリのあとをついていった。

彼は部屋の隅でむくれている、もとハーレムの女性たちをちらりと見た。「あれじゃパーティーが盛り上がらないよ。まだリアリティ番組には出ないとか言ってるのか?」

「残念ながらそうなの」ダーシーはため息をついた。女性たちの人数は減りつつあった。もとハーレムのメンバーのうちふたりは、モデルになるためにパリへ移っていった。内緒の恋人と駆け落ちすると宣言してみんなを驚かせた者もひとりいる。マギーと、すでに番組に参加を表明しているヴァンダを除くと、残りの全員に協力してもらう必要があった。

それなのに、誰もうんと言ってくれない。

グレゴリがラディンカの頰に軽くキスをした。「立ってちゃだめだよ、母さん。向こうへ行って座ろう」

「わたしなら平気よ」ラディンカは息子のタイを直した。「心配しないで」

ダーシーはグレゴリの母親を抱きしめた。「また会えて嬉しいわ」

「わたしたちのダーシーがテレビ局のディレクターですってね！」ラディンカが輝くような笑みを見せた。「本当に誇らしいわ」

頰が熱くなる。「このあいだは、わたしのかわりにキャスティング・エージェンシーに連絡してくれてありがとう」

「いくらでもお手伝いするわよ。あなたがわたしたちの喜びになることはわかっていたの。そう言わなかったかしら？」ラディンカは指先で軽く自分のこめかみを叩いてみせた。彼女には未来を予言する能力があり、しかも決して間違わないことをみんなに思い出させたいときのしぐさだ。

「聞いたわ」ダーシーは小声で答えた。頰の赤みはまだ引かない。正直なところ、ほぼ監禁状態にあった彼女にとっては、たとえ〝わたしたち〟と言って仲間に加えてもらっていても、ヴァンパイアの世界に身を置くことは喜びどころかつねに悪夢のような日々だった。ダーシーは、上品な白いサテンのドレスを着た花嫁のほうを向いた。細かいプリーツが細いウエストを際立たせ、ヴェールが背中の中ほどまで垂れている。「シャナ、すごくきれいよ。それに幸せそう」

シャナが笑い声をあげ、隣にいる夫をちらりとうかがった。「だって幸せなんだもの。おそろいのバスローブをありがとう。ポケットに新しいわたしのイニシャルが刺繍してあって、すごく気に入っているの。そういうところに気をまわしてくれるなんて、とてもあなたらしいわ」

ダーシーは手を振って賛辞の言葉を退けた。「どういたしまして。あなたたちふたりがずっと――」

「すごいや！」グレゴリの叫び声が周囲の注目を集めた。彼はローマンと話していたのだが、ダーシーの肩をつかんで言った。「なんだと思う？　前に話したあの賃貸契約にローマンがサインしてくれたんだ」

「ヴァンパイア向けのレストラン？」

「違う、ペントハウスだよ。リアリティ番組の撮影場所さ」

ダーシーは息をのんだ。「ローリー・プレイスにある、あの巨大なペントハウス？　屋上にプールとホットタブがある、あれ？」

「そう」グレゴリが笑顔で言った。「ふたつのフロアに加えて、使用人用のフロアまであるんだ」

「完璧だわ！」ダーシーはローマンに向き直った。「ありがとう！」

「役に立てて嬉しいよ」微笑んだ彼は、真面目な顔になってグレゴリを見た。「かわりにDVNに頼みたいことがある。〈ヴァンパイア・フュージョン・キュイジン〉と新しいレストランを無料で宣伝してほしい」

「問題ないよ」グレゴリが請け合った。「すぐに手配する」

ダーシーはマギーとヴァンダに声をかけた。「ねえ、聞いた？　ペントハウスが使えることになったのよ！」

マギーが歓声をあげてダーシーを抱きしめた。「うまくいくと思ってたわ。何事も、あるべき方向に進むものよ」

ヴァンダがにっこりした。「すごいことになりそうね！」

もう一度ローマンに礼を言うと、ダーシーと友人たちはもとハーレムの女性たちのテーブルへ行った。

「素晴らしいニュースよ。もう聞いた？」マギーがプリンセス・ジョアンナの隣に座った。

「いったいどんないい便りがあるというの？」プリンセスはシャンパングラスに入れた〈バブリー・ブラッド〉に口をつけた。「マスターがこの結婚を無効にするとか？」

「違うわ」ヴァンダが空いていた椅子にどすんと腰かけた。「ローマンが巨大なペントハウスを借りてくれたの。わたしはリアリティ番組に出るつもりだから、そこに住むことになるというわけ。自分専用のベッドルームが持てるのよ。もちろんバスルームも。それだけじゃない、ホットタブまであるわ」

「んまあ」コーラ・リーがささやいた。期待のこもった視線をプリンセス・ジョアンナに投げかける。「確かによさそうね」

「農民のためのテレビ番組などに出て、自らを貶《おとし》めるつもりはありません」プリンセスが宣言した。「それに三人いなくなれば、グレゴリの家にもっと余裕ができるはずだわ」

「そのとおり」レディ・パメラ・スミス＝ワージングが同意した。彼女は見下すような目でダーシーを見た。「あなたとマギーも、ヴァンダと一緒にそのばかげたペントハウスへ移るんでしょう？」

「たぶんそうなると思う」ダーシーは空いていた最後の椅子に座った。

「それなら、グレゴリのところに残るのはわたしたち四人だけになるわ」プリンセス・ジョアンナが気取った笑みを浮かべた。「かなり快適に過ごせるはずよ」

ダーシーは力なくため息をついた。本当に頑固な人たちなんだから。もとハーレムの女性たちを調達できなければ、スライが大騒ぎするのは明らかだった。ダーシーの憂鬱な物思いは、ちょうどそこへ流れてきた音楽で中断された。バンドが演奏を始めたらしい。

「記念舞踏会で演奏していたのと同じバンドじゃないかしら？」マギーが訊いた。

「そうね。〈ハイ・ボルテージ・ヴァンプス〉だわ」ヴァンダが紫の髪を膨らませながら言った。「あのドラマー、ちょっと格好いいと思わない？」

「うーん」マギーが視線を向けた。「ドン・オルランドほどじゃないわね」

それにアダム・オラフ・カートライトほどでもないわ。ダーシーは声にならないうめきをもらした。ずっとあの男性のことばかり考えている。彼女は部屋を見渡して客たちをうかがった。披露宴には他にもハンサムな男性が出席していた。たとえばジャン＝リュック・エシャルプとアンガス・マッケイ。兄のようなタイプではあるが、グレゴリだって格好いい部類に入る。でも、アダムではない。

ああ、もう。あらゆる男性をアダム・カートライトと比べ始めているわ。もっと悪いのは、彼に匹敵する人が誰もいないということだ。あたりまえでしょう？　ここにいる人たちは冷たい夜の生き物よ。それに引き換え、アダムは太陽神アポロ。ぬくもりと情熱を発している。彼は生きているのだから。

そして、ダーシーには近づくことが許されない存在。

ヴァンパイアの世界に引きずり込まれ、彼女はずっとつらい思いをしてきた。だから他の人間を同じ目にあわせようとは絶対に思わない。ローマンとシャナの幸せを心から願っているものの、彼らのような関係がうまくいくとはとても信じられなかった。ため息をつくと、ダーシーは花嫁を誘ってダンスフロアへ向かうローマンを目で追った。彼がシャナを腕に抱き、ふたりで愛に満ちあふれた視線を交わしている。つらくて見ていられない。胸にわき起こった嫉妬《しっと》のほとばしりをやましく感じながら、ダーシーはダンスフロアに背を向けた。

ウエイターがテーブルへやってきて、グラスに〈バブリー・ブラッド〉を注いでくれた。ローマンが開発した、人工血液とシャンパンを融合させた飲み物だ。別のウエイターがテーブルをまわり、ボウルに入った料理をそれぞれの前に置いていく。

ボウルをのぞき込んだダーシーは、ところどころかたまりのあるダークレッドの混合物を見て眉をひそめた。「なんなの、これ？」

「ああ、それならグレゴリが話してくれたわ」マギーがスプーンを手にして、ボウルの中のどろどろしたものをつついた。「ローマンに頼まれて最初の試食をしたんですって」

レディ・パメラが弓なりに眉を上げた。「この奇怪なしろものを食せというの？」

「そうよ」マギーはひと匙《さじ》すくって眺めている。「この披露宴のためだけにローマンが開発したらしいわ。レッド・ベルベット・プディングよ。人工血液と白いウエディングケーキをまぜたものなんですって」

「なんと不快な」プリンセス・ジョアンナがテーブルの中央へボウルを押しのけた。

今回ばかりは、ダーシーも威張りちらす中世のヴァンパイアに賛成だった。吐き気がこみ上げてくるのを感じ、彼女はボウルを脇に寄せた。

マギーもスプーンを置いて、ダンスフロアでワルツを踊る花嫁と花婿を見つめた。「ふたりとも幸せそうだわ」

うっかりローマンの足を踏んでしまったらしく、シャナの笑い声が響いた。

レディ・パメラがふんと鼻を鳴らした。「彼女がちゃんとしたダンス教師の手ほどきを受けていないのは明白ね」

「そうですとも《シ》」マリア・コンスエラがうなずくと、頭にかぶった円錐形のヘッドドレスが揺れた。「いくら美しいドレスで着飾らせても、真実を変えることはできないわ。結局のところ、彼女は卑しい農奴にすぎないんですもの」

ローマンがターンの途中で足を止めたかと思うと、妻をのけぞらせて唇に長々とキスをした。

マギーが夢見心地のため息をつく。「なんてロマンティックなの。ドン・オルランドもきっと、あんなふうにするに違いないわ」

ヴァンダが鼻で笑った。「わたしが聞いたところによると、ドン・オルランドは横になって踊るワルツのほうが好みらしいわよ」

マギーがむっとして言い返した。「そんな噂《うわさ》は間違いよ。ドン・オルランドはふさわしい女性を待っているだけ。つまりわたしを」

ダーシーはヴァンダと視線を交わした。ふたりとも、マギーの胸がずたずたに引き裂かれないことを祈っているのだ。

「ねえ、見て、他の人たちもダンスを始めたわ」コーラ・リーが白いリネンのナプキンで口もとを押さえた。この南部美人がレッド・ベルベット・プディングをすっかり平らげていることに気づき、ダーシーは思わず身震いした。

コーラ・リーが黄色い扇を広げて言った。「誰かダンスを申し込んでくれたらいいのに」

「そうね」レディ・パメラも言った。「わたくしはダンスが大好きなの。あら、ご覧なさい。コナーがこちらへ来るわ。彼はメヌエットを見事に踊るのよ」

ダーシーは体を強ばらせた。両手を固く握りしめ、目の前の白いテーブルクロスに意識を集中させる。以前は彼と顔を合わせることすらつらかった。運がよければ、コナーはレディ・パメラかコーラ・リーをダンスに誘うだろう。

「こんばんは、ご婦人がた」歌うように柔らかな口調のその低い声を、ダーシーもかつては魅力的だと思ったことがある。けれども今となっては、あの恐ろしい夜の記憶をよみがえらせるものでしかなかった。

「まあ、コナー、ご挨拶に来てくださるなんてお優しいのね」コーラ・リーが扇をパタパタさせた。扇だけでなくまつ毛も。「プディングをお試しになった？　これまでで最高のお味よ」

「いや、まだ」ぎこちない沈黙があとに続く。

レディ・パメラが淡いピンク色の手袋をもてあそびながら言った。「素晴らしいお天気ですこと」

コナーは無言だった。ダーシーが勇気を振りしぼって顔を上げると、彼は青い瞳にかすかな後悔をにじませて彼女を見つめていた。たちまち、あの夜の忌まわしい出来事が脳裏に浮かぶ。恐怖がプディングの血の匂いと入りまじり、吐き気がしてきた。

「とても美しい、ダーシー」コナーが優しく声をかけた。

ダーシーはごくりと音をたてて、喉もとまでせり上がってきた苦いものをのみ下した。わたしにはいつだって、胆汁のような緑色が似合う。

「踊っていただけるかな？」

コナーの悲しげな目を避けながら、ダーシーは首を横に振った。テーブルの下でマギーが彼女をつつき、非難するように眉をひそめて睨んできた。

「あの……ごめんなさい。踊れないわ」ダーシーは消え入りそうな声で言った。

マギーが立ち上がる。「わたしなら喜んでお相手するわ」

コナーはうなずいて言った。「ありがとう、お嬢さん」マギーに腕を差し出し、ダンスフロアへとエスコートしていく。

ヴァンダがダーシーに身を寄せてささやいた。「どうしてコナーにつれなくするの？　彼はあなたを救ったのに」

ダーシーはただ首を振った。説明するのは不可能に思えたのだ。〈バブリー・ブラッド〉とレッド・ベルベット・プディングを視界から締め出そうと、きつく目を閉じる。

ヴァンダはため息をついた。「いいかげん折り合いをつけなきゃ。マギーの言ってたことを思い出して。何事も起こる理由があるの。あなたはここにいる運命なんだわ」

ここに？　鼓動するたびに、ここから逃れて自由になりたいと心が叫び声をあげているというのに？　ダーシーはいまだに太陽が恋しかった。家族と過ごしたくてたまらない。ビーチを走りたかった。太陽神アポロと一緒にいたい。アダム。ダーシーはアダムと一緒にいたかった。

大きく深呼吸して、つらい現実と向き合う覚悟を決める。それは彼女をのみ込み、すべての夢を流し去って、冷たく虚しい感覚だけを残すのだ。

「まあ、いやだ！」レディ・パメラが息をのんだ。「舞踏室に入ってきた人を見てちょうだい」

ダーシーは言われたとおりに振り返った。コーキー・クーラントとDVNのスタッフの到着だ。コーキーは部屋の中にざっと視線を走らせると、ついてくるようカメラマンに合図した。まっしぐらにダンスフロアへ向かっていく。新婚のふたりが一緒にいる姿を撮るつもりなのだろう。

「あの女は悪魔よ」マリア・コンスエラが断言した。「きっとスペインの異端審問で人々を拷問したに違いないわ」

「それは噂にすぎなくてよ」プリンセス・ジョアンナが言った。「でもヘンリー八世のために、ロンドン塔で拷問を行っていたのは確かね」

「まあ、ひどい」コーラ・リーがパチンと音をたてて扇を閉じた。「わたしたちに気づいたらどうしましょう？」

「もう遅いわ」ヴァンダがつぶやいた。

「わたしたちを苦しめに来るのよ」不安に駆られたマリア・コンスエラがロザリオの珠《ビーズ》をまさぐった。「マスターがあの魔女《ブルハ》のためにわたしたちを拒んだことを、みんなに知らせるつもりなんだわ」

「そしてわたくしたちの屈辱を、テレビで放送するつもりなのよ。そんなことにはとても耐えられないわ」レディ・パメラは胸もとで手をひらひらさせた。「ああ、どうしましょう、気が遠くなりそう！」

「これを」プリンセス・ジョアンナがプディングのボウルを取って、レディ・パメラの鼻先に近づけた。「深呼吸なさい」

くんくんと匂いを嗅ぐと、レディ・パメラはたちまち元気を取り戻した。「あら、思ったよりいい香りね」ボウルに屈み込み、さらに匂いを吸い込む。

「どうすればいいの？」コーラ・リーが扇をテーブルに放り出した。「恥ずかしいったらないわ。あらまあ」彼女はレディ・パメラの顔を示して言った。「鼻の頭にプディングがついているわよ」

レディ・パメラは慌てて高慢そうな鼻からプディングを拭き取った。「ここから出るべきかもしれないわ。お化粧室へ行って隠れていましょう」

もうたくさん。ダーシーはこらえきれずに口を開いた。「どうしてみんな、自分たちが犠牲者のようにふるまうの？」

コーラ・リーが頭を傾けると巻き毛が弾んだ。「だって、わたしたちは犠牲者ですもの」

「違う考え方もできるのよ」ダーシーは身を乗り出した。「自分の運命を自分で決めるの」

プリンセス・ジョアンナが憤慨する。「でもマスターが――」

「マスターのことは忘れて。彼はあなたたちではなく、他の女性を選んだわ」ダーシーは鋭い視線でひとりひとりを釘《くぎ》づけにすると、彼女たちの刺激になることを願いながら、別の視点から現実を見させようと試みた。「みんな、もっとふさわしい扱いを受けるべきよ。心からあなたたちを求める男性が、敬意を持って誠実に接してくれる男性が必要なの」

レディ・パメラが手袋のボタンを引っ張った。「それはそうでしょうけど――」

「ねえ、聞いて」ダーシーはさえぎった。「現実はこうよ。あなたがたは不当に扱われることを拒んだ。だからローマンのもとを去った」

「それは違うわ」マリア・コンスエラが言った。「彼がわたしたちを放り出したのよ」

「テレビを見ているヴァンパイアたちは、誰もそんなこと知らないわ」

プリンセス・ジョアンナが目を細めてダーシーを見た。「嘘をつけと？」

「自分で決めればいいと提案しているの。コーキーがここへ来たら、なんとか恥をかかせようとしてくるはずよ。でも、あなたたちは彼女を阻止できる。ローマンがわたしたちを裏切って他の女性のもとへ走ったから、みんなで相談して彼と別れることにしたと言うだけでいいの」

コーラ・リーが唇を嚙んだ。「信じるかしら？」

「信じない理由がある？　強硬な態度で臨むのよ。そうすれば、世のヴァンパイアの女性たちは拍手を送るに違いないわ」

女性たちはまだ信じがたい様子で顔を見合わせた。

ダーシーは最後にもうひと押しした。「こちらからローマンを見限ったと世間に信じさせたいなら、次のマスターは自分たちで決めることにしたと宣言すればいいの」

レディ・パメラが首を振った。「そんなの、聞いたことがないわ」

「なんにでも初めてがあるものよ。コーキーに、マスターを選ぶ計画があると話すの。そうすれば誰もあなたたちを恥ずかしいと思わなくなる。むしろ強くて勇敢だと考えるでしょう」

「昔からずっと勇敢になりたかったわ」コーラ・リーがささやいた。「でも怖くて」

「彼女が来るわよ」ヴァンダがコーキー・クーラントを示して言った。澄ました顔に悪意に満ちた笑みを浮かべ、どんどんこちらへ近づいてくる。

「向こうの思いどおりにさせないで」ダーシーは促した。「あなたたちにはそれができるのよ」

女性たちは必死のまなざしでプリンセス・ジョアンナを見ている。

プリンセスが肩を怒らせた。つんと顎を上げると、その動きに合わせてリネンのウィンプルが揺れた。「やりましょう。わたくしたちはあなたの番組に出演して、次のマスターを自ら選ぶことにします」

「そうよ！」ヴァンダがこぶしでテーブルを叩いた。「やってやろうじゃないの」

マリア・コンスエラは両手でロザリオを握りしめた。「スペインの異端審問のようにつらい結果にならないことを祈るしかないわ」

「スペインの異端審問ほど苦痛なものはないんでしょ」瞳をきらめかせたヴァンダがいたずらっぽく笑った。「だけど〝地上でもっともセクシーな男〟が見つかったら、どんな責め苦でも好きなだけ喜んで受けてあげるわよ」

ダーシーは緊張を解いて微笑んだ。やったわ。もとハーレムの審査員が五人、ホットタブ付きの大きなペントハウス、そして〝地上でもっともセクシーな男〟の称号をかけて競い合う一五名の男性たちが決まったわ。何もかもうまくいった。「さあ、いよいよショーの始まりよ」

8

「それで、どんな感じだい？」家へ帰る途中でブルックリン橋を渡りながら、グレゴリが訊いた。

「素晴らしいわ！」マギーは後部座席でくつろぎ、微笑みを浮かべている。「休憩室へ行こうとして、ちょうど『アズ・ヴァンパイア・ターンズ』を収録中のスタジオを通りかかったの。窓からのぞいてみたら、なんとそこに生のドン・オルランドがいたのよ」

「わかった、わかったよ」グレゴリがダーシーに笑いかけた。「リアリティ番組のほうはどんな具合？」

「順調よ」彼女はその夜の成果を思い起こした。まずリムジンの手配をすませた。それからペントハウスの寝室の窓にアルミ製のシャッターをつけてもらうため、ヴァンパイアの業者を雇った。そうしておかないと、寝ているあいだにゲストが焦げてしまいかねないからだ。DVNのカメラマンもふたり選任した。人間の出場者に食事を用意するケータリング業者とも契約した。画家に無理を言って、毎晩ふたりずつのペースで肖像画を描いてもらうことになった。「あとひとつだけ問題が残っているの。番組の司会者を見つけなきゃならないわ」

「司会者って、どんなことをするんだい？」グレゴリが訊いた。

「そうねえ、悪い知らせを上手に伝えてほしいわね。着こなしのセンスがよくて、〝紳士諸君、残る薔薇《ばら》はたったの一本となった〟とか、視聴者を引きつける話し方ができる人がいいわ。数を数えられない相手に話すみたいに」

グレゴリは声をあげて笑った。「じゃあ、求められている能力は数を数えること？」

「まあね。真面目に言うなら、頼りがいがあって、全幅の信頼を寄せられる人物でなくちゃだめだわ」

グレゴリが心配そうにダーシーを見た。「つまり、きみのやっていることを、裏でこそこそスライに告げ口するようなやつはだめなわけか。たとえ給料を払うのが彼だとしても」

「まさにそのとおりよ」

右折してＦＤＲドライブを南下するあいだ、グレゴリは無言だった。マンハッタンの南端をまわってウェスト・サイド・ハイウェイに入り、北へ向かってスピードを上げ始めたあたりで、彼はひとつ深呼吸してから宣言した。「わかった、ぼくがやるよ」

「なんですって？」ダーシーは訊き返した。

「司会者を引き受ける。きみはぼくを信頼しているだろう？」

「もちろんよ。だけどあなたには仕事があるわ。放り出すわけには――」

「それなら大丈夫」グレゴリがさえぎった。「この三年間、休暇を取ってないんだ。つまり、ええと、まいったな。あのさ、今のぼくはちょっと限界を感じてる。二、三週間休むことにするよ。番組はそれほど長くかからないんだろう？」

「ええ、二、三週間もあれば十分だと思う」

マギーが前に身を乗り出した。「すごいわ！　グレゴリなら最高の司会者になるわよ」

「うん、ありがとう」グレゴリはにやりとした。「考えてみれば、ぼくはおしゃれだし、数だって数えられる」

ダーシーは笑った。「あなた以上にふさわしい人はいないわ、グレゴリ。ありがとう」

「礼を言うのはこっちのほうだ。きみはあの女性たちをうちから追い出そうとしてくれているんだからね。永遠に感謝し続けるよ」

ダーシーはうなずいて言った。「〝地上でもっともセクシーな男〞が選ばれて一〇〇万ドルを手にしたら、その人が新しいマスターになるわ」

「かわいそうなやつ」


翌日の夜、ダーシーはマギーと五名のもとハーレムの女性たちをDVNへ連れていき、シルヴェスター・バッカスに紹介した。彼はリージェンシー・スタイルのドレスを着たレディ・パメラの開いた胸もとをじろじろ見ていたが、オーディションがあるとのことで、さっさと自分のオフィスへ戻ってしまった。

「なんていやな男かしら！」一行がDVNの会議室のテーブルにつくと、レディ・パメラが言った。

ダーシーは女性たちに契約書を配った。「このリアリティ番組の審査員には利点があるの。腹の立つ出場者がいれば、不合格にして追い払えばいいのよ」

前に置かれた契約書を見て、コーラ・リーが眉をひそめた。「言っておきますけど、こんな難解な言葉で書かれていてもまったく意味がわからないわ」

マリア・コンスエラは落ち着かない様子でもぞもぞしている。「わたし……読み方を習ったことがないの」

「あら」ダーシーは驚きを顔に出すまいと努めた。「ええと、要するにこの契約書に書かれているのは、番組が終わるまで出演すること、男性たちをできるかぎり公平に審査すること。それから……番組の期間中は出場者を噛んだり、いかなるたぐいの精神的コミュニケーションも試みたりしないことに同意を求めているの」

プリンセス・ジョアンナが眉をひそめた。「心を読んではいけないの？」

「ええ。マインド・コントロールもマインド・リーディングも禁止よ」

「精神的な接触でなければいいんでしょ？」ヴァンダが訊いた。

ダーシーは顔を曇らせた。誰かがアダムに触れると考えるだけで胸が疼《うず》く。「それは可能だと思うけど。男性が望むなら」

ヴァンダはにやりとして、ウエストに巻いた鞭の先をもてあそんだ。「向こうはいやと言わないわよ」

レディ・パメラが身震いした。「誰であれ、わたくしに触れてほしいなんて思いもしないわ。ヴァンパイア・セックスのほうが好ましいし、はるかに洗練されていますもの」

「そうよ」マリア・コンスエラも賛同した。「モータルのやり方は荒っぽくて汚いわ。拷問を思い出してしまうの」

「わかった。この問題は解決よ」ダーシーは契約書の最後のページを示して言った。「ここにサインするか、しるしをつけてね」

マギーが署名のすんだ契約書を回収するあいだに、ダーシーは字の書けるレディ・パメラにメモ用紙を渡した。「次は〝地上でもっともセクシーな男〟に必要な条件を考えてほしいの」

マリア・コンスエラがロザリオに触れた。「よくわからないわ」

「コンテストで優勝した男性は、あなたがたの新しいマスターになるのよ」ダーシーは説明した。「まず、必須《ひっす》だと思う特徴をいくつか挙げて。番組ではその条件をもとに審査することになるわ」女性たちは一様にぽかんと彼女を見つめている。「ええと、マスターにはどんな人がいい？」

「あら、そういうこと。はい、はい！」コーラ・リーが授業中の子供のように勢いよく手を挙げた。「並外れてハンサムで、ものすごくお金持ち」

ダーシーはうなずいた。「お金持ちという点は問題ないわね。優勝者は高額の賞金を手にするから。ハンサムというのは――条件のひとつにしてもいいかもしれないわ。重要だと思う順に、合計で一〇項目をリストアップしてほしいの」

「わたしもコーラに賛成よ」ヴァンダが言った。「第一の条件は裕福であること。第二は――ハンサムな顔」

「ひとつはっきりさせておきましょう」ダーシーは女性たちに警告した。「これからみんなが挙げる条件が、最終的にあなたがたのマスターを決定するの。だから、知性とか誠実さとか頼りがいも考慮に――」

「つまんない」ヴァンダがあくびをする。「お金持ちとハンサムに一票」

「わたくしも賛成よ」レディ・パメラは一番目と二番目の条件をメモ用紙に書いた。「富と容姿端麗は不可欠だわ」

ダーシーはため息をついた。「優しさは？」

「ばかばかしい」コーラ・リーが言った。「たとえ聖人のように優しくても、ラバみたいな顔の人には我慢できないもの」

「本当にそうだわ」プリンセス・ジョアンナがメモ用紙を指差した。「第一の条件は裕福でなければ。第二は――顔の美しさね」

内心でうめき声をあげていたものの、ダーシーは干渉しないことにした。結局のところ、彼女たちのマスターなのだから。

「素晴らしいわ」決定事項を書き留めて、レディ・パメラが言った。「さて、三つ目の条件ですけど、わたくしは礼儀作法を提案するわ。上流社会でのふるまい方を知っていて、ちゃんと敬称をつけてわたくしたちに呼びかける人でなければ」

「ええ、そうですとも」プリンセス・ジョアンナが口を開いた。「四番目は、吟遊詩人の声を持ち、美しい言葉でレディを魅了すること」

「まあ、すてき」コーラ・リーがうなずくと、金色の巻き毛が弾んだ。「それから、身だしなみがよくて粋《いき》な着こなしをする人がいいわ」

「そのとおり」レディ・パメラはそれらをリストに書き入れた。

「あと、ダンスも上手でないと」コーラ・リーがつけ加える。

「それに巧みな恋人であること」にんまりしてヴァンダが言った。「わたしたちを悦《よろこ》ばせる方法を知っていなくちゃ」

「ふん」レディ・パメラが冷笑した。「わたくしはどんな男性とも直接触れ合うつもりはありません」

「わかったわよ」ヴァンダがつぶやいた。「だけど女が好きかどうか、それにヴァンパイア・セックスがうまいかどうかは事前に確認しておいたほうがいいわ。見事な体も絶対条件よね。これから何百年も見続けなきゃならないんだから」

ダーシーは叫び出したい衝動と闘っていた。知性も誠実さも頼りがいも、どうでもいいの？「うまく進んでいるみたいだから、わたしは失礼するわね」不満が爆発しないうちにと、彼女は急いで部屋を出た。あの人たちの理想の男性とは、着飾った言葉巧みな吟遊詩人で、ダンスとヴァンパイア・セックスがうまい人なの？ああ、まったく。

ダーシーは休憩室へ向かった。奥にある撮影スタジオのそばだ。角を曲がったところで、彼女は思いがけずグレゴリとでくわした。「あら、こんばんは」彼の連れに会釈する。「シモーヌ」

「こんばんは《ボンソワール》」気取った笑みを浮かべてシモーヌが応《こた》えた。ファッションモデルとして有名になったのも不思議はない、目の覚めるような美女だ。背が高くて危険なまでに細く、アーモンド形の茶色い目に長い黒髪、彼女の代名詞でもある格好――体にぴったりした黒のキャットスーツにラインストーンをちりばめたベルト――をしている。

「シモーヌはパリからテレポートしてきたばかりなんだ」グレゴリが説明した。「これからエクササイズのDVDを撮影するんだよ」

「面白そうね」ダーシーは礼儀として言った。

「ローマンのアイディアなんだ」グレゴリが続ける。「現代に生きるヴァンパイアはもはや嚙むことをしないから、使わなくなった牙が失われるんじゃないかと心配してね」

「へえ」ダーシーはうなずいた。「牙が抜け落ちたら大変よね」それっていいことじゃないの？

「そのDVDの主演はわたしよ」シモーヌが告げた。肩にかかった髪をうしろに払う。「ミラノの有名なディレクター、ジョヴァンニ・ベリーニの到着を待っているの。当然《ナテュレルマン》だけど、わたしは最高の人材としか仕事をしないから」

「当然よね」ダーシーは相槌《あいづち》を打った。

それが合図であったかのように、くしゃくしゃの服に黒いベレー帽をかぶった小柄な男が角をまわって姿を現した。「おお、麗《ベリッシマ》しのきみ！　いつもながら美しい」彼はシモーヌの両頬にキスした。

「シニョール・ベリーニ、こちらはグレゴリよ」シモーヌがダーシーを見てためらった。「この人の名前は忘れちゃったけど、別にいいわ」

「どうも」歯を食いしばって挨拶する。「ダーシーです」

ジョヴァンニはうなずくと、すぐにシモーヌに向き直った。「ベリッシマ、史上最高のヴァンパイア映画になるぞ。現代の暗い絶望を表すために、核となる部分を白黒にしようと思っているんだ」

グレゴリが咳払いした。「ミスター・ベリーニ、これはただの、牙のためのエクササイズ・プログラムですよ」

ジョヴァンニが片手を胸にあててあとずさりした。「たとえエクササイズでも芸術として描くことは可能だ。闘いを想像してみたまえ。われわれの敵は、怠惰で堕落した己の体なのだ。さあ、行こう、ベリッシマ」彼はシモーヌをエスコートしてスタジオへ入った。

グレゴリが顔をしかめた。「彼を雇うべきじゃなかったけど、シモーヌにどうしてもと言われてね」

「ベリッシマに？」ダーシーはグレゴリの肩をぽんぽんと叩いて微笑みかけた。「幸運を祈るわ」

「ああ、運が必要になる」グレゴリは重い足取りでスタジオに入っていった。扉が閉まると、赤いライトが点灯した。

急いで自分のオフィスへ戻ったダーシーは、ドアを開けたとたんに凍りついた。

デスクにアダム・オラフ・カートライトが座っていた。

9

顔を上げた彼が微笑みかけた。「やあ、ダーシー」

心臓が早鐘のように打っている。すでに常軌を逸した世界にいるわたしを、さらに混乱させようというの？　ダーシーはドアを閉めながら、なぜアダムが彼女のデスクに座っているのだろうと考えた。書類を調べていたのかしら？　振り返って彼と顔を合わせる。まだ微笑んでいるわ。わたしのものを嗅ぎまわっていたとしても、ばつの悪い思いをしているようには見えない。それに、ケータリング業者やリムジンのレンタル会社との契約に彼が興味を持つ理由があるかしら？

アダムを見るたび、こんなふうに反応してしまうのはどうしてだろう？　鼓動は速まっているのに、その他はあらゆる動きが鈍くなったように感じる。ダーシーの目は、彼のどんな些細な魅力も見逃さなかった。脳はまともに働くことを拒否しているので、たっぷり一〇秒は反応が遅れる。この調子ではとんでもないまぬけと思われてしまうに違いない。「こんばんは」

アダムが立ち上がってデスクをまわってきた。「きみの椅子を占領してすまない。他は全部ふさがっていたのでね」彼はデスクと向かい合う二脚の椅子を示した。茶色い紙と紐《ひも》で梱《こん》包《ぽう》された包みがふたつ、それぞれの上に置かれている。

「肖像画だよ」ダーシーが口を開く前にアダムが説明した。「ぼくも描いてもらってきたところなんだ。実際、フレッドはかなりうまいね」彼がにやりとすると、えくぼが深く刻まれた。「だけど芸術家にしては珍しい名前じゃないか?」

ヴァンパイアにしても珍しいわ。ダーシーは皮肉たっぷりに思った。アダムに対する自分の反応を無視しようと努力するものの、今にも爆発しそうな心臓を抱えていては無理な話だった。すべてはあのえくぼとターコイズブルーの瞳のせいだ。フレッドはうまく描いてくれただろうか。「この中にあなたの絵もあるの?」

「いや、ぼくのはまだちょっと濡《ぬ》れてた」

なるほど、ちょっと濡れてるのね。それ、よくわかるわ。

「この四枚はもう仕上がったそうだ」アダムが続けた。「彼は忙しくて身動きがとれないから、ぼくがかわりに届けると申し出た」

「そこまでする必要はなかったのに」

「うん、まあね」彼の口の端が上がった。「だけど、きみに会う口実としては完璧だったから」

ダーシーの心臓はこれまでにも増して大きく打ち始めた。

「明日になってぼくの絵が乾いたら、ここに立ち寄ってきみに会う理由がまたできる。賢い戦略だと思わないか?」左側のえくぼが深くなった。

ダーシーは息をのんだ。なんてゴージャスなの。美しい顔に吟遊詩人のようなセクシーな声。いやだ、もとハーレムの女性たちがあげた条件にぴったりじゃない。結局のところ、彼女たちはよくわかっているのかもしれないわ。

アダムがデスクの角に腰かけた。「それで、週末はどうだった?」

シャナの父親が結婚式を台なしにしたことを思い出し、ダーシーは体を強ばらせた。きっとアダムはなんの関係もないはずよ。「結婚式に出席したの」彼の反応を注意深く見守る。

アダムは記憶を呼び覚まそうとするかのように目を細め、それからうなずいた。「ああ、そうだ。きみの友だちの、ラウールとシェリーだっけ。どんな感じだった?」

ダーシーはほっと息を吐き出した。名前すら正確に覚えていないのに、情報をもらせるはずがないわよね? 「すてきだったわ」

「それはよかった」

アダムが視線をそらした。顎がかすかに強ばる。歯を食いしばっているのかしら? ダーシーがそう考えていると、彼がふいに信じられないほど魅力的なえくぼを見せて彼女に微笑みかけた。「ハネムーンはどこへ行くのかな? 最近はどこが人気なんだろう?」

心臓が胸につかえる。どうしてそんなことを訊くの? 「わたし――知らないわ」

アダムはうなずいて言った。「妹のひとりはカナダの山に行ったよ。もうひとりはハワイだった」えくぼが深くなる。「きみならビーチを選ぶだろうな」

頬が熱くなるのを感じて、ダーシーは顔をそむけた。アダムの言うとおりだわ。だけどハネムーンでビーチに行くなんて、もうわたしには考えられないことだ。彼女はドアのほうへ歩き出した。「すごく忙しくて……」

彼がダーシーのデスクからさっと写真を取った。ペントハウスの建物が写っている写真だ。「それで、このローリー・プレイスの家が番組の撮影場所になるのかな？」

「え、ええ」やっぱりわたしのものを探っていたのね。でも、好奇心を抱くのは普通じゃない？ダーシーの場合、その好奇心が彼女の人生を永遠に変えてしまったのだが。背筋に震えが走った。〝好奇心は身を滅ぼす〟とはよく言ったものだ。

アダムが一歩近づいてきた。「大丈夫か？」

「あの、ええ、平気よ」本気で心配してくれているの？

「働きすぎだよ。もうすぐ真夜中じゃないか」

ダーシーの目もとが引きつった。モータルにとっては奇妙なDVNの勤務時間を、どう説明すればいいのだろう？「わたし――まだ仕事がたくさん残っているから」彼をここから出ていかせなければ。スライやもとハーレムの女性たちに見られたら、たちまちモータルだと知られてしまう。そうなれば彼らは、ダーシーが答えられない質問を投げかけてくるに違いない。

「わかるよ」アダムが悲しげな目で彼女を見つめた。

まさか本当に、もっといろいろなことを知っていたりして。ダーシーの警戒心が強まった。

「他に何かお望みかしら、ミスター・カートライト？」

「ぼくの望みは、きみが無事でいることだ」肩にかかる彼女の髪にアダムが触れてくる。

「ぼくを信頼してほしい」

「あなたのことをほとんど知らないのに」

彼は親指と人差し指で巻き毛をつまんだ。「その状況はいつでも変えられる」

前に身を乗り出して、たくましくて広い胸にもたれたい。ダーシーはやっとのことで一歩うしろに下がった。「時間がないの」ドアを開けて外をのぞく。廊下には誰もいなかった。

「肖像画を持ってきてくれてありがとう」

「どういたしまして」アダムが部屋の外へ出た。「番組の撮影はいつから始めるんだい？」

「二週間以内には必ず。連絡事項はすべて、あなたのエージェントに伝えておくわ」先に立って廊下を歩き始めたダーシーは、受付係と話しているスライを見つけて凍りついた。まずいわ！　どうしておとなしくオフィスにいて、ティファニーといちゃついていないの？　あ、もう、男ときたら。いやらしい変態なら、いつもそれらしくしておいてくれればいいのに。彼女はアダムの腕をつかむと、反対方向へ引っ張り始めた。「よかったら、そのあたりを案内しましょうか？」

「いいね」心配そうな視線を投げかけてきたものの、彼は素直に従った。「てっきり、きみは時間がないものと思っていたんだが」

「少しくらいかまわないわ」ダーシーは受付から見えないようにアダムを引っ張って、角を曲がらせた。「ここが撮影スタジオのある区域よ」右手を示しながら言う。「第一スタジオではストーン……コーフィンの『ナイトリー・ニュース』を撮っているの」急いで左側の説明に移った。「それからここは――」

「あててみようか？」アダムがドアに書かれた数字を指差した。「ここは第二スタジオじゃないかな？」

ダーシーは微笑んだ。「そうよ。よくできました。このスタジオで撮影しているのは『ライヴ・ウィズ……』」笑みが強ばる。「セレブを扱う番組なの」危なかったわ。もう少しで〝アンデッド〟と言うところだった。

アダムは気づいていないようだ。中をのぞこうとしているが、窓にはブラインドがおろされていた。「暗いみたいだけど」

「もっと遅い時間帯の番組だから。この時間は今日最後の連続ドラマを放送中よ」ダーシーは建物の奥へと続く脇の廊下を指し示した。「第四、第五、第六スタジオは防音室になっていて、そこでドラマが撮影されているの」

「この、第三スタジオというのは？」アダムが歩み寄り、閉じたブラインドをじっと見つめた。「何が行われているんだろう？」

好奇心旺盛《おうせい》な人ね。「そこは小さいスタジオで、コマーシャルなんかを作るのよ」

「赤いライトが点灯している。コマーシャルを撮影中なのかな？」

「いいえ、ちょっと違うんだけど」ヴァンパイアの牙を鍛えるエクササイズ・プログラムだなんて、説明のしようがない。

アダムはドアのそばについたコントロール・パネルを観察した。「これは音声スイッチかい？」

「いいえ、だめよ」ダーシーは制止しようと手を伸ばしたが、間に合わなかった。小さなスピーカーを通してスタジオ内の音が聞こえてきた。

「彼女がその体勢を長時間保てるとは思えないな」グレゴリの声だ。「ぎくしゃくして見えるよ」

「彼女ならできる」ジョヴァンニが主張した。「プロだぞ。この形が美しく見えるんだ。それにとてもセクシーだ」

アダムが目を見開いた。「いったい中で何をしているんだい？」

ダーシーは壁にもたれかかった。「なんていうか……エクササイズみたいなものよ」

「R指定のエクササイズ？」彼が小声で訊く。

「そうとは言って――」彼女の言葉はジョヴァンニの声にかき消された。

「今だ、ベリッシマ。出して。こちらに見せてごらん」

アダムが信じられないという顔でダーシーを見た。「成人指定？」

「違うわ！」彼女はむっとして言った。「DVNはそういうたぐいのものは扱わないの」

「そうだ、ベリッシマ！」ジョヴァンニが叫んだ。「とても美しいぞ。白くて完璧な形だ」

アダムが片方の眉を上げてみせた。

ダーシーは顔をしかめた。「あなたの考えているようなことじゃないのよ」

「さあ、今度は戻してごらん、ベリッシマ。全部入れるんだ」

アダムが身を乗り出し、ダーシーが頭をもたせかけているそばの壁に手をついた。「ぼくの考え方がいやらしいのかもしれないけど、どうも倒錯した感じに聞こえるな」

どぎまぎして、彼女はうつむいた。けれどもそうするとアダムの股間を見つめることになると気づき、急いで視線を上げた。

そっと微笑む彼の顔は、左側にだけ小さなえくぼが現れていた。そこに指を突っ込みたい衝動と闘う。

アダムはダーシーの頭の反対側にも手をつき、彼女を身動きできなくした。「このあいだのキスのことばかり考えていたんだ。きみは？」

ダーシーが嘘をつこうと口を開きかけたそのとき、興奮したジョヴァンニの声が響いた。

「それだ、ベリッシマ！　次は音楽に合わせるんだ」スピーカーからゆったりしたジャズが流れ出し、低く柔らかなサックスの調べがあたりに満ちた。「もう一度、ベリッシマ。入れて、出して。入れて、出して」

音楽がダーシーのもたれている壁を振動させ始めた。近づいたアダムの息が額をくすぐる。長いあいだずっと寒さに凍えていた彼女には、彼の体が発する熱はひどく魅力的だった。

アダムが額にキスをして、次にこめかみ、それから頬骨に口づけた。思わず彼のシャツをつかむ。脚のあいだで渦を巻く欲求が解放を求めて疼いた。彼がダーシーの耳たぶをくわえて引っ張る。

喉の奥からうめき声がもれた。いったい何をしているの？　二度と自制心を失わないと誓ったのに。しかもここは、いつ人が通りかかるかわからない場所だ。「だめよ」彼女はアダムの肩を押した。

うしろに下がった彼の目は欲望に燃えていた。「どうして？」

ダーシーは震える息を吸った。「仕事場だから。誰かに見られるかもしれないわ」彼女はパネルの音声スイッチを切った。

「それならうちへ行こう」

「いいえ」ダーシーは廊下を歩き出した。簡単にわれを忘れてしまうなんて、いったいどれほど愚かなの？　それにアダムもどうしちゃったのよ？　セクシーな会話と音楽を耳にしたせいで、わたしを口説いたの？　ああ、もういや。「あなたがそんなに熱くなりやすい人だとは気づかなかったわ、ミスター・カートライト」

「そうじゃない」うしろからついてきた彼の声は鋭かった。「いいかい、きみといるといつも火がついてしまう。だけど他の女性が相手では、こうはならないんだ」

ダーシーは目のあたりの筋肉が引きつるのを感じた。それじゃあまるで、わたしたちがつき合っているかのようじゃない。これ以上深みにはまる前に止めなくては。「都合よく近くにあった体に反応しただけの話よ」

「なんてことを。自分のことをそんなふうに見ているのか？」

ダーシーは振り返ってアダムを見た。「いいえ、あなたが都合のいい存在だと言っているの」

彼がはっとして足を止めた。

ああ、また寒くなってきたわ。四年前の恐ろしい夜と同じくらい寒い。だけど、こうする必要があるのよ。彼のために。

瞳を怒りできらめかせたかと思うと、アダムが大股で近づいてきた。「ぼくらの関係に都合のいい点などかけらもない。ありえないよ」

ダーシーは鋭く息を吸い込んだ。彼が知りすぎていると思えてならないのはどうしてかしら？　アダムはどこか危険な感じがする。だがそう思っても、ますます彼が欲しくなるだけだった。

アダムがすぐそばで立ち止まった。目に激しい怒りの炎が浮かび、揺れている。

ああ、あの熱が欲しいわ。わたしにはどうしても必要なの。

「それでもきみが欲しい」彼がささやいた。

ダーシーは瞬きして涙を振り払った。決心が揺らぎそうになる。

そのとき、足音と話し声が聞こえてきた。コーキー・クーラントの耳障りな高い声が廊下に響く。まずいわ。アダムを裏口から外へ出そうとしても、その前にコーキーに姿を見られてしまう。

声のするほうに背を向けて必死でかわりの策を考えていると、ふとドアが目についた。

「ここに入って」ダーシーはアダムを中に押し込んだ。

「これも見学ツアーの一部なのか?」彼が皮肉まじりに訊いた。

「そうよ」ダーシーはドアを閉めて明かりのスイッチを手探りした。衣装ラックや棚がいくつも照らし出される。

長い衣装ラックがふたつ並んだあいだへ、アダムがぶらぶらと歩いていった。

「ここは衣装部よ」説明するまでもないが。

彼がラックからハンガーを持ち上げて、露出度の高い赤のネグリジェを嬉しそうに眺めた。

「ツアーの一環として、着てみせてくれないかな?」

「お断り」彼女はひったくるようにハンガーを奪ってラックに戻した。「ミスター・カートライト、わたしにちょっかいを出すのはやめて。これは純粋に仕事上の関係なのよ」

アダムの顎が強ばった。「他の出場者ともキスしたのか? もちろん、純粋に仕事上の意味で」

ダーシーは胸の前で腕を組んだ。「あなたには関係のないことよ」

「誰かとキスしたのか?」彼が吐き出すように言った。「したいと思った?」

「いいえ」彼女はアダムを睨んだ。「だからといって、今後もあなたといちゃつき続けるとは思わないで」

アダムが近づいてきた。「いちゃつくなんて、そんなものじゃなかった。きみにもわかっているはずだ。ぼくらのあいだで起こっていることは特別なんだ。いまいましいほど苛々するが……とても美しい」

どういうわけか、彼はいつもぴったりのことを言いあてる。悔しいわ。「わたしたちのあいだには何も――」

「急いで！」ドアのすぐ外でコーキーの声がした。「ここに入って」

はっと息をのみ、ダーシーはドアのほうを振り返った。背後からアダムにつかまれ、衣装ラックの背後に引きずり込まれて再度息をのむ。「何を――」

彼が片手でダーシーの口を覆った。「静かに」耳もとでささやく。

「早く！」コーキーがドアを開けた。足音からしてひとりではなさそうだ。「ドアを閉めてちょうだい」彼女が押し殺した声で言った。「それから明かりを消して」

「わかったよ、マイ・ダーリン」低い声が応えた。

男性の声には聞き覚えがあるものの、はっきり思い出せない。そのとき明かりが消え、ダーシーは真っ暗な中でアダムと身を寄せ合うはめになった。彼の手はまだ彼女の口を軽くふさぎ、鋼鉄の輪のような腕がウエストにまわされている。呼吸が荒く、アダムが息をするたびに広い胸が盛り上がるのが背中越しに伝わってきた。口を覆っていた手が離れ、肌を軽くかすめながら首筋をおりていく。彼がダーシーの髪に顎を押しあてた。ふたりはそのままぴくりとも動かずに息をひそめていた。

だが、コーキーと彼女の恋人は違った。派手な音をたててキスを交わしている。向きを変えたのか、体が衣装ラックにぶつかる音がした。かかっていた衣装がゆらゆら揺れて、ダーシーを襲い始める。

アダムがてのひらを彼女の腹部にあてたまま、そっとあとずさりして二列目のラックのうしろへ移動した。動くたびにヒップが彼をかすめ、意識せずにはいられない。

壁に設置された棚のところまで下がって、ふたりは足を止めた。アダムに引き寄せられると、ズボンの前部にお尻を押しつける格好になった。彼の股間が完全に充血した状態になっているらしいと気づき、ダーシーは鋭く息を吸い込んだ。まあ、完全とは言わないまでも、九五パーセントくらいにはなっているはずだわ。だって、これ以上大きくなるなんて不可能でしょう?

「マイ・ダーリン、コーカーニア。きみといると欲望でおかしくなりそうだ」ラテン系の訛りのある声で侵入者がつぶやいた。

コーキーがうめく。「ああ、わたしを奪って、ドン・オルランド」

ダーシーははっと身を硬くした。嘘でしょ! 噂は本当だったんだわ。かわいそうなマギー。こんなのひどい。体がうしろへ傾《かし》いだとたん、ウエストにまわされたアダムの手に力がこもった。あらあら。さっきはまだ七五パーセントの状態だったみたい。四分の一ほど明らかに成長しているわ。

ダーシーがもぞもぞすると、ちょうどお尻のあいだに彼がおさまった。彼の蓄えは急速に増えていく。心臓がまるで終わりを告げる鐘のようにカンカン鳴り始めた。頭を下げたアダムがそっと彼女の耳たぶを嚙んだ。幸い向こうの恋人たちは騒がしくしていて、こちらの気配に気づきそうもない。

アダムが長い指でダーシーの首をなでた。そのあとを唇がたどる。アダムがキスしやすいように、彼女は首をのけぞらせて頭を彼の肩にのせた。おりていった指がTシャツをかすめ、てのひらが胸にかぶさると、ダーシーの全身に震えが走った。彼は手で、そっと乳房をつかんだ。

ドン・オルランドの声が聞こえてきた。「ああ、コーカーニア、きみのおっぱいはジューシーなマンゴーみたいだ」

ダーシーは慌てて手で口を覆い、こぼれそうになる声を押し戻した。叫びたいのか笑いたいのかわからない。

「きみにおれのホットなタマーリ（とうもろこし粉やひき肉などをとうもろこしの皮にくるんで蒸したメキシコ料理）をあげるよ」ドン・オルランドが続けた。

ダーシーは唇をきつく引き結んだ。そうしないと爆笑してしまいそうだったのだ。これがドン・オルランド？　世界一の恋人なの？　アダムの胸が小刻みに震えているところをみると、彼も笑いをこらえているらしい。

突然バンとドアが開く音がして、金切り声が響き渡った。「ドン・オルランド、いったいどういうこと？　わたしを愛してるって言ったじゃない」

「愛しているとも、ティファニー」

「なんですって？」コーキーが叫んだ。

「美しい女性はみんな愛してる」ドン・オルランドが冷静に説明した。「女性たちも愛してくれている」

「その愛とやらを感じるといいわ、このろくでなし」バシッという大きな音がした。「わたしの番組であんたを破滅に追い込んでやる」コーキーは足を踏み鳴らして出ていった。

「コーカーニア！」ドン・オルランドがあとを追ったようだ。

「ひどい男！」ティファニーが叫んだ。ためらっているような間があったかと思うと、彼女は暗い部屋の中へ入ってきた。衣装ラックを手探りしながら壁の棚までたどりつく。

ほんの四、五メートル離れたところで、ダーシーとアダムは息を殺していた。

だが、ティファニーは靴を物色するのに必死でふたりに気づかない。「あら、これすてき」一足つかむと、彼女はつまずきながら来た道を戻り、廊下へ出てドアを閉めた。

「やっとふたりきりになれたな」アダムがささやいた。「ずっとここに居座られるかと思ったよ」

ダーシーは彼の腕の中で反転した。「まさか今夜、ここがこんなににぎわう《ライヴ》とは知らなかったの」

「ああ。ぼくもどちらかといえば、もっと活気《デッド》がないだろうと思っていたよ」

はっとしてすばやく彼の顔をうかがったが、暗くて表情まではわからなかった。

アダムがズボンのポケットに手を入れた。「いいものを持っているんだ」

「ホットなタマーリ？」言ったとたん、ダーシーはたじろいだ。口にするべきじゃなかったわ。

アダムがくすくす笑った。「それじゃあ失礼して、今から取り出すよ」鍵束《かぎたば》が鳴る音がして、彼がキーホルダーにつながった小さなライトをつけた。その明かりをダーシーに向ける。

彼女はまぶしさに目を細めて顔をしかめた。

「相変わらず美しいな」アダムがライトを下げてダーシーの右胸を照らし、それから左を照らした。

「やめて」

「ジューシーなマンゴーが傷んでないか、確かめているだけだよ」

ダーシーはあきれて鼻を鳴らした。「あんな男の真似をするの?」アダムの手を取って明かりをおろさせる。すると彼の股間が照らし出されてしまった。まあ、今度こそ一〇〇パーセントに違いないわ。南カリフォルニアにいたころに何度か目にしただけとはいえ、今まで見た中でいちばん大きなタマーリだ。

「ワオ」彼女はささやいた。

「感心してくれたようで嬉しいよ」アダムがライトを天井に向けた。「だけどそんなふうに見つめ続けられたら、かなり恥ずかしい結末を迎えそうなんだが」

「あら」ダーシーはあとずさりした。「もうあなたをここから出したほうがよさそうね」

「先導してくれ」背後からアダムがドアまでの道筋を照らし出してくれた。「明らかに、きみはぼくの姿を誰にも見られたくないようだね」

ダーシーは肩をすくめた。「出場者と個人的にかかわるべきじゃなかったわ」ドアを開けて外をうかがう。「今なら誰もいない」

彼女の肩越しに伸びてきた手がドアを閉めた。「ぼくらの関係が恥ずかしいのか？」

「そうじゃないわ」ダーシーはドアを背にしてアダムに向き直った。ただ不可能なだけ。たまらなくそそられるけど、どうしてもかかわることはできない。

「それなら、どうしてぼくを隠すんだ？」

ダーシーの目もとがぴくりと痙攣した。

「スウィートハート」アダムが彼女の目の端に触れ、小さく円を描くようにそっと肌をマッサージした。「怖がらなくていい。ぼくを信用してかまわないんだ」

「こ、怖がってなんかいないわ」

「それならなぜ抵抗するんだい？」アダムの指が頰骨から顎のラインをたどる。彼が身を乗り出してダーシーの唇にキスした。「教えてくれないか？」

「んんん？」首筋をついばむようにおりていく唇が気になって、まともに考えられない。

「ぼくが誰かに見られるのを恐れているのはどうしてなんだ？」

「ああ」あなたが生きている人間だと気づかれてしまうからよ。でも、そんなことは言えないわ。「リアリティ番組の審査員がここに来ているの。前もって出場者を見せるわけにいかないわ。そんなことをしたら何もかも台なしになってしまう」

「それが理由？」アダムがじっと見つめている。「他には？」

「ないわ。あなたを秘密にしておきたいだけ。今のところはね」

「それ以外に秘密はない？」

ダーシーの体が突然熱くなった。熱はこめかみから喉を滑りおりて心臓を温め、脚のあいだで激しく燃え始めた。彼女はぐったりとドアにもたれかかった。触れられてもいないのに、こんなに熱くなるなんて。いったい彼はわたしに何をしたの？　生まれてこのかた、これほどまで男性を欲しいと思ったことは一度もなかった。

アダムがうしろに下がってライトを消した。暗闇に包まれて彼の表情が見えなくなったが、それでも見つめられていることはわかった。彼の視線が放つ熱を感じるのだ。

やがて体内で燃えていた炎がゆっくりと消え、ダーシーはふたたび寒さと虚しさに包まれた。「来て」ドアの外をのぞく。廊下には誰もいなかったが、スライのオフィスの方角からわめき声が聞こえてきた。コーキーが文句を言っているのだろう。

「こっちよ」ダーシーはアダムについてくるよう合図した。

ふたりは奥の廊下をすばやく進んで裏口へ出た。重いドアをダーシーが押し開ける。

外へ出かけたところでアダムが足を止めた。「次はいつ会える？」

「二週間以内に。お願いだから、もうここへは来ないと約束して」

「わかった」彼は顔をしかめて、ジャケットの内ポケットからメモ帳とペンを取り出した。何か書いている。「どんなことでもいい。必要なら電話してくれ。立ち寄ってくれてもいいよ」

ダーシーは紙片を受け取った。アダムがくれたのは住所と電話番号だった。

彼が手を伸ばしてダーシーの顔に指先を滑らせた。軽く唇をたどる。「案内してくれてありがとう」アダムはドアから外の闇へ出ていった。

涼しい夜風が廊下に吹き込み、アダムが触れたところに残っていた最後のぬくもりを消し去った。ひとつため息をつくと、ダーシーは手を離してドアが閉まるに任せた。これからの二週間は長くなりそうだ。


冷たいシャワーを浴びなければ、オースティンはふたたび仕事に気持ちを向けることができなかった。クリスマスに末の妹がくれた『スポンジ・ボブ』の下着をはき、キッチンへ歩いていく。家族のことを思い浮かべたせいで疑問が浮かんできた。ダーシーはなぜアンデッドのあいだで暮らしているのだろう？　調査の結果、彼女の両親とふたりの妹がサンディエゴにいることはわかっていた。ダーシーは家族との縁を完全に断ち切ったのか？　知りすぎたために、ヴァンパイア界に囚われているのだろうか？　従わなければ家族に危害を加えると脅されているのか？

きっとそうに違いない。さもなければ、ダーシーなら逃げ出そうとするはずだ。ニュース番組でレポーターをする彼女は勇敢で機知に富んでいた。ヴァンパイアたちがダーシーに対してなんらかの影響力を持ち、彼らのもとに留まらせているのは明らかだ。

四年前にいったい何が起こったのだろう？　オースティンは警察の調書の写しを手に入れ

たが、それだけでは要領を得なかった。ダーシーはハロウィーンの企画として、ヴァンパイアになりきる若者たちを取材するため、グリニッジ・ヴィレッジにあるクラブを訪れた。ところがどういうわけか、クラブの裏にある路地へ出ていったらしい。そこで見つかった血だまりとナイフについた血が、彼女のものであると判明した。警察はダーシーがすでに死んだものと考えていたが、路地で起こったことを実際に見た者は誰もいなかった。

　オースティンは昨日、当時ダーシーのカメラマンだったジャック・クーパーを見つけ出していた。ジャックは薄暗い地下にあるひと部屋のアパートメントで、小さな窓にアルミホイルを貼りつけ、かろうじて生きていた。四年前のあの夜から立ち直っていないことはすぐにわかった。頭にのせたアルミホイルの帽子が、事件の内容を知る手がかりかもしれない。あるいは、ジャックはヴァンパイアのことを人間をマインド・コントロールする血に飢えたエイリアンだと考え、ダーシーのように拉致《らち》するために、彼を探しまわっていると考えているのかもしれない。悲しいことに、誰もがジャックは頭がどうかなってしまったのだと思った。しかし血を吸うこともマインド・コントロールもダーシーを拉致したことも、彼は間違っていないのだ。彼女を連れ去ったのはヴァンパイアだった。そしていまだに解放していない。

　オースティンは冷蔵庫から缶ビールを取り出した。ダーシーの信頼を得るにはどうすればいいだろう？　秘密を打ち明けるよう促してみたが、結局今夜は話してくれなかった。だから彼は、情報を求めて彼女の頭の中に侵入したのだ。

　そこで見たものに、オースティンは驚かずにいられなかった。やましい秘密はひとつもなく、ダーシーが心のいちばん奥に押し込めていた思いは、彼が欲しくてたまらないというものだった。オースティンは、その場で彼女を床に押し倒して愛し合いたいという衝動と必死に闘った。

衣装部屋の床で愛し合う？　それでは女にだらしのないドン・オルランドと同じだ。鼻を鳴らすと、オースティンはコーヒーテーブルにビールを置き、作りかけのヴァンパイアのリストを手に取った。ドン・オルランドの名前を書き加える。

彼はビデオデッキにダーシーのテープを入れた。もらった分はすでに全部目を通していた。二回以上見たものもあった。まいったな。このところ毎晩、スポーツ番組のかわりに彼女のテープばかり見ているぞ。四六時中ダーシーのことを考えている。ただの欲望にすぎないなら、見事な体のことだけ思い浮かべているはずだ。そうだろう？　だが実際は、彼女が心配でしょうがない。恋してしまったのだろうか？

オースティンは崩れるようにソファに座り込んだ。ありえない。きっと知的好奇心を刺激されただけに違いない。ダーシーの奇妙なライフスタイルの謎に引かれ、答えを導き出したくなっているのだ。もちろん彼女の身の安全は気になるが、それは不思議でもなんでもない。子供のころからずっと妹たちを守ってきたのだから、彼にとっては当然の反応だ。たいした意味はない。

彼はソファの肘にかけていたジャケットをつかんで内ポケットを探った。小さな手帳を取り出し、ダーシーのオフィスでメモした内容に目を通す。彼女はペントハウスにアルミ製のシャッターを取りつけるため、〈シャッタード・ライフ〉という会社を雇っていた。オースティンとギャレットはヴァンパイアたちと一緒に生活することになるのだろう。荷物に木の杭を忍ばせておいたほうがよさそうだ。

ダーシーが契約したケータリング業者の名前もメモして、こちらはすでに〝ステイク・アウト〟チームに知らせた。アリッサかエマが潜入することになるはずだ。そうすれば日中にペントハウスへ出入りできるので、ギャレットかオースティンから情報を受け取ってショーンに伝えられる。

オースティンはローリー・プレイスの住所も手に入れていた。昼のあいだにそこへ出かけて、隠しカメラと盗聴器を設置しておくつもりだ。彼はジャケットのポケットからCDを取り出した。ダーシーがオフィスに現れる直前に、古めかしいコンピューターから、なんとかDVNの雇用記録をコピーしたのだ。オースティンはそのディスクをコーヒーテーブルの、ヴァンパイアのリストのそばに置いた。

手足を伸ばして座り直し、テレビ画面に目を向ける。ちょうどダーシーがレポーターを務めるコーナーが始まるところだった。ああ、これはいちばん気に入っているやつだ。彼はリモコンを取って音量を上げた。

「わたしは今、サウス・ブロンクスにできた新しい公園の開園式に来ています」小道を歩きながら、ダーシーがカメラに向かって微笑みかけた。「ここは子供のための公園ではありません。バスケットをするためでも、ローラースケートをするためでも、ましてやチェスをするためでもありません。なんと、ここは犬のための公園なのです」

カメラが遠くで白いふわふわのプードルを散歩させている女性の姿をとらえ、クローズアップにした。それからぐるっとまわって、またダーシーを映す。

「おわかりのように、この公園はふたつの区画に分けられていて、飼っている犬の大きさによって——あああー！」彼女は両手を風車のようにまわしながら、一メートル以上もスリップした。しばらく勇猛果敢に格闘したのちに、ようやくバランスを取り戻す。自分の靴を見おろした彼女は、鼻に皺を寄せ、皮肉な笑みをカメラに向けた。「間違いなく、この区画はきわめて大型の犬用です」

オースティンはくすくす笑った。取材中にどんなことが起ころうと、ダーシーはいつもうまくまとめてしまう。彼女は勇敢で面白く、頭がよくて、しかも美しい。彼女がくじける姿は想像できなかった。

だが、彼女をそうさせる何かがあったのだ。オースティンは手にしたリモコンをきつく握った。何かが起こってダーシーから明るい幸せな人生を奪い、悪魔のような闇の生き物の世界に閉じ込めてしまった。そのせいで彼女は今も傷ついている。彼にはわかった。ダーシーは目に悲しみを浮かべ、緊張した様子で両手を握りしめ、不安に駆られて右目のあたりを痙攣させるのだ。テープにおさめられた映像では、あんな痙攣は一度も見られなかった。以前にはなかったことなのだろう。そしておそらく、始まったのは四年前のハロウィーンの夜に違いない。

10

ローリー・プレイスのペントハウスには、イタリア産大理石の床や柱、バカラクリスタルのシャンデリアを含む、贅沢《ぜいたく》な内装のフロアがふたつあった。メインのバスタブは小規模の室内楽団なら丸ごと入ってしまいそうなほど大きい。キッチンのパントリーは、リヒテンシュタインの総人口の食事を賄えるくらい巨大だった。

それでも、ダーシーは他のどの場所よりも屋上に引きつけられた。監禁に近い暮らしを強いられているせいかもしれないが、広々とした空の下にいると嬉しくなるのだ。顔をなでる夜風や、屋上の一角にあるガラス張りの温室から漂う薔薇の香りが気に入った。プールの水が月明かりにきらめき、屋上を取り囲む白塗りの壁に光が反射するさまを見ると、心がときめいた。ホットタブから立ちのぼる蒸気が、心地よいぬくもりを楽しみなさいと誘いかけてくる。胸までの高さの壁に沿って一・五メートル間隔で置かれた素焼きの鉢には、青々とした葉を茂らせる背の高い植物が植えられていた。円錐形や、風変わりな動物の形に刈られている。それぞれのトピアリーを覆うライトが、まるで頭上の星のようにきらきらと輝いていた。

温室とは反対側の角に、小さなプールハウスがあった。豪華なペントハウスと対照的に、必要最小限のものだけを備えたふた部屋からなる施設だ。けれどもすっかり屋上に魅了されたダーシーは、そこをオフィス兼くつろぎの場所とすることにした。

プールのまわりを歩きながら、彼女は興奮がもたらす心地よい緊張に包まれていた。カメラの前に立つ予定があるため、シャナの結婚式用に買った光沢のある栗色のドレスを着ている。今夜はいよいよ『セクシエスト・マン・オン・アース』の撮影が始まる日なのだ。そして長い二週間を経て、久しぶりにアダムに会える日でもあった。

「来たぞ」屋上の北端からグレゴリが声をかけた。彼の隣にはバーニーが立ち、一二階下の通りにカメラを向けていた。

ダーシーは急いで壁際に駆け寄り、下をのぞき込んだ。一台の黒いリムジンがゆっくりと近づいてくる。マギーと、このあいだまでハーレムにいた、審査員を務める女性たちが到着したのだ。新しい家を目にした彼女たちの反応を撮るため、もうひとりのカメラマンであるバートが同乗している。ダーシーはふたりのカメラマンが撮った映像を、編集段階でつなぎ合わせるつもりだった。リムジンは、建物のエントランスへ続く赤いカーペットの前で停まった。

グレゴリが耳につけたイヤホンに触れた。「音声が入ったぞ。話し声が聞こえる」

ダーシーもイヤホンを装着した。たちまち、リムジン内部にいる女性たちの興奮した声が聞こえてきた。

ているわ」

「まあ！」コーラ・リーが叫んだ。「なんて大きいの！」

「見て！」レディ・パメラが言った。「従僕が出てきて、わたくしたちのためにドアを開けているわ」

「あれはドアマンよ」ヴァンダがぼそりと言う。

「使用人には変わりないでしょ」むっとした声でレディ・パメラが言い返した。「それにしても近ごろの使用人ときたら、髪粉をつけた鬘《かつら》をかぶる決まりをおろそかにして、まったくぞっとするわ」

「そのうえ正式なお仕着せも着ていないのよ」プリンセス・ジョアンナがつけ加えた。「これでは、どの貴族に仕えているのかわからないわ」

屋上から下を見おろしながら、ダーシーはため息をついた。もとハーレムの女性たちは過去にしがみついている。この番組に出演するにあたって女性たちには、現代風の服を着てほしいと強く言ってあった。けれどもこうして会話を聞いていると、いやな予感がしてきた。彼女の頼みは完全に無視されたかもしれない。車からおりる女性たちを撮るために、まずバートが姿を現した。次にヴァンダがレッドカーペットの上におり立つ。紫の髪とドレスの彼女は人目を引いた。これまでのところはまずまず順調だ。

その次はレディ・パメラだった。淡いブルーのシルクの、リージェンシー・スタイルのドレスを着た彼女は、車をおりると胴着《ボディス》の乱れを直して身だしなみを整えた。手首に巻いたリボンから、ドレスとおそろいのレティキュールがぶら下がっている。ダーシーはうめき声をあげた。

さらにマリア・コンスエラとプリンセス・ジョアンナが現れた。ふたりとも中世風のロングドレスを身にまとい、髪をヴェールで覆っていた。

「てっきり新しい服を買ったのかと思っていたよ」グレゴリがつぶやいた。

ダーシーはため息まじりに言った。「彼女たちが頑固なのは、あなたにもわかっているでしょ」

次にもがきながら出てきたコーラ・リーのフープスカートが、ドアに引っかかってしまった。マギーにうしろから押され、彼女は転がるように歩道におり立った。最後はマギーが軽やかな足取りで車をおり、ドアを閉めた。

列をなして建物内に入った一行は、大理石のフロアやきらびやかな天井に感嘆の声をあげている。

「断言しますけど」コーラ・リーが興奮して言った。「あのエレベーターはまさに輝いているわ！」

「そうね」マギーが相槌を打った。「ペントハウスへ行くエレベーターよ。ドアは真鍮《しんちゅう》製なの」

「なんてすてきなんでしょう」他の声を抑えて、レディ・パメラの高慢そうな声が響いた。

「ねえ、あなた、わたくしたちのためにボタンを押してちょうだい」

「ええと、実は、わたしについてきてほしいの」マギーが言った。「こちらへどうぞ」

「どこへ連れていくつもり？」プリンセス・ジョアンナが詰問した。

「もうひとつのエレベーターよ」マギーが説明する。

「だけど、こちらの廊下はわびしくて質素だわ」コーラ・リーが愚痴を言った。

「どうしてペントハウスへ向かわないの？」プリンセス・ジョアンナの声は鋭い。「このエレベーターがどこへ通じているのか教えてちょうだい」

「あの、これもペントハウスへ行くエレベーターよ」マギーが安心させるように言った。「ただ……キッチンと使用人のフロアに通じているの。邪魔が入らないし、とてもすてきなところよ」

「使用人のフロアですって？」プリンセスが金切り声をあげた。

イヤホンから聞こえる耳障りな音に、ダーシーとグレゴリはたまらず顔をしかめた。

「そうなの」マギーが答えている。「わたしたちみんなにすてきなベッドルームがあるのよ……使用人のフロアには」

「使用人のフロア？」レディ・パメラの声は震えていた。「わたくしは男爵の娘で子爵の未亡人です。使用人と一緒になど暮らせないわ！」

「わたしたち六人の他には誰もいないのよ」マギーが請け合う。「それにめいめいが自分専用のベッドルームを持てるの。さあ、着いたわ。これが業務用エレベーターよ」

「忌まわしい。実に忌まわしいわ」レディ・パメラがけたたましく声をあげた。「わ、わたくし、気が遠くなりそう！」

「愚かな人ね」プリンセス・ジョアンナがうなった。「あなたの気つけ薬はどこへやったの？」

ダーシーはくるりと目をまわした。レディ・パメラのいわゆる気つけ薬というのは、小瓶に入れた〈チョコラッド〉のことなのだ。

「マギーを手伝いに行ったほうがよさそうね」ダーシーは温室のそばにある、吹き抜けになった階段へ向かった。グレゴリとバーニーを振り返って言う。「一〇時に玄関ホールで会いましょう」

グレゴリがうなずいた。「わかった」

階段に続くドアのところで、ダーシーは足を止めた。「バーニー、ヘリコプターの手配はできるかしら？　屋上を空から撮りたいの。とてもきれいだわ」

「問題ないよ」バーニーがカメラをおろして携帯電話を取り出した。

ダーシーは階段へのドアを開けた。イヤホンは受信状態が悪くなっていたが、それでもまだ悲鳴に近い騒ぎが聞こえてきた。かわいそうなマギー。ダーシーは急いで階段をおり、使用人のフロアに出た。業務用エレベーターの方角から女性たちの声がする。

「落ち着いてちょうだい」マギーが懇願していた。「使用人のフロアにはベッドルームが六つあるの。ちょっと小さめだけど快適だわ。ひとりひとりが自分だけの部屋を持てるし、セントラル・パークの美しい眺めも楽しめるのよ」

「眺めなんてどうでもいいの」プリンセス・ジョアンナがぴしゃりと言った。「農民のフロアなのよ。わたくしは物置でなど眠れません」

「物置なんかじゃないわよ」マギーが言い張った。

「常識を外れているわ」レディ・パメラが断言した。「わたくしたちはペントハウスを使うべきなのに」

「ペントハウスにはベッドルームが五つしかないわ」マギーが説明した。「それに男性の出場者のために必要なの。それでも彼らは部屋をシェアすることになるのよ」

「使用人のフロアでシェアすればいいじゃない」コーラ・リーが提案した。

「小さいから共有には向かないの」マギーが反論する。

「ばかばかしい」プリンセス・ジョアンナが非難した。「殿方はわたくしたちのために寝室を明け渡すべきです。騎士道精神という言葉を聞いたことがないのかしら？」

エレベーターのドアが開いた。カメラマンのバートがダーシーにカメラを向ける。

彼女は女性たちをにこやかに出迎えた。「こんばんは。新しい住まいへようこそ」

「こんな辱めはありません！」プリンセス・ジョアンナがダーシーを睨みつけた。「あなたは、わたくしたちがペントハウスで暮らすことになると言ったじゃないの」

「使用人用のフロアもペントハウスの一部よ。それにそれぞれ自分の部屋が持てるの」ダーシーは女性たちの先に立って、使用人専用の居間へ向かった。「ここの設備も快適だとわかってもらえるはずよ」そう言ってドアを開ける。

女性たちはぶつぶつ文句を言いながら、気乗りしない様子で部屋に入っていった。居間の真ん中で足を止めてあたりを見まわしている。大きくてたっぷり詰め物をした座り心地のよさそうなソファや安楽椅子、テレビはローマンの家で見ていたものと同じくらい巨大だった。ヴァンダがぶらぶらキッチンへ歩いていって、冷蔵庫の中身を確かめた。人工血液や〈チョコラッド〉、〈バブリー・ブラッド〉が何列にも並んで入っている。

「悪くないわね」ヴァンダは〈チョコラッド〉のボトルを取って電子レンジに入れた。「本当のところ、かなりいいわ」

プリンセス・ジョアンナが鼻を鳴らした。「農民はこんなにいい暮らしをするべきではないわ。罪深いことよ」

ダーシーは微笑んだ。「どうぞくつろいで。それから、好きなベッドルームを選んでね」

そこへドアマンが荷物を運んできた。女性たちの指示に従ってベッドルームへトランクを引きずっていく。あちこちで興奮した声があがっているところをみると、みんなうまく適応できたようだ。

たっぷりチップをもらってドアマンが行ってしまうと、ダーシーは女性たちを居間に呼び戻した。「番組を始める前に、ひとりずつインタビューしておきたいの。ヴァンパイア界にあなたがたの存在を知らしめるチャンスになるわ。インタビューはあとで編集して番組内で放送するつもりよ」

女性たちは順番にカメラの前に座り、これまでの人生を簡単に振り返った。そのあとダーシーは彼女たちを連れてエレベーターに乗り、ひとつ上の階にあるキッチンへ行った。そこからペントハウスの玄関ホールへ案内するあいだ、女性たちは口々に感嘆のため息やあえぎ声をもらしていた。バートが急いで前にまわり込み、彼女たちの反応をカメラにおさめた。

「美しいわ」レディ・パメラがささやいた。

「広い大階段は大好き」コーラ・リーが叫ぶ。「まあ、ここの階段は、わたしみたいに正式な夜会服を着た女性が三人並べるほど広いのね」

玄関ホールからはペントハウスの東棟と西棟をつなぐ広い廊下が延びていた。大階段の中央に踊り場があり、そこで階段がふた手に分かれている。左と右の階段はそれぞれ曲線を描きながら上の階へと続いていた。二階部分には建物の端から端まで室内バルコニーが張り出し、玄関ホールを見おろせるようになっていた。磨き込まれた大理石の床に、頭上の巨大なシャンデリアの明かりが反射している。

「こっちよ」ダーシーは先頭に立って階段を上がり、踊り場で足を止めた。そこで女性たちを一列に並ばせる。

「やあ、みんな」バーニーとともに玄関ホールに入ってきたグレゴリが声をかけた。「もう準備はできているようだな」

「ええ、できたわ」ダーシーは階段を駆けおり、カメラマンたちのうしろにいるマギーのもとへ行った。グレゴリに撮影開始の合図を送る。

「みなさん、『セクシエスト・マン・オン・アース』へようこそ」グレゴリが明瞭《めいりょう》な口調で告げた。「ただいまから一五名の男性たちが、〝地上でもっともセクシーな男〟の称号をかけて競い合います。ここにいる五名のみなさんは、東海岸のコーヴン・マスターであるローマン・ドラガネスティのもとハーレムの女性たちであり、北アメリカでもっとも名の知れた女性ヴァンパイアと言って差し支えないでしょう。従ってこのコンテストの審査員として、これ以上にふさわしい方々はいません」

ダーシーは褒め言葉で紹介された女性たちの反応を注意深く見守った。みな一様に顎を上げ、少し背が高くなったようにさえ思える。ローマンに拒絶されて自尊心を打ち砕かれたことを知っているので、彼女たちのこういう姿を見られるのは嬉しかった。

「プリンセス・ジョアンナ・フォーテスキュー」グレゴリが会釈した。「あなたを歓迎いたします」

「ありがとう」プリンセスは頭を高く掲げて階段をおり始めた。

「彼女を撮り続けて」ダーシーはバートに耳打ちした。ここでプリンセスの生い立ちを挿入しよう。ただし、慎重に編集する必要があるが。この中世の女性がインタビューで、スコットランド人はみんな野蛮だと声高に宣言したときは、思わず身をすくめてしまった。彼女はスコットランドがイングランドに脅威をもたらしていた時代に生まれ育った。だけど八〇〇年も前の話なのよ！　人はどのくらい恨みを持ち続けていられるのかしら？　かなり長いあいだであることは間違いなさそうだ。もとハーレムの女性たちが固執しているのが、時代遅れの服装だけでないのは明らかだった。彼女たちの古くさい偏見も、何世紀ものあいだ無傷で生き延びているのだ。

プリンセス・ジョアンナが誇らしげにグレゴリの隣に立った。中世のドレスを着た彼女は、まるで領土を見渡している女王のように見えた。

グレゴリがふたたび頭を下げた。「シニョーラ・マリア・コンスエラ・モントメイヤー、あなたを歓迎いたします」

二番目に古参の女性ヴァンパイアであるマリア・コンスエラが、二番目に階段をおりた。

「レディ・パメラ・スミス＝ワージング、あなたを歓迎いたします」グレゴリはリージェンシーの女性ヴァンパイアにお辞儀をした。彼女はドレスの裾をつまんで階段をおり始めた。

「ミス・コーラ・リー・プリムローズ、あなたを歓迎いたします」

コーラ・リーが足早に階段をおりると、フープスカートが弾んだ。

グレゴリは最後に、もっとも若いヴァンパイアに会釈した。「ヴァンダ・バーコウスキ、あなたを歓迎いたします」

「ありがと」ヴァンダは階段をおりながら、カメラに向かってにやりと笑ってみせた。

「それではみなさん、どうぞこちらへ」グレゴリは女性たちを西棟にある両開きのドアへ案内した。一列になって部屋に入ると、彼女たちは革張りのソファふたつに分かれて座り、説明を待った。

「ここは肖像画の部屋です」自分の背後の壁を指してグレゴリが言った。

それに合わせてダーシーがスイッチを入れると、天井の可動式照明に照らされて、一五名分の肖像画が浮かび上がった。前もって七枚を上の段に、八枚を下の段にかけておいたのだ。

彼女の目は無意識に、いちばんのお気に入りの絵に吸い寄せられた。

　画家は素晴らしい仕事を成し遂げていた。強いて言えば、アダムの瞳はもう少し深みのあるブルーのような気がするが。どういうわけか彼は笑っておらず、えくぼも浮かんでいなかった。だが真面目な表情をしていてさえ、彼の肖像画はダーシーに息をのませ、心臓をどきさせた。この二週間というもの、彼女はずっとアダムの唇の感触や味わい、体が発する熱のことを思い出しながら眠りについた。本当はもっと強くなって、彼と距離を置かねばならない。そうとわかっていても、思いを断ち切るのは困難だった。

「〝地上でもっともセクシーな男〟は、みなさんが設定した条件に沿って決まります」グレゴリが説明した。「もっとも重要な条件は裕福であること。この番組が終わるころには、優勝者は間違いなく裕福になっているでしょう。第二の条件は魅力的な顔をしていること。ではこの肖像画を用いて、これらの男性たちの外見を審査していただきましょう。これからマギーがひとりに五本ずつ黒い蘭《らん》の花を渡します。肖像画の下に棚があるのが見えますか？　みなさんは敗退させたいと思う肖像画の下に蘭の花を置いてください。今夜これから五名が番組を去ることになります」

　コーラ・リーが眉をひそめ、マギーによって膝の上に置かれた黒い蘭の花を見つめた。

「今夜決めなくてはならないの？　五名も？」

「そうです」グレゴリが答えた。「それでは、どなたから始めますか？」

　女性たちは顔を見合わせた。

プリンセス・ジョアンナが、五本の黒い蘭の花を手にゆっくりと立ち上がった。「最年長ですから、わたくしからまいります」

これほど動揺するプリンセスを見るのは初めてだ。中世に生まれたヴァンパイアは、二列に並んだ肖像画の下へ歩いていった。花の茎がつぶれるほど強く手を握りしめている。彼女は助けを求めるように、女性たちのほうをちらりと見た。

「ええと」コーラ・リーが口を開いた。「アフリカ人を排除すべきなのは明らかだと思うわ。黒人のマスターなんて考えられないもの。そんなことになったら、大好きなパパがお墓の中で引っくり返ってしまうわ」

「それにムーア人も除外しなければ」マリア・コンスエラがつけ加えた。

「カット！」ダーシーは慌てて女性たちのもとへ行った。「ねえ、この番組で人種差別は許されないの。お願いだから、偏見は脇に置いてちょうだい。今はもう二一世紀なのよ！」

「そうなの？」コーラ・リーが首を傾げた。「一〇〇歳になったのがつい昨日のことのように思えるんだけど。時間はどこへ行ってしまったのかしら？」

「わたくしたちにとって、年月などなんの意味もないわ」プリンセス・ジョアンナが蔑んだ目でダーシーを見た。「時を数えるのはモータルだけよ。彼らにはほんの少ししか時間がないから」

「言うとおりにはできないわ」マリア・コンスエラがダーシーに言った。「あのひどいムーア人たちを国から排除するために、わたしたちスペイン人がどれほどの苦しみに耐えたか、あなたには理解できないのよ」

「きっと過去につらい目にあったんでしょうね。そのことには同情するわ。だけどずっと昔のことなのよ」ダーシーは主張した。「率直に言って、そろそろ乗り越えてもいいころじゃないかしら。人種や宗教で男性たちを選ばせるわけにはいかない。今夜は外見だけを判定基準にして決断してほしいの。ふさわしくないと思った発言は編集でカットするつもりよ。わかってもらえたかしら？」

コーラ・リーがふんと鼻を鳴らした。「言論の自由があると思っていたのに」

ダーシーはため息をついた。「どうか発言には気をつけてちょうだい」

マリア・コンスエラが彼女を睨んだ。「スペインの異端審問のあいだ、まさに同じことを言われたわ」

苛立ちを抑えきれず、ダーシーは頭を振りながらカメラのうしろに戻った。「始めて」

バートが撮影を再開した。プリンセス・ジョアンナは憮然とした表情でダーシーを見ていたが、やがて五本の黒い蘭の花をそれぞれ五枚の肖像画の下に置いていった。ダーシーの口からうめき声がもれる。

マギーが身を寄せて言った。「何百年にも及ぶ憎しみですもの。たったひと晩で消し去れというのは無理よ」

「そうかしら」不合格と判断した男性五名の絵の前に、審査員たちが順に黒い蘭の花を置いていく様子を、ダーシーはがっかりしながら見つめた。ヴァンダだけは人種にとらわれない決定を下したものの、四対一ではとうていかなわない。

ダーシーは席に戻っていく五人の女性たちを観察した。微笑みを浮かべ、自分たちの行動にかなり自信を持っているようだ。考えれば考えるほど、この番組に出るよう説得してよかったと思えてくる。ここにいる女性たちは何世紀もこの世に存在し続けているのに自ら重要な決定を下したことが、これまで一度もなかったのだ。それが今夜、どうにか自分の意見を持つことができた。ダーシーの指示を無視して行ったことではあるが、それでも自立への大きな一歩と言える。だから自分たちを誇りに思って当然だった。

けれども彼女たちの栄光の瞬間は長く続かないのだ。いよいよ今晩の大きなサプライズを披露するときがやってきた。ダーシーは近くへ来てくれるようにグレゴリに合図した。

「大騒ぎを引き起こす準備はいい？」彼女はブラックライトの電球を入れた懐中電灯を手渡した。

「ああ。どの絵を最後にすればいいか教えてくれ」

ダーシーが教えると、グレゴリはカメラの前に戻った。

「それでは、みなさんが選んだ五人の男性をもう少し詳しく見てみましょう」彼は肖像画の一枚に懐中電灯を向けると、スイッチを入れた。「合計で五本の黒い蘭を集めた東京のタダヨシが、コンテストから敗退することが決定しました」

ダーシーは可動照明の明かりを消した。グレゴリの持つブラックライトが、タダヨシの肖像画にこれまで見えなかった絵の具を浮かび上がらせる。その結果、突如として彼の口もとに長く白い牙が現れたように見えた。

「まあ、すてき」コーラ・リーがささやいた。「だけどもしも彼が優勝したら、恐ろしいニンジャ・マスターになっていたに違いないわ」

ダーシーは眉をひそめた。今のせりふは編集でカットしよう。

「肖像画の下に四本の蘭が集まった、フィラデルフィアのデレクも敗退となります」グレゴリがデレクの絵にブラックライトをあてた。すると闇の中で彼の長い牙が輝いた。

ヴァンダがため息をつく。「ブラッキュラを失って残念だわ。すごくハンサムなのに」

この黒人のヴァンパイアについてダーシーも同じ意見だったが、他の女性たちは疑わしく思ったようだ。

「同じく黒い蘭四本のニューデリーのハルシャも、このステージでの敗退が決まりました」ブラックライトを顔にあてられると、まるで魔法のようにハルシャの白い牙が現れた。

「面白い趣向ね」プリンセス・ジョアンナが認めた。「でも、目的がわからないわ」

「黒い蘭が三本で、われわれはザルツブルクのフェルディナンドに別れを告げることになりました」グレゴリがフェルディナンドの顔にライトをあてると、オーストリア人の牙が光った。

レディ・パメラがため息をついた。「ばかげているわ。そうでしょう？　わたくしたちみんな、殿方がヴァンパイアだとわかっているんですもの」

マリア・コンスエラがロザリオをもてあそんだ。「ひとり見れば全員見たのと同じことだわ」

「それはどうかしらね」にやりとしてヴァンダが言った。

「そう言われてみると、ぞっとするほど黄ばんだ牙を見たことがあるの」レディ・パメラが身震いした。「歯が不衛生なヴァンパイアほどいやなものはないわ」

プリンセス・ジョアンナが顔をしかめた。「曲がった牙もあるわね」

「だけど、中には他人より長い人もいる」ヴァンダが言った。「なんといっても、サイズが重要よ」

コーラ・リーが大きく息を吐いた。「気の毒なわたしのボーレガード――安らかに眠りたまえ。これまで見た中で、彼の牙がいちばん長かったわ」

明らかに落ち着かないらしく、グレゴリが眉根を寄せて女性たちを見た。「みなさん、よろしければ最後の敗退者を紹介させていただきたいのですが。ニュージャージーのセスは三本の黒い蘭を集めました」彼はそう言うと、セスの顔にライトをあてた。

女性たちが待ち構える。

ヴァンダとダーシーは視線を交わした。

「牙はどこ?」レディ・パメラが尋ねた。

「彼は好きじゃないわ」コーラ・リーが言う。「生え際が後退しかけているもの」

「きっと牙も抜けかけているのよ」プリンセス・ジョアンナが不満げに言った。

「絵に何か不具合があるに違いないわ」マリア・コンスエラは目を細めて肖像画を見つめた。

「いいえ」グレゴリが静かに口を開いた。「肖像画に問題はありません」

部屋の中は静まり返った。女性たちは困惑して顔を見合わせている。

彼女たちの鈍さにしびれを切らしたらしく、ヴァンダがあきれたように目をまわした。

「あらあら、どうして彼には牙がないのかしらね？」

あとの四人がはっと息をのんだ。バートでさえたじろぎ、もう少しでカメラを落としそうになった。

プリンセス・ジョアンナが慌てて立ち上がる。「コンテストの出場者にモータルがいるというの？」

グレゴリは肩をすくめた。「そのように見えますね」

胸もとでロザリオを握りしめながら、マリア・コンスエラが立った。「はっきりした答えを要求します。あの男性はモータルなの？」

「そうです」グレゴリが認める。「このコンテストに参加している、数名のモータルのうちのひとりです」

女性たちがふたたび息をのんだ。

「そんな！　忌まわしい、実に忌まわしいわ！」レディ・パメラは気つけ薬を求めてレティキュールを探った。

「こんな辱めはありません！」激しい怒りに燃える目で、プリンセス・ジョアンナがダーシーに向き直った。「モータルなど連れてきて、よくもわたくしたちのコンテストを汚したわね」

ヴァンダが肩をすくめた。「モータルも格好いいかもしれないわよ」

レディ・パメラは嘲った。「モータルが〝地上でもっともセクシーな男〟に選ばれるわけがないわ。考えるだけでもばかばかしい」彼女は〈チョコラッド〉の小瓶の蓋を開けた。「そんなことが現実になるなら、わたくしは木の上にのぼってみせるわ」

プリンセス・ジョアンナがダーシーに近づいてきた。「よくもこんなことを！　あなたを信じたのに、わたくしたちを裏切ったのね」

「そのとおりだわ」レディ・パメラが小瓶の匂いを嗅いだ。「まず、わたくしたちをこんなひどい使用人の住まいに連れてきて」

「そして今度は」プリンセス・ジョアンナがあとを継ぐ。「モータルとの同席を強いて、わたくしたちを侮辱したのよ」

コーラ・リーがぱっと立ち上がった。「モータルのマスターなんて我慢できるものですか！」

「それなら選ばなければいいわ」ダーシーは女性たちに言った。「ねえ、あなたたちに主導権があることに変わりはないのよ。どの男性を不合格にするか、決めるのはあなたたちなんだから」

女性たちが顔を見合わせた。

「では、どれがモータルか教えなさい」プリンセスが命令した。

ダーシーは首を横に振った。「だめよ。あなたがたが自分たちで見つけ出さなくては」

「簡単よ」マリア・コンスエラがロザリオのビーズを鳴らした。「匂いでわかるもの」

「残念ながら、それは無理なの」ダーシーは申し訳なさそうな目を向けた。「ヴァンパイアよけのアンクレットをつけているから、匂いで突き止めるのは不可能なのよ」

プリンセス・ジョアンナが憤慨した。「では、心を読めばいいわ」

「いいえ、マインド・リーディングはしないと契約書にサインしたでしょ」

「忌まわしい、実に忌まわしいわ！」レディ・パメラは小瓶の〈チョコラッド〉をひと息に飲み干してしまった。

「どうすればいいの？」コーラ・リーが泣きそうな声を出した。「モータルのマスターはいやよ」

「そんなことにはなりません」プリンセス・ジョアンナが顎を上げた。「ダーシーはわたくしたちを不快なゲームに巻き込もうと考えているようだけど、いずれ思い知るでしょう。モータルの男はヴァンパイアの男性とは比べものにならないわ。テリアがやすやすと害獣を見つけ出すように、わたくしたちもなんの苦もなく見抜けるはずよ」

マリア・コンスエラもうなずいた。「そうよ、そのとおりだわ。ヴァンパイアの男性のほうが勝っているのは当然ですもの」

「もちろんよ！」レディ・パメラが胸に手を押しあてた。「どのテストでも、モータルの男たちはぶざまに失敗するはずよ」

「ええ」プリンセス・ジョアンナは険しい表情で仲間の審査員たちに向き直った。「みなさん、わたくしの話を聞いてちょうだい。油断は禁物よ。なんとしてでもモータルの脅威を排除しなければなりません」

女性たちは頭を寄せ合って計画を練り始めた。

「なんてことかしら」マギーがダーシーを見て言った。「わかっていたわ。あなたがわたしたちの世界へ来たのには理由があったのよ。自分が何をしたか気づいている?」

「ええ。これまで以上にみんなに嫌われてしまったわ」

「違う、そうじゃない。彼女たちを見てよ。あんなに興奮して夢中になっている姿は初めて見るわ。あなたはみんなに存在意義を与えたの」

ダーシーの背筋を冷たいものがじわじわとおりていった。マギーは大げさすぎる。彼女には物事を少し誇張して表現する傾向があるのだ。

イヤホンから音が聞こえることに気づき、ダーシーは耳にセットし直した。

「ちょっといいかしら、みなさん」彼女はバートがカメラを向けるまで待ってから言った。

「まもなく男性たちが到着するわ」

11

オースティンは他の六人の男たちとともに、ハマー・リムジンに乗っていた。六人のうち四人は間違いなく人間だ。ジョージとニコラス、それにセスはオーディションで見かけたのを覚えている。あとひとりはガースことギャレットだ。人間たちは指示されたとおり、荷物を持って午後九時に〈スター・オブ・トゥモロー・キャスティング・エージェンシー〉に集合した。

そこには〈ロマテック・インダストリー〉から派遣された、ラズロ・ヴェストという小柄な化学者が来ていた。彼は男たちそれぞれに、ソックスの下につけるプラスティック製のアンクレットを渡した。番組が終わるまで、ずっとつけていなければならないそうだ。理由を尋ねると、化学者はフェロモンがどうとか、何やら複雑な説明をしてくれた。

九時三〇分になり、一〇人の男性を乗せたハマー・リムジン二台がエージェンシーに到着した。おそらくアンデッドの出場者たちに違いない。だが奇妙なことに、小柄な化学者は彼らにも同じようにアンクレットをつけさせた。それからローリー・プレイスまで短いドライブをするため、一五人の男たちはリムジンに乗り込んだのだ。オースティンはヴァンパイアたちの反応が、人間のそばにいるときによく見るものとは違うことに気がついた。鼻をくんくんさせたり、飢えた目で見つめたりしない。

ドライブのあいだ、車内の会話はまばらだった。競争相手に弱点を知られたくないのだろう。ローリー・プレイスで車が停まるとマギーという名のヴァンパイアが一行を出迎え、ペントハウスまで案内した。誰もいない広大な玄関ホールで、彼女は男たちを階段に——先頭が頂上の踊り場に立つように——三列に並ばせた。そこで待っているように告げると、廊下を歩いていってしまった。男たちはそわそわと視線を交わしていたものの、誰も口をきかず、不安を感じていることを認める者もいなかった。

まもなく、廊下の向こうからカメラマンがやってきた。階段を駆け上がり、男たちをひとりずつアップで撮っていく。ダーシーの姿は見えなかった。そのうちに、足音と話し声が聞こえてきた。女性たちがやってきたのだ。彼女たちの前にはもうひとりカメラマンが、こちらに背を向けてうしろ向きに歩いていた。ヴァンパイアのグレゴリが五人の女性グループを先導している。おそらく審査員たちだ。その中のひとりは紫の髪のヴァンダだとわかったが、残りは初めて見る顔ばかりだった。奇妙な格好をしているところを見ると、かなり昔から存在しているヴァンパイアたちに違いない。

オースティンは廊下の奥をのぞき込もうとして身を乗り出した。ああ、ダーシーがいたぞ。女性たちのうしろだ。彼女はマギーと一緒に歩いていた。もっとよく見ようとさらに首を伸ばした彼は、危うくバランスを崩しかけた。手すりのそばに立っていて助かった。さもなければ階段を転がり落ちていたところだ。くそっ、相変わらず彼女はきれいだ。いや、きれいなんてものじゃない。

玄関ホールに入ってきたダーシーが男性出場者をざっと見渡し、オースティンのところで視線を留めた。彼はかすかに頭を下げて微笑んだが、彼女は目をそらしてしまった。もう一度こちらを向いてくれることを期待しながら、彼はずっとダーシーを見つめ続けた。だが長く見れば見るほど、彼女がオースティンだけを避けているのがわかった。

「諸君、『セクシエスト・マン・オン・アース』へようこそ」

オースティンは話し手に注意を向けた。

「わたしの名前はグレゴリ、番組の案内役を務めます」女性のヴァンパイアを指し示す。「同じく案内役のマギー」

ダーシーに視線を戻しながら、オースティンは彼女とグレゴリの関係はどうなっているのだろうと考えた。彼はダーシーのために司会を引き受けたのか？

「ここに、このコンテストの五人の審査員がいます」グレゴリが続けた。「紹介させていただきましょう。プリンセス・ジョアンナ、マリア・コンスエラ、レディ・パメラ、コーラ・リー、そしてヴァンダです」

ヴァンダが手を振った。他の女性たちはお辞儀をしている。オースティンの視線はまたダーシーに戻った。いつまで無視するつもりなんだ？

「ここに集まった男性は一五名ですが」グレゴリが言った。「本日残ることができるのはわずか一〇名。われわれの審査員はすでに投票をすませ、不合格となる五人を選びました。ですが発表の前に、まずは番組のスポンサーからのお知らせをどうぞ」

そこでしばらく沈黙が続いた。男性出場者たちは顔を見合わせている。きっとここで〈ヴァンパイア・フュージョン・キュイジン〉のコマーシャルが流れるのだろう、とオースティンは思った。

「ふたたび番組に戻りましょう」グレゴリが近くのカメラに向かって微笑みかけた。「いよいよ、今夜家に帰ることになる男性たちの発表です。それは」劇的効果をねらって間を空ける。「タダヨシ、デレク、ハルシャ、フェルディナンド、そしてセス。きみたちには去ってもらわねばならない。外でリムジンが待っている。残りの諸君は――すぐに荷物が運ばれてくるだろう。のちほど各自の部屋へ案内しよう。おめでとう、そしてようこそ『セクシエスト・マン・オン・アース』へ」

セスと握手をしながら、オースティンはペントハウスで守るべき人間がひとり減ったことにほっとしていた。玄関ホールを見おろすと、ヴァンパイアの審査員たちはすでにいなくなっていた。ダーシーとカメラマンもいない。くそっ、これだけか？　どうやら今夜の収録はもう終わりのようだ。

リムジンの運転手が玄関ホールに荷物を運び入れ、男たちはそれぞれの旅行鞄を取りに階段をおりた。今夜のうちに敗退した五人は運転手とともに去っていった。

オースティンと他の五人の出場者たちは、マギーの案内でペントハウスの東棟に向かった。

キッチン、フィットネスルーム、サウナと次々に指し示していったあと、彼女が言った。「こちら側にあるベッドルームは三つです。だから部屋をシェアしてもらわなければならないの」手にしたクリップボードに視線を落とす。「まずレジナルドとピエール、それからガースとジョージ、それにニコラスとアダムが同じ部屋でお願いします」

オースティンはギャレットと安堵《あんど》の視線を交わした。ありがたいことに、ヴァンパイアと部屋を共有せずにすんだ。

「ディレクターのオフィスはどこなんです？」オースティンは訊いた。

「ダーシーのオフィスならプールハウスよ」マギーがいぶかしげに彼を見た。「どうかした？　何か問題でも？」

「いや、問題はありません」荷物を持って二階まで裏階段を上がりながら、オースティンは内心で悪態をついた。いったい誰がプールハウスなんかをオフィスにするんだ？　てっきり図書室だろうと思ってカメラを仕掛けておいたのに。いまいましいプールハウスには設置していない。

マギーが最初にレジナルドとピエールに部屋を示した。それから四人の人間たちを先導して次の部屋に向かう。オースティンのベッドルームはギャレットの隣だった。

「キッチンに飲み物と軽食が用意してあります」マギーが説明した。「毎日ケータリング業者が温かい食事を運んでくるわ。セキュリティの都合上、他の人のベッドルームへは行かないでください。撮影開始時刻に間に合うように戻ってくるなら、この建物を離れてもかまいません。だけど収録は夜に行われるから、昼間は睡眠をとっておくことをお勧めするわ」

オースティンは笑いを嚙み殺した。そうだろうとも、一部の出場者は昼のあいだ死んでいるのだから。

「明日の撮影は午後八時から図書室で行う予定です。それでは、おやすみなさい」最後に微笑んで、マギーは去っていった。

男たちはそれぞれのベッドルームへ荷物を運び入れた。オースティンはスーツケースを持ち上げてベッドの上にのせると、中からノートパソコンを取り出した。ちらりと同室のニコラスをうかがう。「デスクを使ってもかまわないかな?」

「ああ、いいよ」ニコラスが自分の鞄をベッドに置いた。「腹が減ったな。キッチンをのぞきに行かないか?」

「悪い、やらなきゃならない仕事があるんだ。気にしないで行ってくれ」オースティンはノートパソコンをデスクに置いた。

「じゃあ、またあとで」ニコラスは部屋を出ていった。

ふう。やっとひとりになれた。オースティンは前もって仕掛けておいた隠しカメラの映像を見るため、パソコンにコードを打ち込んだ。ペントハウスの西端に数人の男たちがいる。グレゴリが他の出場者たちを部屋に案内しているようだ。もしかすると全員ヴァンパイアなのかもしれない。やがてグレゴリが男たちから離れ、中央の大階段のほうへ歩き出した。どこへ行くのだろう? ダーシーと会うのか?

胸に響く不愉快な疼きは嫉妬だ。だがそれを認めたところで、ダーシーがカメラのないプールハウスに本部を置いてしまったことはどうにもならない。彼女は寝るのもプールハウスにするつもりなのだろうか？

オースティンは玄関ホールに設置したカメラに画面を切り替えた。グレゴリは階段の下まで達していて、そこから肖像画の部屋に向かった。次はそちらの映像に切り替える。ちくしょう。ダーシーがいる。むかつくグレゴリのやつは彼女とふたりきりになろうとしているのだ。

ダーシーは壁から肖像画をおろしているところだった。おそらく今夜不合格になった誰かの絵だろう。彼女はその肖像画を部屋の隅に持っていき、壁に立てかけるようにして床に置いた。ふいにはっと背筋を伸ばし、振り返ってドアを見る。

「グレゴリ！」ダーシーは部屋の反対端まで駆けていくと、グレゴリを抱きしめて頰にキスした。「あなたは素晴らしかったわ！」

素晴らしくなんかない。そいつはくずだ。ヴァンパイアがダーシーのどこに手を置くのか確かめようと、オースティンはじっと目を凝らした。肩に軽く触れただけか。スーツケースに隠した木の杭はまだ出さないでおいてやる。今のところは。

「ありがとう。楽しかったよ」グレゴリは壁にかかった肖像画を見上げた。「敗者の絵を外しているのかい？」

「そうなの」ダーシーが二枚目の肖像画を壁からおろした。「デレクの絵を取ってくれる？」

「ああ」グレゴリは絵を取り外し、ダーシーのあとについて、先ほど彼女が別の絵を置いた隅まで運んでいった。「女性たちがあんなにあからさまに人種差別をするなんて、すっかりまごついてしまったよ」

「あれはひどいわ！　慎重に編集しなくちゃ」

「そうだな。みんな過去に囚われすぎているんだ」グレゴリが絵を床に置いた。「だけど、きみはうまく対処していたよ」

「ありがとう」ダーシーは次の絵をおろすために戻っていった。

グレゴリは壁にかかった肖像画を眺めながら、彼女のあとをぶらぶら歩いていった。一枚の絵の前で足を止め、顔を近づけてプレートの名前を読む。「アダム・オラフ・カートライト。誰だい？」

オースティンは体を強ばらせて息を殺した。

ダーシーは一瞬凍りついていたが、残っていた不合格者の絵を急いでおろした。部屋の隅へ歩いていく。「コンテストの出場者よ、もちろん」

「モータル？　それともヴァンパイア？」

絵を床に置いたダーシーが体を起こした。「あなたにも前もって知らせないことに決めたでしょ」

「それはわかってるけど――」グレゴリがオースティンの絵を睨んだ。「この男はひと晩中ずっときみを見つめていたんだ」

ダーシーが両手を握りしめた。「わたしなら、あれをひと晩中とは言わないわ。ほんの一〇分程度のことじゃないの」

「たとえ一〇分でも、あいつはきみから目が離せない様子だった」

オースティンは目を細めた。文句があるのか、くず野郎？

ダーシーの笑い声は無理やり絞り出したようで短かった。「ばかなことを言わないで。きっとカメラを見ていたのよ。わたしじゃなくて。カメラは無視して普段どおりにふるまうよう、みんなに注意しておくわ」

グレゴリが腕を組んだ。「彼に会ったことがあるのか？」

彼女は肩をすくめた。「何度か。でも仕事でよ」

オースティンは鼻を鳴らした。仕事なんかよりずっと楽しかったじゃないか、スウィートハート。

眉をひそめてグレゴリが言った。「きみに傷ついてほしくないんだ」

ダーシーは笑い飛ばしている。

「心配しないでよ。なんでもないんだから」

オースティンは歯ぎしりした。なんでもない？　こっちはこの二週間ずっと、取りつかれたように、彼女にキスしたことや胸に触れたこと、股間に押しつけられたかわいいヒップの感触を思い出していたというのに。それを彼女は〝なんでもない〟で片づけるつもりなのか？

「どうしてる？」ギャレットが顔をのぞかせた。

オースティンは驚いて椅子から跳び上がり、慌ててノートパソコンの音声を消した。「くそっ、ギャレット。驚かさないでくれよ。ルームメイトには見られたくないんだ」

「何をしているんだい？」

「カメラが全部ちゃんと稼働しているか、確認してるんだ」

「すごいな」ギャレットは部屋に入ってドアを閉め、オースティンのほうへ近づいてきた。

「何か面白いことは？　それは誰だ？　司会者とディレクターかな？」

「ああ。だけどつまらない話ばかりだ」

「音量を上げてくれよ」ギャレットが主張した。「聞いてみたい」

心の中で顔をしかめながら、オースティンは音声をオンにした。

「モータルのことを知って、彼女たちがこの部屋をめちゃくちゃにするかと思ったよ」グレゴリが話していた。

ダーシーがため息をついた。「ええ、はらはらしたわ」

オースティンの緊張が解ける。彼の話題はもう終わったらしい。

「あとはきみのボスが理解してくれることを願うよ」グレゴリが言った。

「そうね」ダーシーはドアへ向かい、明かりを消した。

オースティンは廊下のカメラに切り替えた。声がかすかにしか聞こえなかったので、音量を上げる。

「モータルとヴァンパイアの見分けは簡単につくとばかり思い込んでいたよ」玄関ホールのほうへ歩いていきながら、グレゴリが言った。

「アンクレットのおかげで匂いがしないのよ」ダーシーは彼と並んで歩いていた。「一種のお守りみたいな作用があるの。ヴァンパイアにも形だけのアンクレットをつけてもらっているわ。そうしておけば、たとえ水着になってもモータルかヴァンパイアかわからないでしょ」

「すごいアンクレットだな」オースティンはソックスをおろしてアンクレットを調べた。「自動誘導装置みたいなものかもしれないとは思っていたんだが。どうやらわれわれの匂いを遮断する、何かの化学物質が使われているようだ」

ギャレットがうなずいた。「リムジンに乗っていたヴァンパイアたちは、なんていうか……普通だった」

オースティンはアンクレットを取り外した。「明日ケータリング業者を装ってエマが来たら、これを渡しておくよ。彼女なら分析できるだろう」だがもちろん、アンクレットを取ってしまえば、ヴァンパイアにとってたまらない、おいしそうな匂いをぷんぷんさせることになる。

「外してしまって本当に大丈夫なのか？」ギャレットが訊いた。

「別のを手に入れる。ディレクターに、なくしたと報告するよ」

「ミス・ダーシー？　彼女は人間だとまだ思っているのか？」

「ああ。どうしてヴァンパイアなんかにかかわっているのか知らないが、彼女はわれわれが噛まれないように細心の注意を払ってくれている」

ギャレットが冷笑した。「ずいぶん信用しているじゃないか。契約の中身を読んだんだろう？　DVNはいかなる〝刺創〟にも責任を負わないって」

オースティンは声をあげて笑った。「噛まれるつもりはないさ」だが、これでダーシーに会いに行く正当な理由ができた。彼女の居場所ならわかっている。プールハウスだ。


ダーシーはゆっくりした足取りで温室の中へ入っていった。温かく湿った風が頬をなで、今夜の一連の出来事で緊張した体をほぐしてくれる。通路の両側に階段状の棚が設置され、鮮やかな色の花々――インパチェンス、ユリ、シャクヤク、その他名前も知らないエキゾティックな花々――が咲き誇る鉢がずらりと並べられていた。

温室の片側は薔薇のためのスペースだった。ローズガーデンへの入口となるアーチを、蔓《つる》薔薇が覆っていた。中央にはひっそりと小さな噴水があり、ちょろちょろと水を滴らせている。

奥に向かうと熱帯性植物の小さなエリアになっていて、レモンやバナナの木が茂っていた。しなやかなヤシの木の下に石造りのベンチがある。ダーシーはそこに座って靴を脱いだ。これから予定しているふたつのテスト――礼儀作法と魅力的な話し方――には理想的な舞台となりそうだ。

「ダーシー！」

　こちらへやってくるマギーの姿が見えた。「男性たちは部屋に落ち着いた？」

「ええ。頼まれたとおり、モータル同士が同じ部屋になるようにしたわ」

「ありがとう。あなたがいなかったらどうなっていたことか」マギーが助けてくれたので、ダーシーはモータルたちを避けて過ごすことができた。厳密に言うとモータルたちではなく、あるひとりのモータルだが。

　マギーがダーシーのそばで立ち止まった。「話したかったのはそのことよ。明日の夜はまた別のオーディションがあるので、ＤＶＮへ戻らなくちゃならないの」

「まあ、わかったわ」ダーシーは励ますように微笑みかけた。「心配しないで。あなたなら大丈夫」

　マギーが表情を曇らせた。「ものすごく緊張してるわ。だって、ドン・オルランドの相手役なのよ。彼がわたしを気に入ってくれるといいけど」

「あの――もちろん彼は気に入るわよ」ダーシーはうめき声を押し殺した。ドン・オルランドがコーキーやティファニーと関係を持っているなんて、マギーにはとても言えない。おまけに相手はふたりに留まらず、いったい何人いるか見当すらつかないのだ。友人の夢を打ち砕いてしまうと思うと耐えられなかった。マギーはつねに楽天的で、あらゆる出来事は起こるべくして起こるのだと主張している。残念ながらその意見には賛成できないが、彼女のその楽天的な考え方がこれまでどれほど自分の救いになっていたか、ダーシーは今になって初めて気づいた。マギーが信じているかぎり、ハッピーエンドが可能になるような気がするのだ。

「明日の夜はここで撮影しようと思うの」ダーシーは立ち上がって靴を手にした。

マギーが並んで歩く。「ここで礼儀作法のテストをするの?」

「ええ。考えていたんだけど――あっ!」ダーシーは水たまりで足を滑らせた。

「大丈夫?」マギーが手を伸ばして支えてくれた。「ストッキングで歩くからよ。滑りやすくなるわ」

「そうね。脱いじゃうわ。ちょっと待ってて」ダーシーは身をくねらせてパンティストッキングを脱ぐと、靴の中に突っ込んだ。「ねえ、わたしたちに必要なのはまさにこれよ。明日の夜は通路の中央に大きなぬかるみを作って、男性たちがいかにして女性の靴が泥だらけになるのを防ぐかテストするの」

「まあ、すてき! エリザベス女王が通れるように、サー・フランシス・ドレイクが自分の外套《がいとう》を敷いた話みたいね」

「そのとおり」ダーシーは靴を手に持ったまま裸足で歩いた。「温室の中に障害物コースを設置するわ。テストはレディ・パメラに担当してもらうのがいいんじゃないかしら。礼儀に関しては専門家だもの」

マギーが鼻を鳴らした。「ほんと、そうだわ」

温室を出たふたりは階段のところで足を止めた。マギーが階段に続くドアを開ける。「使用人のフロアへ行くわ。あなたも居間でわたしたちと一緒に過ごさない？」

「やめておくわ。疲れたの。明日のオーディションがうまくいくといいわね」

「ありがとう」マギーは吹き抜けになった階段をおりていった。重いドアがバタンと音をたてて閉まる。ダーシーは目を閉じ、涼しい風が顔をなでていくのを感じた。最初の夜が終わった。ようやくくつろげるときがやってきたのだ。ため息をつくと、彼女はプールハウスへ行くために屋上を横切ろうとした。

水のはねる音に注意を引かれ、ダーシーが音のするほうを見ると、プールで男性が泳いでいた。引きしまってすらりとした体が規則的に水をかいていく。たくましさと優雅さの完璧な組み合わせだ。彼女は引き寄せられるように一歩近づいた。男性の背中は日に焼け、肩幅が広い。ひとかきするごとに筋肉が波打つのがわかった。力強くて長い脚。

きっとモータルだろう。日焼けするヴァンパイアがいるとは思えない。それに、これほどの美しさは永遠には続かないものだ。どんなに素晴らしい日没も数分しか続かないのと同じ。このモータルにとっては今がそのとき——若さと強さと美しさが頂点に達したときなのだろう。全盛期は短く、めったに見られない瞬間だからこそ美しい。

ダーシーの目に涙がこみ上げてきた。ヴァンパイアたちは間違っている。彼らは永遠に若いままでいられるから、自分たちは美しいと思っていた。だが永遠の若さや美は、無理に奪い取ったと同時に安っぽいものになり、それがあたりまえの状態になったとたんに無意味になることに気づいていないのだ。

男性がプールの端にたどりつき、濡れた豊かな髪をかき上げた。たちまちダーシーの息が止まる。彼だとわかっているべきだった。手から滑り落ちた靴が、コンクリートの床にあたって音をたてた。

振り向いた彼がダーシーに気づいて微笑みかける。

膝がぐにゃぐにゃで力が入らない。彼がプールの縁を離れ、ダーシーのほうへ向かって泳ぎ始めた。彼女はちらりとプールハウスに目をやった。走って逃げたら臆病《おくびょう》に思われるだろう。だが、彼とは距離を置くと固く決意したのだ。

そばへやってきた彼が、日に焼けた腕をプールの端のタイルにかけた。「やあ、ダーシー」

アダムに名前を呼ばれるだけで、まるで太陽に向かって飛んでいくように、体が温かく軽くなったかに思えた。もう二度と凍えないような気がする。「こんばんは」

「水が気持ちいいよ。きみも泳がないか？」

ダーシーは彼の誘いを一蹴した。「気づいていないかもしれないけど、わたしはドレスを着ているの」

「それなら気づいていたよ。きみから目が離せないんだ」

顔が熱くなる。「実はそのことで、あなたに話があるの。撮影中にわたしのほうを見てはだめよ。カメラのすぐそばにいることが多いんだから」

アダムは頭を傾けたが、目はまだ彼女を見つめ続けていた。「今はカメラがないよ。きみとぼくだけだ」

「そしてわたしには仕事があるの。おやすみなさい」ダーシーは身を屈めて靴を拾おうとした。

「そのドレスはどうやって脱ぐんだい？　背中にファスナーがあるのかな？」

靴のことを忘れ、彼女はぱっと身を起こした。「なんですって？」

「泳ぐにはそれを脱がなきゃならない」

「あなたと泳ぐつもりはありません。水が冷たすぎるもの」

「ああ、それなら……」彼がタイルの縁にてのひらをついた。ぐっと体を持ち上げて水から上がると、腕や肩の筋肉が盛り上がった。

ダーシーは思わずあとずさりした。口がぽかんと開いている。

アダムがゆっくり背筋を伸ばした。日焼けした肌がきらめいた。まるで通りやすい道を探すように、くっきり浮き出た胸や腹の筋肉のまわりをたどって水が流れ落ちていく。濡れた胸毛が胸に張りつき、髪の色はいつもより濃い色に見えた。濡れているのとあたりが暗いせいで、通常なら彼を太陽神のように見せているブロンドの輝きが目立たなくなっている。今夜のアダムは翳《かげ》りを帯びて危険な雰囲気を醸し出し、いつにもましてダーシーの胸を騒がせた。

「もっと温かいところがある」彼がホットタブへ歩いていった。

ダーシーは言葉を失い、ただアダムの姿を目で追っていた。ボクサータイプのコットンの水着は決してセクシーな部類には入らないものの、濡れた素材が体のラインを際立たせている。通り過ぎる彼を見ながら、ダーシーは細い腰にかろうじて引っかかる水着が気になって仕方がなかった。布地がヒップにぴったりと張りつき、彼が足を運ぶたびに動く筋肉の形まではっきりわかる。

水着のウエストの位置がかなり低いので、背中にできたふたつのくぼみが見えた。えくぼと合わせてくぼみは四つ。他にもくぼみがないか、ダーシーは彼の体を隅々まで調べたくなった。

アダムがホットタブに入り、コントロール・パネルのボタンを押した。ウィーンという音とともに水が渦を巻き始めた。彼はダーシーに微笑みかけると、湯の中に体を沈めた。「いい気持ちだ」

立ちのぼる蒸気がぬくもりと慰めを約束し、四年もの長いあいだ苦しんできた寒さを解消しようと彼女に誘いかける。

「きみも入れよ、ダーシー」彼が静かに言った。

ああ、この人は悪魔だわ。誘惑して、同時に苦しめる方法を知っている。彼女はゆっくり近づいていった。「わたしが審査員なら、間違いなくあなたを優勝させるでしょうね。だけどそうじゃないんだから、あなたは時間を無駄にしているわ」

「コンテストなんてどうでもいいんだ。それにきみと過ごす時間を無駄だとは思わない。さあ、入れよ。証明してみせるから」

ダーシーは信じられないというように鼻を鳴らした。「あら、口がうまいのね。でも、そんなことをしても意味がないわ」手に入らないものが欲しくなって胸が痛むだけだ。

「意味がない？」アダムが眉をひそめた。「友情はどうなんだ？」

彼女は声をあげて笑った。「友だちになりたいだけだというの？　前にもそんなせりふを聞いたことがあったけど」

彼がにやりとする。「ぼくもだ。でも、本気で言っているんだよ、ダーシー。話し相手が必要じゃないか？」

ヴァンパイアの中で暮らしていることを、モータルにどうやって打ち明けろというのだろう？「ごめんなさい」彼女は背を向けた。

「待って」アダムが急いで立ち上がると、水面が波打ってタブの縁から湯がこぼれた。裸足にぬくもりが心地よい。「話さなきゃならないことがあるんだ。つけるように言われたアンクレットのことで」

ダーシーは振り返った。「それがどうかしたの？」

「ええと、その――どういうわけか、なくしてしまった。重要なことなのかな？」

彼女は唾をのみ込んだ。重要どころではない。アダムの身の安全を守るためには不可欠なものだ。「もうひとつ手配するわ」

「あれはどういうものなんだい？」無邪気な様子で彼が目を見開いた。

「ラズロが説明しなかった？」

アダムは肩をすくめた。「フェロモンについて何か言ってたな。匂いがお互いを引きつけるとかなんとか」

「そのとおりよ」アダムはいつも素晴らしい匂いがした。温かく健康的でセクシーな匂いが。

「さあ、ちょっとだけ入って」彼がホットタブの縁を軽く叩いた。「座って足をひたして、リラックスすればいい。長い夜だったんだ」

ダーシーは思わず微笑んでしまった。「あなたはあきらめない人なのね？」

「きみが相手の場合はね」アダムも微笑み返す。「心配しなくても、距離を空けておくから」そう言うと、体を浮かしてタブの反対端へ移動した。

彼女は光沢のあるジャケットを脱いでテラスチェアに置いた。「ほんの少しだけ」ぴったりしたシルクのドレスがコンクリートにこすれて破けてしまわないように、慎重にタブの縁に腰かける。最初は足首までだったが、泡立つ湯の感触は素晴らしく、思いきって膝から下を全部つけた。細身のドレスが腿の中ほどまでずり上がった。

「気持ちいい？」アダムがそっと尋ねた。

「ええ」

「今晩の撮影は何もかもうまくいった？」

「ええ」

「ええ」

「きみはプールハウスで寝るの？」

そんな質問をするなんて、悪い人ね。

「ひとりで？」

「ええ」

彼がにやりとした。「今夜のきみはやけに素直だな」

ダーシーは笑いをこらえた。「ええ」今度もまた〝ええ〟という答えを言うと期待して、次は一緒に夜を過ごさないかと訊いてくるに決まっているわ。

「恋したことはある？」

彼女は驚いて瞬きした。予想外の質問だ。「ええ。たぶん」ため息をつく。「よくわからないわ。恋したかっただけかも」

「相手の男はきみを愛していたのか？」

「口ではそう言ってた。大学のときに一年ほどつき合ったの。わたしのほうは婚約するものと思ってたんだけど――」ダーシーは肩をすくめた。「お互い意見が合わなかったわ」

「きみを手放すなんてばかだな」

「きっと、ひとりの相手に決めるには若すぎたのね」

アダムが嘲るように鼻を鳴らした。「愚か者だ」

「ちょっと手厳しいんじゃない？」

「そんなことはない。誰であれ、きみを放っておくようなやつは愚かとしか言いようがない」

「未熟だったのよ」

「愚か者を表すには便利な言葉だ」

ダーシーはついに笑ってしまった。「わかった、彼は愚か者よ」驚いたことに、そう口に出すととても気分がよくなった。「そこで大きな疑問がわいてくるんだけど、あなたは愚か者じゃないの？」

アダムの顔にゆっくりと笑みが浮かび、えくぼが深く刻まれた。「ぼくは十分に賢いよ」

だけどわたしとは違う世界に住んでいる。この男性と戯れるべきではない。ところがあいにく、彼はいまいましいほど魅力的だった。なんとかして抗《あらが》わなければ。

アダムが近くに寄ってきた。彼の手がダーシーの左足の甲に触れる。「フットマッサージをしてもいいかな？」

「だ――」力強い指に足の裏を押され、否定の言葉が喉で消えてしまった。ああ、すごく上手だわ。「ええ」

ゆっくりと円を描くように、彼が足をマッサージし始めた。「気持ちいい？」

ダーシーはため息をついて目を閉じた。「ええ」

アダムが優しく足の指を引っ張った。「この番組で、きみは素晴らしい能力を発揮しているね」

褒め言葉がまるで太陽の光のようにダーシーの全身を包み込んだ。「ありがとう」

彼の手が今度は右足に移った。「きみに秘密を打ち明けてもいいかな？」

ダーシーはまぶたを開けた。「斧《おの》を持った殺人鬼だなんて言わないで」

足へのマッサージを続けながら、アダムが微笑んだ。「いいや、違うよ。信じてもらえるかどうかわからないが、ぼくは……なんて言えばいいのか、人の気持ちに敏感なんだ」

彼女は鼻を鳴らした。「あなたがゲイのわけないわ。ゲイならあんなふうにキスしないもの」

アダムの瞳がきらめいた。「間違いない？　確認のために、もうひとつサンプルが必要じゃないか？」

ダーシーは笑った。「あなたって本当に口がうまいのね」

「確かに。それはそうと、ぼくの秘密は……」彼の両手が肌をかすめながらふくらはぎまで上がった。そこの筋肉を揉《も》みほぐす。

彼女は眉を上げて言った。「わたしを口説こうとしていることなら、秘密でもなんでもないわよ」

アダムが彼女の膝に頰をつけた。「秘密というのは、ぼくが他人の心の声を聞くことができるということなんだ」

「ボディランゲージを読み取るのが上手なの？」

「いや」彼は不安そうな視線をダーシーに向けた。「ただ感じるんだよ」

「そうだ」アダムは彼女の脚に胸があたるまで体を近づけてきた。「きみから何を感じるかわかるかい？」

彼女はうしろに背をそらした。「つまり、感情移入するの？」

「わからないと思う？」ダーシーは疑わしげに彼を見た。「あててみましょうか？　突然、わたしがあなたと寝たがっている感じがしてきたんじゃない？」

アダムが笑顔になった。「もしかして、いつもの口説き文句だと思ってるのか？」

彼女はうなずいた。「でもあなたの場合、独創性があるからポイントは高いわ」

彼がダーシーの左の膝にキスした。「それはどうも。だけど真面目な話、きみは自分で望まないところに囚われて、身動きできないでいる感じがするんだ」

ダーシーははっと身を強ばらせた。本当に感情移入できるのかしら？

アダムはじっと彼女をうかがっている。「そうなのか、ダーシー？　助けを必要としているのか？」

彼女は音をたてて唾をのみ込んだ。「わ、わたし――いいえ。大丈夫よ」

「ぼくに言いたいことは何もない？」

目に涙があふれてきた。輝く鎧《よろい》を身につけた騎士が、わたしを救い出しに来てくれたというの？　この世はなんて残酷なのかしら。どうして四年前に出会えなかったの？　彼はわたしが望むすべてを備えているのに。わたしに必要なものをすべて。

アダムが立ち上がった。彼から滴り落ちた湯がダーシーの腿を濡らす。できることなら彼に身をゆだねてしまいたい。

彼の手が肩に触れた。「きみを助けさせてほしい」

ダーシーも立ち上がった。腰かけられるように棚状になっている場所に立っているので、彼より三〇センチほど背が高くなった。アダムを見おろして彼の髪に指を走らせる。「アダム、あなたにはわたしが男性に求める美点がすべてそろっているわ。でも遅すぎるの」
「そんなことはない」彼がダーシーのウエストをつかんで抱え上げた。「遅すぎるなんてことはないんだ」そうやって彼女を抱いたまま、泡立つ熱い湯の中に身を沈めていく。

その瞬間、ダーシーの最後の抵抗は溶けてなくなってしまった。

12

　オースティンはダーシーを膝に座らせて、彼女の顔をキスで覆った。唇を徐々に口もとへ近づけていくと、ダーシーが頭をめぐらせて彼を迎えた。たちまちふたりのあいだに興奮の炎が燃え上がり、舌と舌が絡まる。互いの体に腕をまわして引き寄せ合った。

　それでもまだ足りない。オースティンはダーシーを抱え、彼女が膝にまたがれるようにドレスを押し上げた。きつく抱き合っているせいで乳房が胸に押しつけられている。腕の中で彼女が息をあえがせ、全身を震わせるのがわかった。

「スウィートハート」首筋に鼻をこすりつける。ぜひともダーシーの信頼を得たいと願っていたのだが、どういうわけか、その願いが途中でもっと強い別の願望に変わっていた。彼女に愛してほしい。彼女を守り、永遠に自分のものにしたい。

　ダーシーが両手を彼の肩に、それから背中に滑らせた。「あなたはとても美しいわ」

　微笑んでオースティンは彼女の柔らかな髪を顎でこすった。「恥を知るんだな。それはぼくのせりふだ」

　膝の上のダーシーがうしろに身を引いて言った。「あなたこそ恥を知りなさいよ。いちばんいいドレスを着ているわたしをこんなところに引きずり込んで」

「なんとかしよう」彼女の背中のファスナーを手探りする。背筋に沿って手を下へ走らせると、ダーシーが背を弓なりにした。

彼女がからかうような笑みを向けてくる。「ねえ、わかってる？　このドレスは温水につけちゃいけないのよ」

「じゃあ、冷水に変えればいい」オースティンはドレスを頭から脱がせると、そのままプールへ放り込んだ。

ダーシーが声をあげて笑った。「やってくれたわね。塩素が入ってるのよ。ほんと、お礼を言うわ」

彼は濡れて肌に張りついたブラジャーを見つめた。「ぼくは結果に満足してる」親指で軽くかすめると乳首がすぼまった。硬くとがってくるまで円を描く。彼女がうめいて目を閉じた。

オースティンはついばむような口づけで首筋を上へたどり、耳もとでささやいた。「きみを味わいたい」

ダーシーの返答は、彼の頬から顎へかけての羽根のように軽いキスだった。イエスの意味に違いない。彼は深くキスをした。自分の鼓動が耳に響く。注意を引きたがっているように股間が反応した。オースティンはホックを外してブラジャーを取り、コンクリートの上に投げた。突然吹いてきたそよ風がホットタブの蒸気を渦巻かせ、ダーシーを包み込む。その姿は現実とは思えないほど幻想的だった。魔法にかけられたような美しい光景は完璧すぎて、これを手放そうと思う男はいないだろう。

まぶたを震わせてダーシーが目を開けた。「何か問題でも？」

ほんの一瞬、彼女の瞳が赤く光ったような気がした。いや、光の反射のせいに違いない。写真でもよく目が光って写ることがある。

「きみは非の打ちどころがない」オースティンはダーシーの乳房を両手で包み込み、頭を屈めて左のふくらみに唇を押しあてた。彼女の鼓動を感じる。彼自身の心臓も激しく轟《とどろ》いていた。音がどんどん大きくなっているようだ。

ウエストをつかんで彼女を抱き上げ、胸を口の前に持ってくる。オースティンは片方の乳首を口に含んで吸った。うめき声をあげたダーシーが背中をそらした。彼は両手を下へ向かわせ、彼女のヒップをつかんで引き寄せた。下着の中に手を滑らせてお尻を覆う。ダーシーは体を揺らし、彼の腹部に自分を押しつけることでそれに応えた。

オースティンは爆発寸前だった。なんとか自分をコントロールしようと歯を食いしばり、彼女の胸に頬を預ける。そのときだった。彼はあたりが以前より明るくなっていることに気づいた。耳に響いている轟音《ごうおん》は、彼の心臓から発せられているわけではなかったのだ。空を見上げたオースティンは顔をしかめた。うなりをあげるあの音は間違えようがない。ふいにひと筋の光が夜空を切り裂き、ホットタブを照らし出した。

「なんなの？」ダーシーが体を硬くした。そして上を見ようとしたので、慌てて彼女を手でさえぎる。

「見てはだめだ」突然のまぶしさに目を開けていられない。「ヘリだよ」

「なんですって？」彼女が取り乱した顔でオースティンを見た。「ヘリコプター？」

「そうだ」彼は悪態をついた。「近づいてくるのが聞こえたはずなのに」

「ああ、そんな！」ダーシーが震える手を口にあてた。「バーニーにヘリをレンタルするように頼んだのよ。だけど今夜中に手配できるとは思わなかった。どうしよう、大変なことになったわ！」

彼女が自分で気づいているより大変な事態なのだ。おそらく彼とダーシーの姿は撮影されているに違いない。オースティンは彼女を抱えたまま体を低くして、湯の中に顎までつかった。「ぼくがなんとかする。きみは何があっても上を見るんじゃないぞ」

ダーシーの喉からうめき声がもれた。「もうおしまいよ。二度と仕事はできないわ」

「信じてくれ。きみをここから出す」

「どうやって？　ほとんど裸なのに」

「部屋から大きなタオルを持ってきているんだ。ここで待っていてくれ。身を屈めて、顔を上げるな」

「わかったわ」ダーシーは自分の体に腕をまわしてうつむいた。

ホットタブから出ると、オースティンはテラスチェアへ向かって歩き出した。タオルをつかみ、ヘリコプターから顔をそむけながら急いでホットタブに戻る。彼はダーシーの姿を見られないようにタオルを広げ、湯から出てきた彼女をすばやく包み込んだ。今やヘリコプターは、強風を感じられるほど近づいてきていた。風がタオルをはためかせ、ダーシーを震わせる。彼女は背中を丸めて首をすくめた。

「ちょっと待って」オースティンはテラスチェアからダーシーのジャケットを取って彼女の頭にかぶせた。ブラジャーと靴を見つけて手渡す。そしてプールからドレスをすくい上げた。

ヘリコプターは依然として上空を旋回している。ライトがオースティンの動きを逐一追いかけていた。ずぶ濡れのドレスを差し出した彼は、ダーシーの顔に浮かぶパニックの感情に気がついた。

「気にするな」ヘリの轟音にかき消されないように叫んだ。「きみが誰かはわからないだろう。他の女性たちはどこにいる？」

「使用人のフロアよ。ここから三階下」

オースティンは東の階段に目を向けた。「よし。そこへ行こう。そうすればきみを審査員のひとりだと思うはずだ。しばらくしてからプールハウスへ戻ってくればいい」

「わかったわ」

彼が先導してふたりは階段へ向かった。ヘリコプターからのスポットライトが追いかけてくる。オースティンはうつむいた。背後からあたるライトのせいで、前方のコンクリートに彼の長い影が伸びていた。

はっとして、彼は足を止めた。

ダーシーも立ち止まる。「どうかしたの?」

答えることができず、オースティンはその場に立ちつくしていた。肺からすべての空気が奪われ、頭から血が下がっていく。地面が揺らいだように感じ、彼はよろめきながら脇に寄った。

「大丈夫?」ダーシーが彼の腕に触れようと手を伸ばした。

オースティンの体がうしろに揺らぐ。嘘だ、ありえない。彼はもう一度地面に視線を向けた。愚かにも事実が見えていなかった自分を嘲笑うように、影はまだそこにあった。なんというまぬけだろう。

「アダム?」ダーシーは心配そうだ。だけど、どうして彼女が心配する? 問題を抱えているのは彼女のほうなのだ。ダーシー・ニューハートには影がない。彼女は完全に死んでいた。

「大丈夫なの?」ヘリコプターの音に負けないようにダーシーが声を張った。

オースティンはごくりと唾をのんだ。「先に行ってくれ。ぼくは——人物が特定されるような手がかりが残っていないか確かめておく」あるいは、彼があそこで敵と絡み合っていた証拠が残っていないか。

「わかったわ」彼女は階段へ走り、建物の中に姿を消した。

音をたてて閉まるドアを、オースティンはその場に立って見ていた。そのあいだもいまいましいヘリコプターは頭上で旋回し続けている。胸が悪くなった。これでは死体相手にセックスするようなものじゃないか。もう少しで死んだ女性と愛し合うところだった。

やがて彼はヘリコプターが離れていくことに気づいた。プールの一帯をざっと見渡し、テラスチェアのそばで自分のビーチサンダルを見つけた。それをつかみ、屋上を横切って歩く。半月が彼を照らし、不快な真実を突きつけて嘲笑う。ダーシーは夜の生き物だった。

「嘘だ！」オースティンは月にビーチサンダルを投げつけた。弧を描いて飛んでいったサンダルは壁の向こうに見えなくなった。彼は壁に駆け寄ると、もう一方のサンダルも投げた。

「ちくしょう！」

階段を駆けおりたところで、今夜これ以上ペントハウスにいるのは耐えられないと気づいた。あのヴァンパイアたちと同じ場所にはいられない。彼のダーシーが――。

オースティンはエレベーターで一階におりると、外の歩道へ走り出た。裸足だったがざらつくコンクリートを踏んでも気にならなかった。そのまま走り続け、やがてセントラル・パークに出た。だが、それでも止まらない。汗が流れ落ちて息が切れるまで、オースティンは走った。

ようやくスピードを緩めて、崩れるようにベンチに座り込んだ。ちくしょう。どんなに走ろうと、おぞましい真実からは逃れられない。

ダーシーはヴァンパイアなのだ。

「ひどい間違いを犯してしまったみたい」びしょ濡れの下着にタオルを巻きつけた姿で、ダーシーはぶるぶる震えながらヴァンダのベッドルームの入口に立っていた。

「ほら」ヴァンダが別のタオルを投げてよこした。「よく拭いて。そのあいだに何か着るものを見つけるから」彼女はドレッサーの引き出しをかきまわし始めた。「これなら合うと思うけど」白いコットンのパンティを取り出す。「間違いって、どんな?」

「ホットタブでアダムと親密になりすぎたの」

ヴァンダの目が大きく見開かれた。「あら。それじゃ――」彼女は白いパンティを放り出し、かわりに赤いシルクのTバックを手にした。「こっちのほうがよさそうね」

ふんと鼻を鳴らし、ダーシーは白いパンティをつかんではいた。「あんなことをするべきじゃなかったわ。正気を失っていたの」

「そういうのを〝欲情する〟って言うのよ」ヴァンダがTシャツとパジャマのズボンらしきものを投げて渡した。「別に悪いことじゃないわ」

「悪いわよ!」ダーシーはTシャツをかぶった。「彼はモータルなの。うまくいくわけがないわ」彼女はヴァンダのベッドにぐったりと座り込んだ。

そばにヴァンダが腰かける。「彼が好きなのね?」

たちまちダーシーの目に涙があふれてきた。「思いを断ち切ろうと努力したわ。だってどんな形であれ、彼との関係が長続きすることはありえないんだもの」

「愛があればなんでも可能になるのよ」

ダーシーは首を横に振った。「今回は違う」

ヴァンダが立ち上がって部屋の中を歩きまわり始めた。「わたしに起こった出来事について、話したことがあったかしら？」

「いいえ」ダーシーは涙をぬぐった。ヴァンダはいつも支えになってくれたが、個人的な話を聞いたことはほとんどなかった。

「わたしはクラクフのすぐ南にある、小さな村の出身なの。大家族だった。とても貧しくてね。一九三五年に母が死んで、わたしが弟や妹たちの母親がわりになったの」

「大変だったでしょうね」ダーシーはつぶやいた。

ヴァンダが肩をすくめる。「最悪なのはここからよ。ドイツ軍の戦車がうちの村に近づいてくると、男たちは抗戦の準備を始めたの。父は、ふたりの妹を連れて避難するようわたしに懇願した。だから食料を詰めて、わたしたちは南のカルパチア山脈のほうへ逃げたのよ。そのあと……父にも弟たちにも二度と会うことはなかった」

ダーシーは瞬きして涙をこらえた。「残念だわ」

「一三歳の妹にとってはとてもつらい道のりだったわ」ヴァンダが続けた。「ようやく小さな洞窟《どうくつ》を見つけたころには、フリーダはほとんど歩けなくなっていたの。わたしは最後の食べ物と水を与えた。一五歳の妹のマルタは、水を探しに行くと言って出ていったきり帰ってこなかったわ。探しに行きたかったけど、フリーダを残していくのが怖かったの。きっと死んでしまうと思ったから。それでも結局、出ていかざるをえなくなった。やっと小川が見つかって水袋を満たし、洞窟へ戻ろうとしたときにはもう日が暮れていたわ。そのとき、暗がりからマルタが姿を現したの。生きていたとわかって嬉しかった。でもあの子はただそこに立っているだけで、ひどく青い顔をして奇妙な表情を浮かべていたわ。それから、ものすごいスピードでわたしのほうへ向かってきたの。何が起こったのかさっぱりわからなかった。妹はわたしを地面に押し倒して首に牙を突き立てた。ほとんど意識がなくなったわたしを抱えて——突然力が強くなって——大きな洞窟へ連れていったのよ。そして自分をヴァンパイアに変えた男に紹介したの。ジギスムントというヴァンパイアよ。その夜、わたしは彼によってヴァンパイアにされた」

ダーシーの体に震えが走った。「本当に残念だわ」

ヴァンダが戻ってきてベッドに座った。「次の日の夜、わたしは末の妹が心配で、急いで様子を見に戻ったの。あの子は死んでいたわ。たったひとりで」

「ああ、そんな。ひどすぎる」ダーシーはヴァンダの肩にそっと触れた。

こみ上げる涙でヴァンダの瞳も濡れていた。「毎晩激しい飢えに苦しめられたわたしは、それを格好の言い訳にして、ポーランド南部でナチスの兵士たちを襲い、多くをそのまま死なせたわ」

ダーシーはごくりと唾をのみ込んだ。「そんなにつらい出来事を経験してきたなんて。かわいそうに」

ヴァンダが鼻を鳴らした。「同情を引くためにこんなことを話したと思ってるの？　わたしが言いたいのはね、妹を取り戻せるのなら、あの苦しみと恐怖を何百万回繰り返したってかまわないということ。あなたがアダムを愛しているなら、たとえ何があろうとその気持ちを受け入れるべきだわ。愛ほど尊いものはこの世に存在しないのよ」

翌日の正午になって、オースティンはペントハウスのキッチンへ入っていった。中華料理を温めているエマを見つけてアンクレットを渡す。「これを分析してほしいんだ」

「わかったわ」彼女はアンクレットをトートバッグに滑り込ませると、オースティンをじろじろ見た。「ひどい顔」

「ひどい気分なんだから仕方ない」彼はテーブルに座った。

エマがエビの甘酢あんかけと炒飯《チャーハン》を皿によそい、オースティンの前に置いた。「話したい？」

「いや」彼女の腕に残る、青黒いあざを指差して尋ねる。「どうしたんだ、それ？」

「ちょっと格闘したの。手に負えないほどじゃなかったわ」

彼は目を細めた。「また狩りに行ったんだな？」

「冷めないうちに食べたほうがいいわよ」

「ひとりでは行くなと言ったはずだ」

エマが片手を腰にあてた。「あなたもギャレットもここで任務についているのに、誰が一緒に行ってくれるっていうのよ？　アリッサでは無理だし」

「ぼくらの仕事が終わるまで待てばいい。せいぜい一週間か二週間のことだ」

彼女は唇を引き結んだ。「待つのはいやなの。それに、ひとりでもうまくやれたわ」

「殺したのか？」

「殺したって、何を？」キッチンにジョージが入ってきた。

エマはにっこり笑って言った。「洗濯室でゴキブリをやっつけたのよ。心配しないで。今度殺虫剤を持ってくるから」

「そりゃいい」ジョージは皿に山盛りの料理を取り分けた。「ゴキブリは苦手なんだ」

「わたしはどんな害虫にも我慢がならないの」エマが辛辣《しんらつ》な表情でオースティンを見た。

害虫か。エマならダーシーのことも彼女の害虫リストに加えるのだろう。ちくしょう。どうすればいい？　作成中のヴァンパイア・リストにダーシーを載せられるのか？　そんなことをすれば、彼女は抹殺対象になってしまう。一度殺されたのに、まだ足りないというのか？　オースティンは楽しみながら見たダーシーの数々のレポーターぶりを思い起こした。ビデオの中の彼女は賢くて、幸せそうで、元気いっぱいだった。

「食べてないじゃない」エマが声をかけた。

「食欲がなくなった」心までなくなったのだ。ちくしょう。現実が悪夢に変わってしまった。ダーシーにとっても、現実はこれほど恐ろしいものなのだろうか？


カメラマンたちの助けを借りて、ダーシーは温室の中に障害物コースを作った。

バーニーが水たまりに鉢植えの土をまぜてドロドロにした。「あのさ、ミス・ニューハート、お望みどおり空中からの映像を撮ったぞ」彼はもうひとりのカメラマンと視線を交わしてにやついた。

水たまりから植木鉢を移動させながら、バートもくすくす笑っている。

ダーシーは彼らの様子を注意深く観察した。ふたりとも、彼女のほうをまったく見ていない。「こんなに早く、よくヘリコプターの手配ができたわね」

バーニーがふんと鼻を鳴らした。「担当者のやつ、向こう三ヵ月は予約でいっぱいだなんて言ってたんだ。だけどちょっとマインド・コントロールしてやったら、ずいぶん協力的になったよ」

バートが笑う。「うん、料金の請求すら忘れてたな」

ダーシーは眉をひそめた。ヴァンパイアたちがこんなふうに人の頭の中に入り込むのは感心できない。「それで、何もかも順調にいった?」

「ああ、まったくもって順調だったよ」バーニーがバートに含みを持たせた視線を向けた。

「そう、よかった」ダーシーはほっと息をついた。どちらも彼女を見てにやにやしていない。おそらく、ホットタブの女性だと気づいていないのだ。

「どなたかいるの?」温室の入口からレディ・パメラが声をかけた。「ここへ来るように言われたのだけど」

「ええ」ダーシーは彼女を中に案内しながら、障害物コースの仕組みを説明した。「心配いらないわ。カメラマンと一緒に、わたしもすぐそばで待機しているから」

レディ・パメラは落ち着かない様子で、手に持ったシルクのレティキュールをひねった。

「他のみんなはどこにいるの？」

「使用人フロアで一部始終を見ているわ。撮影中の映像が居間のテレビに映るように調整したの。全部見えるし、会話も聞こえるのよ」

「終わったら、どの人を不合格にするか決めるのね？」

「そう。ふたり選んでほしいの」ダーシーはレディ・パメラを吹き抜けの階段まで案内した。カメラマンたちもついてくる。「今夜の審査をするのはあなたよ。他のみんなもきっとあなたの意見を支持すると思うわ」

レディ・パメラは考え込みながらうなずいた。「どれがモータルか、全力を尽くして突き止めるわ。忌まわしい人たちと同席するのはいやですもの」

階段を先におりながら、ダーシーは言った。「今回の目的は礼儀作法と話し方をテストすることよ」

「わかっているわ。だけど、そのどちらも劣っていれば、モータルと考えて間違いないはずよ」

ダーシーはため息をついた。「そうね」ペントハウスの最上階に出る。「グレゴリが男性たちをビリヤードルームに連れてきているの。ここよ」彼女は隣のドアを示した。

バートとバーニーがカメラを担ぎ、急いで中に入っていった。レディ・パメラは滑るような足取りで入室すると、一〇名の出場者たちに膝を折ってお辞儀した。「ご機嫌よう」

ダーシーはドアのそばに留まって様子を見守った。一部の男性たちが同じようにお辞儀を返している。さっと室内を見渡した彼女は、アダムの姿を見つけた。彼は部屋の隅でガースの隣に静かに立ち、他の男性たちに鋭い視線を向けていた。怒っているのかしら？　気分を害するようなことがあったの？

「こんばんは」グレゴリが口を開いた。「きみたちにはこれからひとりずつ、レディ・パメラと一緒に温室を散策してもらいたい。帽子の中の番号札を引いてくれたまえ。今夜はその順番に従って進行していくことになる。一番は誰かな？」

男性ヴァンパイアのひとりが前に進み出た。「わたしです」

グレゴリはその男性の番号を確認した。「レディ・パメラ、最初のお相手はブエノスアイレスのロベルトが務めます」

レディ・パメラが会釈した。「お会いできて嬉しいですわ」

ロベルトはレディ・パメラをエスコートして吹き抜けの階段まで行くと、彼女のためにドアを開けた。まわり込んで正面からの姿を撮るために、バーニーが走っていった。ダーシーはバートとともにふたりのあとをついていく。階段をのぼっている途中で、レディ・パメラがハンカチを落とした。ロベルトがさっと拾い上げ、お辞儀をしながら差し出した。彼はそのあともとりたてて問題なく、温室の障害物コースをクリアした。

一行はふたり目を迎えにビリヤードルームへ戻った。デュッセルドルフのオットーは大男で、プロのアメフト選手のような首と肩をしていた。このヴァンパイアはステロイドを使用しているのではないかと、ダーシーはひそかに疑っている。ともかく、筋力トレーニングにかなりの時間を費やしているのは間違いない。彼はレディ・パメラが落としたハンカチをちゃんと拾って返した。そしてふたりは温室へ進んでいった。

「あら、まあ！」レディ・パメラが人工のぬかるみの前で足を止めた。「どうすればいいのかしら？」

「ああ、大きな泥ですね」頭の筋トレをするのは忘れていたようだ。

「困ったわ。靴が汚れるのはいやなの」レディ・パメラはなすすべもなく困惑しきった様子で言った。彼女の場合、特に演技は必要ない。

「心配ないです、お嬢さん《フロイライン》。オットーがいます」なんの前触れもなく高く持ち上げられて、レディ・パメラが悲鳴をあげた。「そうです。オットーの大きくて膨らんだ筋肉好きでしょ？」

ダーシーはあきれて天を仰いだ。

レディ・パメラはくすくす笑っている。

オットーはぬかるみを通り過ぎ、そのまま小道を歩き続けた。

「失礼ですけれど」レディ・パメラがはにかんだ微笑みを向けた。「もうおろしてくださらないかしら」

「おお、あなた羽根のように軽いです。オットー運んでいるのを忘れていました」そう言ってレディ・パメラを地面におろす。「オットーとても強いです」彼は上腕二頭筋をぴくぴく動かしてみせた。

「見事だわ」「まあ、すごい」レディ・パメラは盛り上がった筋肉に指の先で触れた。「見事だわ」

「ご婦人、みんな膨らみが大好き」オットーがウインクした。「〝オットー・ゾーン〟に入ったら、夢中にさせてあげます」

ダーシーは声がもれないように口を手で覆った。オットーは筋肉の膨らみを巧みに操って残りの障害物コースをクリアすると、レディ・パメラをビリヤードルームまでエスコートして帰した。

三番目はマドリードのアントニオ、四番目と五番目はカイロのアフメドとブリュッセルのピエールで、彼らも問題なくコースを通り、テストを終えた。六番目のシカゴのニコラスはモータルのひとりだ。彼はレディ・パメラのハンカチをいいタイミングで拾い上げた。次の障害では、ジャケットをさっと脱いでぬかるみの上にかけた。

「まあ、なんて高潔なふるまいでしょう」レディ・パメラが満足げに見守っている。

「どうぞ」ニコラスは彼女を抱き上げた。ところが足を踏み出したとたんに泥でジャケットが滑り、彼は腕をバタバタさせた。レディ・パメラは金切り声をあげながら宙を飛び、派手な音をたててぬかるみに着地した。

「ああっ！」慌てふためいて立ち上がる。「これを見てちょうだい！」彼女の顔も手も泥だらけだ。「のろまな無骨者！　忌まわしい、実に忌まわしいわ！」

ダーシーは内心で顔をしかめつつ、たっぷり五分間はそのまま悪態をつかせておいた。結局のところ、少しくらいドラマがあるほうが視聴者を引きつけるのだ。「もういいでしょう」

彼女はあいだに入った。「パメラ、番組が続けられるように、階下《した》へ行って着替えてきてはどうかしら?」

彼女が軽蔑をこめて鼻を鳴らした。「あなたは〝レディ・パメラ〟とお呼びなさい」そう言うと、もったいぶった歩き方で階段へ向かった。

「ニコラス、あなたも着替えたほうがいいわ」ダーシーは彼に泥だらけのジャケットを渡した。

ニコラスはがっくり肩を落とした。ズボンにも白いシャツにも泥が飛び散っている。「これで一〇〇万ドルを勝ち取るのは無理になったな」

「決めるのは審査員よ」ダーシーはとぼとぼと階段へ歩いていく彼を見送った。レディ・パメラを待つあいだに編集作業のことを考える。ちょうどここで彼女の生い立ちを挿しはさむのがよさそうだ。

三〇分後、新しいドレスに着替えたレディ・パメラがビリヤードルームに戻ってきた。七番目の番号を引いた者が前へ出るように促される。

それはアダムだった。

13

オースティンは自分に何が期待されているか、よくわかっていた。だが、そうしたいと思うかどうかは別の問題だ。本心を言えば、完全なまぬけを演じて不合格になり、早く番組を去りたかった。そうすれば、ダーシーのそばにいるせいで感じる苦しみは確実に緩和されるはずだ。けれども今は、カメラマンの横に立っている彼女が見える。彼女の甘い声が聞こえる。それなのに自分のものにすることはできない。彼女は死んでいるのだから。

オースティンはレディ・パメラに会釈した。「こんばんは」

彼女が吹き抜けの階段を示して言った。「わたくしとお散歩していただけるかしら?」

「喜んで」レディ・パメラが冷たい死者の手をかけられるように、彼は腕を上げて肘を差し出した。

ふたりは階段をのぼった。カメラマンのひとりが前から彼らを撮影し、ダーシーともうひとりのカメラマンはうしろからついてきた。

「いいお天気ですこと」気位の高そうな声でレディ・パメラが言った。「わたくしは暖かい夏の夜が大好きなの」

「ええ」オースティンの中で苛立ちが膨れ上がってきた。こんな演技はもううんざりだ。

「だけど夏は夜が短くなりますよ」

「確かに。冬の夜のほうがもっとたくさん時間があるわね」

話しているうちに踊り場までやってきた。オースティンがうしろを振り返ると、ダーシーが困惑した表情で彼を見ていた。仕方ない。

「夏は南半球へ行くべきかもしれませんね」彼は階段を上がり続けた。「向こうは冬ですから」

「本当に？」オースティンについて階段をのぼりながら、レディ・パメラは興味を持ったようだった。「それはつまり、今はあちらの夜のほうが長いということ？」

「そうです。あるいは南極へ行くのもいいでしょう。あそこは冬じゅう太陽がのぼらないんですよ。六ヵ月も夜が続くんです。ペンギンは立派に正装しているといいますからね」

レディ・パメラがくすくす笑った。「ばかなことを言う人ね！　南極になんて誰も住まないわ」彼女は階段の頂上でハンカチを落とした。「あら」

オースティンは拾い上げて渡し、屋上へと続くドアを開けた。

「まあ、ありがとう」レディ・パメラは軽やかな足取りで外へ出た。「南半球へいらしたことがあるの？」

「いいえ、これまでの人生のほとんどをアメリカと東ヨーロッパで過ごしてきました」温室にエスコートしながら言う。

「ああ、お生まれはヨーロッパ？」

「いいえ。仕事で行っていたんです」

「そうなの。どんなお仕事か、お尋ねしてもよろしいかしら？」

なんだっていいじゃないか。オースティンは女性ヴァンパイアに微笑みかけた。「国際的なスパイだったんですよ」

レディ・パメラは笑い出し、彼の腕をぴしゃりと叩いた。「間違いないわ。いちばん面白いのはあなたたね」

オースティンはちらりとうしろを見た。ダーシーが怪訝《けげん》そうな視線を向けている。

「あら、まあ」ぬかるんだ地面の前でレディ・パメラが立ち止まった。「どうしたらいいのかしら」

「任せてください」オースティンはふたつの植木鉢のあいだにあった木製のベンチにのった。レディ・パメラは困り果てた様子でその場を動かない。彼は歯を食いしばった。どうしても、年をとった死んだ体に触れなければならないようだ。「失礼」オースティンは彼女のウエストをつかんで持ち上げると、ぬかるみを越えさせて、乾いたコンクリートの地面に立たせた。

「まあ、ありがとう。とても頭がいいのね」

彼はうめき声を押し殺した。ロケット科学じゃないんだぞ。別にたいしたことじゃない。どうやらこのテストは、頭の弱いとっくに死んだ女性の一団を、いかにうまく扱えるか見るのが目的らしい。

矮小種《わいしょう》のヤシの木の下に置かれた石造りのベンチまでやってきたときに、次の問題が発生した。レディ・パメラが少し座りたいと言い出したのだ。彼女がためらっているので見ると、ベンチの上には枯れ葉が積もっていた。オースティンは葉を払い落とし、ジャケットを脱いでベンチにかけた。レディ・パメラが彼に微笑んでその上に座る。

オースティンも隣に腰かけた。ダーシーといまいましい彼女のカメラマンが近づいてくる。このような状況にはうんざりだ。こんなところに座って無理やりヴァンパイアの女と戯れなければならず、そのあいだ彼の美しいダーシーに立ち聞きされているなんて。「告白しますが、レディ・パメラ、あなたの着ているそのドレスほど洗練されたお召し物は見たことがありません」

「まあ！」彼女がぱっと顔を輝かせた。「そんなふうに言ってくださるなんて嬉しいわ」

「本当のことですから。それに引き換え、男のような格好をしたがる女性は哀れだ」今日のダーシーはカーキ色のパンツをはいてTシャツを着ている。彼女が胸の前で腕を組んでオースティンを睨んだ。

「あら、わたくしもまったく同感よ」レディ・パメラが立ち上がった。「そろそろ行きましょうか？　薔薇がとってもいい香り」

ベンチからジャケットを取って埃《ほこり》を振り払うと、オースティンはヴァンパイアのあとからローズガーデンへ向かった。

「わたくし、薔薇が大好きなの」レディ・パメラがささやくように言った。

ああ、ああ、そうだろうとも。「どの色がお望みです？」

彼女がにっこりした。「ピンクよ。ご親切にも取ってくださるというなら」

「お安いご用だ」彼は大きな植木鉢をぐるっとまわって、咲きかけのピンクの薔薇を見つけた。茎を折り、レディ・パメラのところへ持っていく。

彼女はため息をついた。「そんなにたくさん棘《とげ》がないといいのに」

オースティンはほのめかしを読み取って棘をつまみ始めた。最後のひとつはかなり固かった。なんとかもぎ取ったものの、人差し指の先を刺してしまい、小さな穴があいた。

「まあ、大変」レディ・パメラの目が大きく見開かれた。「それは……血かしら？」

「なんでもありません。たいした傷じゃない」彼はそっけなく言って薔薇を差し出した。

ところが彼女は薔薇の花を地面に落とし、オースティンのほうへじりじりと近づいてきた。

「血が出ている指を見せてちょうだい」唇を舐めながら言う。

オースティンはあとずさりした。「大丈夫。ほんの小さな傷だから」

レディ・パメラの目が光った。「キスすればよくなるわ」彼女が手を伸ばしてきた。

彼は思わず飛びすさった。

レディ・パメラが歯をむき出して言った。「ちょっと味見するだけよ」

「カット！」ダーシーが急いでふたりのあいだに入った。「パメラ、使用人フロアへ行って、その……何か軽く食べてくるといいわ。きっと気分がよくなるから」

彼女はしばらくダーシーを睨んでいたが、やがてふんと鼻を鳴らした。「〃レディ・パメラ〟だと教えたはずよ」そう言うと向きを変え、そのまま歩いていってしまった。

ダーシーがほっとした様子で息を吐いた。「アダム、一緒に来てくれる？　プールハウスに救急セットを置いてあるの」

オースティンは鋭い目で彼女を見た。「手当ては必要ない」

彼女がちらりとカメラマンたちをうかがった。「ねえ、ビリヤードルームに戻っていて。レディ・パメラは食事を終えたら続きをやってくれると思うから」

男たちは階段のほうへ歩き出した。

「さあ」ダーシーがオースティンの腕に手を伸ばす。

彼はあとずさりした。

彼女は眉をひそめてオースティンを見た。「お願いだから、わたしと一緒に来てもらえない？」

オースティンは顔をそむけた。ダーシーを見るのがつらい。こうして目の前にいる彼女が死んでいることを、どうやって悼めというんだ？「なんともないんだ。それに、いかなる刺創にも責任を負わないはずだろう？」

彼女が怒ったように言った。「それはそうだけど、傷ついてほしいわけじゃないわ」

もう遅すぎる。オースティンはすでに、これまで経験したことがないほど最悪な胸の痛みを抱えていた。

「こっちよ」ダーシーがプールハウスを指し示した。

彼はしぶしぶあとをついていった。ふたりはプールを通り過ぎた。オースティンの視線がホットタブに吸い寄せられる。くそっ。

ダーシーが不安げな顔を彼に向けた。「レディ・パメラと奇妙な会話をしていたわね」

夜の長さのことか？　ヴァンパイアの存在を知られたかどうか心配なのだろうか？　あるいは彼女自身のことを。たいしたことじゃないと思うのか？　彼女は何度かキスを許した。あのまま関係が進んでいったとして、自分がすでに死んでいることをどのタイミングで打ち明けるつもりだったのだろう？　「でたらめを言っただけだ」

ダーシーの眉が上がった。「どうして？　急にコンテストに勝って賞金を手にしたくなったの？」

「金のことなんかどうでもいい。実を言うと、ここにいること自体に疑問を感じ始めているんだ」

ダーシーがプールハウスのドアを開けた。「わたしはてっきり……」そこで一瞬目を閉じる。「勘違いだったのかもしれないわ」

彼女に関心があるからここに残っていると思ったのか？　確かにそうだった。真実を知るまでは。オースティンはプールハウスの中に入っていった。メインルームは居間とキッチンを兼ねているようだ。白い籐《とう》の家具が置かれ、トロピカル・プリントのクッションが積まれている。キッチンのテーブルには書類がのっていた。前日の夜、プールで泳ぐ前に、彼はこのプールハウスに忍び込んで入口のドアの上に隠しカメラを設置しておいた。まだ映像は見ていない。ダーシーが血を飲むところや死の眠りにつくところは、どうしても見る気になれなかったのだ。

「こっちよ」彼女が小さなキッチンへ歩いていく。設備といっても、小型の冷蔵庫と電子レンジしかない。ダーシーはシンクに向かい、水を出した。「ここへ来て指を洗って」

オースティンは冷水の流れに指を突っ込んだ。

彼女がタオルを渡してくれる。「何か様子が変よ。気のせいじゃないわ。わたしのほうを見ようともしないじゃない」

彼は肩をすくめて手を拭いた。

「男のような格好をしたがる女性は哀れだって、本気で言ったの？」

「いや。レディ・パメラが聞きたがっていたから言っただけだ」

身を強ばらせたダーシーが彼に厳しい視線を向けた。「それがあなたのやり方？　女性が聞きたいことを言うの？」

オースティンはカウンターにタオルを置いた。「もう行くよ」

「絆創膏《ばんそうこう》を貼らなくちゃ」彼女が救急セットを開けた。

「何も必要ない！　ちょっと痛ん《プリック》だだけなんだ」

ダーシーの目の奥で怒りが燃え上がる。「指の話？　それとも、あなたがいやなやつ《プリック》だってこと？」彼女は絆創膏の外装を破いた。

苛立ちが渦を巻いている。ちくしょう、彼女を追いかけていたときは、まさか死んでいるとは思わなかったんだ。だけど向こうは知っていた。彼女が止めるべきだったんじゃないのか？

「指を出して」ダーシーが手を伸ばした。

オースティンはうしろに下がった。「絆創膏を渡してくれればいい」

彼女はむき出しの状態で絆創膏をカウンターに放り出した。「いいわ。自分でやりなさいよ」

「ああ、そうする」彼は左手で悪戦苦闘しながら手当てをした。

ダーシーは彼を睨んでいる。「あなたのことが理解できないわ。質問ばかりするし、よくわかっているとかなんとか、そんなことを言い続けてる」

「考えすぎだ」

「わたしが？　あなたから聞いたことといえば、ぼくを信用して打ち明けるべきだということだけ。それなのにやっと信頼する気になったら、背を向けて逃げてしまうんだもの」

オースティンは歯を食いしばった。「逃げてなどいない。ここにいるじゃないか」

「でも、わたしを見ようとしないし、触れようともしない。いったい何があったの？」

ようやくなんとか絆創膏を貼り終えた。「何もない。ただ……この関係はうまくいかないと決心がついただけだ」

「決心がついた？　あなたの？　わたしには何も言う権利がないの？」

そうだ、きみは死んでいるんだから。「それじゃ」オースティンはドアへ向かって歩き出した。

「アダム！　どうしてこんな仕打ちをするの？」

彼はドアのところで立ち止まり、うしろを振り返った。胸が痛い。ちくしょう。ダーシーの目に涙が浮かんでいる。彼女を泣かせてしまった。いや、死んだ女は涙など流さないはずだ。

ダーシーが近づいてきた。「あなたが人の気持ちに敏感で感情移入できるというなら、今わたしがどんな気持ちでいるか言ってみて」ひと粒の涙が頬を流れ落ちた。まるでアイスピックで刺されたような衝撃を受ける。

オースティンは顔をそむけた。「できない」

「感じないの？　それとも、わたしをこんなに苦しめているのが自分だと認められないの？」

彼はたじろいだ。「すまない」そのまま吹き抜けの階段へ向かって駆け出す。こんな状態で他のヴァンパイアたちと顔を合わせることはできない。オースティンはひとりになれる場所を求めて温室に入った。ベンチに座り、うなだれて両手で頭を抱え込む。ダーシーを苦しめていることを、どうして認められる？　死人は痛みを感じない。泣きもしない。胸を引き裂かれたようなあんな目で、こちらを見つめることもしないはずだ。

ちくしょう。いったいどうすればいいんだ？　ダーシーの苦しみを認めれば、彼女はまだ生きていると認めざるをえなくなる。だが、彼女がヴァンパイアだという事実は受け入れなければならない。CIAでの彼の仕事は、ヴァンパイアを抹殺することなのだ。

とんでもなくめちゃくちゃな事態だ。前もってわかってさえいれば。心を強く持ってダーシーに会わないようにできたのに。嘘をつけ。戯言ばかり並べて。彼女はヴァンパイアだと、誰もが警告していたじゃないか。ダーシーさえ彼を遠ざけようとしたのに、忠告を聞かなかった。これは彼女のせいなどではない。すっかり心を奪われてしまって、あらゆる手がかりを頑固に無視し続けた自分のせいだ。そして今、現実と向き合わざるをえなくなっている。ヴァンパイアに恋しているという現実と。


ダーシーは震えながらプールハウスのドアを閉めてもたれかかった。息ができない。膝に力が入らず、ずるずる滑って緑色のカーペットに座り込んだ。

アダムは彼女を傷つけた。いつのまにか彼の言葉に影響され、すっかり心を奪われていたみたいだ。女が聞きたがっていたからそう言っただけだなんて。ろくでなし。

きっと哀れなほど御しやすい相手だったに違いない。この四年間ずっと、あまりに寒くて孤独でみじめだったので、ぬくもりと愛を差し出した最初の男性にしがみつこうとしてしまった。こぼれ落ちた涙を、ダーシーは怒りをつのらせながら乱暴にぬぐった。よくも一八〇度態度を変えたわね。きみを手放す男はばかだと言ったのは、つい昨日のことじゃないの？そうよ、彼自身の基準から見て、アダムは愚か者だわ。厄介払いできてよかったのよ。

脚が震えている。番組に戻らなければならない。これは彼女の仕事で、失うわけにはいかないのだ。だが、心臓はもろ刃の剣で貫かれていた。どうやってアダムともう一度顔を合わせられるというの？　どうやって彼に会わないで耐えられるの？　この形ばかりの人生をまた我慢できるものに変えてくれたのは彼だ。これまでの四年間、ダーシーは闇に生きることを余儀なくされてきた。差し込んでくるわずか三本の細い光の筋――グレゴリとマギーとヴァンダ――が、彼女に正気を保たせてくれていた。そこへ突然アダムが、まるで輝かしい太陽のように姿を現したのだ。彼は太陽神さながらに、ダーシーに命とぬくもりを約束してくれた。

　けれども、それは彼女を嘲笑う偽りのこだまにすぎなかった。もう二度と人間として生きることはできない。アダムと一緒にはいられない。初めからわかっていたことだ。それでもダーシーは彼に心を奪われてしまった。愛がすべてを打ち負かすと、ヴァンダの言うように愛ほど尊いものはないと、信じたかったのだ。涙が頬をこぼれ落ちた。今すぐまた顔を合わせるなんて耐えられない。彼女は西端の階段を使って使用人のフロアへおりた。

　女性たちは居間に集まっておしゃべりに興じていた。レディ・パメラが温めた〈チョコラッド〉をティーカップで飲んでいる。テレビ画面には、ビリヤードルームにいるグレゴリと男性たちの姿が映っていた。カメラマンたちもそこにいて、番組について彼らが話す様子を撮っていた。

「大丈夫？」ヴァンダが目を細めてダーシーをうかがった。

「大丈夫よ」泣いていたことに気づかれないよう祈りながら、彼女は嘘をついた。鏡で外見をチェックするわけにはいかないのだ。ヴァンパイアになったがゆえの、ちょっとした欠点のひとつだった。もちろん大きな欠点は、家族も、蓄えも、ジャーナリストとしてのキャリアも失ったことだ。こんなばかげた秘密の世界のために、ダーシーは人生を丸ごとなくしてしまった。あのときコナーが秘密の漏洩《ろうえい》をあれほど心配しなかったら、ローマンの家ではなく病院にテレポートすることもできたはずだ。そうすればダーシーはまだ生きていたかもしれない。だが、今となっては知りようもないことだ。もう遅すぎる。

「障害物コースを終えてしまいたいんだけど、準備はいいかしら？」彼女はレディ・パメラに尋ねた。「まだテストしていない男性が三人残っているの」

「やらなくてはだめ？」レディ・パメラが顔をしかめた。「ひどく疲れてしまったのよ。それにどの人を不合格にするか、もう決まっているんですもの」

「わたしも決めたわ」コーラ・リーが甲高い声で加わった。「レディ・パメラを泥の中に落とした、あの粗野な人は絶対に落とさなければ」

女性たちが口々に賛同した。

「それからムーア人も」マリア・コンスエラが断言する。

「アフメドのこと？」レディ・パメラが訊いた。「彼のふるまいは完璧だったわ。それに話し方にも問題なかったし」

「ハンサムなのは言うまでもないけど」ヴァンダがつけ加えた。

「そうよ」レディ・パメラがティーカップを置いた。「不合格にすべきふたり目はマドリードのアントニオね。彼の話し方ときたら、ぞっとするほど舌足らずだわ」

「あたりまえよ！」マリア・コンスエラが叫んだ。「だって彼は完璧なカスティリア語の話し手なんですもの」

「そうかもしれないけど、英語だとかなり頭が悪く聞こえるわ」レディ・パメラは言い張った。「あの人ったら、〝きみは赤いびゃらのようにあみゃい匂いがする〟なんて言ったのよ」

プリンセス・ジョアンナが身震いした。「そんな話し方をするマスターなんて、神様がお許しにならないわ」

マリア・コンスエラがむっとした。「誰を落とすべきか、わたしはいつになったら自分の意見を聞いてもらえるの？」

「いずれあなたの番が来るわ」ダーシーはスペイン人のヴァンパイアを安心させた。「あなたには九番目の条件――力強さを審査してもらうつもりなの」彼女は驚きとともに気づいた。つい昨日の夜まで自分では決定を下したがらなかった女性が、今では熱心に意見を述べようとしている。

「ねえ、見て」コーラ・リーがテレビを指差した。「あれは誰？」

示されたほうを見たダーシーは息をのんだ。カメラマンのひとりが屋上へ行き、ガラス越しに温室の中を撮っているのだ。ベンチにはアダムが座っていて、うなだれた頭を両手で抱えている。

「アダムのようね」ヴァンダがいぶかしげな顔でダーシーを見た。

コーラ・リーがため息をつく。「かわいそうに。とても悲しそうだわ」

ダーシーはごくりと喉を鳴らした。アダムはひどく不幸に見える。その姿に彼女は同情を感じてもいいはずだった。しかしダーシーの心の中には、わずかながら喜びが生まれていた。そうよ！　彼も傷ついている。わたしを心から気にかけている証拠だわ。

「彼の血を味見させてくれればよかったのに」レディ・パメラが文句を言った。「そうしたらすぐに、モータルかヴァンパイアか判断できたはずだわ」

「彼はわたしたちの仲間よ」プリンセス・ジョアンナが宣言した。「そうに違いないわ。やけに夜に詳しかったもの」

「それは奇妙ね」ヴァンダが心配そうな目をダーシーに向けてきた。

急に喉がからからになる。ダーシーはもう一度テレビを見た。アダムは手で額をこすっていた。秘密に気づいたのかしら？　だから突然わたしから目をそらして、触れようとしなくなったの？

「わたしもそう思う」マリア・コンスエラが口を開いた。「アダムはヴァンパイアで間違いないわ」

ダーシーはため息をついた。「不合格者が決定しているなら、蘭の儀式へ進みましょう。冷蔵庫から花を二本出して、五分後に玄関ホールまで来てね」

女性たちは了承した。ダーシーはエレベーターでペントハウスの二階部分に行き、男性たちに玄関ホールへ向かうように告げた。グレゴリには、屋上へ上がってアダムとカメラマンを連れてきてほしいと頼んだ。玄関ホールで、彼女は男性たちを二列に並ばせて大階段のいちばん上に立たせた。それからアダムが現れたとき十分離れていられるように、足早に玄関ホールを横切った。

やがて五人の女性審査員が、頭を高く掲げてやってきた。彼女たちは巨大なシャンデリアの下で一列になった。

「諸君」グレゴリが言った。「きみたちのうちのふたりが、今夜家へ帰ることになるだろう。階下ではすでにリムジンが待っている。わかっているだろうが、黒い蘭の花を受け取った者がここを去るんだ。心の準備はいいかな?」

うなずく男性たちの顔を、バーニーがひとりずつアップで撮っていく。

「発表を始める前に、もうひとつお知らせがあります」グレゴリが続けた。「たった今、賞金の額が増やされました。『セクシエスト・マン・オン・アース』の勝者は、二〇〇万ドルを手にすることになるでしょう」

女性たちが息をのむ。バートが彼女たちの反応をカメラにおさめ、バーニーは男性たちの様子を撮った。

「では、レディ・パメラ、始めていただけますか?」グレゴリは前に出るよう彼女に合図した。

レディ・パメラが二本の黒い蘭の花を手に進み出た。「残った方々とはこれからも親交を深めてまいりたいと思います。では、今回の蘭の花は」そこで大きく息を吸った。「シカゴのニコラスに」

　きれいな服に着替えたニコラスは重い足取りで階段をおり、蘭の花を受け取った。「泥の上に落としちゃってすみません」ふたたび階段をのぼってきた彼に、他の男たちが慰めの言葉をかけた。

「そしてマドリードのアントニオ」レディ・パメラが告げた。

　落胆をあらわにしたアントニオが花を受け取る。「じゃんねんです」

　ダーシーはちらりとアダムに目をやった。勝ち残った男性たちの中で、彼だけが悲しそうな顔をしていた。儀式が終わると、アダムはうしろを振り返りもせず、そのまま部屋へ戻っていった。審査員、司会者、それにカメラマンは、今夜最後の発表のために肖像画の部屋へ向かった。ダーシーも彼らに加わる。

「二〇〇万ドルですって！」コーラ・リーが満面の笑みを浮かべた。「わたしたちの新しいマスターは、ものすごいお金持ちになるのよ！」

「そうね。でも、絶対にヴァンパイアでなくては」プリンセス・ジョアンナが釘を刺した。

「ねえ、ダーシー、今夜でおぞましいモータルは全員排除できたと言ってちょうだい」レディ・パメラが懇願した。

「わたしの口からは言えないわ」ダーシーは壁に埋め込んだ金庫から特別な懐中電灯を取り出した。それをグレゴリに渡し、男性ふたりの肖像画にライトをあてる順番をささやく。そして部屋の明かりを暗くした。

女性たちは興奮に顔を輝かせてソファに座った。

グレゴリが肖像画に近づいた。「今夜、みなさんはマドリードのアントニオを不合格にしました」彼が懐中電灯のスイッチを入れる。たちまちアントニオの絵に白い牙が現れた。

「まあ、そんな」レディ・パメラが眉をひそめた。「言語障害のあるヴァンパイアなどいないと確信があったのに」

「次の不合格者はシカゴのニコラスです」グレゴリがニコラスの肖像画にライトをあてた。緊張の一瞬、女性たちは息をのんで絵を見つめた。何も起こらない。

「やった！」コーラ・リーが弾むように立った。「彼はモータルよ！」

「ついにやったわ！」レディ・パメラもにこにこして立ち上がった。「モータルのひとりを突き止めたのよ」

女性たちは笑いながら抱き合った。

グレゴリが〈バブリー・ブラッド〉のボトルを開けた。「これはぜひとも祝うべきだ」彼は七つのグラスを満たした。ダーシーも手伝って審査員たちに配る。最後にグレゴリがダーシーに渡し、自分の分を手に持った。

「おめでとう、みなさん！」彼はグラスを掲げた。「新しいマスターの決定にまた一歩前進だ。そしてあなたがたのマスターも、高額の賞金に一歩近づいたのです」

女性たちが笑ってグラスを合わせた。その嬉しそうな顔をカメラマンたちがアップにする。

「飲んでないね」グレゴリがダーシーを見て言った。「きみにこそ乾杯するべきなんだぞ。

この番組は素晴らしい成果を上げつつある」

ダーシーはシャンパンと血の融合物が入ったグラスを見おろした。そうね、素晴らしいわ。もとハーレムの女性たちが新しいマスターを見つける手伝いをしているんだから。それに彼女たちが自ら決定を下し、自分たちの足で立つ方法を学ぶ手助けもしている。だけどアダムがいなければ、何もかも虚しく感じてしまう。

オースティンはベッドルームでノートパソコンを開き、女性たちが祝杯をあげる様子を観察していた。同室のニコラスが不合格になったので、これまでよりずっと楽に監視できるようになった。

彼の背後にはギャレットが立ち、パソコンの画面をのぞいていた。「つまり、向こうにとってこれはゲームなんだな。われわれの誰が人間か突き止めて、追い払おうとしているんだ」

「アンクレットが重要だというのも、それで説明がつく」オースティンはズボンの裾を引っ張り上げて、新しいアンクレットを見おろした。日没後すぐにマギーが持ってきてくれたのだが、彼女はただちに身につけるようにと彼に警告した。

「ああ」ギャレットがオースティンの椅子の背に片手を置いて身を乗り出した。「彼らが飲んでいるのはなんだろう?」

「人工血液の一種じゃないかな」オースティンはグラスを口に近づけるダーシーを見つめた。

少し飲んで唇を舐める。彼がキスした唇だ。それに彼が探索した口。くそっ。

勢いよく立ち上がったせいで椅子がうしろに傾き、ギャレットにぶつかった。オースティンは窓辺へ歩いていった。暗くて外はほとんど見えない。見えるのはただ、ガラスに映る自分自身の姿だけだ。ダーシーには、こうして自分の姿を見ることができない。

いいかげんにしろ。何をしても、自分は生きていて彼女は死《デッド》んでいることを思い出さずにいられないのか？　いや、もっと悪い。彼女はアンデッドだ。日中は死んでいるが、夜になれば歩きまわるし、話もするし、本物の涙さえ流す。ただオースティンを苦しめるあいだだけ、かろうじて命を取り戻すのだ。

そして彼の心を惹きつけるあいだだけ。真実を知った今でも、オースティンの目に映る彼女はとてつもなく美しかった。それにとても賢い。彼女は以前と変わらないダーシーなのだ。

「何か問題でも？」ギャレットが訊いた。

「問題だらけだ」オースティンは部屋の中を歩きまわった。「こんなことは時間の無駄だよ。有意義な情報など何ひとつ得ていない」

「かなり大勢のヴァンパイアの名前を探り出したぞ。つまり、数日前より情報は増えている」

「当初の予定では彼らと親しくなって、シャナのことを聞き出すはずだったんだ。だが、そっちのほうはまったく進んでいない」彼らのうちのひとりと親しくなった事実は認めざるをえないが。残念ながらダーシーを腕に抱いているあいだ、オースティンはシャナのことをすっかり忘れていた。

「だけど、残忍なやつらと仲よくなるなんて難しいよ」ギャレットが不平を言った。

「おいおい、あの女性たちは無害だぞ。顔がよくて、礼儀正しい男を選ぼうとしているだけなんだから。そりゃ、おまえのマナーが悪ければ、カンカンに怒らせていたかもしれないが」

ギャレットがふんと鼻を鳴らした。「ずいぶん丸くなったな。男たちのほうも無害だと思うのか？」

「今夜、何人かと話をしたんだ。ロベルトはアルゼンチンでアルミ製シャッターの会社を所有しているらしい。それにオットーはドイツでヘルスクラブを経営している」とはいえオースティンには、健康とアンデッドであることの相互関係が今ひとつよく理解できていなかった。

ギャレットが眉をひそめた。「だからといって、罪を犯していないとはかぎらない。きっとマインド・コントロールで人間から金を巻き上げているんだ」

「それならどうして、この番組の賞金を欲しがるんだ？」

「そんなこと知るもんか」ギャレットがぶつぶつ言った。「ひとたび人工血液が不足したら、たちまち人間を襲うのは間違いない」

そうかもしれない。オースティンは頭を振った。それが生き延びる唯一の方法だとしたら、人間だって同じことをするんじゃないのか？「重要なのは、ここにいるヴァンパイアが人工血液を飲んでいるということだ。つまり彼らに人間を襲うつもりはない。だがこうしているあいだも、本当に悪いヴァンパイアは獲物を求めてセントラル・パークをうろついているんだ。それなのにぼくらときたら、ハンカチを拾っている」

「これは任務だ」

「ばかげている！　今すぐセントラル・パークへ行って、罪のない人間が襲われるのを阻止するべきなんだ」

「ここを離れるわけにはいかないよ。まだジョージが残ってる。彼を無防備なまま残してはおけない。それに、わかっているはずだ。ショーンの命令には逆らえない」

オースティンはふたたび窓に近づいた。ギャレットの言うとおりだった。けれども、シャナに関してなんの情報も得られていないのも事実だ。ここでしたことといえば、ヴァンパイアのリストを作成したことくらいだ。ショーンは彼らを抹殺したがるだろう。そんなリストにどうしてダーシーの名前を書き込める？　任務を投げ出したくなっても不思議じゃない。

「彼らが肖像画の部屋を離れるぞ」ギャレットが玄関ホールのカメラに映像を切り替えた。

「女性たちはキッチンへ行くようだな。うわあ！」

「どうした？」オースティンは急いでデスクに戻った。

「司会者の男が消えた」

「テレポートしたんだな。自分のアパートメントへ帰ったんだろう」

ギャレットが玄関ホールの映像を指差した。「これはディレクターじゃないか？」

「ああ」オースティンは画面に近寄った。両手を握りしめたダーシーが、ひとり玄関ホールに立っている。彼女は大階段の下まで歩いていったかと思うと立ち止まった。入口ドアを振り返り、また階段を見る。

「何をしているんだろう？」ギャレットが疑問を口にした。

「決心をつけようとしているみたいだ」ダーシーが階段をのぼり始めるのを目にして、オースティンの心臓が激しく打ち出した。彼女は何をしているんだ？　階段は中央の踊り場でふた手に分かれている。片方は東へ、もう片方は西へ。ダーシーは彼に会いに東棟へ来るつもりなのだろうか？

踊り場に着いた彼女がふたたびためらいを見せた。くそっ。男のヴァンパイアのところへ行くほうがいいんだ。同じ種族の仲間なんだから。

「彼女がこっちへ来るぞ」ギャレットが言った。

オースティンの鼓動が速まる。〝お願いだ、ここへ来てくれ〟いったい何を考えているんだ？　ヴァンパイアとかかわりを持つことなどできない。

ギャレットがドアへ急いだ。「部屋に戻ったほうがよさそうだな」そう言って、彼は出ていった。

オースティンはパソコンの画面を、東棟の廊下に設置した隠しカメラの映像に切り替えた。ギャレットが自分の部屋に入っていくのが見えた。それから数分後、廊下の向こうにダーシーが姿を現した。オースティンの部屋のほうへ近づいてくる。

彼は映像をオフにしてノートパソコンを閉じた。彼女は何が望みなのだろう？　プールハウスで彼はひどい態度をとってしまった。あのあとでまた顔を合わせることに彼女が不安を感じてもおかしくはない。会うのを拒んだっていいはずだ。けれどもダーシーのほうから会いに来ようとしているという事実に、オースティンは跳び上がらんばかりの喜びを感じていた。

14

ダーシーはひと足踏み出すごとに自問を繰り返した。今よりもっと苦しくなるとわかっているのに、どうして行くの？　だが、彼女はベンチに座っているアダムを見てしまったのだ。他に誰もいないと思って、彼はありのままの姿をさらけ出していた。彼女と同じくらい傷ついている姿を。

部屋割りを決めたのはダーシーだったので、彼の部屋を知っていた。ドアをノックしようと手を上げる。とたんにまた不安が頭をもたげ、彼女はためらった。アダムはモータルなのよ。放っておいてあげなさい！　彼をヴァンパイアの世界に引き込む権利などない。今はまだだとしても、そのうち真実を知ってしまうに違いなかった。そうなれば彼はダーシーに腹を立てるだろう。彼女がコナーを恨むように。ダーシーはあとずさりした。愛しているなら、彼を放っておくべきだ。

そのときドアが開いた。息がつかえて呼吸ができなくなる。戸口に立ったアダムが、じっと彼女を見ていた。髪がくしゃくしゃだ。彼はジャケットを脱いでいた。ドレスシャツのボタンが外され、見事に筋肉のついた胸と腹部がのぞいている。そして彼の瞳。そこにはあふれそうなほどの苦悩と切望があった。たちまちダーシーは悟った。彼は本気でわたしを愛しているんだわ。

アダムがドア枠に手をついてもたれかかった。「外に誰かいるのが聞こえた気がしたんだ」

ダーシーはうなずくしかなかった。こうしていざ彼を目の前にすると、言おうと思っていた言葉がすっかりどこかへ消えてしまった。

アダムが眉根を寄せた。明らかに、彼女と同じ問題を抱えているようだ。

「指の具合はどう？」口にしたとたんに後悔した。なんてばかな質問だろう。

「生きていられそうだよ」

それこそダーシーにはできないことなのだ。どうやって言えばいいのだろう？〝あ、そうだ、ところでわたしがヴァンパイアだと気づいてた？〟

「さっきはひどいことを言ってしまった」アダムが悲しげに彼女を見つめた。「本当に申し訳ない。きみを傷つけるつもりじゃなかったんだ」

こみ上げてきた涙をダーシーは瞬きして振り払った。「わたしも謝らなきゃ。口に出すべきではないことを言ってしまって」

「きみがそんなことをした記憶はないけど」

「あなたを〝いやなやつ〟と言ったわ」

アダムの口の端が上がった。「ただのあてこすりだ。それに、ぼくはそう呼ばれるのがふさわしい男だよ」

彼にふさわしいだけのものを、わたしはあげられない。ダーシーはあとずさりした。

「審査員たちはいったいどうしたんだい？」アダムが訊いた。

ダーシーは目をしばたたいた。「なんのこと？」

「みんな風変わりな格好をしてる。ブロンドのスカーレット・オハラみたいなのもいれば、ルネッサンスの祭りから抜け出してきたようなのもいる」

「ああ」彼女は両手を握りしめた。「かなり変わった好みなのは認めるわ。でも、あれが彼女たちの考える正装なの。そういえば、明日の夜は身だしなみの審査も行う予定よ」急に話題を変えたことに気づかれないといいけど。幸い、予定を教えてもルール違反にはならない。男性たちはみな、明日は最高の装いをしてダンスに備えるようにと前もって言われているからだ。

アダムが肩をすくめた。「タキシードは持ってない」

「かまわないわ。今夜あなたが着ていたスーツで十分よ。とても……すてきだったわ」いやだ、これではまるで感情的なティーンエイジャーみたい。「も、もう行かなきゃ」

彼がまた眉根を寄せた。「ダンスのコンテストのことなんだが……」

「それが何か？　審査するのはコーラ・リーよ」

「あのスカーレット・オハラもどきの？」

「そう」ダーシーは無理に笑みを浮かべた。「きっと、ワルツかポルカを踊ってほしいと言うはずだわ。彼女のお気に入りのダンスなの」

「ヒップホップに夢中というわけじゃないんだな?」

ダーシーの口から神経質な笑いがもれた。「いいえ、違うわ。ほとんどの男性たちは、今夜ワルツの練習をするつもりじゃないかしら」

「ぼくはしない」

「ワルツが得意なの?」

アダムがばかにするように笑った。「ワルツはまったく踊らないんだ」

「あら」ダーシーはがっかりした。それなら、彼は今夜が最後になるかもしれないんだわ。ただし……。「よければわたしが——」いいえ、だめよ。

「きみがどうするって? ぼくにワルツを教えてくれるのかな?」

「いいえ、それはできない。ごめんなさい」

「わかってるよ」アダムが悲しそうに微笑んだ。「他の出場者に不公平になるからだろう?」

ダーシーはため息をついた。「ええ」

「きみは本質的に正直な人なんだな。違うかい?」彼が優しく尋ねた。

彼女はごくりと唾をのんだ。アダムに対して本当に正直になるべきことがひとつあるのに、それだけはどうしても言えない。「真実を口にするのが難しいときもあるわ」

「わかってる」彼女を見つめる瞳に激しさが増してくる。

ダーシーは突然、熱い波が押し寄せてくるのを感じた。その熱は彼女を満たし、死んで冷たくなった心臓を心地よいぬくもりで包んでくれる。やがて熱が顔まで達すると、頬が燃えるように熱くなり、発熱したときみたいに頭がくらくらした。一瞬目を閉じ、その素晴らしい感覚を楽しむ。いったいどうやったの？　見つめるだけでわたしを熱くさせることができるなんて。男性にこれほど影響を受けるのは初めてだ。それどころか、アダム以上に好きになった人は誰もいない。

「ああ、なんてことだ」彼がドア枠から身を起こし、手で髪をかきむしった。

「どうかしたの？」

ただ首を振る。「なんでもない。いや、違う。つまり……わからない」アダムが顔を歪めた。「おそらくぼくは明日で敗退するだろう」

「不合格になりたいの？」

「自分が何をしたいのか、もうわからない。何もかもめちゃくちゃだ」

アダムはひどく動揺しているように見えた。ダーシーは彼の心を読んで問題を探り出したい誘惑に駆られた。だが、彼女は一度もマインド・リーディングをしたことがなかった。マインド・コントロールもテレポートも空中浮揚も、ヴァンパイアの使う力はどれも卑劣な気がして、すべてはねつけてきたのだ。それにどれも必要なかった。とりわけマインド・リーディングは、恐ろしいプライバシーの侵害にほかならない。「わたし――あなたが番組を去るのは残念だわ」

アダムがうなずいた。「だけどそうしなければならない。それが最善なんだ」

ダーシーは大きく息を吸い込んだ。彼の言うとおりだ。それがいちばんいい。「じゃあ、明日の夜には行ってしまうのね」そしてもう二度と会うことはないかもしれない。体にまつわりついていた最後のぬくもりが消え、彼女はふたたび冷たい虚しさに包まれた。

「蘭の儀式が終わったら、すぐに出ていかなきゃならない。だから今……さよならを言っておくよ」

ダーシーは唾をのみ込んだ。「さようなら」手を差し出す。

アダムが眉をひそめてじっとその手を見ているばかりで何もしてこないので、彼女は手をおろしてうしろに下がった。触れるのもいやなんだわ。すでに死んでいるはずなのに、どうしてこんなに心臓が痛いのだろう？

「ダーシー」アダムが手を伸ばして彼女の肩に触れた。額に軽くキスする。「さようなら」そう言うと、彼は背を向けてドアを閉めた。


翌日の夜、オースティンはダークグレーのスーツを着て、シルバーとブルーのストライプのネクタイを締めた。今夜、彼は間違いなく不合格になるだろう。すでに荷造りはすませてあった。審査が終わればすぐリムジンに乗り込み、ダーシーとは二度と会うこともない。考えただけでもつらいが、そうするのがいちばんなのだ。

オースティンはギャレットとジョージと一緒に図書室へ向かった。ここまで残っている男性ヴァンパイアは五人――デュッセルドルフのオットー、カイロのアフメド、ブエノスアイレスのロベルト、ブリュッセルのピエール、そしてマンチェスターのレジナルドだった。集まった男性たちを階段へ先導しながら、グレゴリが今夜の予定を説明した。やがてひとりの女性審査員が、カメラマンふたりとダーシー、マギーとともに現れた。パンツとTシャツという普通の姿でも、ダーシーはいつもどおり美しい。目が合うとしばらくオースティンを見つめていたものの、結局彼女は顔をそむけてしまった。

審査員はプリンセス・ジョアンナと呼ばれている女性だ。なるほど、中世のプリンセスのような装いをしている。だが、彼女の領土は何百年も前に消滅してしまったに違いない。

これから男性たちの目の前で審査――いかに身だしなみがいいか、優雅にふるまえるか――を行うようだ。プリンセス・ジョアンナが堂々とした声でひとりずつ名前を呼ぶ。指示されたとおり、男性たちは階段をおり、玄関ホールの中央まで歩いていく。そしてシャンデリアの下で立ち止まってポーズをとるのだ。それが終わると、向きを変えて図書室へ戻る。

「ファッションショーに出ているみたいだ」オースティンはうなった。

「ミス・コンテストかも」ギャレットがぼやく。

「やめろよ」オースティンは顔をしかめた。「頼むから、水着審査があるなんて言わないでくれ」

「コロラドのガース」プリンセス・ジョアンナが言った。

偽名を呼ばれたギャレットはさっと背筋を伸ばし、かすかな笑みを顔に張りつけた。そして階段をおり始める。残されたオースティンは、いっそ手すりを滑りおりてやろうかと本気で考えた。だが実際に名前が呼ばれると、彼はやはり行儀よくふるまうことにした。ダーシーを困らせたくない。オースティンは階段をおり、玄関ホールの中央まで歩いていった。

ダーシーは入口ドアのそばから彼を見つめていた。シャンデリアの明かりを受けて目がきらめいている。あれは涙だろうか？　悲しそうだが、同時に嬉しそうにも見える。瞳に寂しげなあきらめをにじませながら、口もとが柔らかな曲線を描いて微笑みを形作っていた。あれは愛だ。昨夜ダーシーの心の中で、同じものを目にしたからわかる。そして今、彼女の表情は、どれほど悲しい気持ちになろうと変わらず彼を愛していると告げていた。

オースティンは微笑み返し、向きを変えて図書室へ歩いていった。

全員が図書室に集まると、グレゴリが次の審査について説明した。ダンスのコンテストが屋上で行われるのだ。男性たちが西端の吹き抜けの階段から屋上に上がっていくと、すでに女性審査員たちが彼らを待ち構えていた。

温室のそばでは四人の奏者がスタンバイしている。彼らは弦楽器の音合わせをしていた。エレキギターのたぐいは見あたらない。つまり、これから行うのは古風なスタイルのダンスということだ。椅子やテーブル類は脇に寄せられ、プールと外壁のあいだに広いテラスが作り出されていた。

グレゴリがポリネシア風の松明《たいまつ》に火をともしながらテラスをまわっていく。それが終わると、彼は男性たちに向き直った。「諸君、どの審査員にダンスを申し込んでもかまわない。ただし、全員が少なくとも一度はコーラ・リーと踊ること」スカーレット・オハラもどきの女性を示す。「今回のコンテストは彼女が審査を行う」

コーラ・リーが男性たちに微笑みかけた。「断言いたします。今夜は楽しい夜になるでしょう」

楽団がワルツを奏で始めた。ピエールがコーラ・リーにダンスを申し込む。彼女が了承すると、ふたりはテラスに進み出てくるくるまわり出した。ロベルトはレディ・パメラに申し込んだ。一方、マリア・コンスエラとプリンセス・ジョアンナは誘いをすべて断った。

「わたくし、ワルツは踊りません」プリンセスが宣言した。「低俗すぎます」

「不快だわ」マリア・コンスエラは松明の横に立ち、不安げにロザリオをもてあそんだ。

ヴァンダはそんなふたりを笑い飛ばし、アフメドと一緒に踊り始めた。最初のワルツが終わるとギャレットが行動に出た。彼はコーラ・リーを誘い、上手に彼女をターンさせながらテラスのあちこちへ移動していった。やがて曲が終わり、ギャレットはオースティンが立っているところへ戻ってきた。

オースティンは口を閉じた。それまでぽかんと開いていたのだ。「いったいどこであんなものを覚えたんだ？」

ギャレットがにやりとした。「社交ダンスを習ったんだ。われわれの職種だと、高尚なパーティーに呼ばれるかもしれないだろ。そのときに役立つかと思ってさ」

「へえ」オースティンは眉をひそめた。そういうことも考えておくべきだったな。

そのときコーラ・リーの悲鳴があがり、その場にいた人々がいっせいに彼女を見た。彼女と踊っているのはオットーだ。いや、むしろ布人形のように彼女を振りまわしていると言うべきか。

「羽根みたいに軽いです」あたりに轟く声でオットーが言った。

コーラ・リーがくすくす笑った。オットーの大きな歩幅に合わせるため、地面に足をついたかと思うとすぐに跳び上がる。「まあ、オットー、あなたはとっても大きいのね。ついていくのが難しいわ」

「そう。オットー大きくて強いです」彼はまたコーラ・リーを持ち上げてくるりとまわした。

襲いかかってくる彼女のフープスカートを、レディ・パメラとパートナーが慌ててよける。

コーラ・リーは声をあげて笑い出した。オットーは勢いよく回転しながら彼女を空中に高く掲げた。コーラ・リーの足が松明にあたる。それから起こった出来事は、オースティンの目にまるでスローモーションのように映った。彼は叫び声をあげ、転倒しかけている松明めがけて駆け出した。マリア・コンスエラの悲鳴が響き渡る。松明が彼女の中世風のドレスの裾に着地したかと思うと、炎が上がるのが見えた。女性たちが口々に叫び始めた。急に音楽が止まる。オースティンは松明を蹴り飛ばしたが、すでに炎はものすごいスピードでドレスを這《は》いのぼっていた。彼はマリア・コンスエラを背後から抱え、プールの深いほうの端に放り込んだ。

彼女が水に落ちたとたん、ジューッという音とともに火が消えた。水面から蒸気が立ちのぼる中、マリア・コンスエラは水の底に沈んでいった。

オースティンはプールサイドに立ちすくんでいた。みんなが彼のまわりに集まってくる。

いい角度から撮影しようと、カメラマンたちが人を押しのけて近寄ってきた。プールの底にいるマリア・コンスエラは黒いかたまりのように見える。ヴァンパイアでも溺《おぼ》れることがあるのだろうか？　オースティンには知る由もなかった。彼は他のヴァンパイアたちをうかがった。溺れて死ぬことはないのかもしれない。誰もあまり心配しているように見えなかった。だが、彼らが冷血で薄情なろくでなしの一団だということも考えられる。

「彼女は泳げるのか？」オースティンは訊いた。

ヴァンダが水中をのぞき込んだ。「たぶん泳げないと思うけど」

オースティンはギャレットと顔を見合わせた。ギャレットは、そのまま溺れさせればいいというように肩をすくめた。結局のところ、彼女はヴァンパイアなのだから。

オースティンはダーシーのほうを見た。彼女は必死の面持ちで彼に懇願の目を向けている。スペイン人のヴァンパイアは彼女の友だちなのかもしれない。「くそっ」オースティンは靴を脱ぎ捨て、男性のヴァンパイアたちを睨んだ。「誰も泳げないのか？」

彼らは一様に首を横に振った。

ジャケットを脱いでギャレットに渡すと、オースティンは冷たい水に飛び込んだ。プールの底からマリア・コンスエラを引っ張り上げる。たちまち彼女が手足をバタバタさせ始めた。ちくしょう。ヴァンパイアを救うのではなく、殺すのが使命のはずなのに。オースティンはおとなしくさせるために彼女の腕をつかみ、体の前で交差させた。それから胸に引き寄せ、プールの底を蹴る。ほどなくふたりは水面に出た。

マリア・コンスエラがあえぎながら水を吐いた。何度か息を吸い込むと、今度はスペイン語でわめき始めた。全部が理解できるわけではないが、どうやらオットーにある種の呪《のろ》いをかけているらしい。オースティンは彼女をしっかりつかみ、梯子《はしご》へ向かって水をかいた。けれどもドレスが足にまとわりついて、彼女はうまく梯子を上がることができなかった。仕方なく、彼はマリア・コンスエラを肩に担いでプールから出た。そのまま歩いていって寝椅子の上におろす。

「助かったわ！《マードレ・デ・ディオス》」マリア・コンスエラが大げさに倒れ込んだ。「あなたはわたしの命の恩人よ」

「そのとおり。ヒーローだわ！」レディ・パメラが叫ぶ。

「断言いたします」コーラ・リーが胸に手を押しあてた。「これほど勇敢な人は見たことがないわ」

「よろしければ」ギャレットからジャケットを受け取りながら、オースティンは言った。「失礼して乾いた服に着替えたいんですが。ダンスはできませんから、みなさんがぼくを不合格にしても――」

「ばかなことを」コーラ・リーがさえぎった。「着替えが終わるまで待っているわ。わたしにできるのはそれくらいですもの」

オースティンは靴を手にした。「おわかりでないようだ。ぼくはダンスができないんです。踊り方を知らないので」

コーラ・リーが息をのんだ。他の女性たちと絶望的な視線を交わす。

「無教養でも許されるべきだわ」マリア・コンスエラがロザリオを探ってキスした。「誰でも主の御前に立てば、不足があるものよ」

信心深いヴァンパイア？　オースティンは頭を振った。ヴァンパイアについて知れば知るほど困惑する。

「彼はヒーローだわ」レディ・パメラが宣言した。「ワルツの踊り方なら、わたくしが喜んで教えましょう」

ヴァンダがにやりとした。「いくつかの動きを個人的に教えてあげたいわ」

「彼を罰してはだめよ」コーラ・リーが主張する。「だってヒーローなんですもの」

「まさにそのとおり」プリンセス・ジョアンナがオースティンを観察しながら言った。「彼は自分のものを守るすべを知っている男性だわ」

オースティンは心の中でうめいた。いやな予感がする。どうやら、今夜家には帰れそうにないぞ。

15

　ダーシーは服が濡れたふたりに着替えの時間を与えるため、三〇分間の休憩をとると宣言した。

「ありがとう」マリア・コンスエラのところへ行く途中でアダムのそばを通り過ぎながら、彼女は小声で言った。だが彼は苛立たしげな顔をすると、何も言わずに濡れた服のまま歩いていってしまった。

　マギーとダーシーはマリア・コンスエラをあいだにはさんで彼女を支え、使用人のフロアへ戻った。他の女性たちはアダムについてぺちゃくちゃおしゃべりしながら、三人のあとをついてきた。

「あんなに勇敢なんですもの、彼はヴァンパイアに違いないわ」レディ・パメラがきっぱりと言った。

　マギーが心配そうな視線をダーシーに向けてきた。もしかするとこのコンテストでモータルが優勝するかもしれないと、心配しているのだ。そうなればヴァンパイアの世界全体を侮辱することになるだけでなく、女性たちはモータルのマスターを持つはめになってしまう。

大惨事になるのは間違いなかった。けれども幸運なことに、ダーシーにはそんな事態は起こりえないとわかっていた。

「心配しないで」彼女はマリア・コンスエラの頭越しに、マギーに話しかけた。「条件のひとつは力強さよ。ヴァンパイアより強い人間がいるとは思えないわ」

マギーが安堵の息をついた。「そうよね」

使用人のフロアに着くと、マギーはマリア・コンスエラを着替えさせるために部屋へ連れていった。

「さっきのダンスのおかげで、すっかりお腹が空いてしまったわ」コーラ・リーがキッチンへ歩いていき、冷蔵庫から〈チョコラッド〉を取り出した。「誰か半分飲みたい人はいない?」ボトルを電子レンジに入れながら尋ねる。

「わたくしがいただくわ」レディ・パメラがキャビネットからカップとソーサーをふた組取ってきた。

ダーシーはグラスに氷を入れ、冷蔵庫からもう一本〈チョコラッド〉を出した。「今夜不合格にする男性はもう決めたの?」彼女はチョコレートと血の混合物をグラスに注いだ。

レディ・パメラが身震いする。「まあ、おぞましい。冷たいままで飲むなんて信じられないわ」

ダーシーは肩をすくめた。いつもはここにチョコレートシロップも加えるのだ。「冷たければ冷たいほど血の味を感じないから」

ヴァンダが鼻を鳴らした。「そこがいいのに」

「出ていってもらう人なら決まっているわ」コーラ・リーが電子レンジから〈チョコラッド〉を取り出し、温かい液体をティーカップふたつに注いだ。「粗忽《そこつ》なジョージは三回もわたしの足を踏んだの。痛くて悲鳴をあげているのに、謝りもしなかったのよ」

レディ・パメラが息をのんだ。「なんてひどいふるまいでしょう」

「そうね」プリンセス・ジョアンナがO型の人工血液のボトルをレンジに入れた。彼女はシンプルな食事が好みなのだ。「身だしなみのコンテストのほうは、カイロのアフメドを不合格にしたいわ」

ダーシーは眉をひそめた。「まさか、マリア・コンスエラを喜ばせるためだけじゃないでしょうね？　彼女が今夜かなり怖い思いをしたから」

「違うわ。確かに同情はするけど。わたくしも二週間前にひどい火傷《やけど》を負ったときは、恐ろしくて取り乱してしまったもの」そのときのことを思い出したのか、プリンセスが蔑むような目をコーラ・リーに向けた。

コーラ・リーは顔をしかめ、ティーカップを手に急いで居間へ去っていった。

「わたくしの理由は妥当なものよ」プリンセス・ジョアンナは電子レンジからボトルを取り出し、中身をグラスに注いだ。「あのアフメドという人は、黒のスーツに汚らしい茶色のローファーを履いていたの」

レディ・パメラが息をあえがせた。「忌まわしい、実に忌まわしいわ」

「まあ、おぞましい」ヴァンダが皮肉な口調でつけ加え、電子レンジにボトルを入れた。

プリンセス・ジョアンナが身を強ばらせる。「お願いだから、もっと真面目にやってちょうだい。わたくしたちが選んだ人が、新しいマスターになるんですからね」

ヴァンダは肩をすくめた。「どうしてもマスターがいなくてはだめなの？　だって今のところ、みんなで殺し合わずにうまくやってるじゃない」そこでにやりとしてプリンセス・ジョアンナを見る。「まあ、もう少しで殺しちゃうところだったけど」

むっとしたプリンセス・ジョアンナは、足を踏み鳴らして居間へ移動した。安楽椅子に腰かける。他の女性たちは不安そうに視線を交わした。

「マスターがいなければ、誰がわたしたちのために決定を下してくれるの？」コーラ・リーが口を開いた。

ダーシーは彼女の隣に座った。「今夜あなたはジョージを不合格にすると、自分で決定を下したわ」

「あら」コーラ・リーがティーカップに口をつけた。「そう言われればそうね」

「だけど請求書は誰が払ってくれるの？」レディ・パメラが訊いた。

ヴァンダは電子レンジから夕食を取り出した。ボトルから直接飲みながら、ゆっくりした足取りで居間へ戻る。

プリンセス・ジョアンナが眉をひそめてヴァンダを見た。「なんてお行儀が悪いのかしら。やはり規律を守らせてくれるマスターが必要だわ」

ヴァンダがごくりと喉を鳴らして飲んだ。「わたしに言わせれば、必要なのはお金ね」

レディ・パメラが音をたててカップを置いた。「マスターはわたくしたちの面倒を見てくれるのよ」

ソファの彼女の隣に、ヴァンダが足を投げ出して座った。「わたしたちみんなが求めているのは、ときどきヴァンパイア・セックスをすること。それに関しては、相手のヴァンパイアを見つけるのに不自由はしないでしょうね」

プリンセス・ジョアンナの眉間の皺が深くなった。「ふしだらな関係を結べというの？言っておきますけど、わたくしにはそのように下品なふるまいはできませんわ」

ヴァンダがあきれて目をまわした。「マスターがなんのために必要なのか、考えているだけよ。セックスとお金以外でね」

女性たちは黙り込んだ。ヴァンダの投げかけた問いに困惑して、言葉を失ってしまったらしい。ダーシーは興味深く観察した。彼女たちは、これまで考えたこともなかったことに疑問を感じ始めているのだ。

「わたしは勇敢で立派なマスターがいいの」コーラ・リーが小声で言った。

「アダムのように」レディ・パメラがつけ加える。

ダーシーは思わず顔を曇らせた。

「身だしなみのコンテストでの彼の顔を見た？」コーラ・リーが訊いた。あのときはプリンセス・ジョアンナが審査をして、他の女性たちはその様子を居間のテレビで見守っていた。

「彼がシャンデリアの下で立ち止まったときのこと?」レディ・パメラが尋ねた。「誰よりも悲しそうな顔をしていたわ。こちらまで泣きそうになったくらいよ」

「そんな気持ちになるなんて、何があったのかしらね?」ヴァンダが探るようにダーシーを見た。

ダーシーは頬が赤くなっているのが自分でもわかった。

だが幸いなことに、ちょうどそこへマギーがやってきた。「いい知らせよ。マリア・コンスエラに怪我はなかったわ。ちょっと動揺しているだけ」

女性たちは口々に安堵の声をあげた。

「ねえ、昨夜DVNで何があったか教えてよ」ヴァンダが要求した。

「そうだわ! 話してちょうだい」コーラ・リーが興奮して叫んだ。「ドン・オルランドに会った?」

マギーはにっこりした。「彼と一緒にスクリーンテストをしたの」

女性たちがため息をつく。ただし、ヴァンダだけは例外だった。彼女は眉をひそめている。

「どんな感じだった?」ダーシーは訊いた。

マギーが壁にもたれ、自分の体に腕を巻きつけた。「彼はわたしの目をのぞき込んで、電話番号を訊いたわ」

女性たちがふたたびため息をついた。

「彼について、昨夜『ライヴ・ウィズ・アンデッド』でコーキーが言っていたことを知ってる？」ヴァンダが尋ねた。

マギーはばかにするように言った。「あんな悪意に満ちた噂話は信じないわ」

「コーキーはなんて言ったの？」コーラ・リーがティーカップに口をつけた。

「彼はまるでティッシュペーパーのように次々と女を取り替えるって」ヴァンダが説明した。

「そんなの嘘よ！」マギーが叫ぶ。「自分にぴったりの女性を探しているだけだわ」

「それでアメリカ中の棺《ひつぎ》を片っ端からのぞき込んでいるのね」ヴァンダがつぶやいた。

「ティッシュペーパーというのは？」プリンセス・ジョアンナが訊いた。

苛立たしげな口調でヴァンダが答えた。「使い捨てのハンカチみたいなものよ」

プリンセスが見下すように言った。「わたくしは使い捨てのものなど信用しません。有害ですもの」

ヴァンダがふんと鼻を鳴らす。「そのとおりね。ティッシュはごみになるわ。ドン・オルランドも女性をごみのように扱ってる」

「やめて！」マギーが叫んだ。「彼のことをそんなふうに言わないで」

マギーに真実を告げるべきか否か、ダーシーは内心で葛藤していた。だが、かわいそうな彼女はひどく傷ついているように見えた。やっぱりもう少しあとにしよう。もちろん、ドン・オルランドがコーキーとティファニーにふた股をかけていた事実は、マギーに教える必要がある。けれども、気が滅入《めい》る知らせを人前で聞かせるのは気の毒だ。「スクリーンテストはパスしたの？」

「ええ、合格したわよ」マギーがむきになって言った。「それに絶対ドン・オルランドの相手役になってみせる。見ていてちょうだい」

「次の予定は？」ダーシーは尋ねた。

「最終決定が下される前にもう一度面接があるの。あなたのボスが担当するのよ」

「スライが？」ダーシーはうめき声が出そうになるのをこらえた。マギーには彼のことも警告しなければならない。

「支度が整ったわ」マリア・コンスエラが居間に入ってきた。

「それじゃ」ダーシーは冷蔵庫へ行って黒い蘭の花を二本取ってきた。「行きましょう」

エレベーターに乗ってペントハウスの一階へ向かいながら、彼女は今後のスケジュールを説明した。「今夜が終われば、撮影は三日間お休みになるわ。もしよければ、あなたがたはここにいていいのよ」

「あなたはどこへ行くの？」マギーが訊く。

「グレゴリの家に戻るつもり」ダーシーは答えた。「明日の夜は編集作業のためにDVNへ行かなくちゃならないの。その翌日の土曜日に番組の放送が始まるから」

「わくわくするわ！」コーラ・リーが両手を握りしめた。「テレビで自分たちの姿を見られるのね」

「そうよ」エレベーターがキッチンに着き、扉が開いた。ダーシーは女性たちを先導して玄関ホールに向かった。「番組は水曜日と土曜日の深夜零時に放送予定なの。二回目の放送分は日曜日に編集するから、その日もあなたたちはお休みよ。撮影は月曜日に再開することになるわ」

一行は列をなして玄関ホールに入っていった。すでにグレゴリが男性たちを四人ずつ二列に並べて、階段の上に立たせていた。いつものように、ダーシーの目は自然とアダムの姿を探してしまう。彼も乾いた服に着替えていた。だが、一列に並んだ女性たちのほうを見ようとはしない。ことのなりゆきに腹を立てているのだろうか？

カメラマンが位置についた。バーニーが女性たちに、バートが男性たちにカメラを向けている。

グレゴリが口を開いた。「今夜はきみたちのうちのふたりに黒い蘭が渡されることになるだろう。花を受け取った者はただちにここを去ってもらいたい。外にはすでにリムジンが待機している」

八人の男たちがうなずいた。バートが彼らの顔を順番にクローズアップしていった。

「それでは発表に移りたいと思いますが、その前にもうひとつお知らせを」グレゴリが続けた。「優勝者への賞金がまた増額されました。〝地上でもっともセクシーな男〟は三〇〇万ドルを手にすることになるでしょう」

アダムを除く男性全員が興奮している。女性たちは息をのみ、笑顔で顔を見合わせた。

「プリンセス・ジョアンナ、前に出ていただけますか？」グレゴリが言った。

プリンセスが進み出て、シャンデリアの下で止まった。「この蘭はカイロのアフメドに」

アフメドががっくり肩を落とし、階段をおりていった。

「マリア様、感謝いたします」マリア・コンスエラが胸の前で十字を切る。

ダーシーは眉をひそめた。今の部分も編集が必要だ。

アフメドは蘭を受け取ると、とぼとぼと階段をのぼった。

次にコーラ・リーが進み出て、シャンデリアの下のプリンセス・ジョアンナの隣に並んだ。黒い蘭の花を掲げて言う。「これは、ええと……どこかのジョージに」彼女はくすくす笑った。「出身地を忘れちゃったわ」

ヒューストン出身のジョージ・マルティネスは小声で悪態をつきながら階段をおりた。彼に蘭が渡されると、勝ち残った男性たちはそれぞれの部屋へ戻っていった。

ダーシーは他の人たちとともに肖像画の部屋へ向かった。壁の金庫から懐中電灯を取り出し、それをグレゴリに渡して小声で指示する。女性たちはソファに腰かけた。

「今夜、あなたがたはカイロのアフメドを敗退させました」グレゴリは懐中電灯のスイッチを入れ、ライトの明かりをエジプト人の肖像画にあてた。ブラックライトの効果で、まるで魔法のように牙が姿を現した。

「まあ、なんてこと」コーラ・リーが泣き声をあげた。「彼はヴァンパイアだわ」

マリア・コンスエラが眉をひそめた。「でも、ムーア人なのに」

「そしてみなさんは、ヒューストンのジョージを不合格にしました」グレゴリがジョージの肖像画を照らした。変化はない。

コーラ・リーが跳び上がった。「やったわ！　卑しいモータルをまたひとり見つけ出したのよ」

他の女性たちも立ち上がって歓声をあげる。グレゴリが〈バブリー・ブラッド〉をグラスに注いでいるあいだに、ダーシーは二枚の肖像画を壁からおろした。これで残りはたったの六人——人間がふたりにヴァンパイアが四人——になった。思いがけない出来事のせいで、アダムは勝ち残ってしまった。本人が望んでいないにもかかわらず。

「おめでとう」グレゴリがグラスを掲げて女性たちに言った。「これで新しいマスターにまた一歩近づきました。もちろん、あなたがたのマスターも、高額の賞金にまた一歩近づいたのです」

「三〇〇万ドルよ！」ヴァンダが叫んだ。

女性たちはどっと笑い出し、互いのグラスを合わせて祝った。ダーシーは口をつける気になれずに自分のグラスを置いた。新しいマスターが見つかれば、彼女たちはいなくなってしまう。アダムを失ったように、ダーシーはみんなも失うことになるのだ。彼女はそっと部屋を抜け出して玄関ホールへ歩いていった。家族もなく、友人もほとんどいない、終わりのない永遠が目の前に広がっている。ひどく孤独な歳月になるだろう。


オースティンは午前四時にグリニッジ・ヴィレッジのアパートメントに帰りついた。三日後には戻らなければならないが、この短い休暇のことを知った彼は即座に、ペントハウスを離れようと決めた。あそこから出て、頭をはっきりさせる必要があったのだ。

彼は隠しカメラを通して肖像画の部屋をうかがっていた。またひとり卑しいモータルを排除したと歓声をあげるヴァンパイアたちの姿が彼を苛立たせた。自分たちのほうが優れた存在だと信じているのだ。おまけにそれだけに留まらず、彼はダーシーの反応も目にした。彼女は他のみんなのように喜んでおらず、絶望的な表情を浮かべてグラスを置くと、その場を立ち去ってしまった。くそっ、ダーシーはあそこにいるヴァンパイアたちになじんでいない。けれどもオースティンのいる側に来ることもできないのだ。

そこまで見たところでうんざりした彼は、荷物をつかむと急いでペントハウスをあとにした。もうひとりの人間であるジョージが不合格になったので、すでにギャレットも自宅に戻ると決めていた。

オースティンはドアにつけた三つの安全錠をかけて警報装置をセットすると、崩れるようにソファに倒れ込んだ。コーヒーテーブルにはビデオテープが散乱している。ダーシーがレポーターとして出演している番組のテープだ。彼女を生きている女性だと信じていたときは、どれも楽しんで見ることができた。彼はダーシーの失踪を伝える最後のテープをデッキに入れた。画面にグリニッジ・ヴィレッジの路地や、地面の血の跡が映し出された。レポーターが、警察がダーシーの血がついたナイフを発見したことを伝えている。当然、彼女は死んだものと考えられた。

ちくしょう、わかっているべきだったのに。だが、恋をしている相手が死んでしまっているなどと、どうして信じられる？

　オースティンはテレビを消した。ソファにもたれて目を閉じる。現場を自分の目で確かめるため、彼は何度も問題の路地を訪れていた。四年も前のことなので、雨や雪に洗われて血の跡はなくなっていた。しかしそこは間違いなく、ダーシーが命を落とした場所なのだ。彼の美しいダーシーが。死んでしまった。

　これからどうすればいいのだろう？　オースティンは重い足取りでキッチンへ向かい、冷蔵庫からビールを出してふたたびソファに戻った。コーヒーテーブルにはまだＣＤも置いたままになっていた。彼はそれをパソコンに入れた。ＤＶＮは数名の大口投資家による合弁企業だった。プロデューサーのシルヴェスター・バッカスも名を連ねている。ダーシーのボスだ。

　オースティンの視線が書きかけのヴァンパイア・リストに留まった。そこにはダーシーの友人たちの名が記されている。グレゴリ、マギー、それにヴァンダ。くそっ、友だちの名前を載せたことで、ダーシーは永遠にオースティンを憎み続けるに違いない。彼女にとって、永遠は文字どおりの意味を持つ。

　ため息をつくと、オースティンはリアリティ番組に出場している男性ヴァンパイアたちの名前と、彼らに関して得た情報をすべてリストに書き込んだ。続いて女性ヴァンパイアたちについても記入し始める。ひとつ名前を書くごとに、彼は胸が疼くのを感じた。ちくしょう。みんなヴァンパイアなんだぞ。敵だ。それなのになぜ、裏切っているような気分になるんだ？　答えはわかっている。彼らがダーシーの友人だからだ。

オースティンはソファのクッションにぐったりと背中を預けた。どうしてこんな仕打ちができる？　ダーシーはすでに十分苦しんでいるんじゃないのか？　彼女はアンデッドのひとりだが、彼女自身に罪がないのは確かだ。心の奥底で、オースティンはその事実を理解していた。ダーシーは絶対に人を傷つけたりしない。

彼女の友人たちはどうだろう？　確かに自分たちが人間より優れた存在だと信じてはいるが、彼らが人に危害を加えるところは想像できない。オースティンがエマと一緒にセントラル・パークで見かけたヴァンパイアたちとは、まったく似ていなかった。ショーンが主張するような、人類の脅威となりうる存在には見えないのだ。それに彼らは互いのことを気づかっている。人を愛することができる。オースティンはダーシーの頭の中でそれを実感した。彼女はアダムに恋していた。彼を愛していたのだ。

シャナとローマンも本当に愛し合っているのだろうか？

くそっ、どうやったらそんな関係がうまくいくというんだ？　不可能だ。それに現代的な生き方を選択したヴァンパイアたちが無害だとしても、これまでずっとそうだったわけではない。ダーシーの友人たちは明らかに彼女より古めかしい雰囲気がする。人工血液が開発されるまで何百年も、ヴァンパイアとして存在してきたに違いない。つまり、人間を食糧にしてきたはずだった。

そして、その人間を守るのがオースティンの務めだ。ヴァンパイアは抹殺しなければならない。どうせすでに死んでいるのに、気にする必要がどこにある？　これまで彼は仕事の妨げになる感情をそのままにしてきた。務めを果たすことを拒むのは裏切りに等しい。自分の国や、罪のない人々を裏切ることはできなかった。みんな彼が正しい行いをすると信じている。うなり声をあげると、オースティンはペンを手に取り、リストのいちばん下にダーシー・ニューハートの名前を書き加えた。そして最上段に〝抹殺すべきヴァンパイア〟とタイトルをつけた。

ぎゅっとつかまれたように心臓が痛んだ。手からペンが転がり落ちる。ああ、なんということだ。

オースティンは弾《はじ》かれたように立ち上がり、部屋の中を歩いた。いったいどうやったらダーシーにこんな仕打ちができる？　いや、彼女は死んでいるんだ。歩きまわりながら、彼は何度も自分に言い聞かせた。ダーシーは死んでいる。

オースティンは悪態をついた。確かに自分には命こそあるが、良心に恥じないで生きる方法がわからなかった。

次の日の夜、ダーシーは番組の編集作業のためにDVNへ急いだ。彼女に仕事を教えてくれる経験を積んだ技術者を、スライが手配してくれていた。初回の放送用に、一〇分のコマを五つ準備する必要があった。一時間番組のうちのあと一〇分はコマーシャルにとっておかねばならない。ペントハウスを借りるかわりに、〈ヴァンパイア・フュージョン・キュイジン〉のCMを毎回無料で流すことを、ローマン・ドラガネスティから求められているためだ。

撮影が休みになる三日間を利用して、グレゴリは第三スタジオで〈チョコラッド〉と〈バブリー・ブラッド〉と〈ブラッド・ライト〉の新しいCMを撮ることになった。ダーシーとしては、DVNまで毎晩彼の車に乗せてきてもらえるので好都合だ。グレゴリからコマーシャルのひとつに起用したいと言われて、マギーも興奮している。

八時三〇分になるころには番組のオープニング部分の編集が終わり、ダーシーはその出来栄えに満足していた。ペントハウス内部の紹介と、女性審査員が到着するシーンだ。そのとき突然シルヴェスター・バッカスが作業室に入ってきて、彼女はびっくりして顔を上げた。

「これを見るんだ！」彼がテレビの画面をDVNの生放送に切り替えた。「新番組を宣伝するようコーキーに言っておいた」コーキーが画面に現れると、彼は音量を上げた。

「『ライヴ・ウィズ・アンデッド』へようこそ！　ヴァンパイア界でもっともホットなセレブのニュースをお届けするのは、わたくしコーキー・クーラントです。さてみなさん、お待ちかねの放送がいよいよ明日に迫ってきました！　DVN初にして唯一のリアリティ番組『セクシエスト・マン・オン・アース』は明晩からの放送です。でもその前に、まずドラマのもっともセクシーな男がどうなっているのか見てみましょう」

「くそっ」スライがうなった。「まだやるつもりか」

画面の右半分にドン・オルランドの写真が現れた。デジタル加工してヤギの角をつけてある。

「ドン・オルランドは果たして本当に、ヴァンパイア界でもっとも素晴らしい恋人なのでしょうか？」コーキーが問いかけた。「それとも、長時間、女性を満足させられないせいで、二時間ごとに相手を取り替えているだけなのでしょうか？」

スライが頭を振った。「コーキーを欺くべきじゃなかったんだ。彼女は徹底的にドン・オルランドを追いつめるつもりだぞ」

コーキーの顔に甘ったるい笑みが広がる。「公正な立場に身を置くわたしとしては、その判断を視聴者のみなさんにゆだねることにします。今画面に出ているアドレス〝Corky@DVN.com〟へメールして、どちらか真実だと思うほうに投票してください。ドン・オルランドは腐った詐欺師なのか、それとも単なる憎むべき豚野郎なのか？」

ダーシーはため息をついた。やっぱりマギーに話さなくては。

「それでは本題に入りましょう」満面の笑みでコーキーが続けた。「みなさんの誰もが待ち焦がれているホットな新しいシリーズは、初回が明日、その後は毎週水曜と土曜に放送を予定しています。『セクシエスト・マン・オン・アース』はヴァンパイア界初のリアリティ番組となるのです。出演者はなんと、有名なローマン・ドラガネスティのもとハーレムの女性たちと、ヴァンパイア界でもっともたくましくセクシーな男性たちです！」

画面にペントハウスの屋上を空からとらえた映像が現れる。とたんにダーシーは背筋を伸ばした。神経が張りつめてくるのがわかった。

スライが尊大に手を振った。「心配するな。バーニーに言って、予告用の映像を用意させせたんだ。視聴者を引きつけるために、ほんの一部を流すだけだ。いい宣伝になる」

「『ライヴ・ウィズ・アンデッド』ではみなさんにお楽しみいただくために、DVNでいちばんホットな新番組の独占映像を入手しました」コーキーが続けた。「いったいどのくらいホットなんでしょうか？」そこで笑う。「きっとみなさんのテレビの画面が曇ってしまうわ。どういうことかは、ご自分の目で確かめてください。言っておきますが、わたしはこの映像を見て『セクシエスト・マン・オン・アース』がお気に入りになりました」

カメラマンが遠くの何かに懸命に焦点を合わせようとしているのか、テレビに映し出される画像が揺れた。しかし、次第にピントが合ってくる。

ダーシーは息をのんだ。

「よし！」スライが自分の腿をぴしゃりと叩いた。

まともな明かりのない暗闇で、しかも遠くから撮っているため、映像は若干ぼやけていた。だが、それでもダーシーを叫びたい気分にさせるには十分だった。

「だからホットタブはいい考えだと思ったんだ」スライがにんまりした。「あれを見ろ。ドレスを脱がせたぞ。これから男がそれをプールに放り投げるんだ」

ダーシーはがっくりと椅子に沈み込んだ。「前もってこの映像を見たんですか？」

「もちろん。昨夜バーニーが見せてくれたよ。一〇回は繰り返して見たな。ほら、ここからがいいところなんだ」スライがテレビを指差した。「ブラが外される」

うめき声をあげないように、ダーシーは口を手で覆った。

「うわあ、こりゃすごいや」技術者が言った。目は画面に釘づけになっている。

スライが笑顔でダーシーに向き直った。「よくやったぞ、ニューハート。もう少しはっきりした映像だともっとよかったんだが。あれはドラガネスティのもとハーレムのメンバーなんだろう？」

ダーシーはたじろいだ。「まあ、そうとも言えますが」ああ、どうしよう、これはひどいわ。本来なら悲鳴をあげて髪の毛をかきむしりながら、この建物を走り出ていくところだ。そうせずにいられる唯一の理由は、映像が不鮮明なことだった。ほとんど裸の体がホットタブで絡み合っていることしかわからず、顔もはっきりしない。助かった。とりあえずはなんとかごまかせそうだ。

「それにしても彼女はホットだ。もう少しよく知り合う必要があるな。言っている意味はわかるだろう？」スライがウインクしてきた。「それで、ニューハート、彼女はいったい誰なんだ？」

16

ダーシーはごくりと喉を鳴らした。もし真実が明るみに出れば、スライはディレクターとしての彼女を首にして、DVN初のポルノ女優の座に輝ける仕事をオファーしてくるかもしれない。「問題の女性は、自分が撮影されていることに気づいていないと思います」

「それがどうした？」スライが顎鬚をかきながら言った。「彼女はホットタブにいたんだぞ。誰にも見られないと思うほうがおかしい」

「確かに、一理ありますね」今後はその点を絶対に忘れないでおこう。長くみじめな彼女の人生で、あんなにセクシーな場面を経験することは二度とないだろうが。「でも、本人の許可なく名前を明かすことはできません」

「いや、明かしてもらうぞ。わたしなら彼女をスターにできる」スライがダーシーに自分の名刺を差し出した。「これを渡して、わたしが会いたがっていると伝えてくれ」

「わかりました」彼女は名刺をバッグに入れた。「もう仕事に取りかからないと。明日の夜の放送に間に合いませんから」

「いいだろう。うまくやってくれよ」スライはのんびりした足取りでドアから出ていった。

ため息をつくと、ダーシーはコーキーの映っているテレビ画面を消した。「さあ、仕事に戻りましょう」

技術者が何かメモ用紙に走り書きしたかと思うと、その紙を彼女に差し出した。「よかったら、ええと、これをあのホットタブの女性に渡してくれないかな？」

書いてあるのは彼の名前と電話番号だ。リックはＤＶＮで働く数少ないモータルのひとりだった。「あの女性がヴァンパイアだってわかってる？」

「もちろん」彼はコーヒーをひと口飲んだ。「だから？」

「ヴァンパイアとデートするなんて、危険だと思わないの？」

リックが紙袋に手を伸ばしてドーナツを取り出した。「きみとだって、ずっと一緒に仕事をしてる。ぼくには十分安全に思えるけどな」彼はドーナツを半分口に押し込んだ。

イースト菌のいい香りがたまらない。ダーシーは無性にドーナツが食べたくなった。だが以前に一度試してみたところ、彼女の胃は本物の食べ物を受けつけなくなっていた。

「ちょっと楽しみたいだけだよ。それに彼女はすごくホットだ」リックは残りのドーナツも口に入れた。「別に深い関係を築こうというんじゃないし」

「わかるわ。あなただって、モータルとヴァンパイアの関係が長続きするとは思わないんでしょう？」

「まあね」彼が指についた砂糖を舐めた。「ひとつ訊いてもいいかな？」

ダーシーはうなずいた。アダムとの関係がうまくいくはずがないのは、彼女にもわかっている。けれども事実を他人の口から聞かされて、これほど傷つくとは思っていなかった。

「本物の食べ物をあきらめるのはつらい？」

ダーシーは視線をそらした。「ええ」リックのメモをバッグに入れる。「さあ、仕事に戻るわよ」

作業を再開して一〇分ほどたったころ、ドアが開いてDVNの受付係が顔をのぞかせた。

ダーシーは顔を上げて尋ねた。「何かご用？」

「ええ」彼女がするりと中に入ってくる。「これをあなたに持っていくようにって、コーキーに言われたの。ホットタブにいたあのセクシーな彼に渡してほしいんですって」受付係が名刺を差し出した。裏にコーキーの字で〝連絡して〟と書いてある。個人的な電話番号と、絡み合ったふたつの赤いハートマークまで記してあった。

「あら、すてき」名刺をふたつに引き裂きたい衝動に駆られながら、ダーシーは歯を食いしばって言った。「他には？　悪いけど、仕事をしなくちゃならないの」

受付係の頬が、髪に入れた赤いハイライトと同じくらい赤く染まった。「もしよかったら、あの、これも彼に渡してくれないかしら？　コーキーには絶対に言わないでね。殺されちゃうから」

「これは何？」ダーシーはメモを受け取った。

「わたしの電話番号」受付係は急いで部屋を出ていった。

ダーシーはその紙もバッグに入れた。今日はアダムのラッキーデーみたいね。あっというまにファンクラブができつつあるわ。それもこれも、彼が女性のブラジャーを記録的な速さで取り去る方法を知っているからだ。

彼女は大きく息をつくと、苛立ちを脇に追いやった。わめくのはあとでもできる。今は仕事をしなければ。けれども五分後、またドアが開き、ダーシーは顔を上げざるをえなくなった。あらあら、ちまたで話題の困った男だわ。

「こんばんは」自信にあふれた足取りでドン・オルランドが部屋に入ってきた。黒のレザーパンツを腰の低い位置ではき、黒いシルクのケープを身にまとっている。下にシャツを着ていないので、ちょっと奇妙な感じだ。彼は黒いレザーブーツを履いた足を大きく開いて立った。髪の色がやけに黒いので、染めているのかもしれない。それならあの胸毛も染めているということ？　ドン・オルランドのまとうイメージの、いったいどこまでが本物なのかしら？　彼の本名さえ誰も知らない。

彼がじっとダーシーを見つめ、ゆっくりと微笑んだ。「もちろん、おれのことは知ってるよね？」

コーキーによれば、腐った詐欺師か憎むべき豚野郎のどちらかからしいけど。「もちろんよ」

「ホットタブにいた、あのセクシーな女性の名前が知りたいんだ」

ダーシーはうめき声を押し殺した。「名前は明かせないの」

ドン・オルランドが気取った笑みを浮かべる。「ただ彼女に伝えてくれればいい。ヴァンパイア界で最高の恋人、ドン・オルランド・デ・コラソンが彼女の愛を求めていると。きっと応じてくれるはずだ」

「わかった、伝えるわ」〝死んでもいや〟が返事だけど。残念ながら、それはあまりにも的を射た表現だ。ダーシーは立ち上がってドアに近づいた。「仕事が山積みなの。だからそのかわいいブーツを履いた足を、どこか別のところへ移してもらえると助かるんだけど」

ドン・オルランドは華麗にケープをひるがえして去っていった。ダーシーはドアを閉めてしっかり鍵をかけた。

オースティンは夜明け前に起き出してオフィスへ行った。今日は土曜なのでショーンは来ていない。それがありがたかった。今はいろいろと質問されたくないのだ。オースティンは国土安全保障局から偵察用の白いバンを借り、地元のケーブルテレビ局を訪れた。そこでバッジをちらつかせて、取引の契約書をはさんだクリップボードと会社のロゴ入りの作業着を手に入れる。そして八時になる前にDVNに到着した。

「午前四時にシルヴェスター・バッカスさんから苦情の電話がありましてね」オースティンは人間の警備員に説明した。「インターネットの接続が不安定だとか」

「本当に？」警備員は疑いの表情を浮かべ、クリップボードを受け取って書類を調べた。

「報告を受けていないんだが」

「知らせるのを忘れたんでしょう」〝信じるんだ〟オースティンは警備員の頭の中に思考を向けた。

警備員がクリップボードを返して言った。「お待ちしてました」

「ありがとう。そんなに長くはかかりませんから」そう言うと、道具箱を手にオフィスのある一画へ向かった。ドアに大きな真鍮製のプレートがかかっていたので、シルヴェスター・バッカスのオフィスはすぐにわかった。オースティンは中に入ってドアを閉めると、さっそく仕事に取りかかった。DVNのコンピューターはどれも過去の遺物と言っていいくらい時代遅れで、彼は情報を書き移すのに何もかもディスクにコピーしなければならなかった。ようやく作業を終え、もとどおりに見えるようあたりを片づける。

ロビーを横切りながら、オースティンは警備員に手を振った。「修理は完了しました」

自分のアパートメントに戻ると、それぞれのディスクにラベルをつけ、データをノートパソコンに移した。これでDVNに関する情報はすべて手に入れた。あとはメールでショーンに送るだけだ。これを送れば、他のヴァンパイアたちとともにダーシーもターゲットになってしまうだろう。

オースティンはノートパソコンを閉じて、コーヒーテーブルに散らばったものを見つめた。ダーシーのビデオテープ、DVNのディスク、そして〝抹殺すべきヴァンパイア〟と記したリスト。もうこれ以上は耐えられない。正しいことをしようとすればするほど気分が悪くなる。

善良な人間であろうとすると、ときにひどくむかつく思いをしなければならないのだ。

いよいよ土曜日の夜になり、番組が初めて放送される日がやってきた。グレゴリがペントハウスまでダーシーとマギーを乗せてきてくれた。そこでは女性たちが居間に集まって、番組が始まるのを興奮気味に待ち受けていた。アイスバケットには〈バブリー・ブラッド〉が冷やしてある。

やがて真夜中になり、女性たちの視線はテレビに釘づけになった。上の階のテレビはすべて撤去してある。男性ヴァンパイアたちにモータルの競争相手がいることを伏せておくため、彼らには収録が終わるまで番組を見ることを禁じてあった。もちろん、モータルにも絶対に内容を知らせてはならない。幸い、勝ち残ったふたりはすでにペントハウスを離れていたので、秘密を守るのは難しくなかった。

番組が終わりに近づくと、ダーシーの体は不安で強ばってきた。最後は肖像画の部屋で、出場者の中にモータルがまじっていることを女性たちが初めて知る場面だ。まもなく彼女たちが怒りを爆発させる。スライはどんな反応を見せるだろうか？　確かに彼は番組にひねりと意外性が欲しいと言ったが、これは許容範囲を超えているかもしれない。

ついにエンディング・クレジットが流れ始めると、女性たちはグラスに〈バブリー・ブラッド〉を注いで乾杯した。グラスを受け取りながら、ダーシーは運命のときが訪れるのを覚悟して待っていた。きっともうすぐ……。

そのとき電話が鳴った。彼女はため息をついてグラスを置いた。

グレゴリが応答している。「もちろん、ここにいるよ」彼が受話器をダーシーに渡して言った。「シャナ・ドラガネスティだ」

ダーシーは目をぱちくりさせた。シャナ？　なぜ彼女が電話をかけてくるの？「もしもし？」

「ダーシー、あなたに話があるの。大事なことよ」

「いいわ」ダーシーはシャナが話し始めるのを待った。

「個人的に話したいの。わたしはホワイトプレーンズの新しい家にいるんだけど、テレポートしてきてくれる？」

受話器を握る手に力がこもる。「無理だわ。もしかしたらグレゴリが乗せていってくれるかも――？」ダーシーは問いかけるように彼を見た。

「だめよ、時間がかかりすぎる」シャナの声が小さくなった。通話口を手で覆って他の誰かと話をしているようだ。「コナーはあなたにここへ来てもらいたがっているわ」

ダーシーの心臓がびくんと跳ねた。「そ、それはちょっと――」

「緊急事態なのよ、ダーシー。どうしてもテレポートしてきてほしいの」

「わたし……やり方を知らないのよ。これまで一度もやったことがないから」シャナがその情報をコナーに伝えているとわかり、ダーシーの頰はかっと熱くなった。目もとの筋肉が痙攣している。「ねえ、きっとグレゴリが乗せていってくれるわ。すぐに出発するから」

「そのまま話し続けていてね」シャナが言った。「コナーが迎えに行くわ」

「だめよ！」ダーシーはあえいだ。「テレポートはしたくない。どこへも行きたくないの」

すぐそばに人の姿が現れた。赤毛でグリーンのキルトを身にまとっている。「コナー」手から受話器が滑り、音をたてて床に転がった。

「すまない、お嬢さん。だが、どうしても来てもらわねばならないのだ」スコットランド人のたくましい腕に包まれたとたん、あたりが真っ暗になった。

ダーシーは恐怖に駆られた。四年前と同じように、彼女は自由を奪われてどうすることもできなかった。自分の体がどこにあるかすらわからない。真っ暗な空間で蒸気のように消えてなくなるのを唯一妨いでいるのは、鋼のような感触のコナーの腕だった。彼はまたしても、ダーシーの意思に反して彼女を連れ去った。こんなことをされるのはたまらなくいやだ。コナーだけでなく、脅《おび》えきっている自分自身にも腹が立った。ああ、彼を押しのけて忘却のかなたに溶け込み、二度とこの世に姿を現さないだけの勇気があればいいのに。

足が床に着く感覚があったかと思うと、目の前に揺れながら部屋が出現し、徐々にはっきり見え始めた。そこはリビングルームのようで、ふたつのウイングバック・チェアとテレビ、それにソファがあった。椅子に座ったシャナがふたりを見つめている。コナーの腕から逃れたダーシーは思わずよろめいた。

「気をつけて」支えようとして彼が手を伸ばす。

「やめて――」コナーの顔を見たとたん、〝触らないで〟という言葉が喉でつかえた。後悔が彼の額に皺を刻み、青い瞳を曇らせている。その事実が、伸びた爪で引っかくようにダーシーを傷つけ、彼女はたまらず顔をそむけた。ダーシーだけでなく彼も、あの夜の決断につきまとわれているのだ。

シャナがコーヒーテーブルの飲み物の隣に電話を置いた。「来てくれてありがとう、ダーシー」

まるで選択の余地があったかのような言い方だわ。ダーシーは居心地のよさそうな部屋を見まわした。黄色をアクセントにして、青い薄布《トワール》で飾られている。「ここが新しい家なの?」

「ええ。ローマンはこの場所を秘密にしたがっているの。もちろん、警備をしてくれるハイランダーたちは知っているけど」シャナが青いベルベットのソファを示した。「どうぞ座ってちょうだい」

ダーシーはコーヒーテーブルをまわり込んでシャナの近くに座った。「何か問題でも? マルコンテンツがまた問題を起こそうとしているの?」

「ペトロフスキーが死んだ今では、それほどでもないわ。残念ながら最近は、わたしの父のほうが問題を引き起こしているのよ」

ダーシーはちらりとコナーをうかがった。彼は胸の前で腕を組み、微動だにせず立っている。「あなたの結婚式の夜に、お父さんのことを少し耳にしたわ」

シャナがため息をついた。「少なくとも式を挙げることはできたけど。何か飲み物はいかが?」

「結構よ」

「ローマンのタウンハウスへ行って、ファイルを取ってこなければ」コナーが静かに口を開いた。「すぐ戻る」そう言うと彼は姿を消した。

コナーがいなくなると、ダーシーの呼吸が楽になった。

シャナが微笑む。「あなたの番組を見たわ。素晴らしい仕事をしたわね」

「ありがとう」

「もとハーレムの女性たちがわたしを憎んでいるのはわかっているけど、みんなにはぜひ幸せになってもらいたいの」シャナの笑みが広がった。「わたしの夫から離れているかぎりはね」

「わかるわ」テレポートしてこなければならないほど急ぎの用とはいったいなんだろう、とダーシーは疑問に思った。「気が休まるかどうかわからないけど、彼女たちの誰も、本気でローマンに恋愛感情を抱いていたわけじゃないのよ。純粋に便宜上の関係だったの」

「ありがとう。それを聞いて嬉しいわ」そこでぎこちない沈黙が広がり、シャナが飲み物に口をつけた。

「どうしてわたしをここへ呼んだの？」しばらくしてダーシーは尋ねた。

シャナが落ち着かない様子で椅子に座り直す。「コナーが戻るまで待ったほうがいいと思うわ」

ダーシーはため息をついた。コナーが近くにいるところでは、どんな話をするのも気が進まない。四年前に彼がしたことが頭から離れず、集中できなくなるからだ。「ヴァンパイアに囲まれて、あなたはいやじゃない？」彼女は思わず口走っていた。「その、つまり、怖いと思ったり……嫌悪感を抱いたりしたことはないの？」

シャナが笑顔になった。「最初はショックを受けたわ。でもローマンと彼の友人たちを知るようになると、彼らは絶対にわたしを傷つけないとわかったの」

「でもローマンは――ええと――」果たしてヴァンパイアとモータルがうまくやっていけるものなのか、ダーシーは興味を引かれた。もしも可能だとすれば、アダムもヴァンパイアの彼女を受け入れてくれるかもしれない。もしかすると……。

「どうしてわたしがヴァンパイアと結婚できたのか、不思議に思っているのね？」

ダーシーはうなずいた。

「真実を知ったときには、すでに彼を愛していたのよ」シャナの目に涙がにじんできた。「それに彼も心から愛してくれる。普通の暮らしがしたいというわたしの願いをかなえるためなら、彼はなんでもするつもりだわ。わたしのためにモータルになろうとさえしているんですもの」

「なんですって？」ダーシーは慌てて座り直した。ソファのクッションを握りしめる。「そんなことが可能なの？」ああ、お願い、そうだと言って。

「ローマンは可能だと信じているわ。だけど、最初の実験は失敗に終わったの」

心臓がすとんと下に落ちた。がっくりとソファに沈み込む。

「まあ」シャナが気づいてはっとした。「察するべきだったわ――ごめんなさい」

ダーシーは首を振った。喉が締めつけられて声が出せなかったのだ。

「本当にごめんなさい」シャナが身を乗り出してダーシーの膝に触れた。「あなたがどれほど不幸せか、コナーが話してくれたの」

　ダーシーは唾をのみ込んだ。「こうなることは彼もわかっていたはずなのに」

「そうね」シャナが悲しげに彼女を見つめた。「でも、わたしはコナーをよく知っているの。彼はわざと誰かを傷つけたりしない。とても善良な人よ」

　ダーシーは歯を食いしばった。「その話なら以前にも聞いたわ」それでも実際に、わたしはここにいる。自らの意思に反してヴァンパイアとなって。コナーはわたしの気持ちを確かめてくれなかった。血を吸う生き物として永遠に生きられて、当然感謝するものと思い込んだのよ。どんな代償を払っても、生きられてよかったと思うはずだと。彼女はきつく目を閉じた。

　けれどもその代償は高すぎた。わたしはすべてを失ってしまった。家族も、友人も、キャリアも。今もまだ失い続けている。アダムが真実を知れば、彼を失うことになるだろう。でも、もう一度モータルに戻れるとしたら……。「その実験のことを教えて」

　シャナがため息をついた。「基本的には、人をヴァンパイアに変えるときのプロセスを逆行させるものだそうよ。そもそもヴァンパイアになるには、人間の血液を一度完全に排出しなければならないの。襲われたときにある化学物質が放出されて、それが昏睡《こんすい》状態を誘発するとローマンは考えているわ。その物質が消えると自然に死を迎える。でもヴァンパイアが自分の血を与えれば、その人はヴァンパイアに変わるんですって」

ダーシーの脳裏に、自らの血を彼女に与えているコナーの姿がよぎった。思わずごくりと唾をのみ込む。「続けて」

「プロセスを逆行させるには、ヴァンパイアの血を別のヴァンパイアが排出させなければならないの。そうすれば、嚙むことによって放出される化学物質が嚙まれたヴァンパイアを昏睡状態に陥らせるわ。そこへ人間の血を注入すれば、目覚めたときには人間に変わっているというわけ」

ダーシーは大きく息を吸い込んだ。「でも、失敗したのね？」

「ええ、最初の実験はうまくいかなかったわ」シャナが険しい表情になった。「かわいそうな豚ちゃん。わたしは反対したんだけど、それしか方法がないとローマンが言うものだから」

ダーシーは体を強ばらせた。「豚をヴァンパイアに変えたの？」

シャナの顔が曇った。「そう。聞くだけでも恐ろしいわよね。わかってる。でも、当初の計画どおりにローマンが自分を実験台にしなくて、ほっとしているの」彼女は身震いした。

「説得できて本当によかったわ」

ローマンは妻とともにモータルとして生きるためなら、命を危険に晒してもかまわないと思っているのだ。「彼はあなたをとても愛しているのね」

シャナがうなずいた。「今は〈ロマテック・インダストリー〉で、どこに問題があったのか突き止めようとしているわ。ラズロに考えがあるんだけど、彼が正しいとすれば、この実験は成功しようがないみたいなの」

「まあ」ダーシーの心臓はさらに落ちていった。

「ラズロが言うにはね、時間をさかのぼるのと同じで、対象となるヴァンパイアは人間だったときとまったく同じ状態になる必要があるんですって。つまり、注入する血液にはその人自身のDNAが含まれていなければならないの」

「人工血液にローマンのDNAを組み込めないの？」

「彼もそれを考えていたのよ。だけど昨夜、ローマンのDNAは変異してしまっていることが判明したの。彼がヴァンパイアになってから五〇〇年以上たつから、人間だったころのDNAなんて調べようがないわ」

「まあ」では、やはり不可能なのだ。ダーシーはこの世界に囚われたままでいるしかない。永遠に。

シャナが眉をひそめて椅子の背にもたれた。「それで何もかも引っくり返ってしまったの。少し前までは子供を持てると確信していたんだけど、今は……」

「ローマンとの子供が欲しかったの？」

「ええ、ものすごく」シャナは宙を見据えた。「とても単純なことに思えたわ。人間の精子からDNA情報を消して、彼のものと組み換えられればそれでいいんじゃないかと。何度か人工授精を試みたのよ」彼女がてのひらを腹部にあてた。「もしかしたら、もう妊娠しているかも。そうであることを願うわ」

ダーシーははっとして座り直した。「だけど、彼のDNAは人間のものとは変わってしまったと言ったわよね。変異しているって」

「それがわかったのは、つい昨夜のことなの。だからローマンは子供を持つのをあきらめさせたがっているわ」

「でも、あなたは違うのね？」

シャナが肩をすくめた。「わたしは今のままの彼を愛しているのよ。どんな姿であろうと、わたしたちの子供も愛するわ」

ダーシーは無意識のうちにシャナの腹部を見つめていた。「赤ちゃんは、半分ヴァンパイアのDNAを受け継いで生まれてくるかも」

「ええ、わかってる」シャナが微笑んだ。「心配しないで。人工授精を試みたのは三回だけだもの。可能性はないに等しいわ」彼女の笑みが悲しげに変わる。「本当に、すごく子供が欲しかったんだけど」

「残念だわ」ダーシーは手を伸ばしてシャナの手に重ねた。

彼女が握り返してくる。「これからもあきらめないで祈り続けるつもりよ。あなたのほうも何もかもうまくいくように、祈るわ」

シャナの手を放して、ダーシーは居住まいを正した。「残念ながら、わたしの場合は望みがなさそう」

「いつだって希望は存在するものよ」シャナの瞳がきらめいた。「彼にもそう言ったことがあるわ」

そのとき、目の前にコナーの姿が揺らめきながら出現し、やがて確かな形になった。たちまちダーシーの神経が張りつめてくる。彼がプラスティック製のDVDケースとマニラ紙のファイルをコーヒーテーブルに置いた。ファイルに書かれている太い文字は〝ステイク・アウト・チーム〟と読めた。

「時間がかかって申し訳なかった」コナーがシャナの向かいにある、青いトワールのかかった椅子に座った。「ちょうどタウンハウスにいるときに、またカーチャから電話がかかってきたんだ」

「まあ」シャナが眉をひそめる。

「誰なの？」ダーシーは尋ねた。

「カーチャとガリーナは、ロシア系ヴァンパイアのコーヴン・マスターを共同で務めているんだ」コナーが説明した。

「女性のコーヴン・マスター？　そんなことが可能だとは知らなかったわ」

「革命的な出来事だ」コナーも認めた。「彼女たちはペトロフスキーのあとを引き継いだ」

シャナが嘲るように鼻を鳴らした。「円満に聞こえるけど、彼を殺したあとの話でしょ」

「ああ。できれば怒らせたくないふたりだ」コナーが顔をしかめた。「その彼女たちが非常に腹を立てている。今夜また、あそこのコーヴンのメンバーがセントラル・パークで殺されたそうだ」

「合計で何人になったの？」シャナが訊いた。「三人？」

「そうだ。この数週間で三人のマルコンテンツが殺された。カーチャはわれわれの仕業だろうと非難している。否定したが、彼女はこちらが何か隠しているに違いないと疑っているんだ」

「そうなの？」ダーシーのジャーナリストとしての本能が動き出した。「犯人が誰か知っているの？」

「まったくの推測にすぎないんだが」コナーがファイルを指差した。「ＣＩＡの友人たちじゃないかと考えている。〝ステイク・アウト〟チームだ」

シャナがうめいた。

ダーシーは記憶をたどった。「確か以前にも、その人たちのことを話していなかった？　シャナの結婚式の夜に」

シャナがうんざりしたようにうなずいた。「わたしの父は〝ステイク・アウト〟チームの責任者なの。必死で式をやめさせようとしてきたわ」

コナーが眉根を寄せる。「それだけでなく、他の悪さもしようとしているらしい」

いやな予感を覚えながら、ダーシーはファイルをちらりと見た。「モータルにヴァンパイアが殺せるの？　マインド・コントロールを使えばやめさせられるんじゃない？　あるいはテレポートして逃げるとか？」

「ＣＩＡのそのチームのメンバーは、それぞれが超能力を持っているんだ」コナーが説明した。


「父の力はかなり強いの」シャナもつけ加える。「わたしも受け継いでいるのよ」

「そう。ということは、その人たちは超能力を備えたヴァンパイア・キラーなのね。恐ろしいわ」

「ええ」シャナがため息をついた。「父には二種類のヴァンパイアが——善良でボトルの血を飲む現代的なヴァンパイアと、卑劣なマルコンテンツが——存在することをわかってもらおうとしたの。でも、聞く耳を持たなかった。すべてのヴァンパイアを憎むことに夢中になっているんだわ。今ではわたしにまで危害を加えるんじゃないかと、ローマンが心配しているの。父にとっては裏切り者だから」

「本当にお気の毒だわ。あなたにはひどくつらいことのはずだもの」

シャナが悲しそうな顔でダーシーを見た。「父はみんなの状況を難しくしているわ。残念だけど、あなたまで」

「わたし？　でも、ＣＩＡの人には会ったこともないのよ」

「コナーが助けてくれるまで、わたしはしばらくのあいだ父に囚われていたの」シャナが続けた。「そのときにチームのメンバーのほとんどと顔を合わせたから、見ればそうとわかるのよ」

コナーがソファのダーシーの隣に移動してきた。彼女は反射的に身を強ばらせた。「残念だ、お嬢さん。だが、この事実は知らねばならない」彼はコーヒーテーブルに置いたファイルを開いた。

最初の書類にはショーン・ウィーランの名前があり、彼に関する情報が書かれていた。

コナーがその中の、〝一〇〟と記入された四角い枠を指差した。「CIAはこの数字で超能力のランクづけをしている。一〇が最高だ」ページをめくると、ショーン・ウィーランの写真が現れた。

コナーは次の人物に移った。アリッサ・バーネットとある。超能力レベルは五だ。ページをめくると、やはり彼女の写真があった。その次は超能力レベル七のエマ・ウォレス。

「彼女はイギリス人だ」コナーが言った。「MI6から移ってきたんだが、超能力を買われてのことだろう。モータルには珍しい能力だからな」またページをめくる。

女性たちはふたりとも若くて美しかった。ダーシーは口を開いた。「ここに載っている人は誰も見たことがないわ」

「まあ、待って」コナーがページをめくった。

そこにはギャレット・マニングと記されていた。超能力レベルは三。コナーが写真を見せる。

ダーシーは息をのんだ。彼女が目にしているのは、ガース・マンリーの顔だった。「そんな。何かの間違いだわ」

「間違いじゃないの」シャナが眉をひそめてギャレットの写真を見つめた。「あなたの番組でリムジンからおりてくる彼を見て――まさかと思ったわ」

ダーシーはさっと立ち上がってコーヒーテーブルをまわった。ＣＩＡの工作員がわたしの番組に？　彼女は部屋の中を歩き始めた。「理解できない。彼は番組のオーディションに応募してきたのよ。わたしが自分で彼を選んだわ」

「かなりハンサムだものね」シャナが認めた。「あなたが選ぶのもあたりまえよ」

ダーシーはソファに戻った。「選考はすごく簡単だった。他の応募者を見れば、なるほどと思うはずよ。だってみんな――」はっとして足を止める。他の応募者はみんなひどすぎた。信じられないくらい。肩ががっくりと落ちた。「仕組まれていたのね。最初から」

「おそらくそうだろう」コナーも同意した。「だが、そのことで自分を責める必要はない。今問題にすべきは、彼が応募してきた理由のほうだ。何をたくらんでいるんだ？」

「わ、わからない」ダーシーはふたたび歩きまわり始めた。「ずっとお行儀よくしているわ。わたしが知るかぎりだけど」

「多少なりとも危害を加えられた女性は？」

「いないわ」

「それでも警備を厳重にするべきだ。特に日中は。手配はこちらでしておこう。それにしても、ヴァンパイア・キラーと同じ屋根の下で暮らすというのは、どうも気に入らないな」

「まあ、大変」ダーシーは息を荒くして立ち止まった。彼女の友人たちが危険な目にあう可能性があることに、初めて気づいたのだ。友人だけでなく、男性の出場者たちも。すべて、ＣＩＡの男がもぐり込むのを許した彼女のせいだ。「ひどいことになったわ」

「事態はさらに悪化するかもしれない」ダーシーに見えるように、コナーがファイルの向きを変えた。ギャレットの写真が載ったページに手をかける。「もうひとりいるんだ」

ダーシーの背筋を冷たいものが駆けおりた。「嘘よ」彼女はささやいた。「そんな」お願い、彼でありませんように。

ダーシーはコーヒーテーブルに近づいて、最後の人物の名前を読んだ。オースティン・オラフ・エリクソン。
オ、ラ、フ、オラフ。超能力レベルは一〇だ。部屋がぐるぐるまわり出したような気がする。
コナーがページをめくると写真が現れた。

アダムの写真が。

17

脚の力が抜けて体を支えられなくなった。ダーシーはコーヒーテーブルに置かれたファイルの写真を見つめたまま、へなへなと床に座り込んだ。

「大丈夫か、お嬢さん？」コナーが席を立つ。

彼女は首を振った。目は依然として写真を凝視していた。アダム。

シャナが身を乗り出した。「彼のことが好きなの？」

「わたし――本名さえ知らないわ」ダーシーはうなだれて頭を抱え込んだ。

「好きなのね」シャナがささやく。

否定してどうなるの？　彼の写真を見たとたんに床にくずおれてしまったのよ。ダーシーは顔を上げてアダムの写真を見た。いいえ、アダムじゃないわ。胸が苦しい。肺から空気が奪われ、心臓を押しつぶされているようだ。ずっとアダムのことを考えて過ごしていたのに、その人はアダムではなかった。ずっとアダムに焦がれていたのに、その人はアダムではなかったのだ。ダーシーは目覚めるとまず彼のことを思い浮かべ、死の眠りにつく寸前まで彼のことを考えていた。不安と疑念を感じながらも、思いはいつも、彼が今も彼女を愛してくれていて、どうにかすればふたりは一緒になれるのではないかという虚しい願いに向けられていた。

だが、何もかも嘘だったのだ。実現しない無用な夢は、真実という名の光にあたって灰と化した。太陽の光を浴びたダーシーがそうなるのと同じように。アダムはいなくなってしまった。いや、アダムなどもとから存在していなかったのだ。それでも彼女の夢はリアルだった。だから失うとなればひどくつらい。喪失感はダーシーの胸を切り裂き、ゆっくりとよじれて、やがてもっと悪意に満ちた別のものに変わった。

裏切りに。

彼はダーシーに嘘をついた。彼女のことなど、まったく気にかけていないのかもしれない。ただ潜入捜査をしているだけだ。彼がレディ・パメラと交わしていた会話も、今となってみれば納得できる。夜の長さの違いを話題にしたのは、ヴァンパイアに話しかけていることを知っていたからだ。審査員に彼もヴァンパイアだと思わせたかったに違いない。彼は女性たちをだまし、ダーシーもだました。そういえば、自分は国際的なスパイだと言っていた。レディ・パメラは笑い飛ばしたが、嘲笑っていたのは彼のほうだったのだ。

「ああ、どうしよう」ダーシーは息をのんだ。恐怖におののいてシャナを見る。「あなたの結婚式のことを彼に話してしまったの。わたしのせいだったんだわ。ああ、そんな」彼女は口を覆った。「本当にごめんなさい」

シャナの目が見開かれた。「なんと言ったの？」

「あの土曜日に一緒に出かけないかと誘われて、結婚式があるからだめだと答えたの。あなたがたの名前も口にしたと思う。でも、それだけなのよ」

コナーがうなずいた。「それでショーン・ウィーランが式の日取りを知ったんだな」

「場所は言わなかったわ」ダーシーは必死でふたりに説明した。だがそのとき、アダムが懸命にもっと情報を引き出そうとしていたことを思い出した。彼はシャナのハネムーン先も知りたがっていた。

「いいのよ」シャナが微笑みかけた。「結婚式はちゃんとすませたもの」

ダーシーは歯を食いしばった。「よくないわ」体の内側で燃え上がる炎は少しも熱くなかった。これまで四年間ずっと寒さに耐えていると思っていたが、今彼女の体を震わせている氷のような怒りとは比べものにならない。アダムに利用されていただけなのに、どうしようもなくぬくもりと思いやりを求めていたダーシーは彼に心を奪われてしまった。もう少しでシャナの結婚式を台なしにするところだったのだ。ダーシーは自分を哀れで孤独な女のように扱った彼が許せなかった。

彼女はプラスティック製のDVDケースを指して訊いた。「あれは?」

「オースティン・オラフ・エリクソンに関する調査報告だ」コナーがケースを開けてDVDを取り出した。「われわれは以前から〝ステイク・アウト〟チームを調べていたんだ。日を決めていっせいに彼らのもとを訪れ、記憶を消そうと考えている」

コナーはDVDをシャナのプレーヤーにセットしてテレビをつけた。「エリクソンについて調べたのはスケジュールを知るためだった。決行の日に見つからないと困るから」

ダーシーはのろのろと立ち上がった。テレビ画面には薄暗いガレージが映っている。誰かが黒いセダンを停めて車からおりてきた。アダムだ。いえ、違う、オースティンよ。いいえ、それも違う、見下げ果てた嘘つきだわ。彼はエレベーターへ向かって歩いていた。画面が一瞬暗くなったかと思うと、アパートメントのリビングルームらしき部屋に切り替わった。中にオースティンがいて、歩きまわっている。

「四階まで空中浮揚して窓越しに撮影したんだ」コナーが説明した。

「宙に浮いている姿を誰にも見られなかったことを祈るわ」シャナがぼそりと言った。

スコットランド人の口の端が上がった。「見られてはいない」ダーシーに顔を向けたとたん、彼の笑みが消えた。「エリクソンは危険な男だ。これほどの超能力を持つモータルは見たことがない」

シャナが目を見開いた。「わたしよりも強いの？」

「確かにきみの力は強い」コナーは認めた。「だが、訓練を受けていないだろう？」画面に映るオースティンを示す。「彼は違う」

ダーシーは両のこぶしを握った。手が冷たい。力を入れると氷のように割れてしまいそうだ。「どんな種類の超能力なの？　他人をコントロールするのかしら？」自分を好きになるように、わたしの心を操ったの？　いいえ、それはありえない。好きになるかどうかというのは、脳よりも感情の問題だ。彼がわたしの気持ちまで操作できるとは思えない。

「彼の力がどれほどのものかはわからない」コナーが答えた。「だが、心を読もうとしてきたら、それとわかったはずだ」

「そうよね」ダーシーはほっとして息を吐いた。誰かが彼女の心の中に入ろうとすると、いつもすぐ気づくのだ。「冷気を感じるはずだもの」

シャナがはっとした。「モータルの場合は違うのよ。父がわたしの心を読もうとしたときは、とても温かく感じたの」

「ああ。ヴァンパイアの側からの力は死のように冷たいが、モータルからだと熱いんだ」コナーも補足する。

熱い？　立っていられず、ダーシーはウイングバック・チェアに腰をおろした。なんてことかしら。ほてりを感じるたびに、それは彼に惹かれているせいだと、欲望のせいだとさえ思っていたのだ。だけど実際は、彼が心に侵入していたせいだった。ダーシーが知らないあいだに、彼女の意思に反して。

コナーが目を細めた。「彼に心を読まれたんだな？」

あのろくでなし。ダーシーの目もとがぴくりと引きつった。「わたし――わたしの心を読んでも、重要な情報は得られていないと思うわ」

「そうかもしれない」コナーは胸の前で腕を組んだ。「結婚式が行われる場所までは知られなかったわけだからな」

ダーシーはうなずいた。オースティンが知りえたことといえば、彼女のもっとも個人的な恐怖と欲望だけ。だが彼女にしてみれば、それだけでも十分ひどい事態だ。彼に心を奪われていることも知られてしまっているのかもしれない。感情移入しやすいですって？　よく言うわ！　あのときは大げさな表現だとばかり思っていたが、むしろ控えめな表現だったわけだ。またひとつ嘘が判明した。

ダーシーはファイルからオースティンのページを抜くと、ひったくるようにして手に取った。「これ、もらってもいいかしら？」

「ああ。すべてコンピューターに入っている」コナーがテレビを消した。「どうするつもりなんだ？」

「借りを返すのよ」資料には住所も載っていた。

「今すぐ会いに行くのがいい考えとは思えない。きみは気が動転しているようだ。話はわたしがつけよう」

「これはわたしの問題なの。自分でなんとかするわ」

コナーが眉根を寄せてためらいを見せた。

「あなたは過去に、わたしにかわって決断を下した」ダーシーは静かにつけ加えた。「もう二度としないで」

彼の顔にかすかな苦悩がよぎる。「いいだろう。この件は任せる。だが、くれぐれも慎重にやるんだぞ。向こうがどんな反応を見せるかわからないのだから」

「彼とはほんの短いあいだしか過ごさなかったけど」立ち上がったシャナが口を開いた。

「いい人のように思えたわ」

「どうとでも思わせられるのよ」紙をたたんでズボンのポケットに入れながら、ダーシーはつぶやいた。

「他のメンバーよりも偏見のない考え方の持ち主だった記憶があるの」シャナは続けた。「そうだとしたらいいことよ。善良なヴァンパイアが存在するとわかってもらえたら、彼が他の人たちに伝えてくれるかもしれないわ」

ダーシーはこぶしをぎゅっと握りしめた。今夜は外交官を務める気分にはなれない。「もう行かなきゃ」

「わかった」コナーがDVDとファイルをまとめた。「ローマンのタウンハウスまで連れていこう。それからイアンに言って、アパートメントまで車で送らせる」

ダーシーも今回ばかりは反対せず、おとなしくコナーに肩を抱かれてテレポートしてもらった。三〇分後、グリニッジ・ヴィレッジの細い脇道でイアンが車を二重駐車させた。彼女の人生が永遠に変わってしまったあの路地から、ほんの数ブロックしか離れていない場所だ。

「車を停める場所を探してくる」イアンが言った。「どのくらいかかりそうかな?」

ダーシーはダッシュボードの時計をうかがった。「三〇分もあれば十分だと思うわ」イアンと知り合って四年たつものの、一〇代にしか見えない容姿の彼が実際は四〇〇歳以上なのだと思うと、いまだに落ち着かない気分になってしまう。

「では、二時四五分に彼の部屋の外で待っているよ」イアンはローマンのBMWのライトを点灯させたまま車をおりると、急いで助手席側にまわってダーシーのためにドアを開けてくれた。「さあ」そして彼女を建物の玄関まで連れていく。

「このモータルはとても強い。精神的にも肉体的にもね。だから気をつけて」イアンがキルトに下げたスポーランからいくつか道具を取り出した。一分もしないうちに、彼はドアのロックを解除していた。

「ありがとう」ダーシーは建物の中に入り、エレベーターで四階まで上がった。通路は長くて薄暗かった。オースティンの部屋は通路を半分ほど進んだところにあり、通りに面していた。

そこまで来て、ダーシーは突然ためらいを覚えた。いったいわたしは何をしているの？　確かにひどく腹を立てている。でも対決すれば、彼だけでなく自分も傷つくに違いない。いまいましいけど、まだ彼のことが好きだから。これまでの数週間、彼女はあの男性のために魅惑や欲望や不安や、さらには愛までも、さまざまな気持ちを経験してきた。乾ききった深い井戸に注ぎ込まれたそれらの感情は、たった数分では空にできない。

ダーシーはドアノブに手をかけた。もちろん、鍵がかかっていた。ノックしたら聞こえるだろうか？　中に入れてくれるだろうか？　彼女はイアンを探しに行って、鍵をいじってもらおうかと考えた。それとも別の方法でいくか。自分にできるとは認めたくなくて、今まで一度も試したことがなかった。それはヴァンパイアのすることだ。

でも結局のところ、わたしはヴァンパイアなのよ。変な時間に寝起きする、摂食障害があるだけの普通の人間のふりをするのは、いいかげんにやめなくては。わたしは夜の生き物。そしてそれこそが、人生にオースティン・オラフ・エリクソンが入り込んでくることになった理由だ。

ダーシーはドアにてのひらをあてて精神を集中させた。ただ反対側にテレポートするだけよ。ほんの何センチか移動するだけ。目を閉じて自分の意識に焦点を合わせる。ゆっくりと、立っている床の感覚がなくなった。てのひらに触れていたドアが姿を消す。ふいに襲ってきたパニックを抑えつけ、彼女はなんとか前に進んだ。それからふたたび意識を集中させて自分の姿を取り戻す。目の前に部屋が現れた。コナーの撮った映像で見たのと同じ部屋だ。すばやくあたりを見まわしたダーシーは、誰もいないとわかってほっとした。

やったわ！　振り返ってみると、ドアには安全錠が三つ取りつけられ、そばには警報装置のコントロール・パネルもあった。マッチョな国際的スパイでさえ彼女を締め出すことはできないと気づき、とたんに誇らしい気分になる。さあ、見下げ果てた嘘つきはいったいどこにいるの？

ダーシーは足早に部屋を横切った。オースティンはどうやら、テレビと向かい合って置かれた革張りのソファで長い時間を過ごすらしい。コーヒーテーブルにはビデオテープやノートパソコン、古いＣＤなどが散乱していた。国際的なスパイにしては、最新のテクノロジーを駆使しているとは言えない。それにしらふでもないようだ。一〇本以上の空のビールのボトルがエンドテーブルを飾っていた。

部屋の片隅にはトレーニング用のベンチと、さまざまな取り合わせのウエイトが置かれている。左側はリビングルームになっていて、小さなキッチンに続いていた。右側に閉じたドアがあった。

ダーシーはドアを開けて部屋の中に入った。窓から差し込む月明かりがいくつかの家具――ドレッサー、ベッドサイドテーブル、クイーンサイズのベッド――を照らし出していた。ヴァンパイアになってから、彼女の視力と聴力は以前より鋭くなっている。規則的で穏やかな呼吸音が聞こえ、彼の脚や腰に絡まるシーツのよじれが見えた。どうやら彼は、寝ているあいだによく動くタイプらしい。シーツが腰まで押しやられ、ボクサーショーツのウエストバンドがのぞいていた。

彼は美しい男性だった。月光に照らされた広い背中から肩、金色味を帯びた肌、腰へと続く背骨のくぼみ。ダーシーは彼を見つめながらベッドをまわり込んだ。盛り上がる上腕二頭筋、カールした胸毛、乱れた豊かな髪。頰のえくぼが現れるあたりに小さな皺がある。ブロンズ色の肌が温かそうに見えた。このぬくもりにどれほど心惹かれたことか。体の温かさのせいで、心まで優しく温かいと勘違いしてしまった。

ダーシーの目に涙がこみ上げてきた。思えば、あまりにもあっというまに心を奪われたのだ。日に晒された髪よりも濃い色の髭が、彼の顎に陰を作っていた。それはまるで金色に輝くサーファーの下に海賊の本性が潜んでいるような、危険な雰囲気を醸し出していた。対照的に、頰骨のあたりの肌はなめらかで柔らかそうだ。その柔らかい肌に濃いまつ毛がかかっている様子が、彼を汚れのない存在に見せている。

この純粋さを信じてしまったのだ。その下には、初めからずっと海賊が潜んでいたとも気づかずに。どうしてこんなことができたの？　ダーシーは心の中で叫んだ。どうしてわたしに嘘がつけたの？

彼がうめいて仰向けに寝返りを打った。

思わずあとずさりする。わたしの考えていることが聞こえたのかしら？

彼はゆっくりと首を振り、顔をしかめた。「だめだ」つぶやきがもれる。彼の足がシーツを蹴った。「だめだ」こぶしを握りしめている。閉じたまぶたの下で目が動いているのがわかった。

悪い夢を見ているのよ。それだけ。当然の報いだわ。

「だめだ」胎児のように丸くなって、彼が言った。「ダーシー」

彼女は鋭く息を吸った。彼はわたしの夢を見ている。声に苦悩がにじんでいた。罪の意識？　それとも、彼もわたしを愛しているの？　ダーシーはたまらなくなって部屋を出た。あの夜、温室で、誰にも見られていないと思っていたときの姿が思い出される。彼は打ちひしがれていた。

ダーシーはソファに近づいた。たくさんのビールのボトルは、彼が苦しみを紛らそうとしていた証拠だろうか？　そのとき、ビデオテープに貼られたラベルが彼女の目を引いた。〝ローカル・フォー／ダーシー・ニューハート〟これはどういうこと？　彼女はテープの一本をつかんでビデオデッキに入れた。ソファの上にリモコンを見つけ、テレビの電源を入れる。音量はかなり低く設定してあったが、念のために消音ボタンを押した。

映像が流れ始めた。とたんに膝から力が抜け、ダーシーは崩れるようにソファに座った。ああ、覚えているわ。これはサウス・ブロンクスにできたドッグパークの開園式だ。映像の中の彼女は生きて、太陽の光の下を歩きまわっている。ダーシーは口を手で覆った。涙で目がちくちくする。だめよ。泣いてはだめ。あの毎日はもう戻ってこないのよ。

ダーシーはテレビを消し、他のビデオテープも調べた。全部で一二本のテープに、彼女のキャリアのすべてとその後がおさめられていた。最後の一本のラベルには〝ダーシーの失踪／死亡？〟と書かれている。はっと息をのみ、彼女はテープをテーブルに落とした。ああ、そんな。きつく目を閉じて、深く息を吸うことだけに意識を集中させる。

やがて落ち着きを取り戻したダーシーは、オースティン・エリクソンがこれらのテープを見ていたという事実にあらためて気づいた。彼女を操るために、研究対象として調べていたに違いない。見下げ果てた嘘つきだ。

ダーシーはCDを手に取ってラベルを確かめた。〝DVN／雇用記録〟あのろくでなし。さらに二枚のCDを調べる。〝DVN／加入者〟〝DVN／広告主〟どうやらDVNの記録のすべてをコピーしたようだ。これが目的でわたしのオフィスにいたの？　わたしに会いに来たようなふりをしていたけれど、彼はそのあいだずっと、わたしの職場や知り合いや、わたしの属する世界すべてを破壊するための方法を探っていたんだわ。

下に何か黄色いものがあることに気づき、ダーシーはCDを脇に寄せた。薄暗い明かりの中で手書きの文字を読むため、黄色いメモ帳を手に取る。リストのいちばん下に彼女の名前が走り書きされていた。最上段にはタイトルが書いてある。〝抹殺すべきヴァンパイア〟

押し殺した叫び声をもらし、彼女はメモ帳をテーブルに落とした。全身に震えが走る。抹殺ですって？　彼はわたしを殺すつもり？　両手を固く握りしめて、ダーシーはもう一度メモに目をやった。グレゴリ、ヴァンダ、マギー。大切な人たちの名前が連ねられていた。パニックがどっと押し寄せ、オースティンの裏切りのあまりの大きさに息ができなくなった。

ダーシーはさっと立ち上がった。このまま黙って餌食《えじき》になるつもりはないわ。わたしはすでに一度人生を奪われている。二度と同じことを繰り返させるものですか。あのろくでなし。あそこの部屋へ入っていって、頭を叩き落としてやる。でもその前に、ヴァンパイアの友人たちを守らなければ。彼らの一員でないふりはもうできない。わたしはヴァンパイア、そしてこれは戦争なのよ。

ダーシーはメモ帳からリストが書かれた数枚を破り取り、細かく裂いた。ノートパソコンに目が留まる。おそらく情報がいっぱい詰まっているに違いない。ここを出るときに持っていこう。CDは処分しなければならない。彼女はディスクをかき集めてキッチンへ行った。電子レンジの扉を開けて中に放り込む。三分も加熱すれば十分だろう。スタートボタンを押したダーシーは体を起こし、中で弾ける火花を見て苦い笑みを浮かべた。いまいましいものはすべて吹き飛ばしてしまうべきかもしれない。

「動くな」低い声が静かに響いた。「両手を見えるように挙げるんだ」

ダーシーがゆっくり振り向くと、ベッドルームからオースティンが出てくるところだった。手にした拳銃《けんじゅう》に月明かりが反射する。

彼はキッチンの暗がりにねらいを定め、前進しながら左右に目を配った。「ひとりか？」

よく見えていないんだわ。ダーシーは悟った。「ひとりだけよ」

彼女の声を聞いたとたん、オースティンが凍りついた。「ダーシー？」

ダーシーはキッチンの明かりをつけ、彼の顔に浮かんだショックの表情を楽しんだ。「わたしを見て驚いた、オ、ー、ス、テ、ィ、ン？」銃を指して続ける。「わたしを殺すつもりなら、もっとうまくやらなきゃ」

18

ダーシーが真実を知っている。

危機的状況に直面したとき、厳しい訓練を受けてきたオースティンは感情を脇へ押しやり、冷静な論理に基づいて的確に反応する。そう行動するはずなのだ。けれどもダーシーの顔を目にしたとたん、感情が叫びをあげながら噴出してしまった。彼女はオースティンが何者なのか知っている。

彼は室内をざっと見渡し、ダーシーの他に誰もいないことを確認した。ドアの錠はかかっている。コントロール・パネルのライトも点滅していた。つまり、警報装置は作動しているのだ。彼女はテレポートしてきたに違いない。

ビデオデッキのテープ挿入口からテープの背が外に突き出していた。では、ダーシーはテープも見たのだ。コーヒーテーブルの上からCDが消えている。テーブルと床に細かく裂かれた黄色い紙が散らばっていた。彼が〝抹殺すべきヴァンパイア〟とタイトルをつけたリストの残骸《ざんがい》に違いない。彼女は見てしまったのだ。自分の名前がそこに書かれてあるのを。オースティンの心の扉がひび割れて開いた。「くそったれ」

「あなたがその言葉を自分に向けて言っているなら、わたしも同意見だわ」キッチンに立つダーシーは胸の前で腕を組み、怒りに顔を強ばらせている。

感情のナイフがオースティンの心臓を突き刺した。今はだめだ。彼は痛みを押しのけ、彼女のほうへ歩き出した。「説明するよ」

「わざわざ結構よ。もう全部知っているの、オ、ー、ス、テ、ィ、ン」ダーシーがまるで凶器のように振りかざす名前が、彼女の口から発せられるたびに彼を切りつけ、自分が嘘つきであることを思い知らされた。

そのとき、何かが連続して弾ける大きな音が電子レンジから聞こえてきた。

「何をしているんだ？」オースティンは慌ててキッチンに駆け込み、ボタンを押して電子レンジの扉を開けた。中ではすっかり溶けたＣＤがプラスティックのかたまりになっている。すべてのデータをノートパソコンとメモリースティックに取り込んでおいて助かった。電子レンジの回転テーブルは、もう使い物になりそうもないが。

彼は苛立ちをこめてダーシーを見た。「かわいらしいことをするじゃないか」

彼女がオースティンのボクサーショーツに視線を向けた。「あなたにも同じことを言ってあげるわ」

ちくしょう。よりによってこんなときに、ばかげた『スポンジ・ボブ』の下着をはいているなんて。股間にちりばめられたスポンジ・ボブが、パイナップルの家は自分のものだと誇らしげに主張している。「クリスマスに末の妹がくれたんだ」

ダーシーが眉を上げた。「家族がいるの？　わたしはてっきり、あなたのような人は岩の下から生まれてきたものとばかり思っていたわ。あるいは、緑色のぬめぬめした沼から孵化《ふか》したのかと」

「きみは怒っている」

「まあ、すごい。本当に超能力があるのね」

「たいした力じゃないさ」このなりゆきは決して気持ちのいいものではない。完璧な女性を見つけたのは、結局彼女を失うためだった。「数日前まで、きみを人だとばかり思い込んでいたんだからな」

ダーシーが体を強ばらせた。「わたしは人よ」

「生きている人間、という意味だ」オースティンは銃をカウンターの上の、手の届くところに置いた。「きみのことをヴァンパイアに囚われている、罪のないモータルだと信じていた。きみを助けたいと思っていたんだ」

彼女は頭を傾けて、探るようにオースティンを見た。「わたしがモータルだと思った？　違いがわからなかったの？」

「ああ、わからなかった！　くそっ、きみには脈があったんだぞ。ヴァンパイアになぜ脈がある？　それに冷たいチョコレート・ドリンクを飲んでいた。心を読むと、きみはいつもビーチや太陽や家族のことを考えていた。いったいどんなヴァンパイアが太陽に焦がれるというんだ？」

ダーシーが歯を食いしばって言った。「わたしよ」

「きみにはすっかりだまされた。恐ろしい危険に晒されていると思ったんだ。助け出す必要があると」

「ヒーローになって、わたしを救い出すつもりだったの？」彼女は一歩足を踏み出すと、かすかに苦悩のにじむ目で言った。「手遅れよ」

オースティンはたじろいだ。そう、遅すぎたのだ。ダーシーは決して彼のものにはならない。

「あなたの書いたリストを見たわ。〝抹殺すべきヴァンパイア〟というやつ。わたしを救うのをやめて、かわりに殺すことにしたわけ？」

胸の痛みが深まる。「きみを傷つけることなどできない」

「また嘘をついたわね！　とっくに傷つけてるくせに」

「そんなつもりはなかったんだ。きみが生きていると思って――だが実際には死んでいるとわかると――」

「死んでいるように見える？」ダーシーが彼の胸に指を突きつけた。「わたしに触れたとき、死人のように感じた？　ホットタブで、死人のような味がした？」

「だから、きみのことは生きているものと思い込んでいたんだ！　ちくしょう！」オースティンは彼女の指を払いのけた。「だけど、ホットタブから出たときに影が見あたらなかった。きみには影がなかったんだ。真実に気づいたのはそのときだよ」

ダーシーの目が細められた。「そのときにわたしを捨てたのね」

「どうすればよかったんだ？　死んだ女性と愛し合えと？」

ダーシーがはっと息をのみ、手をうしろに引いたかと思うと、オースティンの頬を思いきり平手で打った。「死んだ女にこんなことができると思う？」

唇が切れて血の味がした。まいったな。女性ヴァンパイアを侮辱してはならないことくらい、わかっているべきだった。ヴァンパイアであるダーシーには、超人的なスピードと力が備わっているのだ。口もとをぬぐうと、手に赤い筋がついた。

彼女は硬直したまま、オースティンの手を凝視している。

「どうかしたのか、ダーシー？　ここへ来る前に食事をとるのを忘れたのか？」

彼女の瞳に怒りの炎が燃え上がった。「人を嚙んだことは一度もないわ。わたしのことを少しでも知っていれば、そんなことは絶対にできないとわかるはずよ」

「でも衝動はあるはずだ。違うか？」彼はダーシーに近づいた。「自分ではどうしようもない。それがきみなんだから」

「やめて！」彼女はオースティンを突いてキッチンから出ていった。「違う。わたしは邪悪な存在じゃない。わたしの友人たちもそうよ」

彼はダーシーのあとからリビングルームへ行った。「きみのお仲間を目撃したことがある。罪のない女性たちを襲って、レイプしたあげくに殺すんだ」

「それはマルコンテンツだわ」彼女は部屋の中を歩きまわった。「わたしたちは彼らとは違うの」

「だけど、同じ衝動を抱えているじゃないか。人間の血が欲しくてたまらないという衝動を」

「ああ、もうっ！」不満を爆発させて、ダーシーが両手を掲げた。「どうして真実に気づこうとしないの？　番組でわたしの友人たちを見たはずよ。彼女たちに邪悪なところなど少しもないのはわかるでしょ」

苛立ちが極限までつのり、オースティンは吐き出さずにいられなくなった。「きみの大切なお友だちは、人工血液が開発されるずっと前からこの世に存在しているんだぞ。罪のない人々を餌食にしてこなかったなんて考えられない。それを邪悪と言わずになんと言うつもりだ？」

「あなたに判断する権利があるのかしら？」

「ぼくは罪のない人々の代表だ。犠牲者たちの」

「わたしも犠牲者だとは思わない？」

胸がどきっとした。もちろんダーシーも犠牲者だ。それに罪もない。ちくしょう、複雑な議論はごめんだ。何が正しくて何が間違っているかなんてどうでもいい。こんな理解しがたい混乱は意味をなさない。

彼女が近づいてきた。「わたしは自分の名前も職業も、あなたに嘘をついたことは一度もないわ」ビデオテープを指差す。「裏でこそこそあなたのことを調べたりしなかった。仕事場に侵入して、本当は情報が欲しいだけなのに、キスしたいふりなどしたりしなかった。あなたの頭の中に押し入ったことは一度もないわ。あなたの親友を抹殺リストに載せたこともない。裏切ったことも、背中から刺すような計画を立てたことも一度だってないのよ。ねえ、教えて、オースティン。あなたとわたしの、いったいどちらが邪悪かしら？」

彼はぐったりとソファに座り込んだ。くそっ。自分は正しい側に——人間の側に立っているのだと、これまで懸命に言い聞かせてきた。けれども、人間らしさを失っていたのは彼のほうなのだろうか？

オースティンはビデオテープの山に視線を向けた。彼は人間のダーシーに心を奪われた。やがて真実を知り、そんな感情は簡単に切り替えられると考えた。きみは死んでいると彼女に告げ、自分の気持ちを埋没させて、任務を続けられると思っていたのだ。だが、それは間違いだった。なんてことだ。

自分が信用できない。

まだダーシーを愛している。彼女の本当の姿を知った今でも。

「もう行かなきゃ」彼女が重い足取りでドアに向かった。最後の二、三歩で目を閉じ、神経を集中させているかのように眉をひそめた。

バンと音をたててドアにぶつかる。「もうっ」ダーシーはつぶやき、ドアに額を押しあててもたれた。

ああ、かわいいダーシー。「たいしたヴァンパイアじゃないな」

彼女が怒りのこもった視線を肩越しに投げかけた。「集中するのが難しいの」そう言うと、ひとつ目の安全錠を外した。

ダーシーが立ち去ろうとしている。裏切られたと感じて。このまま帰らせるわけにはいかない。彼女がふたつ目の安全錠を外した。「きみはぼくが女性に望むすべてだ」

手が止まった。「嘘を言わないで」

「この気持ちは偽りなんかじゃない。本物だ」

彼女が振り返った。涙で瞳がきらめいている。

オースティンはビデオテープを示して言った。「最初はただの好奇心だった。きみに何が起こったのか突き止めたかったんだ。だけど知れば知るほど、きみに惹かれていった。どんどん魅了されていったよ。そしてきみを愛していると気づいたんだ」

ダーシーの顔がくしゃくしゃになった。「でも今は、わたしに触れるのも耐えられないのね。気味が悪いと思っているんだわ」

オースティンは表情を曇らせた。そうだといいのに。ダーシーに触れるのがいやだとしたら、どんなに楽だろう。だが実際には、何者か知ったあとでもなお彼女を求めている。「ダーシー」オースティンは立ち上がった。「きみはぼくが知っている中で、いちばん美しい女性だった」

「過去形なのね」彼女が目を閉じて顔をそむけた。「わたしたちがうまくいくとは思えないんだわ。そうでしょう？」

「ああ、思えない」

「わたしだって何度も自分にそう言い聞かせたわ。あなたを拒もうとした。でも、どうしようもなくあなたが欲しかった」

オースティンはため息をついた。ふたりとも苦しんでいるのだ。どういうわけか、その事実を知っても助けにはならなかった。「ギャレットとぼくに番組をおりてほしいときみが望んでも、それは当然だと思う」

ダーシーが震える息を吸った。「このめちゃくちゃな事態をボスに説明するほうが難しいわ。モータルを番組に出したことだけでも頭にきているのに、ヴァンパイア・キラーがふたりもいると知ったら――」

「誰も傷つけるつもりはなかった。情報を集めようとしていただけなんだ」

「でも、その情報を使ってわたしたちを殺すつもりだった」

オースティンは心の中でうめいた。否定はできない。「うちのボスは、なんとしてでも娘を見つけようと必死なんだ」

「そして義理の息子を殺すの？」ダーシーは頭を振った。「ローマンとシャナはとても幸せに暮らしているわ。ふたりのことは放っておくべきよ」

「きみは彼女が危険に晒されているとは思わないのか？　ヴァンパイアと結婚していても？」

ダーシーが冷笑した。「ふたりがどれほど愛し合っているか、あなたには理解できないのよ。愛がどんなものかわからないんだわ」

それは違う。愛は耐えがたいほど苦しいものだと知っている。

彼女がため息をついた。「あなたとギャレットが次のテストで不合格になってくれたら助かるわ。あなたたちは番組を去って、わたしは仕事を失わずにすむ」

「わかった。潜入捜査をしていたことは秘密にしておこう」

ダーシーはうなずいた。「わたしたちのどちらにとっても、そうするのが最善でしょうね」

「ところで、どうしてわかったんだ？」

もうひとつため息をつくと、彼女はドアにもたれかかった。「番組の第一回目が今夜放送されたの。シャナがそれを見て、あなたに気づいたのよ。彼女はコナーに連絡して、ふたりがわたしにあなたの正体を教えてくれたわ」

オースティンは顔をしかめた。「収録をすべて終えてから放送するのかと思っていたよ」

そのときドアにノックの音がして、ダーシーがびくっとした。「迎えの車が来たんだわ。わたし――月曜日にペントハウスで会いましょう」

「ああ。そうだ、ちょっと待ってくれ」彼はドアに近づいて警報装置のスイッチを切った。「もう行っても大丈夫だ。おやすみ」

オースティンを見たダーシーの顔は青ざめていた。「おやすみなさい」

ほんの数センチしか離れていないのに、ふたりのあいだには目に見えない裂け目が広がっているように思えた。ふたつの異なる世界だ。

「残念だ」オースティンはささやいた。どうすれば彼女をあきらめられるだろう？

ダーシーが顔を歪ませる。「ええ、そうね」ドアを開けた。

外の通路にキルト姿のスコットランド人がいるのを見て、オースティンはたちまち体を強ばらせた。かなり若く見えるヴァンパイアが苛立たしげに彼を見たかと思うと、ダーシーの腕を取って歩き出した。

出ていってしまった。彼の人生から去り、ヴァンパイアの世界へ戻っていったのだ。オースティンはのろのろとドアを閉めた。

いったいどうするつもりなんだ？　ダーシーと彼女の友だちを裏切るのか？　それともCIAの務めを放棄する？　どちらを選ぶにせよ、彼はその結果から逃れられないだろう。裏切り者になるのは確実だ。

イアンが車を停めた場所までダーシーを連れていってくれた。「ちょうどコナーから電話があったんだ。グレゴリがきみを探してる。彼の話によれば、きみのボスがただちに会いたいと言っているらしい」

ダーシーはうめいた。「もちろん、会いたがるでしょうね」スライは彼女がモータルを番組に出したことで、わめき散らしたいに違いない。それこそ、ダーシーが恐れていた展開だった。心をずたずたに引き裂かれただけで、もう十分じゃないの？　彼女はこの仕事を失いたくなかった。それに今でも、出場者にモータルを入れて、番組にいい刺激を与えられたと思っている。まさかそのモータルふたりがスパイだったなんて、知りようがあっただろうか？　だがスライに対して、そんなことを認めるつもりはない。結果的にダーシーは妙な立場に置かれてしまい、身動きがとれなくなってしまった。自分の身を守るために、オースティンとギャレットも守らなければならないとは。

イアンが彼女のために車のドアを開けてくれた。「DVNまで送っていくよ。グレゴリもあちらへ向かうそうだ。帰りは彼が乗せてくれるだろう」

「ありがとう」ダーシーは助手席に乗り込んだ。

イアンは超人的なスピードで車をまわり、運転席に座った。「テレポートのほうがいいなら携帯電話があるけど。ずっと速く着ける」

ダーシーはシートベルトを締めた。「車で送ってもらうほうがいいわ。あなたさえよければ」

「もちろん」イアンがエンジンをかけて車を出した。

正直なところ、もう二度とテレポートはしたくないとダーシーは思っていた。動揺するあまり、うまく集中できないのだ。おまけにさっきの試みは恥ずかしい結果に終わった。まったく、ドアにぶつかるなんて。以前にSFドラマで見た、自動ドアが開かなくて俳優たちが激突する場面を思い出した。

自分がオースティンのことを考えないようにしているのはわかっていた。あるいは、彼が愛していると告白したことを。ふたりに未来がないと彼が信じていることも。いまいましいことに、ダーシーが唯一持っていると言えるのが未来だ。時間ならふんだんにある。それなのになぜ、愛している男性と過ごすためにその時間を費やせないの？　シャナはローマンと結婚して本当に幸せそうだ。どうしてオースティンは、わたしと一緒では幸せになれないのだろう？

〝死んだ女性と愛し合えと？〟彼の言葉を思い出したとたん、苦悩と苛立ちが胸にあふれてきた。ふたりに未来はない。オースティンが人生をかけて果たそうとしている使命は、彼女と同じ種族の者たちと戦うことなのだ。ダーシーと一緒にいようとすれば、彼は仕事をあきらめざるをえなくなるだろう。彼女とともに闇に住むために、これまでの生き方をすべてあきらめなくてはならない。ダーシー自身、ヴァンパイアの世界に順応するのに苦労した。それなのに、どうして彼に同じことを求められる？　オースティンは正しい。不可能だ。

やがてＤＶＮに到着して、ダーシーは車をおりた。ロビーを歩きながら、他のヴァンパイアたちが怒りの視線を投げかけてくることに気づいた。どうやらヴァンパイア界全体から嫌われてしまったようだ。

受付係が眉をひそめてダーシーを見た。「ミスター・バッカスが待っているわ。あなたが到着したら、すぐ連絡しろと言われているの」彼女は電話のボタンを押した。「彼女が来ました」

絶望的だわ。廊下を歩きながら、ダーシーは思った。スライのオフィスのドアをノックする。

「入れ」

彼女が中に入るのと入れ替わりに、ティファニーが急ぎ足で外へ出ていった。あらあら。彼女がスライの気分をよくしてくれているといいんだけど。ダーシーはドアを閉めた。シルヴェスター・バッカスは腕を組んでデスクの向こうに座り、額に皺を寄せて恐ろしいしかめっ面をしていた。

ティファニーではだめだったみたいね。ダーシーは背筋を伸ばして顎を上げた。「わたしに何かご用だとか？」

スライがビーズのような目を細めた。「今夜、番組の初回放送を見た。世界中のヴァンパイアたちも見ていたはずだ」

ダーシーはごくりと喉を鳴らした。「それが目的だったと思いますが」

彼がデスクをまわってきた。「番組は二時間前に終わっている。それから今までに、一五〇〇件以上の電話とメールが寄せられた。みんながなんと言ってきているかわかるか、ニューハート？」

「ええと……番組が気に入ったとか？」

ふんと鼻を鳴らし、スライが彼女の前で立ち止まった。「きみを憎むそうだ」

ダーシーは両手をきつく握りしめた。「説明しま――」

「前に〝地上でもっともセクシーな男〟はヴァンパイアでなければならないと、はっきり言ったはずだ」

「そうなります。モータルがすべてのテストに合格するとは思えませんから」

「ヴァンパイアの番組にモータルのくずどもを出していいと許可したか？」

「いいえ。ですが、あなたはひねりと意外性が欲しいとおっしゃいました。みんながショックを受けるような。その点は達成できたと信じています」

スライが片手を挙げてダーシーを黙らせた。「きみが達成したことを教えてやろう。ヴァンパイア界全体をかんかんに怒らせたんだ」

「わたしは――」指を突きつけられ、彼女は口をつぐんだ。

顔に指先がくっつきそうになるくらいまで、スライが近づいてくる。「きみに言いたいことがある」

ダーシーは身構えた。首だと言われるに違いない。

スライの口の端が上がった。「きみは素晴らしい」

目もとの筋肉がぴくぴく痙攣するのを感じた。

「きみはひとりで大騒動を引き起こしたんだ！　人工血液が導入されて以降、こんなに興奮する出来事は初めてだ」

「え？」

スライが部屋の中を歩きまわり始めた。「一時間あたり、電話とメールが七〇〇件以上だ。世界中のヴァンパイアたちがひどく腹を立てている。われわれに対して！　最高じゃないか」

「は？」

「水曜になれば、ヴァンパイア界全体の動きが停止してしまうだろう。みんながうちの番組を見るからだ。教えてくれ、審査員たちは次の回でまたモータルを追い払うのか？」

ダーシーは記憶をたどった。確かレディ・パメラを泥の中に落として、ニコラスが不合格になったはずだ。「ええ、そうです」

「素晴らしい！」スライが腿を叩いた。「きみは天才だ、ニューハート。テレビを通じて戦争を起こしたようなものだぞ。モータルが打ち負かされるところを見ようと、ヴァンパイアたちはテレビにかじりつくに違いない」

「そうでしょうね」

「もちろん、そうなるんだろうな？」足を踏み出したスライが途中で動きを止めた。「警告しておくぞ、ニューハート。勝つのはヴァンパイアでなければならん」

「はい、わかっています」

「もう収録はすんだのか？」

「まだです。あと三回分残っています」

「最終回は――いつ撮影する予定だ？」

「今週の金曜に」

スライがうなずいた。「わたしも出演して、優勝者にハーレムと小切手を引き渡す役を務めよう。きっと素晴らしい演出になるぞ！」

「承知しました」

彼がにやりとして言った。「以上だ、ニューハート。よくやった」

「ありがとうございます」ダーシーはドアへ向かいかけた。

「忘れるんじゃないぞ。勝つのはヴァンパイアだ」

「ご心配なく」オフィスを出たとたん、ダーシーは安堵の息を吐いた。失業せずにすんだわ。それにオースティンは、彼とギャレットが次のテストで不合格になるようにすると約束してくれている。自分のオフィスに戻った彼女は、水曜に予定されている二回目の放送分の準備を始めた。

数分後、伝言メッセージとメールの束を抱えた受付係がやってきた。「スライがこれをあなたに見せるようにって」

ダーシーはメッセージにさっと目を通した。あらまあ。世界中のヴァンパイアたちが、もとハーレムの女性たちの古くさい服と髪型に文句を言っているわ。ばかにしてからかっている人もいる。

彼女たちに現代に即した格好をさせようとこれまで懸命に努力してきたが、うまくいかなかった。だが、このメッセージを見せれば考えを変えてくれるかもしれない。

ダーシーはグレゴリとマギーがやってくるまで作業を続けた。彼女が首にならず、番組も続くと知って、ふたりはほっとしていた。

ハーレムの女性たちのセンスを非難するメッセージを読んで、マギーが言った。「これがどういうことかわかる？」
「レディ・パメラがヒステリーを起こすとか？」グレゴリがつぶやいた。
マギーはにっこりした。「そうよ。そのあと、みんなが大変身を遂げるの」

19

「こんなの間違ってる」グレゴリがぶつぶつ言った。「いくら金を積まれても、この手の屈辱には見合わないよ」

ダーシーは眉をひそめた。「そもそも、あなたにお金は支払ってないんだけど」月曜の夜、彼女はグレゴリとヴァンダと一緒にホットタブに入っていた。『セクシエスト・マン・オン・アース』の四回目の放送分の撮影に備えているところだ。「だって、あなたは親切心から手伝いを申し出てくれたのよ。忘れた？」

グレゴリは泡立つ湯の中に深く体を沈めた。「そこがぼくの問題なんだ。いい人すぎるんだよ。いい人が女の子を手に入れることは絶対にない」

ヴァンダが笑った。「ちょっと、グレゴリ。今は女性がふたりもそばにいるじゃないの」

彼はふんと鼻を鳴らした。「きみたちが好意を持ってくれていたとは気づかなかったよ。ぼくはこの隅っこに座ってひとりきりで――」

「すねて膨れてる」ダーシーは言葉を引き継いだ。

グレゴリが彼女の顔に湯をかけた。「この番組でのぼくの役目はセンスのいい着こなしをすることだって、きみは言ったじゃないか。普通はタキシードのことだよ。こんな――こんなスパンデックスの下着ではなくて。これじゃあ下にあるものをほとんど隠せない」

「心配しないで」ダーシーは湯をかけ返して言った。「競泳用の水着姿のあなたはとてもすてきよ」

「そうよ」ヴァンダが彼にウインクする。「昨夜の男性ダンサーたちと同じくらいセクシーに見えるわ」

「思い出させないでくれよ」グレゴリは顔をしかめてふたりを見た。「きみたちをあんな卑《ひ》猥《わい》なクラブに連れていくべきじゃなかったんだ」

「でも、楽しかったわよ」ヴァンダが言った。「それに大変身が成功したお祝いをしなくちゃならなかったし」

「きみたちはぼくに四〇〇ドルもつかわせたんだぞ！」

「ほんと？」ダーシーは訊いた。「だけど注文したのはひとり一杯ずつで、それも乾杯用に形だけのものだったじゃない」

「きみは忘れてるよ。あの豹《ひょう》の格好をした男の毛皮のパンツにヴァンダが金を突っ込んだんだ」グレゴリが文句を言う。「ぼくに出させた金を」

ダーシーは肩をすくめた。「たったの一ドルじゃない」

「二〇ドル札だった」彼がうなった。「そのあとみんなが真似し始めた。何度も何度も」

ダーシーは眉をひそめた。男性ダンサーたちがもとハーレムの女性たちのまわりに集まっていたのも無理はない。「ごめんなさい。みんながそんなにお金をつかっていたとは知らなかったわ」

「あなたはどうして突っ込まなかったの?」ヴァンダが訊いた。

肩をすくめる。「そういう気分じゃなかったのよ」それにダンサーたちはオースティンではない。たとえ彼らが顔の前で腰をくねらせていても、ダーシーの頭の中はオースティンのことでいっぱいだった。本当は彼に対してもっと腹を立てるべきなのだ。彼はずっと嘘をついていた。彼女と友人たちをスパイしていたのだから。けれども彼は、ダーシーを愛していると告白した。彼が愛してくれているのに、どうしていつまでも怒っていられるだろう?

「そういう気分じゃなかったですって?」ヴァンダはびっくりしているようだ。「あの豹の男はものすごくホットだったのよ。セクシーなパンツをはいたカウボーイもよかったわ」

「あれはチャップスっていうの」ダーシーは説明した。カウボーイがその下にズボンをはき忘れていたので、とりわけセクシーだった。あのとき、チャップスのひらひらしたフリンジでぴしゃぴしゃ叩かれながら、彼女はいとも簡単にオースティンを許している自分に気がついた。理由を訊かれても、思いつく説明はひとつしかない。まだ彼を愛しているのだ。簡単にはあきらめられないほど深く。

「わたしは間違いなくそういう気分だったわよ」ヴァンダが手で自分をあおいだ。「あのカウボーイ、六連発銃を持ってたの」

「ええ、そうだった」ダーシーは顔をしかめた。「誤って発射しないかとひやひやしたわ」

ヴァンダが笑った。「それにあの消防士！　あんな長いホースを見たのは初めてよ」

「もうたくさんだ！」グレゴリがうめいた。「そんなもの、思い浮かべたくもない。ただでさえ……」

「なあに？」ダーシーは尋ねた。

「なんでもない。まあ、みんなが楽しんでくれたようでよかったよ」

「そうね」外見を変えて変身を遂げた女性たちは若々しく、美しく見えた。あのクラブへ行き、自分たちがまだ魅力的だと気づいた彼女たちを見ていると、素晴らしくいい気分になった。男性に影響を及ぼす力が衰えていないことに、みんなが気づいたのだ。

グレゴリが顔をしかめながら腕を組んだ。「またあそこへ行きたいと言われても、次からは送り迎えだけにするよ」

「あら、楽しくなかったの？」ヴァンダが尋ねた。

彼がばかにしたように鼻を鳴らす。「あのカウボーイはぼくの電話番号を訊いてきたんだぞ」

笑いをこらえるあまり、ダーシーはむせてしまった。「かわいそうなグレゴリ。セクシーすぎて困っているのね」

グレゴリは彼女を睨みつけた。「だからぼくを餌に利用しようとしてるんだろ？　こういうのはぼくの仕事じゃなかったはずだ」

「でも、今度の条件をテストするにはこの方法しかないの」ダーシーは主張した。「〝地上でもっともセクシーな男〟は女性が好きでなくてはならない、というのが第七の条件なんだもの」

「わたしが考えたのよ」ヴァンダが濡れた紫の髪をうしろになでつけた。「だから今夜はわたしが審査することになったの」

「八番目の条件は、女性を悦ばせる方法を知っていること」ダーシーは続けた。「これもヴァンダが判断するわ」

「ええ」ヴァンダはため息をついた。「大変な仕事だけど、誰かがやらなくちゃ」

グレゴリがぎょっとした顔で尋ねた。「まさか、六人の男といちゃつくつもりか？　カメラの前で？」

「心配いらないわよ」ヴァンダがビキニのトップの位置を直すと、紫のコウモリのタトゥーがのぞいた。「過激なことをするつもりはないから」

「脱ぐのもだめよ」ダーシーは警告した。やれやれ。スライはさぞこの回の放送を気に入ることだろう。ヴァンダと一緒にホットタブに入るのを、オースティンが拒んでくれるよう祈るしかない。ヴァンダが彼にちょっかいを出すところを想像するだけでも不愉快だ。きっとオースティンは断るに違いない。今夜で不合格になるつもりなのだから。

ライトで照らされたプール・エリアを横切り、マギーが彼らのもとへやってきた。「男性たちは準備を終えて、温室で待機しているわ」

「みんな水着を着てる？」ダーシーは訊いた。「アンクレットは？」

「大丈夫。それに順番を決める抽選もすませたわ」

「一番目は誰？」ヴァンダが尋ねた。

「オットー」マギーが顔をしかめる。「彼ったら、ものすごくちっちゃいビキニをはいてるの。それに全身にオイルを塗ってるわ。膨らみを月の光で輝かせたいんですって」

ダーシーはうめいた。

ヴァンダがにやりとする。「わたしも準備万端よ」

「ぼくはまだだ」グレゴリが顎まで湯につかった。

「じゃあ、始めましょう」ダーシーはカメラマンたちに合図した。

男性たちをひとりずつカメラの前に案内するため、マギーが温室へ戻っていった。温室とホットタブのあいだにプールがあり、その両側にひとつずつテラスチェアが置かれている。マギーが温室のフレンチドアを開けた。ドア口をふさいでしまいそうなくらい大きな体のオットーが姿を現す。

「さあ、わたしたちの出番よ」ダーシーはホットタブから上がった。ひと声うめいてグレゴリも続く。彼女はプールの南側のテラスチェアへゆっくり歩いていった。グレゴリは北側の椅子に向かっている。ふたりのその様子をカメラが追いかけていた。

確かに少し恥ずかしいわね。その点はダーシーも認めざるをえなかった。彼女は露出度の高いビキニを身につけ、水を滴らせながら歩いている。こんな格好をしているのは、男性が彼女に目を留めるかどうか確かめるためだった。だがこの一部始終は、テレビを通じて世界中のヴァンパイアに見られるのだ。

かわいそうなグレゴリ。彼にはたまらなく恥ずかしいでしょうね。

オットーがテラスを横切って歩き始めた。カメラが自分に向けられていると気づいたとたん、彼は足を止めてポーズをとった。

「そう、今夜のためにトレーニングしました」筋肉の隆起をもっと見せようと、オットーがカメラに背中を向けた。それからさっと半回転して、上腕二頭筋を見せびらかす。

見ているうちにうんざりしてきて、ダーシーはテラスチェアに腰かけた。プールをはさんで反対側のグレゴリに手を振る。彼も椅子に座り、彼女にしかめっ面を向けた。これは男性たちの性的嗜好《しこう》を確認するテストだ。温室を出た出場者は、ダーシーとグレゴリのどちらかに目を向けるはずだった。残念ながらオットーの場合は自分を愛しすぎていて、ふたりのどちらにも気づかなかったが。

ようやくポーズが尽きたらしく、オットーがプールの脇を歩いてやってきた。彼はダーシーの前で立ち止まって言った。「あなたオットー欲しいです。そうですか?」

「ええ、そうね」ダーシーはヴァンダを指差した。「でも彼女が先よ」

「そうです、女性たち、順番待たなければいけません」オットーは忍び笑いをもらすと、ホットタブのほうへ歩いていった。中に飛び込み、あたりに湯を飛び散らせる。「オットー来ました。あなた夢中にさせてあげます」

ヴァンダはすぐにオットーの膨らみを調べ始めた。ダーシーは見たくない場面を避けるため、テラスチェアの向きを変えた。ふとグレゴリのほうに目を向けると、彼は喉が詰まって息ができないふりをしてみせた。

「膨らみ、大きくなります。そうですね？」あたりに轟く声でオットーが言った。「〝オットー・ゾーン〟でプレイする時間来ました」

「カット！」ダーシーは椅子から跳び上がった。「もう十分よ、オットー」

「バイバイ、オットー」ヴァンダがホットタブの反対側へ移動した。

タブを出たオットーは、温室に戻る途中でダーシーの前を通り過ぎた。最近大きくなったらしいどんな膨らみも見ないですむように、彼女は視線を空に向けていた。オットーが行ってしまったのを見計らい、体を温めるためにホットタブにつかる。

ヴァンダがにやにやして言った。「オットーは合格ね」

ダーシーはうなずいた。居間のテレビでこのテストを見守っている他の女性たちも、おそらく同意見だろう。

グレゴリがタブの縁に腰かけて、湯の中で足をぶらぶらさせた。「あんな男にどうやって耐えられるんだい？　うぬぼれのかたまりじゃないか」

ヴァンダが肩をすくめた。「もっとひどい男を見てきたわ」

「それに、女性たちはヴァンパイア・セックスにしか興味がないのかと思ってたよ」グレゴリが続けた。

「それは本当よ」髪をなでつけながらヴァンダが言う。「でも、わたしには持論があるの。

精神にいいセックスを投影するためには、そのヴァンパイア自身もセックスがうまくなくちゃ」

ダーシーはこれまで一度もヴァンパイア・セックスをしたことがなかったが、オースティンとなら可能かもしれないと思った。なんといっても、彼は超能力の持ち主だ。

グレゴリが温室を示した。次の出場者がドア口に立っている。「さて、ショーの再開だ」彼は立ち上がると、プール北側の持ち場に戻っていった。

ダーシーも自分の椅子へ歩き始めた。だがブリュッセルのピエールが彼女のほうを見ていないと気づき、歩調を緩めた。警告しようとグレゴリに目をやると、彼はテラスチェアにくつろいで横たわり、自分が新たな崇拝者を獲得したとも知らずに空の星を眺めていた。

テラスを横切ったピエールは、そこでプールを迂回するルートを北にとって歩き出した。グレゴリが慌てて起き上がり、殺気立った目つきでダーシーを睨む。

彼女は顔をしかめ、声に出さず口だけを動かして言った。「ごめん」

ピエールがグレゴリのそばで足を止め、何か小声で告げた。離れたところからでも、グレゴリの顔が赤くなるのがわかった。ピエールはホットタブまでたどりつくと、中に入ってヴァンダと話をした。やがて彼女と握手をした彼は、温室へ戻るために歩き出した。またプールの北側を通って。

ところがピエールが近づいてくるのを見たとたん、グレゴリはプールに飛び込んでしまった。しばらくしてプールから上がり、ホットタブでダーシーとヴァンダに合流するころには、彼は寒さで歯をガチガチ鳴らしていた。「プールの水は凍えるほど冷たいんだ」グレゴリが湯に顎までつかって目を閉じた。

「どうやらピエールは不合格にしなくちゃならないようね」ヴァンダが言った。「残念だわ。ハンサムなのに」

ダーシーは心の中で悪態をついた。今夜落とせるのはふたりだけだ。彼女はそれがCIAのふたりであることを願っていた。

彼が目を開けてダーシーを睨んだ。「その話は二度としたくない」

「かわいそうなグレゴリ」ヴァンダがにやにやした。「だから言ったじゃないの、すごくセクシーに見えるって」


オースティンは苛立ちをつのらせながら温室で順番を待っていた。やはり水着審査が行われるらしい。他の男たちはみなちっぽけなブリーフタイプの水着だったが、彼は性的関心の的にされたくなかった。彼のはいているトロピカル・プリントの水着はトランクスタイプで、腿の半ばまで届くほど裾が長い。

プールへ向かう三番目の出場者はマンチェスターのレジナルドだ。やがて濡れて戻ってきた彼にマギーがタオルを差し出し、階下で乾いた服に着替えて蘭の儀式を待つように告げた。そのイギリス人のヴァンパイアは驚くほど骨張った体をしていた。これまでは服の下にたっぷり詰め物をしていたに違いない。

「四番目の人は？」マギーが訊いた。

「ぼくだ」オースティンはフレンチドアで待つマギーのところへ行った。

「プールサイドを歩いてホットタブまで行ってね」彼女が説明する。「しばらくヴァンダと話をしたら、またここへ戻ってきてほしいの。わかったかしら？」

「わかりました」不合格になるよう仕向けなければならないのもわかっている。

「よかった。向こうは準備ができているわ」マギーがドアを開けた。

テラスを横切り始めたオースティンは、たちまち状況を見て取った。司会者の男がプールの片側へ、ダーシーが反対側の椅子へ歩いていく。思わずぽかんと口が開いた。彼女の赤い小さなビキニは、濡れてぴったり体に張りついている。涼しい夜風のせいで乳首がとがっているのがわかった。ビキニのボトムは腰の両側で結ぶタイプで、紐の先がまるで解いてほしいと懇願するように垂れ下がっていた。月光に照らされた彼女の肌は青白く見えた。触れたら壊れそうなほど繊細でありながら、とてもそそられる。彼女に手を触れずにいるなんて、とうてい無理だ。

ダーシーと目が合った。瞳に浮かぶ悲しげな切望にオースティンは胸が痛くなった。彼女の視線が下がって彼の全身をたどり、また顔に戻ってきた。切望がさらに激しく、絶望的なものに変わっていた。ダーシーも彼を求めているのだ。すぐに番組をおりなければ、いつまで抵抗していられるかわからない。この瞬間でさえ、オースティンの体は屈しかけていた。股間が反応し始める。彼女のほうへ引き寄せられてしまいそうだ。

こんなことはやめなければ。今すぐ。オースティンはプールに飛び込み、氷のように冷たい水に欲望を静めさせた。プールを横切って反対側に泳ぎつく。水から上がった彼は全身に鳥肌を立て、小刻みに震えていた。

その様子をホットタブから見ていたヴァンダが声をかけた。「こっちへいらっしゃいよ。寒そうだわ」

オースティンは両手で腕をこすった。拒むべきだ。そうすれば不合格になるんだろう？

「いや、結構だ」

「温まりたくないの？」ヴァンダはタブの反対側から移動して、彼の足もとで止まった。ビキニトップから小型マイクをもぎ取ってプールに投げ込む。「あら、やっちゃった。わたしったら不器用ね。さあ、これであの夜あなたとダーシーがホットタブを熱くした話をしても、誰にも聞かれる心配がなくなったわ」

オースティンは体を強ばらせた。「なんの話かわからないな」

ヴァンダが笑みを浮かべた。「撮影されていたのよ。このあいだの夜、DVNで放送されたわ」

驚きのあまり口が開いてしまった。ダーシーと絡み合っていた姿がヴァンパイアのテレビで流れた？　彼は振り返ってダーシーを見た。彼女はプールのそばに立ち、顔に警戒の表情を浮かべている。

「心配しないで」ヴァンダが続けた。「あれがダーシーだとは誰も気づいていないから。あなたとわたしの他はね。それだけよ。ほとんどの人は、長いブロンドを見てレディ・パメラかコーラ・リーだと思ってる。でもわたしは、あなたがプールに放り投げたドレスを見て、ダーシーだとわかったの」

「誰かに話したのか？」

「いいえ」ヴァンダがまたタブの反対側に戻った。「少なくとも今はまだ。ねえ、少し中に座ったら？」

ダーシーの秘密を暴くと脅しているのだろうか？　オースティンには判断がつかなかった。だが、危険を冒すことはできない。彼はホットタブに入り、ヴァンダの向かいに腰をおろした。

ヴァンダがにっこりして言った。「気分がましになったでしょ？」オースティンの頭越しに目をやって顔をしかめる。「あら、いやだ。ダーシーがあなたを睨んでるわよ」彼女はさっと移動して彼の隣に座った。「嫉妬させる？」

「いや、やめておこう」

「いいわ。別にそうする必要もないし。彼女はオーディションであなたを見た瞬間に、心を奪われたのよ。あなたのことを太陽神アポロだと言ってた」ヴァンダがオースティンの顎に沿って指を走らせた。

彼は湯の中に深く座り直した。「彼女を困らせたくない」

ヴァンダがちらりとうしろを振り返った。「もう遅いわ。すごく怒ってるみたい」

胸の前で腕を組み、オースティンは尋ねた。「きみの望みはなんだ？」

ヴァンダはタブの縁に腕をのせて、じっと彼を観察した。「あなたが彼女のことを本気で好きなのかどうか知りたいの」

オースティンはためらいを感じたものの、真実を打ち明けても害はないだろうと結論を出した。「彼女を愛している」

「ふうん」ヴァンダが手に顎をのせた。「映像を見たかぎりでは、愛より欲望という感じだったけど。間違いはないの？」

「確かだ」残念ながら。自分の感情をどうにかして葬り去ろうと試みたが、何をしてもその気持ちは大きくなり、深まっていくばかりだった。

「ダーシーはもう十分つらい目にあってきたの。彼女には幸せになる権利があるわ」

オースティンは眉を上げた。「きみは彼女を思いやっていると言いたいのか？」

「そうよ。驚くようなこと？」

彼は深呼吸した。これが一週間前なら、ヴァンパイアが互いを思いやったり、忠誠心を示したりするとは信じなかっただろう。けれども、それは確かな事実だった。彼らは生きていたときと同じくらい深い感情を持てるらしい。〝わたしは人よ〟ダーシーの言葉がよみがえった。「自分の考え方を見直さざるをえなくなっている最中だ」

「彼女は最高のものを与えられるべきなの。天使の魂を持っているんだもの」ヴァンダの口の端が上がった。「わたしとは違ってね」

「きみは自分が邪悪だと認めているのか?」

笑みがさらに広がった。「そう思う人もいるでしょうね」

「いったい何をしたんだ?　殺人を犯したとか?」口調こそ何気ないものの、オースティンは真剣だった。

ヴァンダの笑みが消えた。「どうせなら〝裁きを下した〟と言ってちょうだい」

彼は目を細めた。「罪のない人に危害を加える可能性は?」

「ないわ」ためらいのない答えが返ってきた。「あなたはどうなの?」

「ありえない」

ヴァンダが身を寄せてきた。「それなら絶対にダーシーを傷つけないで」

オースティンは彼女の声に脅しの響きを感じ取った。「もちろんだが、そう単純にはいかない」

「あなたは彼女を愛していると断言した。彼女もあなたを愛している。わたしには単純なことに思えるけど」

「いや、どう言ったらいいのか……複雑なんだ。ぼくの仕事は重要なもので――」

「ダーシーよりも?」

「いいや。どちらか一方だけを選ぶなんてことはできないんだ」くそっ、こんな心の問題をヴァンパイアと議論するべきではないんだ。

「あなたが彼女を愛しているなら、選択肢はひとつよ」

「そんなに簡単なことじゃない。ぼくはすべてをあきらめなくてはならないだろう。ぼくの人生が——信念がすっかり変わってしまうんだ」

「まだそうする覚悟ができていないのね？」

そんなことができるのだろうか？〝ステイク・アウト〟チームとCIAに背を向ける？ダーシーと一緒にヴァンパイアの中で暮らす？国家にそむいた裏切り者だと思われるに違いない。たとえまともな職につけたとしても、困難な未来が待っているのだ。

「わたしの人生は楽じゃなかった」ヴァンダが星を見上げて言った。「恐ろしいものをたくさん目にしてきたわ。強制収容所、拷問、死。人間は信じがたいほど残酷よ。何もかも終わらせてほしいと、何度も神様に懇願した。もう恐怖の中で生きるのは耐えられなかったの」

「気の毒に」口先だけの言葉ではなかった。オースティンはヴァンパイアたちに心から同情し始めていた。

ヴァンダが座り直して彼を見た。「だけど、もしそれで妹が生き返るというなら、わたしは何度苦しみを繰り返しても我慢できる」目に涙が光っていた。「あの子はとても賢くて、生に満ちあふれていた。生きていたら、きっとダーシーみたいになっていたはずよ」

オースティンはうなずいた。彼の目にも涙がこみ上げてきていた。

ヴァンダが彼に近づいた。「愛より尊いものはこの世に存在しないの。だから絶対に手放さないで」

まるで涙が闇を切り裂き、光を呼び込んでくれたように、オースティンはついに理解した。

「きみはちっとも邪悪なんかじゃない。そうなんだろう？」現代に順応して生きるこのヴァンパイアたちに邪悪な者はいない。

「与えられた運命の中で、できるかぎり最善を尽くしているわ」

オースティンは立ち上がった。「きみの幸福を祈るよ」そう言うと、彼はダーシーのほうへ戻り始めた。彼女は怒りに満ちた目で睨んでから、オースティンに背を向けた。

「話し合わなくては」カメラに撮られていることを意識しながら、彼は静かに声をかけた。

そのまま温室へ歩いていく。

マギーがタオルを渡してくれた。「玄関ホールで蘭の儀式があるから、着替えておいてね」

オースティンは重い足取りで階段へ向かった。ダーシーが激怒しても当然だ。彼は憂鬱な気分で考えた。今夜はまだ不合格になるわけにはいかない。

20

今夜のテストに関して女性たちの意見を確認するため、ダーシーは使用人のフロアへ戻るヴァンダに同行した。残念ながら全員がヴァンダと同意見で、CIAのふたりを不合格にしたいというダーシーの望みはかないそうになかった。ヴァンダが乾いた服に着替えて冷蔵庫から黒い蘭の花を二本取り出すと、女性たちは儀式のために玄関ホールへ歩いていった。

途中、廊下の厚いカーペットにピンヒールの片方を引っかけて、プリンセス・ジョアンナがよろめいた。「こんな靴を履いていたら、首の骨を折りかねないわ」

「慣れればうまく歩けるようになるわよ」ダーシーは手を伸ばして彼女を支えた。「すごくすてき」

「ありがとう」高級な黒いドレスに身を包み、真珠のネックレスで首もとを飾ったプリンセス・ジョアンナはとても洗練されて見えた。

「コルセットなしだと、最初は裸でいるような気がしたの」コーラ・リーが言った。「でも、今ではすっかり気に入っているわ。この一〇〇年で初めて、ちゃんと息ができるんですもの」

コーラ・リーとレディ・パメラは若々しいスタイルを選んでいた。サテンのヒップハンガーパンツとクロップドパンツ、それにふたりとも、きらきら光る素材のホルターネックのトップスを身につけている。

プリンセス・ジョアンナが彼女たちの姿を見て眉をひそめた。「あなたがたは恥を知るべきよ。肌を露出しすぎているわ」

「不道徳よ」マリア・コンスエラのドレスは足首まで届く長さだ。

レディ・パメラが肩をすくめた。「以前のドレスでも胸をほとんど見せていたけど、誰にも文句を言われなかったわ」

「だけど、おへそまであらわにするなんて——。罪深いことよ」マリア・コンスエラが手にしたロザリオをひねった。「わたしは自分のおへそを見たことがないわ」

「なんですって?」ダーシーは思わず訊き返した。「お風呂に入るときは——」

「ちゃんとしたレディなら誰でもそうするように、肌着を身につけて湯浴《ゆあ》みするの」

「まあ」たとえ現代風の装いをさせることに成功しても、中身はまだ昔のままの考え方から離れられない女性もいるのだ。ダーシーはあらためて思い知った。

一行は玄関ホールへと入っていった。男性たちはすでに全員がスーツに着替えていた。グレゴリが前に進み出て女性たちを迎えるあいだ、六人の出場者は階段の上で待っていた。

ダーシーはちらりとオースティンを見た。肩幅が広く、スーツを着ると見栄えがした。レジナルドと違って、彼には服に詰め物をする必要がない。シャンデリアの明かりを受けて髪がきらめいていた。急いで乾かしたようだが、乱れた感じが余計に彼をセクシーに見せている。

オースティンと目が合ったダーシーはすぐに視線をそらした。今回ばかりは、これまでのように簡単には許せない。彼は今夜で不合格になるつもりだと言っておきながら、ヴァンダと一緒にホットタブに入ったのだ。ヴァンダが小型マイクを投げ捨ててしまったので、彼らが何を話していたのかはわからない。あのあとヴァンダに新しいマイクを装着させるために、撮影を一時ストップしなければならなかった。

「こんばんは」グレゴリが始まりを告げた。「今夜また、ふたりの男性が番組を去ることになります。ではさっそく発表に移りたいと思いますが、その前にひとつ重要なお知らせを。勝者に与えられる賞金が、なんと四〇〇万ドルに増額されました」

カメラマンたちが全員の反応を撮っていく。この知らせにはダーシーでさえ驚いた。三〇〇万ドル以上出すつもりがあるなどと、スライは一度も口にしたことがなかった。

ヴァンダが玄関ホールの中央まで進み出た。「最初の蘭の花はブリュッセルのピエールに」ピエールはがっかりした様子で花を受け取り、荷物を持ってくるために再度階段を上がった。

「そして二本目の蘭はマンチェスターのレジナルドに」ヴァンダは彼に蘭を渡した。

残った出場者たちは健闘をたたえ合い、それぞれの部屋へ戻っていった。グレゴリと女性たちは、カメラマンたちを従えて肖像画の部屋へ移動する。

「みなさんは今夜、ピエールを不合格にしました」グレゴリが特別なライトをベルギー人の肖像画にあてると、たちまち牙が現れた。

「まあ、そんなばかな」コーラ・リーがつぶやいた。「彼がヴァンパイアだなんて」

「そしてもうひとりの不合格者はレジナルドでした」グレゴリはイギリス人の絵の前に立った。

「彼は絶対にモータルよ」レディ・パメラが言い切った。「ひどい歯並びなんですもの」

「それに痩《や》せこけているし」コーラ・リーもつけ加えた。「断言しますけど、飢えたフクロネズミでも、もっと肉がついているわ」

グレゴリが懐中電灯を肖像画に向ける。レジナルドの曲がった牙が黄ばんだ輝きを放って現れた。

「なんてことかしら。天よ、わたしたちをお救いください」マリア・コンスエラがロザリオに手を伸ばした。

プリンセス・ジョアンナが立ち上がったものの、細いピンヒールのせいでよろめいた。「これほどひどいことはありません！　ヴァンパイアがふたりも追い出されるなんて。ダーシー、お願いだから、わたくしたちを苦しめるモータルはもう残っていないと言ってちょうだい」

ダーシーは顔を曇らせた。「教えられないの。でも、忘れないで。明日の夜は力強さのテストをするのよ」

プリンセスは安堵の息をついて座った。「よかった。ヴァンパイアよりモータルのほうが強いなんてありえないわ」

「明日はわたしが審査をするの」マリア・コンスエラがロザリオにキスした。「神のお導きで劣った者たちを見つけ出して、わたしたちの前からその存在を消し去るわ」

劣った存在を見つけ出すことに神が関心を持つとは思えなかったけれど、ダーシーは女性たちがなんとかしてオースティンとギャレットを敗退させてくれることを祈った。どちらかでも最終ラウンドまで残ってしまったら、大変な騒ぎになるだろう。彼女にとっての〝地上でもっともセクシーな男〟は疑問の余地なくオースティンだが、彼を優勝させるわけにはいかないのだ。

だが、それよりもっと重要な問題がある。果たして彼との未来はあるのだろうか？　オースティンを愛しているのは間違いなかった。拒絶され、嘘をつかれたのに、それでも彼への気持ちを抑えきれない。ヴァンダの言葉がずっと頭から離れなかった。〝愛より尊いものはこの世に存在しない〟という言葉が。試しもせずに、この愛を捨ててしまっていいのだろうか？　ローマンとシャナはふたりの関係をあきらめなかった。わたしも同じことができるのでは？

ふたつの世界を分断する裂け目に橋をかけることさえできれば。だが、ダーシーに中間地点は存在しない。オースティンと一緒に日光を楽しむことも、普通の生活をすることもできないのだ。囚われて身動きのとれない彼女のために、彼がこちらの世界へ来るしか方法はないだろう。そこまで彼に求めていいものだろうか？

多くを望んではいけないのかもしれない。一度に小さく一歩ずつ、踏み出していくべきなのかも。今のままでは、オースティンはダーシーに触れるのがやっとだ。彼女を死人だと思っているから。まずはそのことを乗り越えてもらわなければ。死体ではなく、触れてもかまわない存在だと証明してみせる必要がある。どれほど彼を愛しているか、わかってもらうのだ。

突然雲が晴れて、何もかもはっきりしてきた。オースティンはもうひと晩ペントハウスに残ることになった。証明するなら今夜しかない。

あとはただ、彼を誘惑する勇気を奮い起こせばいいだけだ。

ギャレットがポテトチップスの袋を開けた。「四〇〇万ドルだって？　どうしても優勝したくなってきたな」

「まさか、彼らが人間に賞金を渡すわけがない」オースティンはキッチンのテーブルに座ってコーラの缶を開けた。「われわれがここにいられるのもあと少しだろう。情報は十分集まったか？」

「少しはね。ヴァンパイアの名前だけだけど」

オースティンはうなずいた。ギャレットがたいした情報を得ていないとわかってほっとする。「このあいだの夜、エマとぼくはセントラル・パークでヴァンパイアを殺したんだ」

「嘘だろ？」

「そいつは女性を襲っていた。われわれは彼女の命を救ったんだ」

「すごいな」ギャレットはポテトチップスを口に詰め込んだ。

「だけど、ここにいるヴァンパイアたちは人間を襲わない」

ギャレットが冷笑する。「腹が減ってどうしようもなくなったら襲うさ」

「シャナ・ウィーランは、ヴァンパイアには二種類いると言っていた。彼女の言葉は正しいと思うんだ。法を遵守する現代的なヴァンパイアと、マルコンテンツと呼ばれる邪悪な者たちがいるらしい」

「彼女は洗脳されているんだ」口をいっぱいにしたギャレットがもごもごと言った。

「考えてみろよ。ふたつのグループが存在するのは間違いない事実だ。彼らがセントラル・パークで対決するのを見たじゃないか。電話を盗聴したときも、そんなことを聞いた。お互いに憎み合っているんだよ」

「徹底的に殺し合えばいいのさ。こちらの仕事が楽になる」

オースティンはコーラを飲んだ。「この件はもっと調べる必要があるんだ」

ギャレットが首を振った。「彼らの勢力争いに首を突っ込んだって時間の無駄だよ。ただ殺せばいい」

それからコーラを飲み終わるまで、オースティンは黙っていた。シャナ・ウィーランと連絡をとらなければならない。いや、今はもうシャナ・ドラガネスティか。彼女に訊けば、ヴアンパイアたちについてもっと詳しいことがわかるだろう。彼らと結婚するのがどんな感じかということも。

オースティンは自分の心がすでに決まっていることを悟った。もはやすべてのヴァンパイアが邪悪な悪魔だとは信じられない。これまでの数週間で得たあらゆる知識が、彼らは奇妙なほど人間そっくりな存在だと示唆していた。人間とまったく同じように、ヴァンパイアは善良にも邪悪にもなれるのだ。愛することもできれば、憎むこともできる。オースティン自身もヴァンパイアのひとりを愛しているのだから、彼らの世界と折り合いをつけて受け入れるようにするべきだ。とはいえ、ＣＩＡやこれまでの人生に背中を向けるとなるとつらいだろう。つらすぎるに違いない。

彼は空き缶をごみ箱に投げ入れた。いったい何を考えているんだ？　ダーシーと結婚して、永遠に幸せに暮らせると思うのか？　確かに彼女は永遠に生きられる。けれどもオースティンのほうは年老いて、やがて死ぬのだ。ダーシーはどれくらいで老いぼれた男に飽きるだろう？　今から一〇〇年もすれば、彼はすでにこの世から姿を消しており、すっかり存在を忘れられているはずだ。

そんな脆《もろ》い夢のために、一生をかけた仕事を投げ出してかまわないのか？　少しでも分別があるなら、明日の夜わざと不合格になってここを去るべきだ。そしてダーシーには二度と会わない。けれども人生で初めて、彼は分別を持つことを愚かに感じ始めていた。

オースティンはギャレットにおやすみを言うと、重い足取りで自分の部屋へ戻った。ノートパソコンの電源を入れて監視カメラの映像をチェックする。残ったふたりのヴァンパイア、オットーとロベルトはビリヤードルームにいた。玄関ホールと肖像画の部屋には誰もいない。プールハウスに映像を切り替えた彼は、たちまち後悔した。

ダーシーはシャワーを浴びたばかりらしく濡れた髪で、露出度の高いパジャマを着ていた。渇望と絶望の感覚がたちまち戻ってくる。彼女をあきらめられるはずがないだろう？　ヴァンダとホットタブで話をしたことで、オースティンは愛がいかに貴重で特別なものになりうるか、思い出すことができた。賢く勇敢なダーシーは、彼が求めるすべてだった。画面の彼女は、そわそわと落ち着かない様子で部屋の中をあちこち歩きまわっている。表情や口もとの動きから、何かのことで葛藤しているように見えた。

ダーシーがキッチンへ行った。冷蔵庫から取り出したボトルを振って蓋を外す。グラスに注がれた濃い赤色の液体を見て、オースティンは思わず顔をしかめた。彼女は冷蔵庫から何か別のものも取り出した。チョコレート・シロップか？　それをグラスに絞り入れ、中身をスプーンでかきまぜると、さらに氷をいくつか加えた。

グラスに口をつけながら、彼女がキッチンを離れていく。オースティンはじっと椅子に座ったまま、気分が沈んでいくのを感じた。味をごまかそうとしているが、事実は変わらない。ダーシーは血を飲んでいるのだ。

オースティンはバスルームへ行って熱いシャワーを浴びた。だがシャワーヘッドの下に頭を突き出してひりひりするほど熱い湯を浴びても、血を飲むダーシーの光景は洗い流せなかった。いったいどうやって彼女の世界に身を置くことができるんだ？

〝愛より尊いものはこの世に存在しない〟ヴァンダの言葉がまるで熱い蒸気のように彼のまわりを漂い、まつわりついてきた。ダーシーをあきらめられるのか？　彼女を愛している。だが、ヴァンパイアと関係を築くことは可能なのだろうか？

体を拭くと、オースティンは腰にタオルを巻いてベッドルームへ戻った。パソコンの画面にちらりと視線を投げかける。プールハウスのメインルームには、もうダーシーの姿はなかった。きっとベッドルームへ移動したのだろう。そこにはカメラを仕掛けていないのだ。彼は玄関ホールと階段に映像を切り替えた。誰もいない。次に東棟の廊下へ移る。

オースティンははっと息をのんだ。タオルが床に落ちる。そこにはこちらへ向かうダーシーの姿があった。彼女はタンクトップにショートパンツという組み合わせのパジャマの上に、白いバスローブを着ていた。

彼はスーツケースを置いた場所へ急ぎ、清潔なボクサーショーツを取り出した。赤いシルクだ。『スポンジ・ボブ』よりはましだろう。そのとき、ドアに軽いノックの音がした。くそっ。慌ててショーツをはき、ノートパソコンを閉じる。濡れた髪をうしろになでつけると、オースティンはドアを開けた。

ダーシーの顔は青ざめて強ばっていた。視線がオースティンの体をたどり、また顔に戻ってくる。

彼は懸命に無表情を保った。「こういうのはよくない」

閉められるのを阻止して、ダーシーがドアに手をかけた。「話し合うべきだと言ったのはあなたよ」

「気が変わった」

ダーシーが眉根を寄せた。「あなたがここで過ごす最後の夜なのよ」

〝一緒にいられるのは今夜しかない〟声にならない言葉が、ふたりのあいだに浮かんでいる。

「うまくいくとは思えないよ」

彼女の瞳に怒りがきらめいた。「闘いもせずにあきらめるの？　マッチョなスーパースパイの言うこととは思えないわ」思いがけず強い力でダーシーがドアを押し開けた。

ヴァンパイア特有の力だ。実際に彼を負かせるほど強いのだろうか？　オースティンはうしろに下がって言った。「怒っているのか？」

「どう思う？」中に入った彼女はドアを閉めて室内を歩き始めた。「今日で不合格になると約束したわよね？　それなのに、あなたはまだここにいる」

「わざと残ろうとしたわけじゃない。たまたまなんだ」

「あら、そう。どうしても〝地上でもっともセクシーな男〟になってしまうというわけね。さぞかしつらい試練に違いないわ」

オースティンは壁に肩をもたせかけ、胸の前で腕を組んだ。

「わたしを首にしたいの？」ダーシーは歩き続けた。「他に働ける放送局はないのよ。知ってる？」そこで足を止めてオースティンを睨んだ。「それとも、わたしがどうなろうと関心はない？」

　彼は歯を食いしばった。「気がすんだか？」

「いいえ！」ダーシーが向かってきた。「ヴァンダと一緒にホットタブに入るべきじゃなかったのよ」

「話をしただけだよ。きみだってわかっているはずだ。見張っていたんだからな」オースティンは苛立ちを覚えながら彼女を見た。「鷹《たか》みたいに」

　ダーシーが冷笑した。「そういうことなら、ヴァンパイアに対する嫌悪感は克服したみたいね。それとも、あなたを不快にさせるのはわたしだけなのかしら」

「不快に思ったことなんかない！」彼は壁から離れた。「ひどく困惑させられただけだ。きみは太陽やビーチのことを考えていた。冷たいチョコレート・ドリンクを飲んでいたし、脈まであった。脈があるのに死んでいると思うか？」

　彼女は腰に手をあてた。怒りのせいで、呼吸するたびに胸が大きく上下している。「わたしは死んでなんかいないわ」

「じゃあ、アンデッドだ。そのほうが生きている気がするなら、そう呼ぶよ」オースティンはダーシーのほうに身を乗り出してバスローブをつかみ、肩をむき出しにした。息をのむ彼女を無視して、頸《けい》動脈に二本の指を押しあてる。指先から脈拍が伝わってきた。

「どう？　わたしは死んでる？」

「いや」くそっ。彼女はこんなに生き生きとしているのに、どうして背を向けられるというんだ？ 「それどころか、鼓動が速まっている」

「むっとしているせいよ」彼女が眉を上げた。「それとも興奮しているのかしら」

オースティンは手をおろしてあとずさりした。「どうしてだ？」

「興奮しないわけがないでしょう？」ダーシーが頭を傾けて彼の体に視線を這わせた。「だって〝地上でもっともセクシーな男〟とふたりきりで、しかも数年ぶり――」

「どうして心臓が動いているのかと訊いたんだ」

「動くのはあたりまえでしょう？ わたしは歩きもするし、話もするのよ。あなたが裸だと考えてもいるわ。わたしの心臓が体のいろいろな部分に血を送り込まなければ、そんなことできないんじゃない？」

オースティンの体の一部には、間違いなく血液が送り込まれつつあった。ダーシーが彼の下着を見つめ続けているので、状況は悪化するばかりだ。待てよ、数年ぶりだって？ 「昼のあいだはどうなっているんだ？」

彼女がため息をついた。「太陽がのぼるとわたしの心臓は止まるの。日が沈んだとたん、まるで電気ショックを受けたみたいな衝撃に襲われる。そうすると、何もかももとどおりに動き出すのよ」

「痛そうだな」

ダーシーはゆっくり笑みを浮かべながら、バスローブのベルトをほどいた。「でも、心地よい痛みだわ」

誘惑しているのか。オースティンはバスローブがダーシーの体を滑り、床に放り出したままのタオルのそばに落ちるのを目で追った。彼女の顔に戻る途中で、視線がタンクトップに吸い寄せられる。胸が薄い生地を引き伸ばしているせいで、白いコットンがほとんど透けて見え、ふっくらしたピンク色の乳首が確認できた。指で軽く触れればすぐに反応するだろう。いや、訂正。じっと見つめるだけでいい。彼の目の前で、それはすでに硬くとがり始めていた。オースティンの股間も同様の反応を示していた。どんどん硬くなっているのだ。ただし、大きさはまったく違うが。

ダーシーが一歩進み出た。「あなたはわたしを愛していると言ったわね。あれは本心なの？」

彼は一瞬目を閉じた。股間が膨らみ、胸が疼いている。「ダーシー、きみは同じ種族の男の中から相手を見つけるべきだ。きみを愛し、永遠に一緒に生きられる相手を。ぼくでは必要なものをあげられない」

「でも、わたしはあなたが欲しいの」

「くそっ」オースティンはドアへ歩いていった。「ぼくはＣＩＡで働いているんだぞ。ぼくがヴァンパイアを殺してまわれば、きっとふたりの関係は悪化する。きみだってそう思うだろう？」

「殺さないようにするのは可能だわ」

そうやってヴァンパイアの世界に引きずり込まれ、自分をおやつと見なしている生き物たちに囲まれて、夜だけ活動する毎日を送るのか？「きみはぼくに、何もかもあきらめろと要求しているんだ」

「それなら忘れて」ダーシーはドアに寄りかかり、彼が開けられないようにした。「ハッピーエンドは忘れてちょうだい。そんなのは夢の中の世界での話よ。モータルの世界でさえ、めったに起こらないことだわ」

「そんなふうに言うんじゃない、ダーシー。きみはちゃんと愛されるべき女性なんだ」

彼女の瞳が涙で光った。「自分にふさわしいものが必ず得られるとはかぎらないわ。そうでしょう？　わたしはつらい経験からそのことを学んだの。だから今は、手に入るならなんでも受け入れることにした。たとえそれがひと晩だけのものでも」

〝わかった〟と言うんだ。オースティンの体はそう叫んでいたが、心はまだ抗っていた。ひと晩で満足するわけがないからだ。

ダーシーがドアに鍵をかけた。「ひと晩だけ」

オースティンは壁にもたれかかった。屈してしまうであろうことはわかっている。これほどまでに彼女が欲しいのに、抵抗できるわけがない。しかし、終わったあとで握手をして円満に別々の道を歩めると思っているのなら、ダーシーは彼の思いの深さを理解していないのだ。

彼女の目にかすかな不安が揺らめいた。「わたしに嫌悪感を抱いているの？」

「まさか」ダーシーのためにすべてをあきらめようと考えているんだぞ。皮肉なものだ。過去に一夜かぎりの関係で満足したことが何度あった？　これは一種のしっぺ返しなのかもしれない。彼女のほうはひと晩だけでもかまわないのだと思うと、内臓がよじれるような感覚を覚えた。ふたりの気持ちや結びつきが取るに足りないものになってしまう。そのことに腹が立つのだ。

「わたしが怖いの？」ダーシーがつんと顎を上げた。「今まで誰も嚙んだことがないし、これからも嚙むつもりはない。そんなことをするくらいなら死ぬほうがましよ」

「嚙まないのか？」オースティンは食いしばった歯のあいだから言葉を絞り出した。

「ええ、絶対に」

「残念だな。ぼくは嚙む」

ダーシーが目を見開いてあとずさりした。「あなた……わたしを嚙みたいの？」

「もちろん」怒りがつのっているにもかかわらず、彼は腕を組んで何気ないふうを装った。

「嚙むのは好きだよ」

彼女が用心深い目を向けてくる。「きつく？」

「傷がつくほどじゃないが。きみの体の敏感な部分をかじったり、歯でこすったりする程度かな。そのあとで、回転させるように舌を這わせる。吸う悦びも忘れちゃいけない」

ダーシーの口がぽかんと開いた。彼女ははっと気を取り直し、舌で唇を舐めた。「正確にはどこを嚙みたいの？」

オースティンは彼女の全身をゆっくり眺めまわした。「首の付け根の、肩とつながっているところ。それからへそのすぐ下の柔らかい部分」

「ここ?」彼女は淡いブルーのショートパンツの、ゴムのウエストをずらした。

「そうだ」声がかすれている。オースティンは咳払いすると、スパンコールのついたビーチサンダルを示して言った。「それからきみの爪先」

「まあ」ダーシーがサンダルを蹴って脱ぎ、厚いカーペットの上で足の指をもぞもぞさせた。

「他には?」

「ふくらはぎ。それから腿の内側。腿のうしろの、きみの小さなお尻に続いていく曲線もいいね」

彼女は横を向くと、ショートパンツの裾を上げてお尻のカーブをあらわにした。「ここ?」そう言って肌をなでる。まぶたがわずかに下がった。「他は?」

薄っぺらいシルクのボクサーショーツがはち切れそうだ。「ヒップ。ウエストの下で、広くなり始めるあたりだ」

ダーシーがショートパンツを数センチ下げた。あらわになった肌を両手で覆う。「他には?」

「乳房の下の部分。膨らんでずっしり重くなっているところ」

「ああ」彼女は丸みを帯びた曲線が現れるまでタンクトップをめくった。乳首がのぞくすれすれのところで止める。乳房の下側を両手で包み、胸を持ち上げた。オースティンを見た彼女の目が翳りを帯び、ちらちらと揺れ始めた。

なんてことだ。彼は体を強ばらせた。「きみの目が赤くなってきた」

「興奮しているしるしよ。準備が整っているの」

「自然にそうなるのか？」くそっ。ヴァンパイア特有の変化を自分でコントロールできないとしたら、いったいどうなるだろう？　突然牙が飛び出したら？　やっぱり彼女の力のほうが強かったらどうすればいいんだ？

ダーシーが近づいてきた。「他にどこを噛みたいのか教えて」

このまま彼女に圧倒されるつもりはない。彼には自在に操れる力が他にもあるのだ。オースティンは精神を集中させて、彼女の頭に意識を向けた。ダーシーが息をのんで立ち止まる。目を閉じた彼女の頬に赤みが差し、やがて首まで広がった。

〝タンクトップを脱ぐんだ〟

ダーシーがまぶたを開けた。微笑んでいる。「お望みどおりに」彼女はタンクトップを頭から引き抜いて床に落とした。

オースティンが彼女の胸に目を奪われていると、氷のように冷たいひと筋のパワーが彼のほうへ向かってきて、頭のまわりを漂った。反射的にぴしゃりと払いのけると、かすみのようなその力はすぐに消えてしまった。

「とても強いのね」ダーシーがささやいた。

「きみが弱いんだ」

彼女は肩をすくめた。「だって、これまで試したことがなかったのよ。他人のプライバシーを侵したくなくて」

「ぼくがきみの頭の中に入るのも好きじゃないんだな」

「ヴァンパイアに入ってこられるのがいやなの。恐ろしく冷たいんだもの。だけど、あなたの場合は素晴らしく熱い」ダーシーが頬を染めた。「隠したいことは何もないわ。それに、内側から温められるのはとても気持ちがいい。長いあいだ、ずっと寒い思いをしてきたから」

一日の半分は文字どおり死んでいるから寒いのだ。どうやってつき合えばいい？　毎朝目覚めると隣に死んだ女性がいるなんて。けれどもオースティンには、彼女の目に浮かぶ苦悩と渇望を無視できなかった。ダーシーの苦しみは彼の苦しみだ。彼女の世界が彼の世界となる。

目の前には、ショートパンツ以外何も身につけていないダーシーが立っていた。ふたたびスカイブルーに戻った瞳に欲望と不安をのぞかせて。拒まれるのを恐れているのだ。

「ねえ、わたしのどこを噛みたいか、教えてくれているところだったのよ」彼女が静かに口を開いて先を促した。

「ああ、もう一箇所ある。だけどそこは噛むんじゃない。愛したいんだ」身を乗り出したオースティンはシャンプーの香りを吸い込んだ。ダーシーの髪をそっとうしろへなでつける。首にヴァンパイアの牙がつけたと思われるふたつの小さな傷跡があった。かわいそうに。いつも髪をおろしているのはこのせいだったのだ。彼は指先で傷に触れた。

彼女の体に震えが走った。「どこを愛したいの？」

オースティンはダーシーの耳もとでささやいた。彼女を抱えてベッドへ運び、上掛けの上に落とす。

「オースティン？」

「ああ」彼女を自分のものにするんだ。あとのことなどかまうものか。

21

轟くような鼓動を耳にしながら、ダーシーはオースティンに手を伸ばした。そうよ！　たとえ他のすべてをあきらめるとしても、この輝かしい一夜だけは残る。彼がベッドに横たわり、ダーシーを腕に引き寄せた。そうよ。興奮しすぎて他に何も考えられず、同じ言葉が繰り返し頭の中で響いている。彼女はオースティンの顔中にキスして、両手で彼の髪をすいた。豊かで湿っていて、ああ、それに柔らかい。もっと濃い色の髭とは対照的だ。

今度は彼がダーシーの顔をキスで覆い始めた。かなり急いでいるようだが気にならない。実際、オースティンは半狂乱と言ってもいいくらいだった。だけどあっというまにわれを失って爆発したとして、何が悪いの？　こんなふうに夢中になる感じは嫌いじゃないし、ものすごい爆発になるに違いないわ。

お互いを探りあてたとたんに唇が開き、ひとつになった。舌が侵入してくる。彼は同時に頭の中にも入ってきた。

〝ぼくはここだ、ダーシー。もう二度ときみを凍えさせない〟

ダーシーは精神と肉体の両方でオースティンを受け入れ、彼の心と体が放つ熱を思う存分楽しんだ。自分がどれほど心を開いているか気づいた瞬間、彼女は畏怖の念に襲われた。心の中に入ってきた彼は、すぐに体の中にも入ってくるに違いない。内も外も、隅々まで彼に知られるだろう。驚いたことに恐れは感じなかった。彼を信じている。誰かをこれほど信頼したのは初めてだ。

オースティンが体を引いて彼女を見つめた。「ダーシー」彼女の髪をうしろへとかす。「ありがとう」

彼には心の声が聞こえたのだ。こみ上げてくる愛の大きさに、ダーシーは胸がはち切れるのではないかと思った。どうにかして彼に示したい。知ってもらわなければ。彼女は電光石火のスピードで動き、オースティンを仰向けに倒して両手を押さえつけた。

「うわっ！」彼の顔に浮かんだ驚きの表情が用心に変わる。「きみは、その、かなり力が強いんだな」

自分でもこれほど強いとは思わなかった。すごいわ。ダーシーは筋肉に覆われた彼の腕や胸をじっくり眺めた。マッチョなスーパースパイより強いなんて。オースティンがこぶしを握り、つかまれている手首を引き抜こうとする。だが、彼女を振り払うことはできなかった。本当にすごい。

彼が眉をひそめてダーシーをうかがった。「どうやらこの状況がきみを興奮させているらしい。目がまた赤くなっているよ」

彼女はにっこりした。「心配しないで。優しくするから」そう言ってオースティンの手首を放すと、指先を腕に走らせて、腕から肩、そして胸へと触れていく。カールした胸毛の上で指を広げ、金色の毛をたどっておへそまでおりた。なんて魅力的な男性だろう。生きたまま食べてしまいたい。

オースティンがさっと肘をついて上体を起こし、不安げな顔でダーシーを見つめた。「それはやめたほうがいい」

聞こえちゃったのね。「比喩《ひゆ》的な意味よ。落ち着いて」ふたたび彼を仰向けにさせる。「優しくするって言ったでしょう」彼女はセクシーな赤い下着のウエストをつかんで引っ張った。

〝はぎ取ってくれ〟

薄いシルクは簡単に裂けてしまい、ダーシーは眉根を寄せた。「あらあら」

オースティンが頭をもたげて破けた下着を見た。

「ごめんなさい」彼女は申し訳なさそうに微笑んだ。「ちょっと夢中になりすぎたみたい」

そこで彼を見おろす。「それはわたしだけじゃないようだけど」

うめき声をあげて、彼がベッドに頭をつけた。「自分の強さを把握していないなら、きみは――」ダーシーの手に包まれて息をのむ。

「わたしはどうするべき？」彼女はそっとなでた。

オースティンが食いしばった歯のあいだから言った。「続けてくれ」

彼女は先端のまわりに小さな円を描いた。「やっぱりね。説得に応じると思ったわ」

「ああ、ぼくは従順なんだ」彼がぎゅっと目を閉じる。荒い呼吸に合わせて胸が隆起した。

オースティンは素晴らしく美しかった。それにとても大きい。ダーシーは浮き出た血管を指でなぞり、次に顔を寄せて舌でたどり直した。彼の喉の奥で低いうめき声が響く。彼女はキスしながら先端までたどると、彼自身を口に含んだ。

〝気に入った？〟ダーシーは心の声で尋ねた。

〝ああ。きみはうまいよ。きみは――〟「待ってくれ！」オースティンがもがきながら起き上がった。

彼女の唇は音をたてて彼から離れた。「うーん、チキンみたい」

「笑いごとじゃないぞ。きみはヴァンパイアになってから愛し合ったことがないんだろう？このあとどうなるかわかっているのか？」

ダーシーは彼の下腹部に頬をすり寄せてキスした。「わかっているわよ。すてきな時間を過ごすの。ちゃんと優しくしてるじゃない」

「だけど目が光るのをコントロールできていない。力の加減も。我慢できなくなって牙が飛び出したらどうするんだ？」

彼に唇をつけたまま、ダーシーは動きを止めた。

「ボディピアスはごめんだ」オースティンが彼女を押しのけ、仰向けにしてのしかかってきた。

唇を噛んで笑いをこらえる。

彼が睨みつけた。「ちっとも面白くない」

「でも、わたしは噛んだりしないわ」まったく、典型的な男の考えね。家宝を守るのに必死になって。

「聞こえてるぞ」オースティンが彼女の手首をきつくつかみ、全身を眺めまわした。

彼を投げ飛ばすのは簡単だわ。その気になればだけど。

オースティンの眉が上がった。「だけど、そうしようとは思わないんだろう？」

ダーシーはゆっくり微笑んだ。「わたしはすっかりあなたのなすがままよ。いったいどうするつもり？」

微笑みが返ってきた。「今からきみを噛むんだ」

彼女はため息をついた。「なんとか耐えるわ」さっき言っていた場所を全部噛んでくれるなら。

〝任せてくれ〟ダーシーの首に鼻をすり寄せると、オースティンは首と肩がつながる部分に歯を立てた。

くすぐったくて身をよじってしまう。彼は胸へ向かって肌をついばんでいった。彼女の手首を放し、片方の乳房を手で包んで、親指で乳首を弾いた。硬くとがるのを確認して口に入れる。

頭が吹き飛ぶほどの快感に、ダーシーは背中を弓なりにした。衝撃が和らいで、ふと彼の精神が心の縁まで退却していることに気づく。彼女はオースティンの頭をきつく抱いて言った。「わたしを置いていかないで」

〝まだそばにいるよ〟彼がダーシーの胸から顔を上げた。「きみの反応が刺激的すぎるんだ。少し離れておかないと爆発してしまう」

「ああ、オースティン」彼の額にキスをした。「あなたを愛しているわ」

「ぼくも愛している」オースティンは胸のふくらみの下側に、それから腰の曲線に口づけた。ショートパンツのウエストをずらし、腹部の肌をかじる。

彼女は体をくねらせた。何もかもすごく気持ちいいけれど、もっと先へ進みたくてたまらない。

「わかった」彼がショートパンツを引き下げた。

ダーシーは息をのんだ。まあ、テレパシーって役に立つわ。

足もとに膝をついたオースティンが顔を上げて彼女を見た。「とてもきれいだ、ダーシー」

彼女の片足を持ち上げて爪先を嚙む。ダーシーが膝を曲げると脚が開く格好になった。オースティンの視線が、彼女のもっとも秘めやかな場所に向いている。体の奥から興奮がわき起こり、脚のあいだが疼いた。彼は脚からふくらはぎへ歯を立てていった。彼女はもう片方の膝も曲げて、脚を大きく開いた。彼の動きが止まる。目はダーシーに釘づけだ。

熱いものがあふれ出し、彼女は欲望にうめいた。

オースティンがかすかな笑みを浮かべてダーシーを見た。「セクシーだ」

〝わたしを奪って〟

〝もう少しだから。焦らないで〟彼は腿の内側にキスした。

〝早く！〟

〝えらく威張るんだな〟彼が手を離して脚のあいだに入ってきた。触れられたとたん、ダーシーはびくっと跳ねた。〝うわっ、ロデオじゃないんだぞ、ダーリン〟

「ごめんなさい」彼女は胸に片手をあてて息を弾ませた。「すごく興奮してるの。ずっとあなたが欲しかったから」

〝もう黙って。リラックスして楽しむんだ〟そう言って、ゆっくり舌を這わせる。

ダーシーは思わず叫んだ。

彼が眉をひそめてドアのほうをうかがった。「隣にＣＩＡの同僚がいるんだ。できるだけ静かにしよう」

「わかった」彼女は上掛けをつかみ、ベッドに踵《かかと》を押しつけた。「いいわ。準備完了よ。さあ、いくらでもやって《ドゥ・ユア・ワースト》ちょうだい。もちろん、ベストを尽くしてほしいけど」

オースティンの口の端が上がった。「了解」

ふたたび彼の唇を感じて、ダーシーは息をのんだ。上掛けを握りしめて目を閉じる。ああ、すごい。心地よくて優しくて徹底的で、いまいましいほどゆっくりだわ。するとと彼がペースを速めた。官能のもやに包まれながら、ダーシーは心の声が彼に聞こえていると気づいた。

〝あら、ごめんなさい〟けれども結局こらえきれず、もっと強い刺激を求めて腰を持ち上げてしまう。オースティンはすぐさまそれに応えて彼女の腰をつかんだ。ああ、テレパシーってすごい！

〝もう少し右。いいえ、そこじゃないほう。もっと速く。速くして――〟ダーシーはまともに考えられなくなり、指示を出すこともできなくなった。だが、オースティンに指示は必要なかったようだ。のぼりつめ、舞い上がり、めまいがして砕け散る寸前になっても、彼はさらに駆り立てて――。

ダーシーは悲鳴をあげた。激しく身を震わせて脚をぎゅっと閉じる。

「ああっ」オースティンが身をよじり、苦労して彼女の脚のあいだから出てきた。「まいったな、きみは本当に力が強いよ」

うめき声をあげると、ダーシーは横向きに転がった。体はまだ痙攣している。

オースティンも隣に横たわり、彼女を腕に引き寄せた。「大丈夫か、スウィートハート？」

「ええ」ダーシーはあえぎながら言った。

そのときドアを叩く大きな音がして、ふたりははっと身を強ばらせた。

「おい、オースティン！」ギャレットが叫んでいる。「どうしたんだ？　応援が必要か？」

オースティンが叫び返した。「ガールフレンドを招いたんだ。あっちへ行けよ」

沈黙が広がる。「本当に応援はいらないのか？」

ドアの向こうでにやけているらしいその声に、ダーシーはあきれて目をまわした。

「失《う》せろ、こいつめ」オースティンが叫んだ。物音がしなくなると、彼は仰向けに寝転がって言った。「ええと、どこまでいったかな？」

ダーシーは彼の首に腕をまわした。「これまでの人生で最高の、途方もなくすごいオーガズムを経験したところ」

「ああ、なるほど。それじゃあ、難しい仕事ではあるが、それを超えられるかどうかやってみよう」オースティンが頭を下げて、彼女の胸に顔を近づけた。

あらゆる興奮が一気に戻ってきて、ダーシーは息をのんだ。たちまち脚が開き、彼の指が濡れる。

「コンドームは必要かな？」オースティンがささやいた。

「いいえ」彼女は目を閉じて首を横に振った。彼の指がじらすように小さく円を描いている。

「病気はないわ」

手が止まった。「子供は？」

ダーシーはぱっと目を開けた。不安そうな彼の顔を見て胸が詰まる。「子供は持てないの」

オースティンの顔につらそうな表情がよぎった。「そうだと思ったよ。残念だ」

唾をのみ込み、こぼれそうになる涙を押し戻す。オースティンなら素晴らしい父親になるだろう。彼と一緒にいるべきではないと思う、もうひとつ別の理由がそれだ。

「それは違う。ぼくはきみを愛しているんだ」オースティンが彼女の脚のあいだで動き、位置を整えた。「何があろうとも」

彼が突き進んできた瞬間にダーシーは叫び声をあげた。腕と脚を彼に巻きつけ、きつく抱き寄せる。

〝愛している〟体の奥に入りながら、オースティンは彼女の頭の中でその言葉を繰り返した。

お互いの心につかまり、ひとつに溶ける感覚がさらなる高みへと導いていく。

びくんと体が跳ねたかと思うと、オースティンがダーシーの中で弾けた。彼のうめき声が耳で、そして心で響き渡った。それに応えるように、彼女も粉々に砕け散った。最初のときより激しいかどうかはわからない。だが、ふたりで迎えたこの瞬間のほうが間違いなく素晴らしかった。

オースティンがダーシーの横に身を投げ出し、彼女を抱き寄せた。「大丈夫か、スウィートハート？」

彼女は身を震わせながら、熱さが急速に引いていくのを感じていた。「また寒くなってきたわ」

「ここへおいで。上掛けの下に」彼がすばやくベッドを出て上掛けをめくった。ダーシーがもぐり込んでいるあいだに明かりを消す。窓から差し込む月明かりに照らされて、彼の髪が銀色に輝いて見えた。

オースティンが微笑み、彼女の隣に横たわった。「一ラウンド目のインターバルが終わったら、すぐにまた温めてあげるよ」

「ボクシングの試合のつもり？」ダーシーは彼にすり寄った。

オースティンが顔をしかめた。「いくらなんでも、あと九ラウンドは無理だよ」

彼女はにっこりして、カールした彼の胸毛をもてあそんだ。「もう頭の中に入ってこないのね」

彼が口の端を上げた。「エネルギーを節約しているんだ」

「テレパシーの能力は生まれたときから備わっていたの？」

オースティンは目を閉じた。呼吸が穏やかになり、ダーシーは彼が寝てしまったのかもしれないと思った。とてもハンサムで無邪気に見える。

しばらくして彼が目を開け、じっと天井を見つめた。「うちの家族に伝わる力なんだ。隔世遺伝だけど。祖父にもテレパシー能力が備わっていた。母方の祖父だよ」

「あなたが名前をもらったおじいさん？」

彼がかすかにうなずいた。「パパ・オラフだ。まだ幼かったころ、誰も唇を動かしていないのに声が聞こえることがよくあった。返事をするとみんな、まるで頭がふたつ生えているかのような目でぼくを見るんだ。自分はどこかおかしいに違いないと不安になったよ」

「困惑したでしょうね」

「ああ。でも、パパ・オラフは理解してくれた。そして何が起こっているのか説明してくれたんだ。最初は怖かった。だけど祖父は、ぼくらふたりが特別な秘密クラブに所属しているみたいに楽しい気分にさせてくれたんだ」オースティンが微笑んだ。「ミネソタにある祖父のお気に入りの湖で、釣りをしながら何時間も会話を楽しんだよ。ふたりとも、ひと言も声を出さずにね」

ダーシーは悲しみの疼きを押し殺した。妹たちとの長いおしゃべりが今でも恋しい。「そんなおじいさんがいて、あなたはラッキーだったわね」

「うん。この能力に関しては慎重にならなければならないと警告してくれた。だけど成長するにつれて、ぼくはどんどん大胆になって……きっと思い上がっていたんだな。自分のことを三人の妹たちの偉大なる庇護《ひご》者だと考えていた。遊びに来た友だちの心を読んで、気に入らない内容だと追い返した」

ダーシーは鼻を鳴らした。「妹さんたちはさぞ喜んだでしょうね」

オースティンがにやりとする。「当時は、どうしてみんな感謝してくれないんだろうと思っていたな。今ならよくわかる。ぼくは知ったかぶりのいじめっ子みたいにふるまっていたんだ」彼の微笑みが消えた。「一五歳になったころ、ぼくの力は飛躍的に進歩した。それで我慢できなくなって、自分の力を自慢し始めたんだよ。それが父を怒らせた。それでなくても、ぼくと祖父の仲がいいことに不満を持っていたんだ。父はパパ・オラフがぼくの人生に悪影響を及ぼすと確信するようになった。祖父がぼくに魔術を教え込んでいるとまで考えたんだ」

「まあ、そんな」ダーシーは手で頭を支えた。「それで、お父さんはどうしたの？」

「祖父と会うのを禁じたんだ。ぼくは腹を立てたよ。どうせ意のままにお互いの頭の中に入れるんだから、会話を止めようとしても無駄だと言い放った。ショックを受けた父は家族に荷造りをさせて、そのままウィスコンシンに引っ越してしまった。そしてぼくの能力は邪悪なものだから、もう使ってはならないと命じた」

「まあ、かわいそうに」ダーシーはオースティンの額をなでた。「ひどくいやな思いをしたのね」

彼が肩をすくめた。「思っていたほど自分の力が強くないと気づいたのはそのときだった。遠く離れてしまうと、祖父のところまで声が届かなかったんだ。新しい高校に通い始めたし、まわりから変な目で見られたくなかった。引っ越して友だちと離ればなれにさせられたものだから、妹たちはぼくに腹を立てていた。それでぼくは……降参したんだ。まわりのみんなに幸せになってほしくて、普通になろうと努めた。父にぼくのことを誇りに思ってほしかったんだ。だからフットボール部と水泳部に入った。高校と大学を通じて、ぼくは完璧な生徒だった」

ダーシーはため息をついた。自分自身でいられない世界に囚われるのがどんな気持ちか、彼女にはわかりすぎるほどよくわかった。「それからおじいさんはどうなったの?」

「ぼくが大学生のときに、会いに来てほしいと連絡があった」オースティンがつかのま目を閉じた。唇を引き結んだつらそうな表情のせいで、やつれた顔に見える。「健康状態が悪化して、祖父だとすぐにはわからないほどだった。そのときになって初めて、ぼくがどれほど必要とされていたかに気づいたよ。本当の自分自身を否定するのはやめてくれと懇願された。自分の能力を受け入れて、いいことのために使うように言われた。決して恥じてはならない。神がこんなふうにぼくを創ったのには理由があるはずで、それを見つけ出すかどうかは自分次第なのだと」

「素敵な人だったのね」ダーシーはささやいた。オースティンの祖父の考え方は、マギーのそれを思い出させた。ダーシー自身はヴァンパイアでいることに利点があるとはどうしても思えないのだが。

オースティンが息を吐いた。「祖父を裏切っていたような気がしたよ。祖父だけじゃなくて自分のことも。だから祖父の死の床でぼくは、これからは言われたとおりに生きると誓った。そしてCIAに入り、邪悪な存在と戦えるよう能力に磨きをかけた」

「わたしみたいな存在？」ダーシーは乾いた声で訊いた。

彼が苛立ちのこもった視線を向けてきた。「ぼくの愛する女性を侮辱しないでくれ」

ダーシーは微笑み、オースティンの肩に頭をもたせかけた。彼が罪のない人を守り、悪を打ち負かすために自分の力を使おうと駆り立てられる理由がよく理解できた。それをやめさせることなどできない。無駄にするのはもったいない、貴重で特別な能力なのだ。「ハロウィーンにはいつもスーパーヒーローの扮装《ふんそう》をしたでしょ」

彼がくすくす笑った。「ああ。特にマントが大好きだった」

「下着は『スーパーマン』だったんじゃない？」

オースティンがうなずく。「それと『スパイダーマン』のパジャマ。ランチボックスは『超人ハルク』だったな」

ダーシーは筋肉の盛り上がった彼の胸と、くっきりした腹筋に手を滑らせた。「ええ、そうでしょうね。あなたは超人だわ、まったく」

彼が笑顔で横向きに転がった。「きみは〈マリブビーチ・バービー〉を持っていたに違いない」

彼女は声をあげて笑った。「ビーチハウスもよ」

「まさに典型的なアメリカの女の子だな」オースティンがダーシーの背中をさすった。「きみに起こったことを教えてくれ」

たちまち笑みが消える。「言いたくないの」

「ぼくは知りたい」

「わたしは死んだ。それだけ」

「きみはテレビのレポーターだったね。録画テープを見たよ。面白くて有能だった」彼はダーシーの髪をうしろになでつけた。「いったい何があったのか、ずっと突き止めようとしていたんだ。きみが以前組んでいたカメラマンのジャックにも会いに行ったよ」

息が喉で絡まった。「元気にしてた?」

「いや。何かが彼をひどく脅えさせたようだ。きみは吸血エイリアンに連れ去られたと思っている」

ダーシーは表情を曇らせた。「かわいそうなジャック」

「何があったか教えてくれ。四年前のハロウィーンの夜に」

「わたしはヴァンパイアの真似をする若者たちを取材していたの」疑わしそうな目をオースティンに向ける。「こんな話、本当に聞きたいの?」

「ああ。続けて」

彼女は身震いすると、心の奥に鍵をかけてしまい込んでいた記憶をたどり始めた。「わたしたちは取材でグリニッジ・ヴィレッジのクラブに行った。ワシントン・スクウェアからそう遠くないところで、〈ファング・オブ・フォーチュン〉という名前の店だったわ。あのときジャックは古いビデオカメラを持っていったの。何人かの若者にインタビューしたら、さっさと帰るつもりだった」

ダーシーは一瞬だけ目をつぶった。「わたしたちのテーブルに、ニューヨーク大学の学生のカップルがやってきたの。ドラコとテイラー。ドラコは牙のように見える歯をつけていた。テイラーのほうは、ちょっと注目されたがっているだけのいい子だったわ。ふたりはカメラの前でポーズをとると、そのままどこかに行ってしまった。それからわたしは奇妙な雰囲気の男性ふたりを見つけて、彼らのテーブルへ向かったの」

「誰だったんだ？」オースティンが訊いた。

「グレゴリよ。今と変わらずタキシードを着ていたわ。もうひとりは赤と緑のキルトを身にまとったスコットランド人だった」

オースティンが体を強ばらせた。「ぼくがシャナの見張りをしていたときに、彼女を連れ去ったヴァンパイアに似ているな。背が高くて赤毛で、髪をうしろで結んで、アニメに出てくるシュレックとイギリスのコメディアン、ビリー・コノリーを足して二で割ったような話し方をするんだ」

ダーシーは悲しげに微笑んだ。「ええ、そう。それはきっとコナーだわ」彼女も最初は、コナーの訛りをとてもキュートだと思ったのだ。「わたしはふたりが警官かもしれないと考えたの。そのクラブでよくないことが起こっている噂を聞いたから来たと、彼らも認めたわ。そのときはドラッグのことだろうと思ったんだけど」

ため息がもれた。「わたしはふたりに、まわりの若い子たちのようにヴァンパイアのふりをするには年をとりすぎていると言ったの。そうしたらコナーが、ふりをする必要はないんだと応えた。彼が本当は何歳か、わたしにはわからないだろうとも言ったわ」

オースティンが眉をひそめる。「きみをからかったように聞こえるな」

「ふたりはふざけているんだと思った。特にコナーが本物のヴァンパイアだと言い出したときは」

彼が体を起こして座った。「認めたのか?」

「コナーもグレゴリも冗談ばかり言っていたの。だからわたしは彼らの話をひと言も信じなかったし、向こうもそれがわかっていたのよ。わたしはコナーに、あなたをヴァンパイアにしたのはネス湖の怪物じゃないの、なんて訊いたわ。そしたら彼、大切なネッシーをばかにするんじゃないって。わたしたちは大笑いして楽しく過ごしていたんだけど、ジャックがやってきて撮影しようとしたとたん、彼らがやけに神経質になったの」

「ジャックのカメラはデジタルじゃなかったんだな?」

「ええ。突然なんの前触れもなく、氷のように冷たい声が頭の中に聞こえてきて、ふたりを撮影するなと命じた。ジャックとわたしに立ち去るよう告げたわ。気がつくと、すでにテーブルからグレゴリとコナーの姿が消えていた。彼らはカウンターに座って、血に見える赤いものを飲んでいたわ。わたしは混乱して気分が悪くなって、バッグをつかむといちばん近くの出口へ向かったの」

「裏の路地へ続く出口？」オースティンがささやく。

ダーシーは両手で顔を覆った。けれども忌まわしい記憶が押し寄せてくるのは止められない。「これ以上は無理よ」

彼女に腕をまわして、オースティンが言った。「恐ろしい経験をひとりで抱え込まないで、ぼくと共有すれば少しは楽になるよ。話してくれ」

ダーシーは顔から手を離した。「やってみるわ」

22

「わたしはジャックと一緒に路地へ出たの」ダーシーは話し始めた。「神経をとがらせていたから、金属製の扉が閉まる大きな音がして、驚いて跳び上がったのを覚えているわ。近くにあった大型のごみ容器が倒れたせいだったのよ。それから何かが動きまわるような音が聞こえてきて、きっとネズミだろうと思った」そこで冷笑する。「そうだとよかったんだけど」

「何があったんだ？」オースティンが促した。

「女性の叫び声がして、わたしは急いでごみ容器の向こう側へ走った。テイラーだったの。クラブで会った女の子よ。男が彼女を壁に押しつけて、首に覆いかぶさっていたわ。初めはボーイフレンドのドラコだろうと思ったの。服装が似ていたから。でも、とても合意のうえでの行為には見えなかった。テイラーが脅えているのがはっきりわかったのよ。わたしは男の肩をつかんで、やめなさいと叫んだ」

「だが、向こうは言うことを聞かなかった」オースティンが推測する。

ダーシーは顔をしかめた。「男の喉から獣のように恐ろしい、低いうなり声が聞こえたの。怖くなったけど、テイラーが危害を加えられていたから、わたしは夢中で男をうしろへ引っ張ろうとしたわ。ちょうどそのときジャックがカメラのライトをつけて、それで気がついたの。襲いかかっていた男はドラコじゃないって。そいつはテイラーの喉に嚙みついていた。わたしはものすごく腹が立ってきて、男の背中を思いきり叩いたの。ジャックが制止する声が聞こえてきたけど、もう手遅れだった」

「そいつがきみに襲いかかってきたのか？」

「ものすごい力で押しのけられて宙を飛んだわ。ジャックにぶつかって、ふたりともコンクリートの上に倒れ込んだ。怪我はなかったけど、ジャックを見たらショックで動けないようだった。わたしはバッグから携帯電話を出して九一一にかけたの。裏通りで女性が殺されかけていると通報したわ」ダーシーは顔を覆った。「実際に女性が殺害されたのよ。ただ、自分がその女性になるとは思いもしなかった」

「大丈夫、スウィートハート」オースティンが彼女をしっかり抱きしめた。「もう怖がらなくていいんだ」

ダーシーは手をおろして震えながら息を吸った。「武器になるものを探してあたりを見まわしていたら、ジャックが〝ヴァンパイア〟とささやいたの。ショックを受けてたせいで、そんなことを口走っているんだと思ったわ。でも彼はカメラを押しつけて、自分の目で見てみろと言ったの。そしてわたしがなんとか立とうとしているあいだに跳び起きて、走って逃げてしまった」

「信じられない」オースティンの目が怒りで光った。「あのろくでなしめ。もう一度行って、蹴り飛ばしてやるべきだな」

「いいのよ」ダーシーは彼の顔に触れた。「脅えていたんだもの、仕方ないわ。彼は真実に気づいたのよ。わたしはカメラを通して男を見てみた。でもそこには、壁に押しつけられているテイラーの姿しか映っていなかった。ぬいぐるみのようにぐったりして、首の片側にふたつの穴が開いていて。唖然《あぜん》としたわ。目の前にいた男は——本物のヴァンパイアだったのよ」

「それできみはどうしたんだ？」

ダーシーは鼻で笑った。「いかにもジャーナリストらしく反応したわ。録画ボタンを押したのよ。そのとき、男が振り返ってわたしを見た。牙から血が滴っていたわ。何かしなくちゃいけないのはわかった。さもないとテイラーもわたしも殺される」

目に涙があふれてきた。「わたしは男に、証拠の映像を撮ったからニュースで流すと言ったの。動物みたいに追いつめられてつかまるに違いないって。男はテイラーから手を離した。彼女はそのまま地面にくずおれてしまったわ。わたしは、大丈夫かと声をかけた。走って逃げなさいと言った。でも、彼女はそこにうずくまって泣いているばかりだったの」

オースティンがダーシーの額にキスした。「きみは勇敢だな、スウィートハート」

「わたしは男にカメラを投げつけたけど、簡単に払われてしまった。それから、男がものすごい速さで動いたの。ぼやけて姿が見えないくらい。あっというまに背後から捕らえられて、うしろに引き寄せられた。血の匂いがしたわ。首に息がかかって、歯が肌をかすめるのがわかった」

　彼女を強く抱きしめて、オースティンが言った。「その怪物はきみを嚙んだのか？」

「いいえ。裏口のドアが閉まる音がして、彼女を放せと叫びながらコナーが走ってきた。彼はヴァンパイアの男のことを〝マルコンテンツ〟と呼んで、罪のない人間を餌食にするのはやめろと言ったわ。ヴァンパイアは、食事は新鮮なほうがいいと言い返していた」

「では、本当だったんだな」オースティンが言う。「二種類のヴァンパイア——現代に順応したヴァンパイアとマルコンテンツ——が存在するんだ」

「そうよ。マルコンテンツはモータルを怖がらせて楽しみ、自分たちを止めようとする現代的なヴァンパイアを憎んでいるの」ダーシーはため息をついた。「あとでグレゴリに聞いたんだけど、彼はテイラーを彼女の自宅まで運んで記憶を消したんですって。カメラのテープも持ち去ったらしいわ」

「きみはどうなったんだ？」オースティンが尋ねた。

　ダーシーの体に震えが走った。「そのマルコンテンツは、わたしを引きずりながらあとずさりしていった。コナーは、わたしを連れていると足手まといになるから放したほうがいいと説得していたわ。そしてじりじりとわたしたちのほうへ近づいてきた。マルコンテンツは怖がっているようだった。首にあたる息を感じたの。それからその男は、注意をそらすものが必要だと言った」彼女はオースティンの顔に触れて、彼の目をのぞき込んだ。「一瞬の出来事だったわ。本物の恐怖を味わった。何もかもがスローモーションのようにゆっくりと感じられたの。口を開けて叫ぼうとしたけど、ヴァンパイアのほうが速かった。彼はナイフを取り出してわたしの胸を刺したのよ」

オースティンが彼女を膝にのせた。「そいつを殺してやる。居場所を突き止めて、命を奪ってやるよ」

「そのあとはぼんやりとしか覚えていない」ダーシーはささやいた。「コナーが激怒して何か叫んでいたわ。ひどく痛かったことは覚えている。ショックも。自分がこのまま死ぬんだと悟った。マルコンテンツは姿を消していて、コナーがわたしのそばに膝をついていたわ。彼は、すまない、あいつを止めるべきだった、と言い続けていた。なぜか彼の目が青かったことを覚えているの。わたしをじっと見つめていた。ひとりで死ぬのはいやだったわ。そうしたらコナーが、心配はいらないと言ったの。自分がなんとかするからって」

ダーシーはオースティンから離れて、ベッドの上で体を丸めた。全身がどうしようもなく震え出した。

「ダーシー」オースティンがそばに横たわって彼女に腕をまわした。それでも震えは止まらない。

〝ダーシー〟彼は強く温かい存在で彼女の心を満たした。〝きみはもう安全だ。今はぼくが一緒にいる〟

ダーシーは長い息を吐いた。どうにかここまで話し終えた。これでもうあの夜の恐ろしい記憶を、ふたたび頭の中の暗い片隅に追いやることができる。「ヴァンパイアになりたくなかった」

「そうだろうとも」

「わたしはほとんど意識を失っていたの」

「誰がきみをヴァンパイアに変えたんだ?」オースティンが訊いた。「嚙んだのは誰だ?」

ごくりと喉を鳴らす。「コナーよ」

オースティンが食いしばった歯のあいだから息をもらした。「あいつめ。あいつを憎むべきなんだろうな。だが、彼がきみの命を救ったのも事実だ」

ダーシーは嘲笑った。「テレポートしてわたしを〈ロマテック・インダストリー〉か、あるいは病院に連れていくことができたはずよ。だけど彼はわたしを生かしておくことより、重大な秘密がもれることのほうを心配したんだわ。おかげでわたしは家族を失った。家も仕事も蓄えも、子供を持つ可能性もなくした。二度と太陽の光を浴びられなくなって、普通の生活を送る望みも絶たれたのよ」

「でも、きみは今ここにいる。死んでしまうよりはるかにましだよ」

「昼間のわたしは死んでいるわ」彼女はささやいた。

「だが、夜は生きている。半分なくなったと思うより、まだ半分あると考えろと言うじゃないか。ぼくはその半分を喜んできみと分かち合いたい」

ダーシーは向き直り、悲しげに彼を見た。「ヴァンパイアとつき合っていることが知れたら、あなたは仕事を失うのよ」

オースティンは肩をすくめた。「そうかもしれない。とにかく一日に――いや、ひと晩に一歩ずつ進んでいこう。なんとかなるさ」

「そうだといいけど」彼女は深呼吸して目を閉じた。鼻をくすぐる香りに気づく。芳醇《ほうじゅん》でおいしそうな匂い。オースティンの匂いだ。

「シャナとローマンがうまくやっていけるなら、ぼくらにも可能なはずだ」

「そうね。だけど、それでもまだ問題はあるわ」なんだか変だわ。まるで鼓動が急に増幅したみたいに、全身が脈打っている。ダーシーは会話に集中しようと懸命に努力した。「シャナは子供を欲しがっているの。でも、だめかもしれない」

「そりゃそうだろう。できるとは思えないよ」

動悸《どうき》が激しくなってきた。心臓に問題でもあるのだろうか。「ローマンはもう一度モータルに戻ろうとしたんだけど、それもうまくいかなかったの」

「なんだって？」オースティンが肘をついて上半身を起こした。

彼の首に浮き出た血管に目が留まり、ダーシーは息をのんだ。聞こえていたのはわたしの鼓動じゃなかった。彼のほうの音だったんだわ。脈打ちながら血管をめぐる彼の血の音が、わたしに呼びかけている。

「ダーシー」オースティンが彼女の肩に触れた。

思わず跳び上がる。「何？」

「きみに質問したんだ。大丈夫か？」

「ええ、大丈夫よ」ああ、どうしよう、お腹が空いたわ。

「ヴァンパイアを人間に戻す方法があるのか？」

「ローマンは信じているらしいの。でも、豚で行った実験は失敗したんですって。彼は自分で試したがっているけど、シャナが絶対に許さないでしょうね」ダーシーの視線が、ふたたびオースティンの首の血管に吸い寄せられた。脈打っているのが見える。はっきりとわかる血の匂いがした。いやよ。こんなふうになったことは一度もなかったのに。だけど、この四年間はずっとモータルから離れていた。それが今はまるで……ヴァンパイアそのものの反応だ。

「その実験はどういうものなんだ？」オースティンが訊いた。

「言ったでしょう、うまくいかないのよ」ダーシーは苛立ちをこらえて歯を食いしばった。歯茎に妙な疼きを感じる。

「どうして？」

「アンクレットをつけてないの？」目を下に向けたが、彼の脚は上掛けに覆われていて見えない。

「シャワーを浴びたときに外したんだ。ダーシー、どうしてその実験はうまくいかないんだい？」

「DNAが関係しているみたい。突然変異だとか。ローマンの考えでは、人間だったときのオリジナルのDNAがないとうまく作用しないらしいの」オースティンの血の匂いが頭の中にまで押し寄せてきた。鼓動が全身を脈打たせている。もしも彼が正しかったら？　実際に目の色も力も、自分ではコントロールできなかった。本当に牙が現れたらどうすればいいの？

　ダーシーはベッドを飛び出ると、床に落ちた服を急いで探した。下着は見あたらないので、ショートパンツをつかんではく。

　オースティンが起き上がった。「どうかしたのか？」

「なんでもないわ」タンクトップを見つけて頭からかぶった。歯茎の疼きはどんどんひどくなっていた。ああ、彼を噛んでしまったらどうしよう？　もしも殺してしまったら？

　オースティンがベッドから出てきた。「行かないでくれ。第二ラウンドがまだだ」

　ダーシーはバスローブを羽織った。「ここで寝てしまいたくないの。窓から日が差し込むから」ビーチサンダルに足を突っ込む。「プールハウスのほうが落ち着けるわ」

　彼がスーツケースから下着を取り出してはき始めた。「一緒に行くよ」

「だめ！」

　オースティンが彼女に鋭い視線を向ける。「ぼくを遠ざけようとしないでくれ。今夜ここへ来ると決めたのはきみなんだぞ。それに素晴らしかった。今さら手を引けるわけがない」

　痛烈な痛みが歯茎を突き刺す。「行かなきゃ」ダーシーはドアをこじ開けた。

「ちくしょう、ダーシー！」彼が大股で近づいてきた。「何が問題なのか言ってくれ！」

「確かに素晴らしかった。でも、もう二度とないの。ごめんなさい」彼女は廊下を駆け出した。

「話し合おう」うしろからオースティンが叫んだ。「五分後にきみのところへ行くからな！」

「おい！」ギャレットの声がした。「どうなってるんだ？」

もうひとりのCIA局員にオースティンのガールフレンドがヴァンパイアだと知られないように、ダーシーはスピードを上げた。オースティンの心を打ち砕いただけで十分だ。仕事まで失わせることになってはならない。高感度の彼女の耳には、離れてもなお彼らの会話が聞こえてきた。

「トラブルか？」ギャレットが訊いている。

「なんとかする」オースティンが低くうなった。「一時的なものだよ」

屋上への階段をのぼりながら、ダーシーの目に涙がこみ上げてきた。このトラブルは一時的なものではない。彼女は永遠にヴァンパイアのままなのだから。


五分後、オースティンはプールハウスのドアをノックした。返事はなかった。「そこにいるのはわかってるんだ、ダーシー」急いで服を着ながら、隠しカメラの映像で彼女の姿を追っていたのだ。ダーシーは〈チョコラッド〉のボトルとティッシュペーパーの箱を抱えて、まっすぐベッドルームへ向かった。

もう一度、前より強くノックをする。「話し合う必要がある」

ドアが少しだけ開いた。泣いていたらしく、ダーシーの目は赤かった。くそっ、彼女の苦しむ姿は見たくない。理由がわからないのはもっといやだった。「いったいどうしたっていうんだ？」

「本当にごめんなさい」彼女がささやいた。

「ぼくらは実験の話をしていた。そうしたら突然――。待てよ、あれが原因なのか？　きみは実験が失敗したことに動揺したのか？」ドアを押し開けようとしたが、ものすごい力で押さえられていて、びくともしなかった。「ぼくを締め出さないでくれ、ダーシー。わかっているはずだ。きみを愛している」

彼女の頬にひと粒の涙が転がり落ちた。「わたしのために何もかもあきらめてとは頼めないわ」

「頼まなくていい。選ぶのはぼくだ」

ダーシーが首を横に振った。「いいえ。誰も犠牲になってほしくないの。絶対にだめよ」

「どうしてだ？　きみにはそれだけの価値があると知らないのか？」

彼女が嘲るように鼻を鳴らすと、もうひと粒涙がこぼれた。「自己犠牲なんて信じられないわ」

「そんなことはない。きみは自分を犠牲にしてテイラーを助けたじゃないか」

ダーシーの表情が崩れた。「その結果を見てよ。わたしはすべてをなくした。あなたに同じ思いをさせるつもりはないわ。今は否定しても、いつかわたしを憎むようになるもの。仕事も友人も家族も失ったら、あなたはきっとわたしが憎くなる」

「ありえない！」オーステインはドア口の両側に手を置いて身を乗り出した。「ダーシー、テイラーにとってきみは命の恩人だ。今度はぼくがきみの力になりたいんだよ」

すすり泣きをもらし、彼女が息をのんだ。「ごめんなさい」ダーシーはドアを閉めてしまった。

閉じられたドアを、オースティンは信じられない思いで見つめた。くそっ。彼女のためならなんだって喜んで捨てる。それなのに目の前でドアを閉めるのか？　彼は両手を握りしめた。「ちくしょう！」ドアにこぶしを打ちつけ、彼は自分の部屋へ引き返した。

ちくしょう、ちくしょう、ちくしょう！　ひと足踏み出すごとに怒りがつのる。どうしてこんな仕打ちができるんだ？　ずいぶんかかってやっとここまで来たのに。ヴァンパイア嫌いが今では彼女の恋人になった。それをこんなふうに放り出すなんて。

このままにさせておくものか、ちくしょう。彼女にわからせてやる。簡単に捨てられるつもりはないぞ。

それから三〇分ほどたったころ、ドアを叩く大きな音がして、ダーシーは驚いて起き上がった。「もう、あっちへ行って」うめき声をもらし、涙で濡れた枕《まくら》にふたたび突っ伏す。

ドアの向こうが静かになったところをみると、オースティンは憤りに任せてそのあたりを歩きまわっているのだろう。避けられない事実を受け入れることにして、すでに立ち去ったのかもしれない。ダーシーの頬に新たな涙が流れ落ちた。これでよかったのよ。彼の人生を救うことになるはず。それでも心のどこか深いところでは、オースティンがあきらめずにドアを破って入ってきてくれないかとひそかに願っていた。

ドンドンという音がまた始まった。お願いよ。もう一度あなたを拒絶させないで。ダーシーは音を締め出そうと、寝返りを打って枕で耳をふさいだ。それでもドアを叩く音はやまない。濡れた枕が耳に冷たく、彼女は脇に放り出してしまった。

「ダーシー、出てこないならドアを蹴破るわよ！」

ヴァンダなの？　ダーシーはよろめきながらベッドルームを出て、プールハウスの戸口へ向かった。「今行くわ」ヴァンダの聴力も優れているので、大きな声で叫ぶ必要はない。

「ああ、よかった。病気かと思い始めていたところよ」ヴァンダが言った。

ダーシーはドアを開けた。「わたしなら大丈夫」

ヴァンダの目が見開かれた。「いったいどうしちゃったの？　ひどい顔だわ」

「ありがとう」腫れたまぶたのあいだから外をうかがったダーシーは、ヴァンダの背後で縮こまっている人影に気づいた。「まあ、マギー、何があったの？」

「そう、彼女の様子もひどいでしょ」ヴァンダがマギーを引っ張るようにしてプールハウスの中に入った。「あなたなら元気づけてくれると思ったんだけど――」

ダーシーはマギーの顔をまじまじと見直した。目の縁が赤くなって頬に涙の跡がついている。とたんにこらえきれなくなり、ダーシーはわっと泣き出した。

「あらあら」ヴァンダがつぶやく。「面白いことになりそう」

「ああ、ダーシー。信じられないことがあったの」また涙がこみ上げてきたらしく、マギーもむせび泣き始めた。

ダーシーは彼女の肩を抱いて声をかけた。「かわいそうなマギー」

ヴァンダがため息をついてドアを閉めた。「正しい人選だったみたいね」ラベルのついていないボトルを掲げて言う。「さあ、みんなで酔っ払いましょう」

ダーシーはすすり上げながら訊いた。「それは何？」

ヴァンダがキッチンへ歩いていく。「グレゴリにもらったの。ローマンの〈ヴァンパイア・フュージョン・キュイジン〉の最新作よ。まだ試作段階だけど。市場には出ていないの」

ダーシーとマギーはお互いに腕をまわしてキッチンへ行った。

ヴァンダが頭を振った。「ふたりとも哀れで見ていられないわ」彼女はカウンターに音をたててグラスを三つ置き、ボトルの蓋を開けた。「ワオ！」立ちのぼる香りを吸い込んで目を潤ませる。

「何が入っているの？」ダーシーは訊いた。

「〈ブリスキー〉よ。人工血液とまじりけのないスコッチ・ウイスキーを半分ずつ合わせたもの」ヴァンダは三つのグラスに順に中身を注いだ。「さあ、どうぞ」

自分のグラスに氷を足してから、ダーシーはリビングルームへ行って友人たちに加わった。籐のロッキング・チェアに腰を落ち着ける。

「みんな、飲み干して」ヴァンダがグラスを掲げて宣言した。

飲み終えたとたん、全員があえいだり咳《せ》き込んだりし始めた。それがおさまると、ヴァンダはふたたびグラスを満たしてまわった。籐のコーヒーテーブルのガラスの天板にボトルを置いて、彼女が口を開いた。「いいわ。どちらから始める？」

マギーがグラスを空け、かすれた声で言った。「わたしから」ふたりがけのソファに座った彼女は、花柄のクッションに背中をもたせかけた。「ミスター・バッカスの面接でDVNへ行ったの」

「ああ、そんな」ダーシーはうめいた。「今夜だったの？」

「そう」マギーが涙をぬぐった。

「ごめんなさい、マギー。彼のことを警告するつもりだったのよ」オースティンとの問題が持ち上がり、すっかり忘れていた。

マギーの唇が震えた。「いやらしい最低なやつだと知ってたのね」

「何があったの？」厳しい口調でヴァンダが訊いた。「そいつがあなたにちょっかいを出してきたの？」

マギーは身震いした。「正確に言うと、わたしにさせたがったの。あまりにもショックで、ぽかんと口を開けたままその場に突っ立っていたわ。そうしたら、どうせ口が開いているんだから、もっと有効利用すればいいって言ったのよ」

「スライのやつ」ダーシーはつぶやいた。「いつも口だけは達者なんだから」

ヴァンダがばかにして鼻を鳴らした。「地獄へ落ちろと言ってやったんでしょうね」

マギーが顔をしかめた。「そうするべきだったわ。だけどぞっとしてしまって、そのまま部屋から走り出たの」彼女はクッションにぐったりと身を預けた。「もうドラマの仕事につけないわ。ドン・オルランドのそばにいられない」

ダーシーは勇気を奮い起こすために〈ブリスキー〉を飲み干した。「ドン・オルランドのことだけど、あの噂は本当よ」

「嘘だわ」マギーの顔がくしゃくしゃになった。ヴァンダが彼女のグラスを満たす。

「彼はコーキー・クーラントとも、ティファニーとも関係を持っていたの」ダーシーは説明した。「それに、そのふたりだけではすまないはずよ」

「見下げ果てた男ね」ヴァンダがうなった。

新しい涙がマギーの頰を伝い落ちた。「完璧な相手だと確信していたのに」彼女はグラスをつかんで中身を飲んだ。

ダーシーは洟をすすりながら言った。「本当に残念だわ」

「男ときたら」ヴァンダも〈ブリスキー〉をがぶ飲みした。「死んだやつですら耐えられないんだから」みんなのグラスに注いでまわる。「あなたの番よ、ダーシー。どうして取り乱しているの？」

彼女はため息をついた。「男のせい」

「そりゃそうでしょうね」ヴァンダがグラスを掲げて言い放った。「くたばれ、男ども」

「特にヴァンパイアの男」ぼやいたとたん、マギーが自分の言ったことにびっくりしたような顔をした。三人はどっと笑い出し、また〈ブリスキー〉を飲み干した。

「ああ、どうしよう」マギーが目もとをぬぐった。「信じられないわ。わたし、酔っ払ってる」

「酔うのは初めてなの？」ヴァンダが尋ねた。

「ええ。厳格なカトリック教徒の家に育ったんですもの。飲酒は悪だと教えられたわ。何かも悪だって」マギーは夢見るような表情でクッションにもたれかかった。「十分な愛と信仰があれば、世の中を変えられると信じていたの。だから一八八四年に救世軍に入ったわ。おしゃれな制服を着て、ブラスバンドと一緒にマンハッタン中を歩きまわって、飲酒や自堕落な生活や怠惰の害を説いたのよ」

「本当に？」ダーシーは訊いた。「その話は初めて聞くわ」

マギーが肩をすくめる。「それほど長く続かなかったから。わたしは一九歳で世間知らずだった。数週間後に貧民街をまわる部隊に加わって、波止場の近くのいかがわしい場所へ行ったの。焼きたてのパンを飢えに苦しむ人たちに配るつもりだった。だけどいつのまにか他の人たちとはぐれて、気づいたときには日が暮れていたわ。すっかり迷子になっていたの」

眉をひそめて首の傷に触れる。「最終的には、飢えた人に食事を与えることになったけど」

ダーシーは瞬きした。「文字どおりってこと？」

顔を見合わせた三人はけらけら笑い出した。

「マギーに、そして食事の配給に乾杯」ヴァンダがいっぱいに満たしたグラスを掲げた。全員でグラスを合わせて〈ブリスキー〉を飲む。

ダーシーに向き直ったヴァンダが訊いた。「それで、ろくでなしはどいつなの？」

「オースティン。でも、彼はろくでなしじゃないわ」

マギーが顔を曇らせた。「そんな人、いたかしら？」

「ああ」ダーシーはコーヒーテーブルの端に足をのせて、ロッキング・チェアを揺らし始めた。「みんなが知っている名前だとアダムよ」

「アダムがあなたを困らせているの？」困惑した表情でヴァンダが尋ねた。「だけどホットタブで、彼はあなたを愛していると言ったのよ」

「ホットタブでわたしの話をしたの？」

「もちろん」ヴァンダが眉をひそめた。「絶対にあなたを傷つけないよう警告したのに」

「彼に傷つけられたわけじゃないわ。わたしが彼を傷つけたの」

「やったわね！」マギーがにやにやしながらソファにうつぶせになった。「地獄に落ちるがいいわ」

ヴァンダがむっとした様子で彼女を見た。「ダーシーは面白いと思ってないわよ」

「あら、ごめんなさい」前屈みになったマギーは、そのまま床に転げ落ちた。

「彼の名前だけど、なんていったっけ？」ヴァンダが訊いた。「オースティン？」

マギーが仰向けになってしゃっくりをした。「アダムかと思ってた。それとも、太陽神アポロだったかしら?」

「アダムは芸名よ」ダーシーは言った。

「アダム、オースティン、アポロ」ヴァンダが肩をすくめる。「どんな名前で呼んでも男は男」

床に寝そべったマギーが吹き出した。

ダーシーは鼻でふんと笑い、ロッキング・チェアを揺らそうとしてコーヒーテーブルを蹴った。ところが力が強すぎたのか、椅子が勢いよくうしろへ傾く。「あっ!」彼女は床に投げ出された。

よろよろと立ち上がったヴァンダが、ふらふらしながらダーシーを見おろした。「大丈夫?」

「平気よ」ダーシーはくすくす笑って床の上を転がった。「わたし、恋してるの」そう言ってわっと泣き出す。

「あら、すてき」ヴァンダが手を貸して彼女を立たせた。「日がのぼる前に安全な場所へ移動したほうがよさそうね」

「じゃあ、ベッドルームへ」ダーシーはよたよたと歩き始めた。そのあとをヴァンダとマギーがついていく。三人はキングサイズのベッドに倒れ込んだ。

もう太陽が地平線に顔を出しかけているに違いないわ。ダーシーは思った。死の眠りへ引きずり込もうとする、ずっしりと重い力を感じる。

「ねえ、ヴァンパイアでいることの長所がひとつあるわよ」ダーシーの右側でヴァンダがささやいた。

「なあに？」左側からマギーが訊いた。

「どんなに落ち込んでも、心配で眠れないことがないの」

「言えてる」ダーシーはふたりに手を伸ばした。「一緒にいてくれてありがとう」素晴らしい友人たちがいれば、なんとか乗り越えられるかもしれない。そう考えながら、彼女は深い眠りに落ちていった。

23

ダーシーはひどい頭痛とともに目を覚ました。ヴァンダとマギーも彼女と同じくらいみじめな様子で、よろめきながら使用人フロアの自室へ帰っていった。シャワーを浴びて着替えながら、ダーシーはもうオースティンと顔を合わせられないことに気づいた。彼を見れば、戻ってきてと懇願してしまうかもしれない。そこでカメラマンたちの部屋へ立ち寄り、彼女抜きで撮影を進めるように頼んだ。

今夜はマリア・コンスエラが審査する予定だった。グレゴリが彼女をペントハウスの図書室へ案内していった。ダーシーを含む残りのもとハーレムの女性たちは、使用人フロアの居間で様子を見守ることになっている。

テレビ画面に映し出された図書室の映像を指差して、コーラ・リーが甲高い声で叫んだ。

「ほら、見て!」

「そんなに大きな声を出さないでよ」ヴァンダがぶつぶつ文句を言った。

マギーがうめく。ダーシーはズキズキするこめかみをさすった。

カメラに向かってグレゴリが微笑んだ。「『セクシエスト・マン・オン・アース』へようこそ。さて、残る出場者はわずか四名となりました。力強さのテストで、さらにふたりが脱落するでしょう。そして今夜の審査を担当するのはスペインの美女、マリア・コンスエラです」

落ち着いて威厳たっぷりに、マリア・コンスエラがカメラに向かって会釈した。だがロザリオをきつく握りしめている手もとを見れば、彼女が神経質になっているのがわかる。

「まず最初はブエノスアイレスのロベルト」グレゴリが図書室のドアを開けると、ロベルトが中に入ってきた。

広い額からうしろへ黒髪をなでつけたその男性は、温厚そうに見えた。マリア・コンスエラにお辞儀をして言う。「どうぞなんなりとお申しつけください、セニョーラ」

「ありがとう《グラシアス》」マリア・コンスエラは暖炉のそばに立ち、近くのウイングバック・チェアを示した。「この椅子はデスクの前のほうが見栄えがすると思いますの」

「承知しました《クラーロ》」ロベルトが頭上高く椅子を持ち上げた。デスクまで歩いていって椅子をおろす。「これでいかがでしょう?」

「まあ、結構よ」マリア・コンスエラが承認のしるしに黒い目をきらめかせた。「それから隅の小さな長椅子、あれは暖炉のそばにおくべきじゃないかしら?」

「おっしゃるとおりです」アンティークのラブソファをやすやすと抱えて暖炉のそばへ移動させると、ロベルトは体を起こしてカフスボタンの位置を直した。スーツには皺ひとつ寄っていない。

マリア・コンスエラが顔を輝かせた。「グラシアス、セニョール。もう行ってくださってかまわないわ」

ロベルトがお辞儀をした。「お役に立てて光栄です、セニョーラ」そう言って、彼は部屋を出ていった。

レディ・パメラがため息をつく。「絶対にヴァンパイアだわ」

「ええ」プリンセス・ジョアンナも同意した。「彼は残さなければ」

グレゴリが次の男性を招き入れ、女性たちはテレビ画面に注意を戻した。

コロラドのガースが微笑んでいる。「こんばんは」

ダーシーは固唾《かたず》をのんで見守った。ＣＩＡのギャレットことガース・マンリーは今夜で不合格にしなければならないのだ。

マリア・コンスエラが彼に軽く頭を傾けて言った。「申し訳ありませんけど、この長椅子をあちらの隅へ移動させていただけないかしら？」

「いいですよ」ギャレットは長椅子を持ち上げようとしたが、長すぎて彼の手には負えないとわかった。何度か試みたあとで、彼は最終的に片端を持ち上げて押し始めた。椅子の脚が木の床をこすっていく。

マリア・コンスエラが不機嫌になった。「床に傷がついているわ」

「すみません」そう言いながらも、ギャレットは最後に長椅子をひと押しして移動を完了させた。

マリア・コンスエラが目を細めて続ける。「デスクを持ち上げてくださる？」

ギャレットは巨大なマホガニー材のデスクを見て顔をしかめた。「ひとりでは無理です。少なくともふたりがかりでないと。もっと必要かもしれません」

マリア・コンスエラが唇をすぼめた。「わかりました。もう行って結構よ」

ダーシーは安堵の息を吐き出した。これでギャレットはヴァンパイアでないとわかっただろう。

カメラのほうに身を乗り出して、マリア・コンスエラが言った。「あの人はきっとモータルに違いないわ」

「やったわ！」コーラ・リーが手を叩いた。「もうひとりモータルを見つけたのよ！」

「静かにして」額をさすりながら、ヴァンダが文句を言った。

レディ・パメラがふんと鼻を鳴らした。「今夜のあなたはご機嫌斜めのようね」

「しいっ」次の出場者が姿を現したので、ダーシーはふたりを黙らせた。オースティンだ。

「あら、見て。アダムだわ！」コーラ・リーが叫んだ。「彼は好きよ」

ダーシーはうなり声をあげたくなったが、そんなことをしても頭痛がひどくなるだけだろうと思い直した。

「やあ、調子はどうですか？」オースティンは疲れているように見えた。やつれて緊張している顔だ。

マリア・コンスエラが指で顎を軽く叩きながら言った。「あの椅子は、暖炉のそばのここにあるほうがいいと思うの」

「わかりました」オースティンはデスクへ近づいていくと、ウイングバック・チェアを抱えて運び、マリア・コンスエラの近くに置いた。

ダーシーは思わず座り直した。胸がどきどきしている。彼がいともたやすくやってのけたように見えたのだ。でも待って、あれはただの椅子よ。一日中椅子を動かしていても平気なモータルだっているかもしれないわ。

マリア・コンスエラが眉を上げた。「隅の長椅子もお願いできるかしら？　デスクの前へ持ってきてくださる？」

「もちろん」オースティンが長椅子のうしろへまわった。ちらりとカメラに向けた顔は厳しく、何か考えているようだ。

ズキズキ痛むダーシーの頭の中で警鐘が鳴り響いた。

前屈みになったかと思うと、体を起こしたオースティンは片手でバランスをとりながら長椅子を持ち上げていた。

女性たちが息をのんだ。

ダーシーはぽかんと口を開けた。ヴァンダとマギーが困惑した様子で彼女をうかがっている。ダーシーと同じで、ふたりもオースティンがモータルだと知っているからだ。

「からくりがあるに違いないわ」長椅子を掲げて歩く彼を目で追いながら、ダーシーはささやいた。

「わたくしにはわかっていたわ」プリンセス・ジョアンナが満足そうにうなずいた。「あの男性はヴァンパイアよ」

ダーシーは椅子に沈み込んだ。オースティンはいったい何をしているの？ わざと不合格になるはずだったのに。そうすると言ったのは彼よ。そのときようやく状況がのみ込めてきて、彼女ははっと息をのんだ。オースティンは残るつもりなんだわ。もうひと晩ここにいるために。わたしと一緒に。

彼が長椅子を床におろして言った。「他には？」

「いいえ、結構よ」マリア・コンスエラが微笑んだ。「素晴らしかったわ。グラシアス」

オースティンは図書室から出ていった。ああ、もうっ。ダーシーは歯を食いしばった。どうしてこんなひどいことをするのよ？

「さて最後は」グレゴリが告げた。「デュッセルドルフのオットーです」

ああ、助かった。ダーシーは背筋を伸ばして座り直した。〝男の中の男オットー〟なら、きっとあのデスクをバスケットボールみたいに指でくるくるまわしてみせるに違いないわ。オースティンに勝る力を示せるのはオットーしかいない。

「そうです。オットー、ここです」部屋に入ってきたオットーが、カメラの前でポーズをとった。背中の筋肉が盛り上がり、ジャケットの生地が引っ張られる。「ああ、オットー、上着を脱がなければいけません。そうしないとビリビリ破けます。オットーの大きい膨らみで」

彼はカメラに向かって目をむきながらジャケットを脱いだ。「そうです。ご婦人みんな、大きい膨らみ大好きです」

「あらまあ」驚いたマリア・コンスエラがウイングバック・チェアに座り込んだ。「たくましいのね」

「そうです。どれくらい強いか見たいですか?」オットーが椅子のうしろにまわった。「オットーあなたを高く持ち上げます」

「ああ、マリア様」マリア・コンスエラが椅子の肘をつかんで訊いた。「本当に?」

「そうです。怖がらなくていいです。あなた羽根みたいに軽い」彼は肘掛け部分の下に手をかけた。そのまま勢いよく体を起こすと、突然宙に浮いたマリア・コンスエラが金切り声をあげた。

「ほらね。簡単です」ところが椅子をおろそうとしたとたん、オットーが叫んだ。「ああっ!」椅子が傾き、マリア・コンスエラは派手な音をたてて床に投げ出された。悲鳴をあげる彼女の頭の上に、追い打ちをかけるように椅子が落ちてきた。

「あぐわっ!」オットーが体をふたつ折りにして言った。「爪折れた。反対に曲がった」グレゴリが慌てて駆けつけ、マリア・コンスエラの上から椅子を取り除いた。「大丈夫かい?」

「大丈夫なものですか!」彼女はもがきながら立ち上がり、オットーを睨みつけた。「不器用なまぬけね! これほどひどい目にあわされるのはスペインの異端審問以来だわ!」

「だけど、オットー痛いです」オットーが痛めた指を口に入れて吸った。

ダーシーは目もとの筋肉が引きつるのを感じた。信じられないことが起こったのだ。デュッセルドルフのオットーが力強さのテストで失敗してしまった。

臆病者め。ダーシーは彼を避け続けている。オースティンは階段の上に立ち、玄関ホールに入ってくる女性たちを見ながら思った。ダーシーの姿はどこにも見あたらない。

ホールの中央にグレゴリが進み出た。「ようこそ『セクシエスト・マン・オン・アース』へ。蘭の儀式の時間がまたやってきました。今夜ふたりがここを去り、ふたりがあとに残ります。そして残ったふたりの男性はなんと、五〇〇万ドルという途方もない金額をかけて競うことになりました」

興奮した表情を撮ろうと、カメラマンたちが慌ただしく走りまわっている。二本の黒い蘭の花を手にしたマリア・コンスエラが、シャンデリアの下でグレゴリに合流した。

「準備はいいですか？」グレゴリが訊いた。彼女がうなずくのを見て続ける。「いったい誰が敗退するのでしょうか？　結果はまもなく発表です。その前に、まずはスポンサーである〈ロマテック・インダストリー〉からのお知らせがあります」彼はそこでいったん間をとり、笑みを浮かべてふたたび話し始めた。「さて、番組を続けましょう。今からマリア・コンスエラが蘭の花を渡します」

彼女がうなずく。「最初の蘭はコロラドのガースに」

「そうだと思ったよ」ギャレットが小声でつぶやいた。彼は階段をおりて蘭の花を受け取った。それからまた上がり、オースティンのそばで立ち止まってささやいた。「きっと次だぞ」

オースティンは息をのんで待ち構えた。

「二本目の蘭はデュッセルドルフのオットーに」ドスドス音をたてておりてきたドイツ人のヴァンパイアを、マリア・コンスエラが睨みつけた。

オットーはがっくりした様子で階段を上がっていった。ロベルトとオースティンをじろじろ見て大きな肩を落とす。「ひどいです。オットー、女々しい男たちにやられました」

「さあ、行こう」オースティンはギャレットとともに東棟へ向かった。ギャレットが荷物を取りに行くあいだに自室へ戻り、隠しカメラで肖像画の部屋を映し出した。

ブラックライトの仕掛けでオットーがヴァンパイアだと判明すると、女性たちはがっかりしてため息をついた。だが、ギャレットが人間だとわかって歓声をあげる。

「やったわ！」女性のひとりが嬉しそうに叫んだ。「わたしたちは最後のモータルを排除したのよ！」

オースティンは眉をひそめた。おそらくダーシーは激怒するだろう。何も問題はないことを、なんとかして彼女に納得させなければならない。決勝でロベルトに負ければいいのだから。

オースティンはギャレットについて階下へおり、彼を手伝ってハマー・リムジンに荷物を積んだ。オットーはすでに車に乗り込み、何やらぶつぶつとつぶやいていた。リムジンが走り去ると、オースティンはまっすぐ屋上に上がり、プールハウスへ向かった。ドアをノックしたが返答はない。試してみると鍵がかかっていなかったので、彼は勝手に入ることにした。「ダーシー？ いるのか？」メインルームには誰もいなかった。ベッドルームにも。オースティンはキッチンへ行ってグラスに冷たい水を注いだ。それからぶらぶらとリビングルームに足を踏み入れ、コーヒーテーブルにグラスを置く。そこにはすでに空のグラスが三つと、ほとんど空のボトルがあった。彼はボトルを手にして匂いを嗅いだ。うわっ！ うしろに引っくり返ったままのロッキング・チェアに目が留まる。どうやらダーシーは、彼を拒絶したあとで酔っ払ったらしい。オースティンの口もとに笑みが浮かんだ。

そのとき入口のドアが開く音がして、彼はうしろを振り返った。

ぽかんと口を開けたダーシーが立っている。

「やあ、スウィートハート」オースティンは手に持っていたボトルを掲げて言った。「また酔ってみたかったのかな？」

彼女の視線がさっとボトルに向けられた。「昨夜のでもう十分」

「へえ、おかしいな」音をたててボトルを置く。「ぼくは満足していない」

ダーシーは顔をしかめ、そっとドアを閉めた。

オースティンは籐のラブソファに腰かけた。「うまくいったのか？」

彼女が用心しながら近づいてきた。「うまくいくって、なんのこと？」

「泥酔したら、ぼくを愛していることを忘れられたか？」

籐の長椅子に座ったダーシーの目に苦悩が映し出された。「何をしようと無理だわ」表情が強ばる。「それで思い出したけど、あなたはわざと敗退することに同意したはずよ」

「このまま立ち去るわけにはいかない。まだきみと話し合っていないんだ」

「それなら電報をちょうだい」ダーシーの瞳が怒りで光った。「わたしを首にするつもりなの？　あなたが勝ったら、間違いなくそうなるのよ」

「優勝はしない。明日の夜はちゃんと無礼で感じの悪いやつになるよ」

「これから二日間は収録がないの。明日の夜は番組の第二回が放送されるわ。あなたと顔を合わせるのは金曜で、それが最後の収録になる予定よ。そこで負けないと大変なことになるわ」

「わかってる。信用してくれ」

「信用？　笑わせないでよ、アダム」

「自分の気持ちについて嘘を言ったことはない」

ダーシーが目を細めた。「いったいどうやったの？　どうやって片手で長椅子を持ち上げたの？」

オースティンは引っくり返ったロッキング・チェアに意識を集中させた。ゆっくりと椅子が宙に浮き、起き上がって着地した。

ダーシーは呆然《ぼうぜん》と椅子を見つめていたが、オースティンに視線を移し、もう一度椅子を見て言った。「どうやったの？」

「念力《テレキネシス》だ」

「まあ、あなたの力はどれくらい強いの？」

彼は肩をすくめた。「きみが関係することだと、どうしようもなく無力に感じるよ。これからの人生をきみと過ごしたい。それなのにきみは、何事もなかったかのようにぼくを追い払おうとしている」

「簡単だと思うの？」ダーシーが額をさすった。「ひどい頭痛がするわ」

「選択肢はふたつのようだな。ぼくと結婚するか、それとも前後不覚になるまで酔っ払って生き続けるか」

こめかみを揉みながら彼女が睨んだ。「あら、ありがとう。女の子が夢見る最高のプロポーズね」

オースティンは長椅子に移り、ダーシーの隣に腰かけた。「ぼくにさせてくれ」指を彼女の頭皮に押しあて、小さく円を描きながらさすする。

ダーシーが目を閉じた。「あなたに触れさせるべきじゃないのに」

「どうして？」

「抵抗する気が溶けてなくなってしまうからよ」

「そりゃいい」オースティンは手を移動させて、彼女の首をマッサージした。「きみは寒いのが嫌いだろう、スウィートハート？　それなら抗うのをやめて、ぼくと一緒に溶ければいい」

ダーシーの喉からうめき声がもれたが、まだ目は閉じたままだ。「あなたには幸せになってもらいたいの、オースティン。だけど、わたしといたら無理よ」

「きみを愛している。だから一緒にいられれば、それで幸せになれるんだよ」オースティンは水を入れたグラスに意識を集中させた。グラスがテーブルを滑って手もとまでやってくる。彼は氷をひとつ取り出し、ダーシーの首筋をたどり始めた。

彼女がはっと身を硬くして目を開けた。「冷たいわ」

「ああ。でも心配いらない。ぼくが熱くしてあげるよ」オースティンは彼女の首に鼻をすりつけ、氷が残した冷たいあとに舌を這わせた。

ダーシーが身震いする。「自分が何をしてるかわかっているの?」

「きみを誘惑しているんだろう?」軽く鎖骨をかすめた氷が、胸の谷間におりていく。彼女の肌に鳥肌が立った。「ヴァンパイアの世界を離れて生きることはできないわ。わたしは逃れられないの。あなたはそんな暮らしまで分かち合わなければならないのよ」

「わかってる」彼は氷でTシャツに円を描き、乳房の輪郭を浮き立たせた。「ひとつだけ質問があるんだ」

ダーシーが震えた。「質問?」

氷が乳首をこすり、Tシャツとブラジャーを濡らす。「ぼくが年老いて白髪になっても、きみはまだ愛してくれるかな? もしかして禿げても?」

「もちろんよ」

「それなら問題解決だ」オースティンは氷をテーブルに放り出した。

「あなたが言うと簡単そうに聞こえるわ」彼女がぶるっと体を震わせて続けた。「恥を知りなさい。冷たいのが大嫌いだって知ってるくせに」

「ぼくに温められるのは好きじゃないか」ダーシーのTシャツを頭から脱がせる。それから背中に手をまわしてブラジャーのホックを外した。

「ああ、あなたを愛しているわ」彼女がオースティンの首に腕をまわした。

やったぞ！　勝利の喜びが全身を駆け抜け、彼はダーシーを長椅子に押し倒した。彼女は本気でぼくを愛している。ぼくを求めているんだ。オースティンは彼女の胸に口づけ、ファスナーをおろしてジーンズを引き下げた。スニーカーのところで絡まると、強く引っ張って両方とも脱がせた。ダーシーは赤いレースの下着一枚で、花模様のクッションにもたれかかった。

「信じられないくらいきれいだ」オースティンは彼女の横に座って言った。

「ありがとう」ダーシーが手を伸ばす。

「ちょっと待って」彼はグラスからもうひとつ氷を取り、彼女のパンティをじっとうかがった。「うーん」

ダーシーが目を見開く。「いやだ、そんなこと考えないで」

「でも、きみを温めてあげると約束したんだ」

慌てて逃げようとした彼女のウエストをつかまえ、下着に氷を入れる。「ああっ！」ダーシーは身をくねらせてパンティを脱いだ。

「ワオ」オースティンはにやにやしながら立ち上がった。「そんなに速く下着を脱ぐ女性は初めて見たよ」

「ひどい人ね」ダーシーが腰に手をあてて立ち、彼の全身をじろじろ見た。「重大な問題があるわ」

「なんだい?」

瞳がいたずらっぽくきらめく。「わたしが完全に裸なのに、あなたはまだスーツを着てネクタイを締めてる」

「ああ、それか。それなら心配無用だ」そう言ってジャケットを脱ぎかけると、ダーシーが彼を制止した。

「こうするのが好きなの」ゆっくりとオースティンの周囲をまわり、片手で胸や腕や背中をかすめていく。「なんだかとても……みだらで奔放になった気がする」

彼女の胸が腕にあたるのを感じ、オースティンは鋭く息をのんだ。股間が張りつめてくる。

「実を言うと、ぼくはそれを見るのが好きだ」

「わたしもよ」ダーシーがネクタイの端を持って自分の首にあて、胸のあいだに滑らせた。

オースティンは彼女のヒップをつかんで下腹部に引き寄せた。「温まる準備はできたかい?」

「熱した鉄でも入れてるの? それとも、わたしに会えて喜んでいるのかしら?」ダーシーが体をよじってオースティンの腕から逃れた。「来て」ネクタイを引っ張り、まるで紐をつけた犬のように彼を導いていく。

オースティンは喜んでついていった。いっそ遠吠《とおぼ》えでもしたい気分だ。愛する女性がついに彼をベッドルームへ連れていこうとしているのだから。揺れるヒップが見られるというおまけまでついている。

ベッドへたどりつくとダーシーが止まった。ゆっくりと振り返る。「あなたの服を脱がせたいの」けれども、オースティンはすでにジャケットと靴を脱いでいた。彼女が目を丸くした。「気がせいているみたいね」

「スウィートハート、今にも爆発しそうなんだ」

「ほんと?」ダーシーが片脚を彼に引っかけ、腿の内側でズボンをこすった。「苦しいの?」

「雌狐《めぎつね》め」オースティンはぶつぶつ言いながらネクタイを緩め、頭から抜き取った。

彼女はじれったいほどゆったりしたペースでシャツのボタンを外している。ひと声うなり声をあげると、オースティンはベルトを外してズボンのファスナーをおろし、床に落として蹴った。シャツに続いて下着も同じ運命をたどる。だが、それでもまだダーシーはシャツのボタンを外し終えていなかった。

「もういい」オースティンはシャツをつかみ、アンダーシャツと一緒に頭から脱いだ。ドアに意識を集中させる。バタンと音をたててドアが閉まった。

「ワオ」ダーシーがささやいた。

彼は念力を使ってベッドの上掛けをめくった。清潔な白いシーツと枕が現れる。「入って、スウィートハート」

ダーシーがふんと鼻を鳴らした。「確かにすごい技だけど、わたしを感心させたいなら、ベッドメイクのほうもしてみせてくれなきゃ」

オースティンは彼女のウエストをつかんでマットレスの上に放り投げた。

「それから洗濯もやってほしいわ。汚《ダーティ》れたお皿の片づけは言うまでもないけど」

「きみが卑猥《ダーティ》なことを口にするのを聞きたいな」彼はダーシーを押して横たわらせると、あらわな胸に注意を向けた。

彼女がうめいてオースティンの髪に手を差し入れた。「あなたから離れていようと努力したの。拒みきれないとわかっていたから」

ダーシーの脚を開かせて、そのあいだに体を置く。「ぼくはずっとそばにいる」

そっと脚の付け根に触れると、彼女がびくっとした。熱くて濡れている。彼が潤いを広げているあいだ、ダーシーは震えながら息をあえがせていた。欲望の香りがもっと近くへオースティンを誘おうとする。彼はダーシーに口づけて、ふたりが一緒になれば最高の家庭が築けることを確信させた。

ダーシーが叫ぶ。オースティンは鼻をすり寄せて脈打つ痙攣を感じ取った。ちくしょう。今すぐ彼女の中に入らなければ。

「愛してるわ」息を切らしてダーシーが言った。

顔を上げたオースティンは、彼女の瞳が赤く光っていることに気づいた。一瞬のためらいが生じる。その隙に乗じてダーシーが彼を押し倒し、覆いかぶさった。

「愛してる」彼女はそう繰り返しながらオースティンの胸をキスでたどり、舌で乳首をもてあそんだ。

硬く張りつめたものが彼女の下腹部に食い込み、オースティンは耐えられなくなった。

「ダーシー、もう待てない」

彼女がオースティンの腰にまたがり、体をおろしていく。大きさになじもうとして小刻みに体を揺らすたびに、彼の口からうめき声がもれた。

「もういい」彼はダーシーのヒップをつかんで引き、おろした。〝もっと速く〟心の声で彼女に伝える。〝あまり長くもちそうにないんだ〟

ダーシーが彼の上に座り直し、髪をうしろに払った。目を閉じ、わずかに口を開けてゆっくりと揺れ始める。これほど美しく、これほどセクシーな姿を見るのは初めてだ。オースティンは乳房を手で覆ってそっと包み込んだ。ダーシーがうめいて彼の胸に倒れかかる。オースティンは彼女の腰をつかんでペースを速めさせた。ダーシーの呼吸が不規則になり、指が彼に食い込んだ。

オースティンは下から突き上げ、ふたりの腰を同じリズムでまわした。本当にもちそうにないぞ。彼は時間を稼ごうと歯を食いしばった。なんとしてでも彼女と一緒に達したい。ふたりの体のあいだに手を伸ばし、なめらかで熱い小さなつぼみをつまむ。ダーシーが悲鳴をあげた。オースティンは彼女に腕をまわして抱きしめ、ふたりは同時に砕け散った。

　突然、ダーシーが体を強ばらせて抱擁を解いた。全身をぶるぶる震わせて座っている。

「ダーシー、どうした？」

「いや！」彼女が両手で口を覆う。青い瞳に恐怖が満ちた。

「ダーシー？」

　彼女は急いでオースティンから離れた。瞳の色が赤く変わっている。体をふたつに折ると、ダーシーは苦しげな声をあげた。

　こんな彼女を放っておくことはできない。「どうしたらいい？」

「行って！　走って逃げて！」

　白い牙が光るのを目にして、オースティンは思わず跳びすさった。なんてことだ。ダーシーに牙が現れた。彼は転がり落ちるようにしてベッドを出た。

　叫び声が彼女の喉を切り裂く。苦しみと恐怖にまみれた叫びだ。オースティンはためらった。ダーシーには助けが必要だ。だが、いったい何ができる？

「走って！」ダーシーが枕をつかんで嚙んだ。

　布の裂ける音に、反射的に体が震えた。あの枕は彼の首だったかもしれないのだ。ダーシーの顔のまわりに羽毛が飛び散っていた。

　オースティンはキッチンへ走ると、〈チョコラッド〉のボトルをつかみ、急いでベッドルームに戻った。蓋を開けてダーシーに差し出す。「これを」

彼女はボールのように丸まったまま泣き続けている。

「ダーシー！」オースティンは冷たいボトルで彼女の腕を軽く突いた。

怒りに満ちた息を吐きながらダーシーが起き上がり、彼はうしろに下がった。目を赤く光らせ、牙をあらわにした彼女がベッドの上を這ってオースティンのほうへ向かってくる。ちくしょう。まるで野生動物に餌をやろうとしているみたいだ。彼は慎重にボトルを差し出した。

ダーシーはひったくるようにしてつかむと、ボトルを持ち上げてごくごくと飲み始めた。こぼれた血の滴が首から胸へ伝い落ちていく。

オースティンはごくりと唾をのみ込んだ。本当にうまくやっていけるのか？　背を向けて服を着始める。背後からはまだ音が聞こえていた。シャツのボタンをかけ終わるころになって、ようやくうしろが静かになった。

彼は振り返った。ダーシーが空のボトルをそばのテーブルに置いた。シーツを使って胸についた血をぬぐう。

「大丈夫か？」

オースティンから目をそらしたまま、彼女が首を横に振った。

「これまで牙が現れたことはなかったのか？」

「一度だけ。ヴァンパイアになったときに。でも、あれは無意識の反応だったのよ。それに四年も前のことだわ。わたし――わたしは今まで誰かを嚙みたくなったことがなかったの。

自分は安全だと思ってた」

「きっと空腹だったせいだ。今度からは気をつけて――」

「違うわ！」彼を見たダーシーの目は涙で光っていた。「今夜はもう食事をすませていたの。お腹も空いていなかった。あれは――わからない。われを失ってしまったのよ」

「セックスで？」

　彼女の頬に涙がこぼれた。「こんなこと、もう二度と起こってはならないわ。あなたを殺していたかもしれない」

「だけどそうはならなかった。きみはかわりに枕に噛みついたんだ」引き裂かれた枕が目に留まり、オースティンは思わず眉をひそめた。

「何かを噛まずにいられなかったの」さらに涙が転がり落ちる。「あなたとは一緒に暮らせない。わたしは危険すぎるのよ」

　オースティンは心臓が急速に落ちていくのを感じた。「何か方法を考えよう」二度と起こらないようにすればいい。今さら彼女を失うわけにいかないのだ。

「だめよ」ダーシーが顔をそむけた。「ここから出ていって。今すぐに」

　まるで酸の入った大桶《おおおけ》に心臓を落としたみたいだ。恐怖にすくみ、いつまでも消えない苦しみだけが残る。オースティンは反論しようかと考えた。懇願でもいい。ダーシーを失わずにいられるなら、なんでもかまわない。けれども彼女はオースティンを見ようともしなかった。

最後にひとつ残っていた羽毛がふわりとベッドに落ちてきて、シーツについた血の染みのそばに着地した。ずたずたになった枕に目を向ける。ダーシーは正しい。彼は殺されていたかもしれなかった。よろめきながらドアへ向かうと、オースティンはプールハウスをあとにした。

24

オースティンはペントハウスに留まっていられなかった。ベッドルームにはダーシーを思い出させるものが多すぎるのだ。枕にも彼女のシャンプーの香りが残っていて、とても眠るどころではなかった。彼は地下鉄を使ってグリニッジ・ヴィレッジのアパートメントに戻ることにした。だが自宅にいてさえ、苦しみや記憶から逃れることは不可能だった。

翌日、オフィスへ行ったオースティンは五分もしないうちに、今後もCIAで働き続けるのはかなり難しいだろうと悟った。もはやヴァンパイアすべてが悪だとは信じられず、無差別に彼らと戦うことはできない。人間を襲っているのはマルコンテンツと呼ばれるヴァンパイアだということを、ショーンにわからせる必要があった。〝ステイク・アウト〟チームの注意をマルコンテンツに向けて、法を遵守する現代のヴァンパイアたちからそらすことができるなら、今の仕事を続ける価値があるだろう。

エマがオースティンのデスクのそばで足を止め、彼をじろじろ見た。「疲れているみたいね。〝地上でもっともセクシーな男〟になるのはそんなに大変？」

「疲労困憊《こんぱい》する」

エマが鼻を鳴らした。「ちょっと、しっかりしてよ、色男さん。ショーンがあなたとギャレットに会いたがっているわ。五分以内に会議室へ来いって」

オースティンはうめいた。DVNのリアリティ番組について報告させたいのだろう。あそこのヴァンパイアたちは誰ひとりとして人類の脅威にはならない。大男のオットーでさえ、吠えはしても嚙まないだろうと思えた。

彼はギャレットのデスクへ歩いていった。「調子はどうだ?」

ギャレットが顔を上げた。「ヴァンパイアの出場者たちをリストにしているところだ。レジナルドはどこの出身だったかな?」

オースティンは眉をひそめた。「レジナルド? 彼はヴァンパイアだったのか?」

「ああ、そう思う」

ため息をついてみせる。「どうもよく思い出せないんだ。ヴァンパイアに記憶を操作されたらしい」

「本当か?」ギャレットの目が丸くなった。「いつやられた?」

「さあ、よくわからないな。記憶を消されたとしたら、思い出せるわけがないだろう?」

「ああ、そうか」ギャレットがリストに視線を戻した。「おれはここに書いた名前を覚えているぞ」

「見てもいいか? 記憶を呼び覚ます助けになるかもしれない」

「どうぞ」ギャレットは紙を差し出した。

オースティンはリストの名前にざっと目を通した。潜入捜査で得た情報はたったこれだけか？　どうやらギャレットは勤勉ではなかったようだ。「ラストネームがないな。身元を調べるのは難しいぞ」

ギャレットが肩をすくめた。「ラストネームを使わなかったんだから仕方ないさ」

「それは確かなのか？」眉を片方上げる。「それとも、おまえも記憶を消されたのかな？」

ギャレットは困惑しているようだ。「わからない」

「シャナの居場所はつかんだか？」

「いや」ギャレットがのろのろと立ち上がった。「もしかすると、突き止めたけど記憶を消されたのかも」

「くそっ」オースティンは手にしたリストを握りつぶした。「ショーンは詳しい報告を期待している。それなのに思い出せないなんて」

「だけど覚えていることもあるぞ。ペントハウスや五人の女性審査員――」

とりとめもなく列挙される情報をしばらく聞いてから、オースティンは本人に気づかれることなくギャレットの頭の中に侵入した。ヴァンパイアのように記憶は消せないが、正反対のイメージを投影して記憶を混乱させることはできる。ギャレットが話をやめて目を閉じた。オースティンが送り込んだ映像が脳内にあふれているのだ。

「おい、大丈夫か？」

ギャレットが額をこすった。「ここが熱いんだ」

後遺症かもしれない」

「何かの病気にかかったのかもしれないな。あるいは、ヴァンパイアに頭の中をつつかれた後遺症かもしれない」

「ああ」ギャレットがうなずいた。「考えられるな」そう言うと、彼は会議室のほうへ歩き出した。

「先に行っていてくれ」鼓動が速まるのを感じながら、オースティンはシュレッダーに近づいた。ギャレットを混乱させるのはあっけないほど簡単だった。とはいえ、同僚の記憶を操作するのは立派な裏切り行為だ。だが、他にどうすればいい？ ショーンが善良なヴァンパイアたちを殺すのを、黙って見ているわけにはいかない。

オースティンはギャレットのリストをシュレッダーにかけた。ちくしょう。この瞬間に彼は裏切り者になったのだ。

男性用トイレに駆け込んで冷たい水を顔にかける。何度も深呼吸してようやく落ち着きを取り戻すと、オースティンは会議室へ向かった。ギャレットを操るのはたやすかった。だが、ショーン・ウィーランの場合はそう簡単にいかないだろう。

会議室に入ったオースティンは、ギャレットとショーンに会釈した。「おはようございます」ドアを閉める。

「遅いぞ」ショーンがテーブルの上座についた。ギャレットは彼の右側に、がっくり肩を落として座っている。

ペンでテーブルを叩いて、ショーンが口を開いた。「これは問題だ」

「なんですか？」オースティンはテーブルに近づいて尋ねた。

「報告書を出すよう命じたはずだが、ギャレットは用意できなかった。彼が言うには、おまえも同じだそうだな。ヴァンパイアに頭の中を混乱させられたとか」

オースティンは椅子に座った。「ええ、そのようです」

「どうしてそんな真似を許したんだ？」ショーンが彼を睨みつけた。「ギャレットがマインド・コントロールを拒絶できなかったのは理解できる。しかし、おまえは――。オースティン、おまえにはとてつもない力があるんだぞ！　やつらを阻止できたはずだ」

目を細め、オースティンは懸命に集中しているふりを装った。「いくつか覚えていることはあります。だが、どれもたいした価値はない。娘さんの居場所はわからないんです。申し訳ありません」

ショーンの顎が強ばった。「何を思い出せるんだ？」

オースティンは肩をすくめた。「名前は出てこないんですが、何名かのヴァンパイアについては覚えています。彼らは無害でした」

上司が鼻を鳴らして冷笑した。「その表現は矛盾している。害のないヴァンパイアだと？」

「われわれに危害を加えることはありえないと思われます」

ショーンがペンでテーブルを叩いた。「確かにおまえは混乱させられたらしい。それこそ、危害を加えられていると言うんだ」

「覚えている名前もいくつかあるんです」ギャレットが申し出た。「ロベルトとか。いや、アルベルトだったかな。それと、場所はビーチハウスでした」

オースティンは首を振った。「いや、違う、ペントハウスだったぞ」

「ああ、そうだよ、そのとおりだ」ギャレットが顔をしかめる。「なんでビーチハウスなんかを思い浮かべたんだろう?」

ギャレットの頭に忍び込み、オースティンはさらにいくつかのイメージを植えつけた。

「コンテストのことを覚えている。審査員が五人いた」

「プードルだ」ギャレットが口走った。

「なんだって?」ショーンが彼に困惑した視線を向ける。

「審査員はふわふわしたピンク色のプードルでした」ギャレットは眉をひそめ、汗ばんだ額をこすった。「ありえないな」

「あのろくでなしどもめ」ショーンがこぶしでテーブルを叩いた。「われわれをもてあそんでいるんだ」彼は立ち上がって部屋の中を歩きまわり始めた。「こんなことをしていても時間の無駄だ。娘の手がかりに近づけてすらいない」

オースティンはため息をついた。「実際に人を襲っているヴァンパイアだけに集中するべきでしょう。DVNにいたやつらは、くだらないメロドラマを作って、〈チョコラッド〉とかいうボトルを売っているだけですよ。悪趣味という点では糾弾すべきかもしれないが、基本的に無害なんです」

ショーンが歩くのをやめてオースティンを睨んだ。「ヴァンパイアに記憶を乱されたなら、おまえの言うこともすべて疑わしい。無害なヴァンパイアなど存在しないんだ」

「人間に害のないヴァンパイアだとわかるくらいは、番組のことを覚えていますよ」

ショーンが嘲笑った。「おまえの記憶もそうなのか、ギャレット？　優しくて罪のないヴァンパイアの一団だと？」

ギャレットの顔が赤くなった。「噛んでいるところは一度も見ませんでした。プードルたちは親切でしたよ」額に玉の汗が浮かぶ。「いや、その、つまり、女性たちのことですが」

ショーンは顔をしかめて彼を見た。「具合が悪そうだぞ。首に歯形をつけられてないか、ちゃんと確かめたのか？」

今度はギャレットの顔が青くなった。「ああ、まさかそんな」慌ててボタンを外し、首筋に指を走らせる。「大丈夫みたいです」

「いや、大丈夫とは思えないな」ショーンが歯ぎしりして言った。「おまえは洗脳されている。ＣＩＡの専属カウンセラーに予約を入れるんだ」

「はい、わかりました」額の汗をぬぐいながら、ギャレットが応えた。「確かに変な気分だ。熱があるのかもしれない」

ショーンが目を細める。「もう行っていいぞ」彼は静かな口調で命じた。

「ありがとうございます」ギャレットはふらふらとドアへ向かい、会議室から出ていった。

オースティンも退室しようと立ち上がった。

「座れ」

言われたとおりに座り直す。とたんに熱い空気に頭のまわりを取り囲まれた。強くて息づまるような空気だ。オースティンにはその正体がわかった。自分の頭の中が、他人に見られてはならない記憶でいっぱいだということも。すっかり忘れたと主張している記憶なのだ。ダーシーに関する記憶もある。ショーンの精神力はまるで万力のように彼を締めつけてきた。オースティンはただちに防護壁《ファイアウォール》を組み立て、自分の力を集中させ始めた。

「悪くないな」ショーンがささやいた。「おまえは気づいているはずだ。人間が頭の中に侵入しようとすれば熱さを感じる。そうだろう？　面白いことに、ギャレットは熱があるんじゃないかと疑っていたぞ」

オースティンの力はすでに臨界点に達していた。彼はファイアウォールを下げて力を解き放ち、自分を取り囲んでいた空気を粉々に打ち砕いた。

ショーンが息をのんで体を強ばらせる。

オースティンは立ち上がった。「二度としないでください」

「おまえがヴァンパイアに記憶を乱されたなどと、わたしが信じると思うのか？」怒りもあらわな顔でショーンが言った。「おまえほど力が強ければ、やつらには手出しができなかったはずだ。自分から望まないかぎりは」

オースティンは歯を食いしばった。ショーンの注意をダーシーや彼女の友人たちからそらし、マルコンテンツに向けさせたいと願っていたのだ。だが、うまくいかなかった。もはや彼はオースティンのことを信用していない。

ショーンが厳しい顔で言った。「何があったんだ、オースティン？　ヴァンパイアの雌犬に誘惑でもされたのか？」

彼はこぶしをきつく握りしめた。「断言しておきますが、ぼくは完璧に自分自身をコントロールしています」

「それなら証明してみせるんだ。ペントハウスへ戻って、やつらが眠っているあいだに杭を打ち込み、全員の息の根を止めてこい」

オースティンは唾をのみ込んだ。「いやです」

ショーンがてのひらをテーブルについて身を乗り出した。「返事を口にする前によく考えるんだな、エリクソン。おまえは上司の命令に逆らうつもりか？」

鼓動が速まり、どくどくと流れる血の音が耳に響いている。「そうです。辞表は今日中に提出しますから」

「おまえは愚か者だ」

オースティンは首を横に振った。「真実を知ろうとしない愚か者はあなたのほうだ。ヴァンパイアには二種類いるんですよ。無害な現代的ヴァンパイアは放っておいて、マルコンテンツに注意を向けるべきなんだ。危険なやつらなんです」

「ヴァンパイアはすべて危険だ！」

「いいえ、そうではありません！　お願いです、ショーン、娘さんと話してください。シャナはあなたに真実を教えてくれるはずだ」

「娘のことは言うな！　わたしに背を向けたのだ。そして今度はおまえまで裏切った。ここから出ていけ！」

オースティンはドアへ向かった。「ぼくはこれからも悪と戦い続けます。われわれはまだ同じ側に立っているんですよ」

「おまえこそ悪だ、裏切り者め！　さっさと出ていけ」ショーンが叫んだ。

オースティンは部屋を出てドアを閉めた。アリッサとエマが心配そうな顔で近くをうろついていた。彼は自分のＩＤカードを外してエマに手渡した。

「辞めるなんてだめよ」彼女がささやく。「わたしたちの中で、あなたの力がいちばん強いのに」

「悪いやつらと戦うのをやめるわけじゃない」オースティンは悲しげに微笑んだ。「セントラル・パークへ行くときは気をつけるんだぞ」彼はオフィスをあとにして、エレベーターで一階へおりた。

何もかも台なしにしてしまった。ショーンはリアリティ番組の撮影場所を知っているし、そこにいるヴァンパイアたちを破滅させたいと願うくらいに激怒している。ペントハウスに戻って、ダーシーと友人たちの無事を確かめなければならないだろう。残っている収録はたったのひと晩だ。それさえ終わればダーシーたちは安全になる。

そのあとはどうするんだ？　彼は仕事を失った。恋人も。正しい行いをしようとあらゆる努力をしてきたのに、すべては崩壊してしまったのだ。

〝ぼくと結婚するか、それとも前後不覚になるまで酔っ払って生き続けるか〟オースティンが思いがけないことを言ったせいで、そのせりふがいつまでもダーシーにつきまとっていた。彼と結婚することはできない。闇の中の暮らしや、いつなんどき怪物に変わるかもしれない妻に翻弄《ほんろう》される人生を、オースティンに強いるわけにいかないのだ。牙が伸びてきたときのあの苦しみを思い出すと、今でも体が震える。牙を突き立てたいという衝動はあまりに強く、血への渇望は彼女を圧倒した。

幸いなことに、ダーシーの恐怖心と嫌悪感は血を欲する気持ちと同じくらい強かった。それだけが自制心を保つ助けとなり、オースティンを噛まずにいられたのだ。でも、これから何度もあんなことが起こったら？　徐々に感覚が慣れて、恐ろしさが薄れてしまったら？　そうなれば、オースティンに牙を突き立て、本人の意思に反して彼をヴァンパイアにしてしまわないとは言い切れなくなる。彼はダーシーを憎むようになるだろう。彼女がコナーに憎しみを抱いているように。

涙で目の前がかすんだ。ダーシーの知るかぎりでは、彼女とグレゴリだけが完全なボトル育ちのヴァンパイアだった。他の友人たちがみな、過去に人間を噛んでいたに違いないことはわかっている。わかっていても、これまでは想像がつかなかった。優しいマギーが誰かの首に牙を突き立てているところなんて。

けれども今はもう、実際にそれがどんなことなのか思い知った。牙が飛び出してきたとたん、ダーシーはどうしようもなく血が欲しくなったのだ。毎晩あんなことが起これば、そのうちに恐怖を感じなくなるだろう。普通のことになってしまうに違いない。時がたつにつれて、快感さえ覚え始めるかも。

オースティンをそんな目にあわせることはできない。だが、前後不覚になるまで酔っ払って生き続けるのは哀れだ。かわりの手段として思いつくものといったら、倒れるまで働くことくらいだった。少なくとも生産的でいられる。仕事に没頭していれば、オースティンのことばかり考えずにすむだろう。

水曜日、ダーシーは日が暮れた直後にDVNに到着し、土曜に放送予定の第三回分の編集作業に取りかかった。数時間たったところでオフィスにスライがやってきた。マギーに恐ろしい思いをさせた相手に、ホチキスを投げつけてやりたい衝動に駆られる。

「ニューハート、ホットタブの女が誰かわかったか？」

「いいえ」邪魔だと気づかせるために、ダーシーは今まで以上に作業に集中した。「残念ながら謎のままです」

「ふむ」スライが髭をかいた。彼女のほのめかしには気づいていないようだ。「かかってくる電話や送られてくるメールのほとんどが、あれはコーラ・リーかレディ・パメラじゃないかというものなんだ」

ダーシーはため息をついて仕事を続けた。

「審査員たちの服装が時代遅れだと指摘するメールも、相変わらず届いている。その点はもう手を打ったのか?」

「はい。全員がすっかり現代風の装いになりました。あと数回分の放送は以前のままですが。変身した彼女たちの姿は、きっとお気に召すと思います」

「よし」まだ五分は居座るつもりのように、スライがドア枠にもたれかかる。ダーシーはうめきたいのをこらえた。

「スケジュールは順調かね?」彼が訊いた。「最終回の収録は今週の金曜日なのか?」

「そうです。金曜の夜には勝者が決まります」それがロベルトであってほしい。さもないとまずいことになるだろう。

「いいぞ! わたしが渡すとき見栄えがするよう、小切手の大きなボードを作らせているところなんだ」

「いいですね」

「コーキー・クーラントにも来るように言っておいた。儀式のあとでインタビューできるようにな」

「面白そうだわ」ダーシーはつぶやいた。

「面白いとも!」頭をめぐらせたスライの注意が廊下に向いた。「おい、ティファニー! 遅いぞ」彼はダーシーを振り返って言った。「出なくてはならないミーティングがあってね。またあとで会おう」スライはドアを閉めて去っていった。

ダーシーは身震いした。彼とティファニーはさぞ大事なことを話し合うのだろう。それからダーシーは真夜中まで働き、休憩をとって、『セクシエスト・マン・オン・アース』の第二回目の放送を見た。レディ・パメラが男性たちを温室へ散歩に連れ出す回だ。オースティンの姿を目にすると胸が痛んだ。彼が薔薇の棘で指を突いたくだりでは、カメラマンが素晴らしい仕事をして、血を味わいたがるレディ・パメラの様子をしっかりとらえていた。

ダーシーは目のあたりが痙攣するのを感じた。過敏に反応するこめかみをマッサージする。わたしは正しい決断をしたのよ。わたしと一緒にヴァンパイアの世界で暮らせば、オースティンの身の安全は保証できない。断酒中のアルコール依存症患者の一団の前で、ワインのボトルをぶらぶらさせるようなものだ。ちょうど放送が終わったとたんに携帯電話が鳴り出した。

「ダーシー！」マギーの声は嬉しそうだった。「みんな、この番組がすごく気に入っているわ」

「よかった」マギーの背後から興奮した話し声が聞こえてくる。「何をしているの？」

「パーティーよ！　バートとバーニー、それにグレゴリも使用人のフロアへおりてきて、わたしたちと一緒に放送を見たの。今は〈バブリー・ブラッド〉でお祝いしている最中よ。あ、ロベルトも来たがっていたわ。部屋にひとりきりで寂しいと言ってた。だけどグレゴリがだめだと断ったのよ。公正なコンテストにならないからって」

「そうね」

「ヴァンダはまた男性ダンサーのクラブへわたしたちを連れていくように、グレゴリを説得しているところなの。バートが言うには、この近くにすごくホットなストリップ・クラブがあるんですって。だけど、どうして彼が知っているのかしら」

ダーシーは眉を上げた。バートは男性のストリップが好きなの？　「そうね」

「あなたもここへ来ない？　グレゴリに頼めば、あっというまにテレポートしてくれるわよ」

「いいえ、結構よ。まだ仕事がたくさん残っているから」

「そう、わかったわ」マギーがため息をついた。「ただ、あなたに寂しい思いをしてほしくなくて――あ、それで思い出した。あなたに伝えておくべきだと思うんだけど」

友人の声にためらいを感じ取り、ダーシーは眉をひそめた。「どうかしたの？」

「グレゴリが外の廊下で何か物音がするのを聞いて、確かめに行ったんですって。そしたらアダムがいたの。オースティンだったかしら。とにかく、彼を見かけたらしいわ」

ダーシーの心臓がびくんと跳ねた。「彼は何をしていたの？」

「グレゴリが言うには、アダムはペントハウスのセキュリティを心配して見まわっていたそうよ。昼も夜も、もっと警備が必要だって」

ダーシーははっと息をのんだ。オースティンは何か知っているのかしら？　結局のところ、彼はＣＩＡの局員なのだ。ダーシーたちの安全を心配する、もっともな理由があるに違いない。「マギー、グレゴリとかわってくれる？」

「わかった」しばらく間があく。

「どうしたんだい、スウィートケーキ？」グレゴリが電話に出た。

「女性たちをそこから連れ出したほうがいいと思うの。バートとバーニーも一緒に。それから……コナーに連絡してちょうだい。ペントハウスに何人か警備員をまわせないか、彼に頼んでみて」

「いったいどうしたんだ？　あのアダムという男と同じくらい心配そうだぞ」

「説明はあとでするわ。でも、どうか信じて。アダムが心配しているなら、それだけの理由があるはずなの。気をつけて」ダーシーは電話を切って作業に戻った。

彼女は木曜の夜にも長時間働き、二回分の放送を準備した。やがて金曜日になり、女性たちは新しくあつらえた最高級のイヴニングドレスに身を包んだ。今夜は、ついに彼女たちが新たなマスターを獲得する夜なのだ。そしてダーシーにとっては、オースティンと顔を合わせる最後の夜でもあった。

25

ダーシーは肖像画の部屋で、マギーや五名の審査員たちと顔を合わせた。「今夜はあなたがたのリストにある最後の条件――〝知性〟で男性を審査してもらうわ。あらかじめ質問を用意してあるの」彼女はレディ・パメラに紙を渡した。

女性たちが座るソファは壁と向かい合う形で置かれ、その壁には最後に残った二枚の肖像画がかかっていた。オースティンとロベルトだ。

玄関ホールから大きな声が響いてきた。勢いよくドアが開く。

「来たぞ！」スライが告げた。彼は長さが一メートル以上あるボード状の小切手を抱えて部屋の中に入ってきた。それを壁に立てかけ、振り返って女性たちに挨拶する。「ほう、みんなやけに色っぽいじゃないか！」

プリンセス・ジョアンナとマリア・コンスエラが頬を赤く染めてうつむき、膝に置いた手を見つめた。レディ・パメラとコーラ・リーはくすくす笑っている。ヴァンダは片方の眉を上げてスライを睨んだ。マギーは青ざめて、ダーシーのうしろに隠れてしまった。

スライと顔を合わせることになって、ひどく居心地の悪い思いをしているに違いない。ダーシーは彼女に声をかけた。「男性たちの準備ができたかどうか、見てきてくれない？」

「いいわ」マギーは急いで部屋を出ていった。

彼女のうしろ姿を目で追いながら、スライが言った。「どこかで見たような気がするんだが」彼は女性たちに向き直り、ブロンドのうちのふたりをじろじろ見た。「きみたちの中にホットタブ好きがいるらしいな」

ダーシーは咳払いした。「コーキー・クーラントはもう到着したんですか？」

「まだだ。DVNで自分の番組の仕上げをしていたよ」スライが答えた。「だが、もうすぐ来るだろう」

そのとき、肖像画の部屋のドアが開いた。カメラマンたちがさっと入ってくる。次にマギーとグレゴリが現れ、そのあとから最後まで残ったふたりの出場者が入ってきた。ダーシーは部屋の隅の暗がりにそっと移動した。オースティンと同じ空間にいるのはみじめでつらいだろうが、それも今夜が最後だ。恥ずかしそうな笑みを浮かべながら、マギーも隅へやってきた。ふたりとも隠れているのだ。そして、それを自覚している。

カメラマンたちがライトをつけて出場者のクローズアップを撮り始めた。オースティンの服装に気づいたダーシーは驚いて目をしばたたいた。ロベルトは高級そうなスーツに身を包み、いつもどおり洗練されて見える。だがオースティンは、色褪《いろあ》せたジーンズに皺の寄ったTシャツという姿だった。おまけに髪はくしゃくしゃで、ところどころ立っている。顎を覆っているのは無精鬚だ。

だらしなくて無礼に思われるようにそんな格好をしたのだろうが、オースティンの計画は裏目に出てしまっていた。彼は今までよりもっとセクシーに見えた。彼女のほうを見ようともせず、履いているみすぼらしい茶色のブーツを睨みつけている。隠れる必要はなかったのかもしれない。ダーシーは沈んだ気持ちでそう思った。一方ロベルトは、女性審査員たちに物憂げな視線を投げかけている。

「みなさん、『セクシエスト・マン・オン・アース』もいよいよ最終回となりました」グレゴリが話し始めた。「今夜、女性たちは最後の選択をします。ブエノスアイレスのロベルトか、それともウィスコンシンのアダムか。どちらかが、〝地上でもっともセクシーな男〟の称号を手にすることになるのです」

バートがふたりの男たちにカメラを向ける。ロベルトの顔に眩い笑みが浮かんだ。オースティンのほうは、カメラを無視してブーツを睨んだままだ。

「今回は五名全員で審査にあたります」グレゴリの紹介に合わせて、バーニーが審査員ひとりずつをアップで撮っていく。

「さらに今夜は特別ゲストに来ていただきました」グレゴリが続けた。「この番組のプロデューサー、シルヴェスター・バッカス自らが、勝者に五〇〇万ドルの小切手を贈呈するのです」

スライがカメラに向かって微笑んだ。「われわれが待ち望んでいた夜が来ました。この番組が初めて放送されてからというもの、視聴者のみなさんから五〇〇〇件を超える電話やメールをいただいています。わたしと同様にみなさんも、いったいどちらが勝つのか知りたくて、うずうずしているに違いありません」

「まったくですね」グレゴリが言った。「勝者は〝地上でもっともセクシーな男〟の称号を手にするだけでなく、五〇〇万ドルの小切手も得られるのですから」

「いいや、それだけじゃない！」スライが大げさに両手を突き上げた。「まだあるのです！」

「その前にまず」グレゴリがさえぎった。「スポンサーからのお知らせがあります。みなさんはヴァンパイアにとって特別な日をどのように祝いますか？　もちろん、〈バブリー・ブラッド〉でしょう。人工血液とシャンパンを融合させた〈ロマテック・インダストリー〉の商品です」カメラマンが撮り終えるまで、彼は微笑みを顔に張りつけてじっとしていた。

ダーシーは目もとの筋肉が痙攣するのを感じた。明らかにここにいるダーシーたち以外の全員が、出場者はふたりともヴァンパイアだと思い込んでいるようだ。

グレゴリがカメラマンに合図して、ふたたび撮影が始まった。「では、番組に戻りましょう。ちょうどシルヴェスター・バッカスから重大発表があるところでした」

「そうです」スライが笑みを浮かべ、カメラがグレゴリから彼に移動した。「みなさんご存じのとおり、わが五名の審査員たちはかつてローマン・ドラガネスティのハーレムにいました。マスターの十分な庇護なく彼女たちを放置することは犯罪に相当します。ですから今夜の勝者は称号と賞金を手にするだけでなく、マスターとなって、ここにいる美しい女性たちを彼のハーレムに迎え入れるのです！」

オースティンの顔が弾かれたように上がった。ぽかんと口が開いている。ロベルトが目を輝かせ、舌なめずりしながら審査員を見まわした。

ダーシーは女性たちの様子をうかがった。ほんの数週間前は、これこそが彼女たちの何よりの望みだったはずだ。裕福で、自分たちの要求をすべて聞き入れてくれる新しいマスターが。けれどもどういうわけか、女性たちはそれほど興奮しているようにも、安堵しているようにも見えなかった。むしろそわそわとして、困惑しているみたいに感じられる。徐々にプライドを持つようになったせいで、コンテストの賞品にされることを嬉しいと思えなくなったのかもしれない。

ダーシーはオースティンに視線を移した。彼はまっすぐ彼女を見つめていた。いや、睨んでいる。ハーレムの女性たちの面倒を見るという発想に苛立ちを覚えているのは間違いなかった。だが、それも当然の報いだ。不合格になるようにと、ダーシーは何度も警告したのだから。

「今夜きみたちは質問をされ、それに対する答え方を審査される」グレゴリがふたりの男性出場者に向き直った。「さて、どちらが先にいく?」

「ぼくが」オースティンがうなるように言った。「早くすませてしまいたい」

不機嫌そうな口調にグレゴリが眉を上げた。「いいだろう」ロベルトのほうを向く。「少しのあいだ外してくれないかな?」

マギーが急いで駆け寄り、ロベルトを部屋の外へ連れ出した。オースティンは審査員たちの前に立ち、質問されるのを待っている。

グレゴリが女性たちにうなずいた。「それではどうぞ」

レディ・パメラが紙に書かれた質問を読み上げた。「あなたがマスターになり、わたくしたちがあなたのハーレムに入ったとして、女性たちのあいだで修正不可能なほどの意見の不一致が生じた場合、あなたはどうやって問題を解決しますか?」

オースティンの返答に興味を引かれ、ダーシーは少し近づいた。彼は自分のブーツを睨んでいる。

顔を上げたオースティンが審査員たちを苛立たしげに見た。「何もしません」それだけ言うと、彼は背を向けて立ち去ろうとした。

女性たちの顔にショックと狼狽《ろうばい》がよぎる。

「もしよければ」プリンセス・ジョアンナが口を開いた。「わたくしたちへの助力を拒む理由を教えていただけないかしら?」

オースティンがためらいを見せた。「あなたがたには知性がある。自分たちの問題は自分たちで解決できるはずだ」彼はそのまま歩いてドアから出ていった。

ヴァンダがちらりとダーシーをうかがって言った。「むかつく男だわ」

ダーシーは息をひそめて待った。ヴァンダの後押しとオースティンの無愛想な態度のおかげで、この厄介な状況が好転するかもしれない。

プリンセス・ジョアンナが鼻を鳴らした。「彼は騎士道精神というものを知らないようね」

「それにあの不機嫌そうな顔」マリア・コンスエラが眉をひそめた。「異端審問の拷問人だって、もっと愛想がよかったわ」

コーラ・リーが腕を組んで口をとがらせた。「狂犬病の犬みたいに、今にも歯をむいてうなりそうだった」

「彼の服装は礼を失していたわ」レディ・パメラがつけ加えた。「あんな男性をマスターに迎えることはできません」

ヴァンダがにっこりした。「これで決まりね。アダムは不合格」

ダーシーはほっとして息を吐いた。声を出さず、口だけを動かしてヴァンダに〝ありがとう〟と伝える。これでオースティンがハーレムを押しつけられることはなくなった。それにわたしも仕事を続けられそうだ。

マギーがロベルトを連れて戻ってきた。彼が女性たちに歩み寄ってお辞儀をする。レディ・パメラは先ほどオースティンにした質問を繰り返した。

ロベルトの笑みは、彼がうしろになでつけた髪と同じくらいなめらかだった。「まず申し上げておきたい。みなさんのマスターになることは、わたしにとってこのうえない名誉です」

「わたくしたちもお礼を言いますわ」プリンセス・ジョアンナが応えた。「それで、あなたならわたくしたちの意見の不一致をどうやって解決しますか?」

ロベルトが肩をすくめた。「無意味な質問です。意見の不一致など起こりえないのですから」

「今なんとおっしゃったの?」レディ・パメラが訊き返した。

「マスターとして、考慮すべきはわたしの意見だけです。したがって、あなたがたはつねにわたしに同意しなければなりません。そうすればわれわれは協調して平穏に暮らしていけるはずです」

あたりに沈黙が広がった。協調と平穏の時代の始まりを確信しているのか、ロベルトは微笑んでいる。

ヴァンダが目を細めて言った。「わたしたちがあなたの意見に同意しなければどうなるの?」

「わたしがマスターです。あなたがたはわたしの言うとおりに行動し、わたしの言うことを信じなければなりません」

さらに沈黙が広がる。女性たちが顔を見合わせた。

「しばらく外へ出てもらえるかな?」グレゴリがドアを示して言った。「最終決定を下さなければならないので」

ロベルトは会釈すると、部屋から出ていった。

「そうねえ」コーラ・リーがため息をついた。「少なくとも、彼は身だしなみがいいわ」

「ハンサムだし」レディ・パメラがつぶやく。「それに……上手にお辞儀をするわね」

「だけど彼には」プリンセス・ジョアンナが言った。「頭をもぎ取ってやりたいとわたくしに思わせる何かがあるわ」

マリア・コンスエラがうなずいた。「不快にさせられるの」

「傲慢なろくでなしよ」ヴァンダが低い声で言った。

「でも、そういう資質がマスターにふさわしいのでは?」コーラ・リーが尋ねる。

ヴァンダがふんと鼻を鳴らした。「それが真実なら、わたしはマスターなんか欲しくないわ」

「でも、わたくしたちにはマスターが必要よ!」レディ・パメラが言い張った。「自分たちだけでは生きていけないわ」

「これまでのところ立派にやってるじゃない」ヴァンダが応酬した。「面倒を見てもらう男なんかいらないわよ」

プリンセス・ジョアンナが眉をひそめた。「それでもお金がなくては暮らしていけないわ。お金のためにもマスターを持たなくては」

コーラ・リーが頭を傾げた。「ねえ、アダムのどこがいけなかったか、誰かわたしに思い出させてくれないかしら?」

ダーシーは息を詰まらせた。

「だめよ」ヴァンダが立ち上がる。「みんなで決めたはずでしょ。アダムは不合格にしたの」

「身なりが整っているとは言えないわ」レディ・パメラが意見を言った。

「ばかばかしい」コーラ・リーが言い返す。「着こなしは教えればすむことよ」

マリア・コンスエラが立ち上がり、他の女性たちを見渡した。「彼は不作法です。わたしたちの争いをおさめるのはいやだなんて」

「確かに」プリンセス・ジョアンナがゆっくり腰を上げた。「でもその理由は、わたくしたちが自分で解決できると信じているからだったわ。わたくしたちには知性があるとも言っていたわね」

コーラ・リーがぴょんと立ち上がった。「彼ならわたしたちがどう考えるべきかとか、何を言うべきかなんて指図しないということ？」

プリンセス・ジョアンナがうなずいた。「どうやらアダムの評価は不当だったようね」

ダーシーは愕然《がくぜん》とした。絶望的な視線をヴァンダに投げかける。

「ねえ、聞いて！」ヴァンダが両手を挙げた。「どちらの男も必要ないわ。自分たちだけでうまくやっていける」

「わたくしはアダムに票を投じます」プリンセス・ジョアンナが宣言した。

「わたしも」「わたくしも」コーラ・リーとレディ・パメラが甲高い声で加わる。

「わたしもそうします」マリア・コンスエラが言った。「アダムがいいわ」

ダーシーは心の中でうめいた。これでこの仕事ともお別れだ。

「わたしはどちらも不要に投票するわ」ヴァンダが言い張った。「わたしたちがどれほど進歩したか見てよ。今さらすべてを投げ出さないで」

「採決がとられ、多数決で勝者が決まったようです」グレゴリが女性たちに座るよう合図した。壁から特別製の懐中電灯を持ってくる。マギーがドアを開けてふたりの男性を招き入れた。オースティンは不安そうだが、ロベルトの笑みには自信があふれていた。

スライが前に進み出た。「〝地上でもっともセクシーな男〟の称号を手にする勝者を発表できるのは、わたしにとって光栄の至りです」

「もしもなんらかの事情で」グレゴリが割って入った。「勝者が〝地上でもっともセクシーな男〟の務めを果たせないと判明すれば、次点の出場者が繰り上げとなって称号と賞金を受け取ることになります」

スライが小切手を模した巨大なボードを胸の前に掲げた。興奮で目を輝かせている。「ブエノスアイレスのロベルト？」

「はい？」ロベルトが足を踏み出した。彼は目を光らせながら小切手に手を伸ばした。

「きみの負けだ」スライは残酷な悪ふざけに自分で笑った。

ロベルトの笑みが凍りつく。「なんだって？」

オースティンが青くなった。あとずさりし始める。

「〝地上でもっともセクシーな男〟はウィスコンシンのアダムに！」スライが宣言した。

びっくりした顔のオースティンをグレゴリが前に押し出した。

「おめでとう！」スライはオースティンの手を取って勢いよく上下に振った。「さあ、この五〇〇万ドルの小切手はきみのものだ」大きなボードをオースティンの手に押しつける。

ヴァンダ以外の女性たちが礼儀正しく拍手した。

スライが彼女たちを指して言った。「そしてこれが、できたてのきみのハーレムだ！」

オースティンがはっと息をのむ音がダーシーのところまで聞こえた。「ぼ、ぼくはふさわしくない」彼は小切手のボードをスライに返そうとした。

スライは笑って取り合わなかった。「さあ、恥ずかしがらないで。女性たちがきみを選んだんだぞ」

「それなら愚か者ぞろいだ！」ロベルトが叫んだ。「いったいどうして、わたしを差し置いてこんな……こんなごろつきを選べるんだ？」

「お静かに」マギーが彼をいさめた。

「聞いてください」オースティンが口を開いた。「ハーレムはいりません」

女性たちがいっせいに息をのんだ。

「わたしたちが欲しくないの？」コーラ・リーが泣きそうな声で訊いた。

「みなさんが素晴らしい女性だということはわかっています。実際、だんだん好きになってきたくらいだ。だけどぼくは必要じゃない。ぼくはあなたたちの――好みのタイプじゃないんです」

プリンセス・ジョアンナが眉をひそめた。「男性のほうが好きなの？」

バートの目が輝いた。文字どおり。

「違う！」オースティンが歯ぎしりする。「ぼくはただひとりの女性を求めているんです。愛している女性を。ダーシー」彼はそう言うと、懇願するような目で彼女を見た。

全員がダーシーを見つめている。バートが彼女の顔にカメラを向けた。まぶしいライトをあてられて、ダーシーは思わず顔をしかめた。

「あらまあ、すてきじゃないの」コーラ・リーがつぶやいた。

「そうね」レディ・パメラも認めた。「ダーシーもハーレムに入れましょう。そうすれば、みんな幸せになれるわ」

「ちょっと待ってくれ」オースティンがさえぎった。「そういうことじゃないんだ」彼はダーシーに申し訳なさそうな視線を送った。「騒ぎになるのはわかっている。でも、みなさんは知っておくべきだ。ぼくはモータルなんです」

部屋中から息をのむ音やあえぎ声がいくつも聞こえてきた。ヴァンダとマギーが心配そうにダーシーを見る。

彼女はため息をついた。ひどく厄介な事態になるのは避けられない。「嘘じゃないわ」歩いていって、グレゴリから懐中電灯を取った。

「ありえないわ」プリンセス・ジョアンナが主張した。「片手でソファを持ち上げるのを見たのよ」

ダーシーがロベルトの肖像画にライトをあてると牙が現れた。次にオースティンの絵にもあてたが、何も変化は起こらなかった。

また息をのむ音があちこちから聞こえた。

「モータルだと？」スライがきつい口調で言った。「いまいましいモータルに五〇〇〇万ドルを渡したのか?」

「勝つつもりはありませんでした」オースティンが小切手を模したボードを差し出した。

「お返しします」

「だめよ」ダーシーは彼にボードを突き返した。「あなたのものだわ。〝地上でもっともセクシーな男〟はあなたなんだもの」

オースティンの目がぎらりと光った。「ハーレムなんていらないんだ! どうして教えておいてくれなかったんだ?」

「ここまで勝ち残るはずじゃなかったでしょう」ダーシーは言い返した。

「きみのせいだぞ!」スライがダーシーに指を突きつけた。「きみがモータルを勝たせた。そんなことになればどうなるか、警告しておいたはずだ」

ダーシーの目もとがぴくぴく痙攣した。「彼は不正をして勝ったわけではありません」

「嘘だ!」スライが叫んだ。「ヴァンパイアに勝るモータルなどいるわけがない。きみはわれわれみんなを裏切った」彼は身を乗り出して言い放った。「首だ」

ダーシーはたじろいだ。顔をそむけようとしたが、すぐ目の前でバートがカメラを向けていた。最高だわ。世界中のヴァンパイアたちの前で解雇を言い渡され、裏切り者のレッテルを貼られるなんて。もう二度と仕事につけないだろう。

「彼女を首にはできない」オースティンがスライを睨んだ。「ぼくのせいなんだから。彼女は不合格になるよう、何度もぼくに懇願していた」

「それならコンテストは正常に進行したわけだ」グレゴリが意見を述べた。「残ろうと努力することで、きみは公正を保った」

「公正かどうかなど誰が気にするというんだ？」スライがわめいた。彼は目を細めてグレゴリを睨んだ。「首だ」

グレゴリが肩をすくめる。「そのフレーズを商標登録するべきだよ。板についてる」

レディ・パメラが手を挙げてみんなの注意を引いた。「まだ問題があるわ。モータルをマスターにすることはできません。どうやってわたくしたちを守ってくれるというの？」

「そうよ」プリンセス・ジョアンナも同意した。「わたくしたちのマスターはヴァンパイアでなければ」

「だが、彼は違うのだ」スライがうなった。そのとき、まるで何かひらめいたかのように、彼が突然目を見開いた。狡猾な視線をオースティンに向ける。「状況を変えることは可能だが」

ダーシーははっと息をのんだ。「だめよ」

オースティンが小切手のボードを落とした。顔が真っ青だ。

女性たちが視線を交わした。

「彼をヴァンパイアに変えろと提案しているの？」プリンセス・ジョアンナが尋ねた。

スライは肩をすくめた。「彼が望みなら、手に入れればいい」

「ちょっと待った！」オースティンが両手を挙げた。「その意見には賛成できないな」

「本人の意思に反してヴァンパイアにすることは許されないわ」ダーシーは主張した。

「なぜだ？」スライが嘲笑う。「誰かきみに許しを求めたか？」

目もとの筋肉が痙攣した。

「さあ、きみたち」スライは女性たちを励ますように笑みを浮かべた。「望みの男と五〇〇万ドルが手に入るんだぞ。実行する度胸があるのは誰かな？」

オースティンが床から小切手のボードを拾い上げた。「聞いてくれ。ぼくを放っておいてくれたら、この小切手はきみたちのものだ」

女性たちが驚きに目を丸くした。

「そのお金をわたしたちにくれるの？」ヴァンダが訊いた。

「だめだ！」ロベルトが叫ぶ。「やつは失格になった。したがって、その金はわたしのものだ！」

「静かに」グレゴリが言った。「いいかい、スライ。ダーシーの言うとおりだ。彼が望まないのにヴァンパイアに変えることはできないよ」

スライがグレゴリを睨んだ。「誰がおまえの意見に耳を傾ける？　おまえも首にしたんだぞ」彼はカメラに向き直った。「番組をご覧のみなさん、これからヴァンパイアの歴史上でもっとも刺激的な瞬間をお見せします！　なんとみなさんの目の前で、モータルがヴァンパイアに変わるのです」

「そんなの無理よ」ダーシーはこぶしを握りしめた。「ヴァンパイアにするには、まず彼を殺さなくちゃならないんだから」

「それがどうした？」

彼女は激しい怒りをあらわにした。「殺人だわ。あなたは……それが倫理に反するとは思わないの？　テレビなのよ」

スライが肩をすくめて答えた。「視聴率を想像してみろ」

オースティンがカメラの前に進み出る。「はっきり記録しておいてもらいたい。殺人行為には全面的に反対だ。特にぼくを殺すことに関しては」

プリンセス・ジョアンナが手を振って彼の意見を退けた。「落ち着いてちょうだい。あなたを殺すつもりはありません」

「そうですとも」マリア・コンスエラがロザリオを握りしめた。「不道徳だわ」

レディ・パメラが頭を振った。「それほどマスターが欲しいわけでもないし」

「いいや、マスターは必要だ！」ロベルトが飛び出てきた。「わたしが必要なんだ」

「静かにして」ヴァンダが言った。

「あなたがたにはマスターなんていらない」オースティンが口を開いた。「自立のために、ちょっとした経済援助があればそれでいいんだ」彼は女性たちの膝に小切手のボードを置いた。

「まあ！」コーラ・リーが息をのむ。「このお金を全部？　いったいどうすればいいのかしら？」

「わたくし――思うんですけど、貿易をしてはどうかしら?」レディ・パメラが提案した。

ヴァンダがにやりとして言った。「わたしたちで男性ダンサーのストリップ・クラブを開けばいいわ。もちろん、ヴァンパイアのダンサーよ」

女性たちが興奮して立ち上がり、口々に意見を言い始めた。笑い声をあげながら、小切手のボードを手に急ぎ足でドアに向かう。

「待て!」彼女たちのうしろからロベルトが叫んだ。「わたしの金を持って戻ってくるんだ」

「さよなら《アディオス》、ロベルト」ヴァンダがドアを閉めた。

「戻ってこい!」ロベルトは足を踏み鳴らした。「わたしの言うとおりにしなければならないはずだぞ。わたしがマスターなんだから!」

玄関ホールのほうから女性たちの笑い声が聞こえてきた。マギーがオースティンを引っ張って部屋から連れ出した。彼の安全が確保されて、ダーシーはほっと息をついた。

スライが彼女のほうを向く。「いかれた雌犬め」

ダーシーはぐっとこらえた。悪夢はまだ終わっていない。

「おい」グレゴリがスライの腕をつかんだ。「彼女にそんな口をきくな」

スライはその手を振りほどいた。「この女のしたことを見てみろ。番組の勝者はいない。女たちは金を持って逃げてしまった。何から何までとんでもない失敗だ」

「そうは思いません」ダーシーは顎を上げて言った。「奇跡の変貌と言っていいくらいだわ。あの女性たちはかつて、マスターがいなければ生きていけないと信じていたんです。過去に囚われ、不安で凍りついて自信を喪失していた。そんな彼女たちが、わたしたちの目の前で花開いたんですよ。強くなって自立心を持ち、真実を理解する知的な女性になったんです。彼女たちにマスターは必要ありません」

スライが嘲るように鼻を鳴らした。「それがいいことだと思うのか？　世界中の男性ヴァンパイアがおまえを憎むようになるだろう」

「ぼくは憎まない」グレゴリが口をはさんだ。

「おまえはまぬけだ」スライがどなった。「勝者なしでどうやってコンテストを成立させるんだ？」

「勝者はアダムです」ダーシーは言い張った。

「あいつはモータルじゃないか！」スライが激高する。「おまえはヴァンパイア界全体を侮辱したんだぞ」

ダーシーは肩を怒らせた。「わたしならチャンスと考えますけど。夢を追いかけようとする女性たちをアダムは励ましたわ。そういうところが〝地上でもっともセクシーな男〟に選ばれた理由なんです」

「おまえもまぬけだ。ふたりとも首だ」

「それなら出ていこう」グレゴリがダーシーに手を差し出した。彼女は顎を上げ、堂々とした態度で退室した。

「きみは素晴らしかった」廊下を歩きながら、グレゴリがささやいた。

「絶望的な状況なのよ」全身がぶるぶると震え出し、ダーシーは足を止めた。「わたしはオースティンを失った。キャリアも。それに世界中のヴァンパイアから憎まれる」

「友だちは別だ」グレゴリが彼女の肩を叩いた。「自分にどれほど多くの友人がいるか知ったら、きみはきっと驚くよ」

ダーシーは大きく息を吸った。「あなたの言うとおりだといいんだけど」

「ありがとう、ぼくを……襲わないでくれて」オースティンは玄関ホールで女性たちに言った。

コーラ・リーがくすくす笑った。「こちらこそ、お金のお礼を言わないと」

「本気で男性ストリッパーのクラブを開くつもりなのか？」彼は尋ねた。「ヴァンパイア向けの？」

「そうよ」ヴァンダが笑う。「店の名前は〈魅力的な悪魔《ホーニー・デヴィル》〉にするべきだと思うの」彼女はオースティンをじろじろ見た。「仕事が必要じゃない？」

「そこまで困ってないよ」だが、〝そこ〟へ至るのはあっというまかもしれない。ショーンが要注意人物リストに彼の名を載せたら、仕事を見つけるのは難しくなるだろう。そのとき玄関ドアがさっと開いて、コーキー・クーラントと彼女のスタッフたちが入ってきた。「もう行かなきゃ」オースティンは女性たちにうなずいて言った。「幸運を祈っているよ」

彼は自室から荷物を取ってくるために階段を駆け上がった。

「待って」超人的なスピードでマギーが彼に追いついた。「あなたをこのまま行かせていいのかしら？　わたしたちの世界のことを知ってしまったのに」

「誰にも話すつもりはない」

「記憶を消してもいいんだけど」マギーが言う。「あなたはダーシーを忘れたくないかもしれないと思って」

ヴァンパイアひとりの力ではオースティンの記憶を消せないだろう。残念だ。記憶がなくなれば楽なのに。覚えていなければ苦しむこともない。だが、たとえ苦しみを味わわなければならないとしても、ダーシーとの思い出にはかけがえのない価値があった。「彼女のことは覚えていたい」

「わかるわ」オースティンと並んで歩きながら、マギーが顔を曇らせた。「うまくいかなくて残念よ」

「ぼくも残念だ」彼は自分に割り当てられていた部屋のドアを開けた。「彼女に仕事を失わせることになって申し訳ないと思っている。ぼくのかわりにそう伝えてくれないか？　それから彼女が長く幸せな……人生を送るよう祈っていると」

マギーがうなずいた。「ダーシーもきっとあなたに同じ思いを抱いているわ」

数分後、オースティンは荷物を持って裏階段をおりた。階下に着くと、ライトやカメラで明るく照らされた玄関ホールが見えた。コーキーが女性たちに忙しくインタビューしている。彼は脇に控えるダーシーの姿を見つけた。彼女がふと振り向いてオースティンを見た。彼は挨拶がわりに片手を挙げた。ダーシーも同じように返す。

これで終わりなのだ。さよならのキスも抱擁もなし。ため息をつくと、オースティンはキッチンの業務用エレベーターに向かって歩き出した。最後に不滅の愛を宣言することもない。もう一度だけ互いの腕の中に飛び込むことも。成就できない愛に涙をこぼすこともない。激しい胸の痛みを感じながら、彼は夜の闇の中へ出ていった。

26

翌日になると、オースティンは人生がこれで終わりではないことに気づかざるをえなかった。支払わねばならない請求書がある。他の法執行機関で仕事を探そうかとも思ったが、どういうわけか、人間の犯罪に対する興味をすっかり失っていた。もはやアンデッドにしか関心がなくなってしまったようだ。

ダーシーのことを考えないですむように、オースティンは建築現場で臨時の仕事についた。肉体労働で体をへとへとに疲れさせ、おかげで夜はなんとか眠れた。彼は次の土曜日まで働き続け、それから一日の休みを取った。

ソファに座ってビールを飲みながら、これからどうしようかと考える。すでに昔東ヨーロッパにいたころの知人たちに連絡をとってみた。言葉には不自由しない。向こうには悪いヴァンパイアがいることもわかっている。だがそれでも、ニューヨークを離れるのは気が進まなかった。ダーシーがいるからだ。彼女に必要とされるときのために、ここに留まっていたかった。

いったい何を言ってるんだ？　彼女には友だちが大勢いるんだぞ。おまえなど必要とされていないんだ。オースティンはダーシーがレポーターとして出演している映像を集めたビデオテープの箱に目をやった。これは返却しなければ。もう忘れるべきだ。

ビールのボトルをコーヒーテーブルに置く。ビデオテープを返す前に、あと一回だけ目を通しておこう。最後にもう一度、ダーシーに賛辞を送るために。オースティンはテープを日付順に並べ、一本目をビデオデッキに入れた。最初の一時間、彼はずっと笑みを浮かべていた。次の一時間は泣きたくなった。最後の一本にたどりつくころには夕方になっていた。オースティンはすっかり沈んだ気分で、手足を投げ出してソファに座っていた。テイクアウトのピザの残りがテーブルで冷たくなっている。

画面ではニュースキャスターが、いかにも心配そうな顔でダーシーの失踪を伝えていた。誰も彼女の居場所を知らない。

「彼女は路地で死にかけていたんだ、ちくしょう」オースティンはうなった。あのいまいましい実験とやらが成功していればよかったのに。人間に戻れるなら、ダーシーが彼を拒むことはないに違いない。失敗の原因はDNAだということだった。ヴァンパイアのDNAは変異しているものなので、人間だったころのDNAが必要だとか。

別のニュースが始まった。〈ファング・オブ・フォーチュン〉の裏の路地にレポーターが立っている。ダーシーの遺体は発見されていないものの、警察は彼女の血がついたナイフを回収していた。かわいそうなダーシー。ナイフで胸を刺されたのだ。

次の瞬間、オースティンははっとして座り直した。なんてことだ！　血まみれのナイフには、ダーシーがヴァンパイアになる前のDNAが付着している。彼はぴしゃりと額を叩いた。実験を成功させるためにローマンが必要としているのは、まさにそれじゃないのか？

オースティンは急いで着替えた。CIA局員に見えるようにとスーツを着る。コンピューターでグレゴリの電話番号と住所を調べ、メモ用紙に情報を走り書きした。何件か電話をかけ、ダーシーの事件の遺留品がミッドタウンの中央保管所へ移されていることを突き止めた。

彼は車を走らせた。土曜日の午後九時という時間のせいか、保管所は静まり返り、当番の警官がひとりいるだけだった。

オースティンは警官に近づくと、彼の頭に身分証のイメージを植えつけた。「CIAだ」レンタルビデオショップの会員証をちらつかせて言う。

警官がうなずいた。「ご用件は？」

「ダーシー・ニューハート事件の遺留品を調べたい。四年前の事件だ」

警官はクリップボードを差し出した。「ここにサインしてください」

オースティンは〝アダム・カートライト〟と書いた。

ファイルに目を通し、警官が一枚のカードを選び出した。「これですね。保管番号三二一六」

「ありがとう」ドアを解錠するブザーの音を待って、オースティンは中に入った。狭い通路を歩いて〝三二一六／ニューハート〟というラベルが貼られた箱を見つけ、棚から取り出す。箱の中には壊れたビデオカメラや、ダーシーが持っていたバッグ、それにビニール袋に入った血のついたナイフがあった。彼はビニール袋を上着のポケットに押し込み、箱をもとの棚に戻した。

車に戻ってくると、オースティンはビニールの上からナイフを調べた。これだ。ダーシーを人間に戻せるかもしれないたったひとつのもの。ふたりが一緒にいられるようになるための、唯一の希望がこのナイフだ。彼は袋を助手席に置いた。携帯電話を取り出し、震える指でグレゴリの番号を押す。

「もしもし？」グレゴリが電話に出た。

「ダーシーと話したい」

電話の向こうで沈黙が広がった。「オースティンだな？」

「ああ。ダーシーに重要な話があるんだ」

「もう十分じゃないのか？　おまえのせいで彼女は仕事を失った」

「大事な用件でなければ、わざわざ彼女を困らせたりしない」

「いい考えがあるぞ。いっさい困らせなければいいんだ」グレゴリは電話を切った。

そうか。ダーシーは友人たちに守られているのだ。オースティンはメモを頼りにグレゴリの住所へ向かった。車を停めてアパートメントのブザーを鳴らす。

「はい？」インターコムから女性の声が聞こえた。

「ヴァンダ？　ダーシーと話したい」

「オースティンなの？」

「そうだ。彼女に見せたいものがある。命にかかわる重要なことなんだ」

「それならもう見たんじゃないかしら」ヴァンダの返答はそっけなかった。「ねえ、ダーシーはあなたのせいでたっぷり泣いたのよ。そっとしておいて」

ため息をついて、オースティンはインターコムのボタンから手を離した。アパートメントに押し入ることもできるが、そんなことをすれば、怒ってわめくヴァンパイアたちを相手にしなくてはならないだろう。ダーシーは動揺して彼の話を聞いてくれないかもしれない。誰か協力者が必要だ。家に押し入らなくても、ダーシーに選択肢を提示できる誰かが。シャナ・ウィーランはどうだ？　いや、居場所がわからない。彼女とローマンはショーンの脅威から逃れるため、タウンハウスを出てどこかへ移ってしまっていた。だが、タウンハウス自体はまだあるはずだ。そこにはキルトをはいたスコットランドの警備員たちがいるに違いない。

コナー。彼なら協力者に最適だろう。何しろダーシーをヴァンパイアに変えた張本人だ。この知らせは彼の口から伝えるべきだ。

オースティンはアッパー・イースト・サイドにあるローマン・ドラガネスティ所有のタウンハウスへ向かった。玄関へ続く階段は暗く、夜間用レンズを備えた監視カメラの赤い点滅灯だけが唯一の明かりだった。ベルを鳴らした彼は、中にいる警備員たちに顔がよく見えるように、わざと監視カメラを見上げた。

スコットランド訛りのある低い声がインターコムから聞こえてきた。「ボタンを押して目的を言え」

オースティンはインターコムのボタンを押した。「コナーと話したい」

返答はない。彼はじっと待った。うしろを振り返って、静かな通りにざっと目を配る。しばらく待ったが、やはり返答はなかった。まだ待っていることを知らせようともう一度ボタンを押したところで、ドアがゆっくり開いた。

無意識の震えが背筋を這いおりる。

「入れ」かすかに笑みを浮かべてコナーが言った。「ちょうど夕食に間に合ったぞ」

彼らはみなボトルの血を飲むはずだ。オースティンは自分にそう言い聞かせながら、薄暗い玄関ホールに足を踏み入れた。コナーは彼を怖がらせようとしているだけだ。それとも、夕食をもてあそんで楽しんでいるのだろうか。

玄関ホールにはキルト姿のスコットランド人が三人いた。コナーを中心に、かなり若く見えるヴァンパイアが右側に、黒髪のスコットランド人が左側に控えている。彼らの背後に大きな階段があり、そこにはさらに六人のキルト姿のヴァンパイアが立っていた。

腕を組んだコナーが、好奇心をあらわにしてオースティンを見た。「ここまで来るとは、えらく肝が据わっているじゃないか」

「あんたと話がしたい。内密に」

コナーが頭を傾けて黒髪のスコットランド人に合図した。「ドゥーガル、外を調べろ。われわれのＣＩＡの友人がひとりで来たかどうか確かめるのだ」

「はい」ドゥーガルとふたりの警備員たちが玄関から外に出ていった。さらにふたりの警備員が、超人的なスピードで裏口へ向かう。

「ぼくはひとりだ」オースティンは言った。「それに、もうＣＩＡの人間じゃない」

コナーがいぶかるように眉をつり上げた。「両手を挙げろ。武器を携帯していないかイアンが調べる」

言われたとおりに手を挙げると、若いヴァンパイアがオースティンのうしろにまわり込んだ。「ジャケットにナイフが入っている」言い終わるか終わらないかのうちに、残っていたふたりの警備員がそばへ来ていた。オースティンの胸にぴたりと剣を向けている。

彼は瞬きした。すごい早業だ。イアンが血まみれのナイフが入ったビニール袋を取り出し、コナーに渡した。

「使うつもりで持ってきたわけじゃない」オースティンは小声で言った。

「使おうとしても、われわれが阻止していたはずだ」コナーがビニール袋を引っくり返してナイフを調べた。「古い血だな」

「四年たっている。ダーシーの血だ」そう言ったとたん、コナーがぎくりとしたのがわかった。

ほんの一瞬かすかに後悔の念をのぞかせたものの、スコットランド人はすぐにさっきまでの無表情な顔に戻った。「武器はこれだけか？」

オースティンの脚を服の上から叩いて確かめていたイアンが言った。「はい。武器を隠し持ってはいないようです」

「こっちへ来るんだ」コナーは階段のうしろに見えるドアへ向かって歩き出した。

オースティンの両脇には武装したふたりの警備員がぴったりと並び、うしろからはイアンがついてくる。スウィングドアを抜けると、そこはキッチンだった。

「座れ」コナーがテーブルを示して言った。イアンと警備員たちに目を向ける。「行っていいぞ」

オースティンはテーブルに近づいたが、椅子には座らなかった。

血のついたナイフをテーブルに置いてコナーが言った。「では、これがダーシーの命を奪ったナイフなのだな？」

「いや、傷つけただけだ。彼女を殺したのはあんたじゃないか、ろくでなしめ」そう言うと、オースティンはいきなりコナーの顎にこぶしを打ちつけた。スコットランド人がうしろによろめくのを、強ばった笑みを浮かべて見つめる。ヴァンパイアの顎はまるで石のように硬かった。だがコナーの顔に浮かぶショックの表情を見られただけでも、痛みに耐える価値はあった。

「なぜこんな真似を？」

オースティンはひりひりする手の指を曲げ伸ばしして痛みを和らげた。「当然の報いだ」

テーブルについたコナーが、向かいの椅子に座るようオースティンに合図した。

今度はおとなしく座る。どうやら反撃される心配はないようだ。殴られるだけの理由があると、コナーも自分で認めたに違いない。

「CIAを辞めたのか？」コナーが訊いた。

「一週間前だ。ショーン・ウィーランとのあいだに重大な意見の相違が生じた。ぼくはマルコンテンツだけに集中するべきだと主張したんだが、彼はまだすべてのヴァンパイアが悪だと信じている」

「おまえはもう信じていないというのか？」

「ああ。リアリティ番組に出演しているあいだに、現代に順応したヴァンパイアたちのことを知るようになった。彼らは無害だ」オースティンはため息をついた。「ショーンは、彼らが無防備な日中のあいだに杭を打って皆殺しにしろと命じたんだが、ぼくは拒否した」

「卑怯《ひきよう》なことはしたくなかった？」

驚いたことに、スコットランド人の目が面白がるようにきらめいている。「ああ、そう思った」

コナーが椅子の背にもたれた。「噂によると、おまえはコンテストに優勝して大金を手に入れたのに、その小切手を女性たちに譲ったそうだな」

オースティンは肩をすくめた。「彼女たちには金が必要だった」

「ああ。だが失業中なら、おまえにも必要だろうに」

「別の仕事を見つけるつもりだ」

「しばらく東ヨーロッパにいたことがあるな」

思わずごくりと唾をのみ込む。「どうしてそれを?」

「イアンはCIAの本拠地に忍び込むのがだんだんうまくなってきたぞ。ハンガリー語とチェコ語が堪能《たんのう》なのか?」

「ああ」オースティンは急に、まるで仕事の面接を受けているような気分になった。「ぼくは今後もマルコンテンツと戦い続けたいと思っている。もしもどこか組織を知っているなら――」

「その話はあとだ」コナーがさえぎった。「最近、セントラル・パークでマルコンテンツが殺される事件が起きている。それについて知っていることはないか?」

オースティンは黙って深呼吸した。

「ロシア人たちはわれわれを責めているが、わたしは〝ステイク・アウト〟チームの仕業ではないかと疑っている。もうCIAとかかわりがないなら、その推測が正しいかどうか答えても不都合はないだろう?」

オースティンはためらった。「マルコンテンツは殺されて当然だ。罪のない人間を襲うんだから」

「ああ、そうだ」コナーが腕を組んだ。「おまえとギャレットはリアリティ番組で拘束されていた。だから襲撃者はショーン・ウィーランか、チームのふたりの女性のどちらかということになる」

くそっ。エマに連絡して、狩りをやめるように言わなければ。

「では、女性のどちらかだな」コナーが静かに断言した。「ショーンなら、おまえは守る必要を感じないはずだ」

オースティンは落ち着かない気分になって椅子に座り直した。このヴァンパイアはかなり頭が切れる。

コナーがナイフを示して訊いた。「これを持ってきた理由はなんだ？　わたしが罪悪感に苦しめばいいと思ったのか？」

「自分に非があることを認めるんだな？　なぜダーシーを病院に連れていかなかった？〈ロマテック・インダストリー〉でもよかったのに。あそこには人工血液が山ほどある。あんたは彼女の命を救えたはずだった」

コナーの目が苦悩で翳った。「勇敢な娘だったよ。死なせるわけにはいかなかった」

「でも彼女を殺したのはあんただ」

コナーが悲しげに首を振った。「ヴァンパイアはモータルに流れる血の量が匂いでわかる。鼓動も聞こえる。あのナイフは彼女の主幹動脈を傷つけていた。内出血していたのだ。あと二、三回心臓が血液を送り出せば、彼女はそのまま死んでいただろう」

「処置するだけの時間がなかったと？」

「そうだ」コナーが息を吐いた。「彼女がわたしを憎んでいるのは知っている。だが嘘ではない。彼女を救う方法は他になかった」

「信じるよ」彼の目に浮かぶ苦悩は本物だ。

コナーがビニール袋に触れた。「どうやって手に入れた?」

「警察から盗んできた」

スコットランド人の眉が上がる。「やるじゃないか」

「ダーシーから、ヴァンパイアを人間に戻す実験の話を聞いた。実験が失敗したのは、人間だったころのDNAが手に入らなかったからだと彼女は言っていた」

「ああ」ナイフの袋を手にしたコナーが目を見開いた。「では、これはダーシーが人間だったときの血なのか」

「人間のDNAが残っている」オースティンは身を乗り出した。「これなら成功するかもしれない」

「ダーシーに話したのか?」

「いや。彼女の友人たちに遠ざけられて話せないでいる」

「なぜだ?」コナーが眉をひそめた。「彼女に何をした?」

「ダーシーはぼくのせいで仕事を失った。でも、ぼくは彼女を愛している」

「ふむ。愛するにはヴァンパイアよりモータルのほうがいいということか?」

「彼女といられるならどちらでもかまわない。だが、ぼくのことは関係ないんだ。これはダーシーと、彼女の幸せの問題だ。彼女が自分で決めなければ」

コナーがビニール袋をテーブルに置いた。「うまくいくと思うかローマンに尋ねてみよう」

「彼女に話してくれるか?　この情報はあんたから伝えるべきだと思う」

コナーはため息をついた。「以前は選択肢を与えなかったからな」
オースティンはナイフの袋を彼に渡した。「だけど今度は違う」

真夜中になり、ヴァンダとマギーは『セクシエスト・マン・オン・アース』の放送を見るために、ダーシーを無理やりリビングルームに引っ張っていった。スライはまだ水曜と土曜に放送を続けていた。ヴァンパイアの視聴者たちが望んでいるからだ。コーキー・クーラントによれば、DVN始まって以来の大ヒット番組らしい。

仕事を首になったので、ダーシーは女性たちを手伝って忙しくしていた。彼女たちは自分たちで事業を始めるつもりで、住むためのタウンハウスも探そうとしていた。今のところはまだ、全員がグレゴリの狭いアパートメントに留まっている。ところが窮屈な住まいでも不満を感じないほど、女性たちは幸せに浮かれていた。ダーシーも男性ストリップ・クラブの経営に参加するよう声をかけられたが、彼女は誘いを断った。

ヴァンダとマギーにはさまれ、ダーシーはソファに縮こまって座っていた。女性たちはテレビに映る自分の姿を見るのが大好きなようだが、番組を見るのも、オースティンの姿を目にするのも、ダーシーにとっては拷問にすぎなかった。手に入れることができないとわかったところで、彼への愛が減るわけではない。かえって彼が恋しくなって、つらさが増すばかりだ。番組の放送が終わるころには、ダーシーの気分はすっかり落ち込んでいた。まわりで女性たちが歓声をあげ、グラスに〈バブリー・ブラッド〉を満たしている。

「元気を出して」マギーがグラスを渡してくれた。「少なくとも、スライが賞金を取り戻すのをあきらめたから、わたしたちはお金を持っていていいことになったんだもの」

グレゴリが鼻を鳴らした。「そうするしかなかったのさ。出資者のひとりはローマンだからね。彼が、賞金はきみたちのものだと主張したんだ」

「結局のところ、マスターはわたしたちを気にかけてくれたのね」コーラ・リーがにっこりした。「あなたも喜ぶべきよ、ダーシー。あなたの作った番組は、かつてないほどの人気なんだもの」

「そうですとも」プリンセス・ジョアンナも賛同した。「次の番組制作もあなたに頼まなかったら、スライは愚か者だわ」

残念なことに、スライは愚か者なのだ。「誰か別の人を雇うでしょ」ダーシーはつぶやくように言った。

「そうかしら」ヴァンダが反論した。「コーキー・クーラントはあなたのインタビューを何度も繰り返し流しているわ。あなたは有名人になりつつあるの。スライもそのうち、あなたに戻ってきてほしいと懇願せざるをえなくなるでしょうよ」

「ヴァンダの言うとおりだ」グラスに口をつけながら、グレゴリが言った。「コーキーは女性ヴァンパイアの解放運動を取り上げるつもりだよ。きみのことを、運動を主導した英雄だと言ってる。これできみを呼び戻さなければ、スライは完全に見下げ果てたやつだ」

残念なことに、スライは見下げ果てたやつなのだ。ダーシーには、息を詰めて電話を待つつもりはなかった。

「女性ヴァンパイア解放運動の先駆者ね」マギーが賞賛をこめてダーシーを見つめた。「わかってたわ。あなたがわたしたちの仲間になったのには、やっぱりちゃんと理由があったのよ。こうなる運命だったんだわ」

感動でダーシーは胸がいっぱいになった。わたしはここにいる運命だった。ヴァンパイアになる運命だった。友人たちを見る目が涙でかすむ。ついにわたしは自分の世界になじむことができたんだわ。

「マーケティングの天才として」目をきらめかせながら、グレゴリが言った。「セレブになったきみの立場を最大限に利用させてもらうことにしたよ。ローマンは女性ヴァンパイア向けの新しいシリーズを売り出そうと考えているんだ。きみにはわが社の広報担当になってもらいたい」

ダーシーの口がぽかんと開いた。「それはつまり、わたしに仕事をくれるということ?」

「そうだ」グレゴリが微笑んだ。「コマーシャルを作ったり、キャンペーンで各地をまわったりしてほしい。世界中の女性ヴァンパイアを鼓舞するのさ」

女性たちが歓声をあげてダーシーのまわりに集まり、祝いの言葉をかけ始めた。彼女自身は驚きのあまり、しどろもどろに返事をするばかりだ。その大騒ぎの真っ最中に、電話の呼び出し音が鳴った。

グレゴリが出る。「もちろんだ。こっちへ来ればいい」彼は女性たちに目をやって言った。

「みんな、ちょっと下がってくれないか？　来客があるんだ」

壁際に退いた女性たちの前に人の姿が現れた。肩までの長さの赤褐色の髪。赤と緑のキルト。コナーだわ。とたんにダーシーの体が強ばった。

コナーはすぐに彼女を見つけて言った。「話がある。ふたりだけで」

心臓が激しく打っている。今夜はいったいどんな運命をもたらしに来たの？　なぜここへ？　やっと人生に望みが持てそうな気がしてきたところなのに。

「行こう、みんな」グレゴリがドアを示して言った。「邪魔しちゃいけない」

ダーシーは部屋を出ていく友人たちを目で追いながら、安楽椅子の端に腰かけた。コナーはあたりを行ったり来たりしていた。歩くたびに膝でキルトがたてるシュッという音がする。神経質になっているんだわ。彼女はそう気づいたものの、脈がいっそう速まっただけだった。

咳払いしてコナーが言った。「きみの番組を楽しんで見ている」

「ありがとう」

「上司には、オースティンがＣＩＡ局員だと話さなかったようだな？」

「ええ。モータルだとわかっただけでも激怒していたから」

コナーが広い胸の前で腕を組んだ。「数時間前、彼がわたしに会いに来た」

「オースティンが？」

「そうだ。きみに知らせたい重要なことがあると言って。連絡しようとしたが、友人たちが取り次いでくれなかったそうだ」

ダーシーの心臓が一瞬止まった。オースティンが？　何も言えずに黙っていると、ドアの向こうからささやき合う声が聞こえてきた。友人たちが立ち聞きしているのだ。おせっかいで過保護な友人たちが。「オースティンはずっと連絡をとろうとしていたの？」

「そのようだ」コナーがドアのほうへ視線を向けた。ささやきが先ほどより大きくなっている。「彼らはきみを守ろうとしたのだろう」

ダーシーはわざと声を張り上げた。「なんて愚かな人たちかしら。わたしが自分の面倒を見られることくらい、わかっているべきなのに」

ささやき声が急にやんだ。

コナーの口もとがぴくりと動く。「よくやった、お嬢さん」彼が優しく言った。

ダーシーは彼に合図して、そばの椅子を勧めた。「それで、オースティンはなんて？」

「もはやＣＩＡでは働いていないそうだ」コナーは示された椅子に座った。「念のために確認したが本当だった。実際のところ、ショーン・ウィーランは彼の名前をブラックリストに載せて、政府関係の仕事につけないようにしている」

「そう」気の毒なオースティン。わたしより彼のほうがずっと大変だわ。

「ヴァンパイアをモータルに戻す実験のことを彼に話したそうだな？」

「ええ」ダーシーは眉をひそめた。「でも、失敗に終わったと説明したのよ」

「ヴァンパイアになる前のＤＮＡが必要だから」

「そうね」この話はいったいどこへ向かっているのだろう？

「オースティンは、四年前にきみが襲われたときのナイフを持ってきた。きみの血がついているものだ。人間だったときの血が」

ダーシーが思わず体を引くと、背中が椅子にあたった。「それって……?」

「ああ。わたしはそのナイフをローマンに見せた。彼は残っていた血からきみのDNAを取り出すことができた。きみ以上に条件のいい対象はなかなか見つからないだろうと彼は考えている」

彼女は胸に手をあてた。轟くような心臓の音が耳に響いていた。「わたし――わたしはモータルに戻れるかもしれないの?」

ドアの向こうで、またささやきが始まった。

コナーが膝に腕を置いて身を乗り出す。「言っておかなければならない、お嬢さん。途中で死ぬ可能性もあるのだ」

「ど、どのくらいの確率で?」

「ローマンによれば、成功する確率は七五パーセントだそうだ」

つまり二五パーセントの確率で死ぬのだ。

突然大きな音をたててドアが開き、ダーシーはびっくりして跳び上がった。

「だめよ!」マギーが部屋に駆け込んできた。

「そうだ」グレゴリも入ってくる。「命を危険に晒すべきじゃないよ、ダーシー。今のままでも申し分ない暮らしが送れるんだぞ」

他の女性たちも口々に同意する。

ダーシーの目に涙がこみ上げてきた。ヴァンパイアの世界にいれば彼女の未来は明るい。だが、そこにオースティンはいないのだ。それに彼は今でも彼女を求めている。だからこそ、ナイフをコナーのところへ持っていったに違いなかった。「オースティンは望んでいるの？」

コナーが首を振った。「そのことは何も。ただ、これはきみの幸せの問題だと言っていた。きみが自分で決めるべきだと」

彼はわたし自身に選ばせてくれようとしているんだわ。ヴァンパイアの世界に留まれば、有名人として輝かしい未来が待っている。心配してくれる素晴らしい友人たちがいるし、女性ヴァンパイアの地位向上運動は始まったばかりだ。もう一方を選べば、オースティンと一緒にいられる。家族や太陽の光を取り戻すことができる。だが、四分の一の確率で死が待っているのだ。

「やめて」マギーがダーシーの椅子のそばにひざまずいた。「わたしたちにはあなたが必要なの」

「わたしたちでは不十分なのかも」涙の光る目でヴァンダが言った。「愛より尊いものはこの世に存在しないのよ」

「わたしたちだって彼女を愛しているわ！」マギーが叫ぶ。

ダーシーの頬に涙がこぼれた。

「まわりがとやかく言うのはやめるんだ」コナーが立ち上がった。「決めるのはダーシーなのだから。以前、彼女は選ぶ権利を与えられなかった。だが今度は違う」

頬の涙をぬぐって、ダーシーは言った。「少しコナーとふたりで話したいの」

友人たちは重い足取りでのろのろと部屋を出ていった。

震える息を吸い込む。「もしモータルに戻る処置を受けることにしたら、わたしは死ぬかもしれない。だから自分の気持ちをあなたに伝えておきたいの」

コナーがそばの椅子に座った。「わたしを憎んでいるのは知っている。そのことではきみを責められない」

「あなたを憎むべきだと、ずっと自分に言い聞かせてきた。だけどそれは、自分自身に腹を立てていたからにすぎないと気づいたわ。わたしは……恥じていたのよ」新たに流れ落ちた涙を手でぬぐう。

「なぜだ、お嬢さん？　きみは勇敢にも、あの若い娘を助けようとしたのだぞ」

ダーシーは首を振った。「臆病者だったわ。ヴァンパイアに変えたことで、そして選択肢を与えてくれなかったことで、わたしはあなたを責めた。でも本当は選べたのよ。あなたの血を喉に注ぎ込まれたときに、その気になれば拒めたはずだわ。顔をそむけて、尊厳を持って死ぬこともできたはず。だけど、わたしはそうしなかった。怖かったの。死にたくなかったのよ」

「死にたいと思う者などいない」

「わたしはあなたの血を飲んだ」涙が筋になって頬を伝った。「愕然としたわ」

コナーが彼女の手を取った。「生き延びるために必要なことをしただけだ。正しい選択をしたのだよ。自分がしてきた素晴らしいことの数々に目を向けてごらん。きみがいるおかげで、われわれの世界は以前よりずっとよくなった」

「正しい選択をした」ダーシーは彼の言葉を繰り返した。穏やかな気持ちが胸に満ちてくる。マギーは正しかった。ヴァンパイアとしてこの世界で暮らしたことには意味があったのだ。あのときもし生き延びていなければ、オースティンとも出会えなかった。彼女はコナーの手をぎゅっと握った。「ありがとう」

彼の青い瞳が涙で光った。「では決めたのだな、お嬢さん?」

「ええ。この前は臆病な選択をしたわ。だから今度は勇気を出したい」

27

月曜の夜に電話が鳴り、深い眠りについていたオースティンは驚いて起きた。時計を見ると、まだ夜の一一時三〇分だった。建築現場での労働で疲れ果て、早くベッドに入ったのだ。受話器を手探りしながら、彼は神経がピリピリするのを感じた。夜中の電話は悪い知らせと決まっている。「もしもし?」

「二〇分以内に処置を始める予定だ」

処置? 「誰だ?」そう尋ねたものの、明らかなスコットランド訛りの声から、すでに電話の主が誰か想像がついていた。

「コナーだ。ダーシーのそばにいたいのではないかと思ってかけたのだが」

「か、彼女は決めたのか?」心臓がどきりとする。「戻ることに――」

「そうだ」コナーがさえぎった。「今は処置前の準備をしているところだ。友人たちもみな集まっている。だから――」

「どこだ?」オースティンはベッドから飛び出た。

「〈ロマテック・インダストリー〉だ。場所は知っているな?」

「ああ。ホワイトプレーンズだろう？　すぐにそこへ行く。ぼくが向かっているとダーシーに伝えてくれ」二〇分以内だって？　くそっ、間に合うわけがない。

「彼女が死ぬ可能性もあることを知っておくべきだ」

心臓がすとんと下に落ちた。呼吸ができない。肺が両方ともつぶれてしまったように感じる。そのとき、カチッという音が聞こえ、彼は慌てて言った。「待ってくれ！」だが遅すぎた。コナーはすでに電話を切っていた。

オースティンは受話器を乱暴に戻した。なんてことだ。あのナイフを渡さなければよかった。ダーシーが死ぬかもしれない。

慌てて服を着て財布と鍵をつかむと、彼はドアに突進した。前向きに考えるんだ。自分に言い聞かせる。永遠とも思える時間をかけて、エレベーターがやっと一階に到着した。前向きに考えろ。彼女が人間に戻るんだぞ。オースティンは駐車場まで全速力で走った。ロックを解除する手がぶるぶる震えていた。彼は車に乗り込んでエンジンをかけた。

彼女が死ぬかもしれない。

駐車場から車を急発進させると、オースティンは猛スピードでウェスト・サイド・ハイウェイを北上した。数秒ごとにダッシュボードの時計で時間を確かめる。ダーシーは怖がっているだろうか？　ちくしょう、怖いに決まっているじゃないか。

彼女が死ぬかもしれない。

二〇分が過ぎたころには心臓が早鐘のように打ち出していた。もう処置は始まっているに違いない。彼がそばについていないのに。ブロンクスに差しかかり、車がパトカーを追い抜いた。くそっ。バックミラーでうしろを確認する。だが、パトカーの回転灯は見えなかった。助かった。オースティンは北へ曲がってブロンクス・リヴァー・パークウェイに入った。

彼女が死ぬかもしれない。

車はついにホワイトプレーンズの外れまでやってきた。警備員の詰め所を無視して〈ロマテック・インダストリー〉の入口へ車を乗り入れる。うしろでキルト姿のスコットランド人が何か叫んでいた。正面玄関前で急停止すると、オースティンは建物の中に駆け込んだ。とたんにスコットランド人の警備員たちにつかまった。

「ダーシーはどこだ？」彼はもがいた。「彼女に会わなきゃならないんだ」

「オースティン・エリクソンだな？」ひとり目の警備員が彼を拘束し、そのあいだにふたり目が彼の財布を取って身分証を調べた。

「そうだ」腕をぐいと引っ張って警備員から逃れた。「ダーシー・ニューハートに会うために来た」

ふたり目の警備員が財布を返してくれた。「コナーから聞いている。こっちだ」

オースティンは警備員たちについて廊下を進み、角を曲がってまた別の廊下に出た。警備員がスウィングドアを開ける。

走って中へ入った彼は、グレゴリやリアリティ番組で会った女性たちの姿を目にして足を止めた。腕を組んで壁にもたれていたグレゴリは、オースティンに気づくと敵意のこもった視線を向けてきた。ヴァンダは部屋の中をうろうろしていた。マリア・コンスエラとプリンセス・ジョアンナは司祭とともにひざまずき、三人でラテン語の祈りを唱えている。オースティンを見たとたんにマギーが泣き出した。レディ・パメラとコーラ・リーが彼女の両脇に座り、大丈夫だとささやく。それからふたり一緒に、非難をこめてオースティンを睨んだ。

あのナイフを手に入れるべきではなかった。ダーシーが死んだらぼくのせいだ。オースティンは咳払いして言った。「彼女はどうなった？」

「どうなってると思う？」グレゴリがうなった。「一滴残らず血を抜かれているんだぞ」

ヴァンダがオースティンの前で止まった。「五分ごとにコナーが出てきて、状況を知らせてくれるの」

彼はグレゴリのほうへ歩いていった。「中止させてくれ。今やめても、ヴァンパイアではいられるんだろう？」

グレゴリが嘲るように鼻を鳴らした。「なぜやめさせたいんだ？　彼女がヴァンパイアなのが気に入らないんじゃないのか？」

オースティンはこぶしを握りしめた。「ありのままのダーシーを愛している。さあ、向こうへ行って処置をやめるように伝えてくれ！」

グレゴリがためらいを見せた。自分でなんとかしようと、オースティンは処置が行われているらしい部屋へ向かった。「ダーシー！　やめるんだ！」だが、ドアには鍵がかかっていた。彼は思いきり叩き始めた。「命を危険に晒すんじゃない、ちくしょう！」

ふいにドアが開いてコナーが出てきた。中へ入ろうとしたオースティンは突き飛ばされ、片手で壁に押しつけられた。懸命に逃れようともがいても、スコットランド人の力は信じられないほど強かった。

「うるさいぞ」コナーがうなった。

「処置を止めなきゃならないんだ」オースティンは声を落として言った。

「ダーシーはすでに昏睡状態に陥っている」コナーが静かに告げた。「もう遅いのだ」

マギーがわっと泣き伏した。コーラ・リーとレディ・パメラも加わる。ヴァンダはふらふらと椅子に近づくと、崩れるようにして座り込んだ。目を閉じたグレゴリがうなだれて壁に頭をつけた。

オースティンの目に涙がこみ上げてきた。いったい何をしてしまったんだ？　ダーシーを愛しているこの人たちから彼女を奪い去って、許されると思うのか？「そうだとしても、ここでやめたら、まだヴァンパイアでいられるんだろう？」

コナーが首を横に振った。「ダーシーが自分で選んだのだ。彼女にはそうする権利がある。わかっているはずだ」

「そうだ！　もしこれがうまくいかなくて彼女が死にかけたら、もう一度彼女をヴァンパイアにしてくれ。それならダーシーは無事だ」

コナーが手を離してオースティンを解放した。「そのことを彼女に尋ねたら、いやだと言われた。失敗だと判明しても、そのまま死なせなければならない」

「だめだ！」オースティンはコナーから離れた。今聞いたことが受け入れられない。彼はまたコナーのもとへ詰め寄った。「ダーシーを死なせるなんてできない。あんたは彼女をまたヴァンパイアにするんだ」身を乗り出して迫る。「そしてぼくもヴァンパイアに変えてくれ」

コナーが驚いて目を見開いた。「本気で言っているのか？」

オースティンはシャツの襟を引っ張って首をあらわにした。「何をぐずぐずしてる？　さあ、やってくれ、ちくしょう！」

グレゴリがふたりのほうへ近づいてきた。「ダーシーのために進んでヴァンパイアになろうというのか？」

「そうだ。彼女のためならなんだってする」

コナーがグレゴリと視線を交わした。「ダーシーの選択が正しいのかどうか、これまで確信が持てなかった。この男にそれだけの価値があるのか疑問だったのだ。だが、もうわかった。彼はダーシーにふさわしい」

涙でオースティンの視界がぼやけた。「彼女を死なせないでくれ」

「最善を尽くす」コナーは処置が行われている部屋の中へ戻っていった。

閉じられたドアにもたれかかり、額を押しつける。〝生きてくれ、ダーシー。きみは生きなきゃならないんだ〟

「あんたを誤解していたようだ」グレゴリの声がして、オースティンはうしろを振り返った。若いヴァンパイアが差し出した手を取って握手する。彼らは無言のままドアのそばで待った。

数分後、グレゴリがはっと体を起こしてドアに耳を押しあてた。

「どうした？」オースティンは訊いた。

「なんだか興奮してる」グレゴリがささやく。「声が聞こえるぞ。彼女は……彼女が反応したんだ。自力で呼吸している」

「中に入るぞ」これ以上我慢できず、オースティンはドアをこじ開けた。ダーシーは手術台に横たわっていた。青い顔を明るいライトが照らしている。彼女の上に屈み込んでいるのはローマン・ドラガネスティと、ラズロ・ヴェストという名の小柄な化学者だ。

「ここにいるべきではない」コナーが小声で言った。

「うるさい」オースティンはうなった。

「それが新しい上司に対する口のきき方か？」

「そんなこと知るもん――なんだって？」オースティンは驚いて思わずスコットランド人に目をやったが、急いでまたダーシーに戻した。

「彼女は意識を回復しつつある」ローマンが告げた。

オースティンは前に進み出た。「大丈夫なんですか？」

顔を上げたローマンが言った。「きみはオースティンだな」

「そうです」オースティンは手術台の横で立ち止まった。「彼女は無事なんですか？　処置はうまくいったんですか？」

ローマンが近くのモニターでダーシーの血圧や心拍数を確かめた。「経過は良好だ」

「やった！」白衣のボタンをひねりながらラズロが言った。「ついに偉業を成し遂げたんですよ、社長」

そのとき、ダーシーの頭が動いてうめき声がもれた。

オースティンは彼女の顔に触れた。「ダーシー？」

まぶたが揺れたかと思うと、彼女が目を開けた。「オースティン？」

「ああ」ダーシーの手を取って声をかける。「ここにいるよ、スウィートハート」

彼女の視線があたりをさまよった。「わたし——生きてるのね」

「気分はどうだい？」ローマンが小さなライトで彼女の瞳孔を調べた。

「疲れたわ。力が入らないし、喉も渇いてる」

「何が飲みたい？」ライトを消しながらローマンが訊いた。

ダーシーの舌が唇を舐める。「水。ジュース」彼女はゆっくりと笑みを浮かべた。「バニラ・ミルクシェイクが飲みたいわ」

ローマンがにっこりした。「いい兆候だ」

小柄な化学者がゴム手袋を外しながら言った。「カフェテリアへ行って、何か持ってきましょうか？」

ローマンがうなずく。「まずはジュースだけにしよう。ありがとう、ラズロ」

「お安いご用ですよ」ラズロは白衣のボタンをむしり取ってしまった。「こんな奇跡の場面に立ち会わせていただいて光栄です」彼は急ぎ足で部屋から出ていった。

待合室から歓声がわき起こる。ラズロが朗報を伝えたのだろう。

オースティンはダーシーの額にかかる髪をうしろになでつけた。「あれが聞こえるかい、スウィートハート？　きみのために友人たちが喜んでくれているんだよ」

彼を見るダーシーの瞳に涙がきらめいている。「すごく怖かった」

「そうだろうな。ぼくも恐ろしかった」

「ああ、彼はひどく脅えていたぞ」近づいてきたコナーが言った。「この若者は、処置を中止するかわりに自分がヴァンパイアになってもいいと申し出たのだ」

ダーシーが目を見開いた。「まあ、だめよ、オースティン。もしそれが現実になっていたら、わたしは激怒したわ」

「わかってる。だけど一〇〇年か二〇〇年くらいたてば、きみも許してくれるに違いないと思ったんだ。ぼくらはずっと一緒に暮らしただろう」

彼女がにっこりした。

ああ、もうだめだ。「ぼくと結婚してくれ。プロポーズにふさわしいロマンティックな状況じゃないことはわかっているよ。だけど待てないんだ。どうか、ぼくと結婚すると言ってくれ」

ダーシーの頬に涙がこぼれた。「あなたと結婚するわ」

オースティンは満面に笑みを浮かべた。身を屈めて彼女の涙をぬぐう。「泣かないでくれよ。確かに今のぼくはいい結婚相手とは言えないが。仕事すらないし――」

「待った」コナーが割って入った。「アンガス・マッケイに話をした。おまえを雇いたいそうだ。カシミールの居場所を突き止めるのに手助けが必要なのでね。やつは東ヨーロッパのどこかにいる」

オースティンは体を起こした。「アンガス・マッケイ？　カシミールって？」

「カシミールというのはマルコンテンツのリーダーだ」ローマンが説明する。「この世でもっとも残虐で、もっとも邪悪なヴァンパイアだよ」

「モータルなら日中にいろいろ調べてまわれる」コナーが続けた。「それに超能力とＣＩＡで受けた訓練を合わせれば、この仕事には最適の人材だろう」

オースティンはごくりと唾をのみ込んだ。これこそ自分が望んでいた任務だ。彼はダーシーをうかがった。

「引き受けて」彼女がささやく。

「きみを置いていけない」

「あなたと一緒に行くわ。取材や調査は昔から得意なの。わたしも手伝える」

「危険な目にあうかもしれないんだぞ」そう口に出してから言い直す。「いや、間違いなく危険だ」

ダーシーが微笑んだ。「もっと重要な仕事がしたいとずっと思っていたのよ」

オースティンはコナーに向き直って言った。「ダーシーとぼくはチームだ。雇ってくれるならふたり一緒でないと」

スコットランド人の口もとがぴくりと動いた。「いいだろう、問題ない」

「トスカーナに別荘《ヴィラ》があるから、そこを拠点にするといい」ローマンが申し出た。

「ありがとうございます」オースティンは礼を言った。「ずいぶん気前がいいんですね」

ローマンが笑顔になった。「そういう気分なものでね。つい昨夜、自分が父親になるとわかったところなんだ」

「おお、それは素晴らしい」コナーがローマンと握手した。「中止したものとばかり思っていたのだが。その……問題が発生して」

ローマンの笑みが薄らぐ。「実を言うと、最初の試みで成功したようだ」

ヴァンパイアが赤ん坊の父親に？　オースティンは問いかけるようにダーシーを見た。

「またあとで説明するわ」彼女がささやく。

オースティンはローマンとコナーに視線を移した。ふたりは喜んでいるというより心配そうに見えた。「おめでとうございます」彼は手を差し出した。

「ありがとう」ふたたび笑顔になって、ローマンがその手を取った。「アンガスのもとで仕事をするのはきっと楽しいだろう」

「誰なんです？」

「〈マッケイ警備調査〉の経営者だ」コナーが説明した。「それにイギリスのコーヴン・マスターでもある」

「なるほど」オースティンは唾をのみ込んだ。ヴァンパイアの組織で働くことになると気づくべきだった。

　コナーの瞳が輝いた。「いつから始められる?」

「そうだな、数週間は猶予が欲しい。まず結婚するんだ」

「披露宴はここでやればいい。もちろんわたし持ちだ」ローマンが言った。「パリのアパートメントをハネムーンに利用してはどうかな?　もしよければの話だが」

「ありがとうございます」オースティンは悟った。たとえ彼と未来の妻がモータルでも、ふたりの人生はこれからもヴァンパイアの世界とかかわっていくのだ。「でもダーシーとぼくは、先に訪問するところがいくつかあるんです」

「訪問するところ?」彼女が訊いた。

「ひとつはウィスコンシン。ぼくの家族に会う。もうひとつは——」

　ダーシーがはっと息をのんだ。「わたしの家族?」彼女はローマンとコナーの顔をうかがった。「会ってもいい?」

　コナーが肩をすくめた。「うまい説明を考えつけるなら」

「それなら心配いらない」オースティンは請け合った。「ぼくは作り話のプロだからね。悪いやつらから身を隠していなきゃならなかったけど、そいつらが死んで、もとの生活を取り戻せるようになったと説明すればいいんじゃないかな」

　ダーシーは疑わしげだ。「あなたが言うと、とても単純なことに聞こえるんだけど」

「作り話はできるだけシンプルなほうがいいんだ」オースティンは言った。

彼女が微笑む。「それならうちの家族にはあなたのことを、わたしを救い出してくれたヒーローだと説明するわ」

「まあ、きみがどうしてもそう言いたいなら」

ダーシーが大きく息をついた。「何もかも完璧になったのね」

オースティンは彼女の額にキスした。「そしてぼくらはお互いを手に入れた」

ダーシーは自分を取り囲む男たちに微笑みかけた。「モータルとヴァンパイア」そこでオースティンの手をぎゅっと握りしめる。「わたしは両方の世界のいいところを活《い》かせるわ」

訳者あとがき

ケリリン・スパークスによるライト・パラノーマル・ロマンス『月夜に恋が目覚めたら』をお届けします。本国アメリカではすでに八作目まで刊行され、人気を博している Love at Stake シリーズの第二作目にあたる本書は、前作『くちづけはいつも闇の中』のわずか八日後から始まる物語です。

ヒーローのオースティンは、CIAでヴァンパイア対策を専門とする〝ステイク・アウト〟チームのメンバー。ヴァンパイア＝悪と教えられ、罪のない人々を救う任務を天職と考えて使命に燃えています。彼は上司のショーンに命じられ、ヴァンパイアのテレビ局DVNを張り込むことになりました。そこでひとりの美女を見かけ、すっかり心を奪われてしまいます。果たして彼女は人間なのか、それとも敵であるヴァンパイアなのか――。

ダーシー・ニューハートは、ヴァンパイアになる前はテレビ局のレポーターをしていました。わけあってローマン・ドラガネスティのハーレムで保護されることになったのですが、仕事柄世間に顔を知られている可能性があるため、ほとんど外へ出られない暮らしを強いられてきました。現代人で、ヴァンパイアが存在するとは思いもしなかったダーシーは、突然自分がヴァンパイアになったことがどうしても受け入れられません。ヴァンパイアの世界になじめず、かといって人間の生活もできず、怒りと絶望の毎日を送っていました。ところがハーレムが解散されることになり、自立を決意した彼女はＤＶＮの面接を受けます。そしてリアリティ番組のディレクターに抜擢《ばってき》されたのです。番組のタイトルはなんと『セクシエスト・マン・オン・アース』。いったいどんな番組になるのでしょうか？

前作『くちづけはいつも闇の中』でわたしたちを笑わせ、ほろりとさせてくれた面々は本作でも健在です。そこへローマンのもとハーレムの女性たちという強者《つわもの》が加わり、さらにひと癖もふた癖もあるヴァンパイアたちも登場して、作者の描く独特の世界がさらに広がりを見せています。単独でも十分お楽しみいただける作品ですが、現代に順応して生きるヴァンパイアたちの雰囲気をより堪能していただくためにも、ぜひ前作も併せてお読みいただくことをお勧めします。

作者のケリリン・スパークスはこのシリーズを執筆するにあたり、驚くほど事細かに人物設定をしています。彼女のホームページ（http://www.kerrelynsparks.com）には〝キャスト〟というコーナーがあり、各登場人物がいつ生まれ、どんな経験をしてきたかなど詳細に記されており、中には作品中で言及されていない情報まであって感心してしまいます。主要メンバーのみならず、ほんの少ししか出てこない端役に至るまできちんと設定されているのです。興味のある方は、ぜひご覧になってみてください（ただし、すでに八作目まで発表されているため、本作以降の情報も載っています。ネタばれにはくれぐれもご注意を）。
　うっかり先を知ってしまうのはいやだとおっしゃる方には、ハーレムの女性たちのインタビューはいかがでしょう？　（〝ヴァンパイア・ワールド〟というコーナーの中の、本作の原題 VAMPS AND THE CITY を紹介する箇所にあります）本作でダーシーが女性たちに生い立ちを取材する場面があるのですが、その内容がちゃんとインタビュー形式で記載されています。ちょっとわがままな女性たちですが、それぞれのいきさつを知れば親近感がわいてくるかもしれません。ほんの一部だけご紹介しましょう。プリンセス・ジョアンナは、イングランドでもっとも古い女性ヴァンパイアだったことから〝プリンセス〟の称号で呼ばれるようになったそうです。またレディ・パメラは男爵の娘として生まれ、のちに子爵と結婚しました。面白そうでしょう？

　さて、次作はいよいよアンガスの登場です。ローマンの親友であり、警備会社を経営するハイランダーと、本作でも元気いっぱいの姿を見せていたＣＩＡのヴァンパイア・キラー、エマ。敵対するふたりに未来はあるのでしょうか？　どうぞお楽しみに。

二〇一〇年七月

ライムブックス

月夜《つきよ》に恋《こい》が目覚《めざ》めたら

著　者　ケリリン・スパークス
訳　者　白木智子《しらきともこ》

2010年8月20日　初版第一刷発行

発行人　成瀬雅人
発行所　株式会社原書房
〒160-0022東京都新宿区新宿1-25-13
電話・代表03-3354-0685　http://www.harashobo.co.jp
振替・00150-6-151594
ブックデザイン　川島進（スタジオ・ギブ）
印刷所　中央精版印刷株式会社

落丁・乱丁本はお取り替えいたします。
定価は、カバーに表示してあります。
 ISBN978-4-562-04391-0 Printed in Japan